한국의 해학

이 강 래 엮음

문지사

한국의 해학

발 행 2017년 06월 05일

엮은이 이 강 래
발행처 문 지 사
발행인 홍 철 부

등록일자 1978년 8월 11일
출판등록 제3-50호

주소|서울특별시 은평구 갈현로 312
전화|영업팀 02)386-8451(代)
   |편집팀 02)386-8452
   |팩 스 02)386-8453

정가 15,000원

*   책은 구입한 곳에서 바꾸어 드립니다.

〈한국의 해학〉은 민간에 전해져 내려오는 옛이야기들을 모아 놓은 책이다. 하지만 여기에서 소개하는 내용들은 이제까지 전해진 해학(諧謔)들과는 약간 다르다.

우리나라의 역사상 유명한 인물들의 별난 이야기들만을 모은 책이니, 아무래도 격조 있는 해학이라고 이름을 붙여야 적절할 것 같다.

이 책에는 성종 시대의 손순효를 비롯하여 박엽, 유운룡, 채문걸, 김구와 서종태, 이문원, 정홍순, 권도, 이지함, 오성과 한음, 허선달, 유척기, 박문수, 김영, 김삿갓, 정수동, 장승업, 김선달 등 열아홉 명의 이야기들이 소개되어 있다.

훌륭한 실력을 갖춘 대신이었지만 술을 지나치게 좋아했던 손순효의 어처구니 없는 이야기를 시작으로 펼쳐지는 갖가지 이야기들은 모두 흥미진진하다. 그들 모두가 한 시대를 풍미한 뛰어난 지도자들이었거나 천재들이었으니 그들에 대한 이야기가 독자의 관심을 끌지 못한다면 그것이 오히려 이상한 일일 것이다.

믿기 힘든 이들의 이야기가 읽는 이들의 마음속에 깊숙이 자리잡는 이유는 당대를 살며 그 시대를 헤쳐나간 민중의 절실한 뜻과 열망이 이들의 행적을 통해 더욱 강하게 부각되기 때문일 것이다.

이 이야기들을 통해 우리는 과거와 현재, 미래를 꿰뚫는 우리

．．．

선조들의 지혜를 엿보며 사람들의 의표를 찌르는 기발한 착상과 여유 있는 풍자에 무릎을 치며 공감하게 될 것이다.

들어 친구에게 명약이라며 사냥개의 똥물을 먹인 박엽의 장난은 너무나 재미있어 웃음을 터뜨리게 만들고, 중국인들을 상대로 천 냥을 투자하여 삼만 육천 냥을 번 허 선달의 이야기나, 제주도 목사로 부임하여 청백리라는 소리를 들으면서 천 석의 재산을 치부하는 김영의 이야기는 반사적으로, '어떻게 이런 상황에서 이처럼 놀라운 생각을 할 수 있는 인간이 또 있을 수 있을까?' 하고 감탄할 수밖에 없게 만든다.

아무쪼록 끝까지 재미있게 읽어주시기 바란다.

엮은이 씀

목 차

양녕대군(讓寧大君)

정렬이 지극한 어린 아내

세종 15년(1433년) 3월 11일 아침에 양녕대군은 전부터 자기를 따르던 임호(林虎)와 박봉이(朴鳳伊) 두 사람과 함께 서울을 떠났다.

목적은 팔도강산 구경을 하면서 세상에 알려지지 않은 충신, 효자, 열녀 등을 만나면 상을 주고 악한 자들에게 고통을 받는 사람들을 돕기 위해서였다.

양녕대군은 먼저 황해도 지방을 거쳐 평안도 지방을 만유하고 돌아와 다시 충청도 지방을 시찰하게 되었는데, 그 동안 실로 많은 선인과 악인들을 만나는 계기를 마련하였다.

그 중에서도 특별한 사건은 공주읍에서 5리 떨어진 인근 남문 밖의 작은 마을에 임두성이라는 젊은 사람이 살고 있었는데, 그는 어렸을 때 부모를 여의고 근근이 자랐지만 부지런히 일하면서 성실하게 살았기에 작기는 하지만 집도 한 채 마련했고, 장가까지 들어 아내와 함께 한 쌍의 비둘기처럼 의좋게 살고 있었다. 그런데 임두성의 아내는 촌색시들 중에서는 보기 드문 뛰어난 미인이었으며, 나이가 어렸다.

읍에 장이 서는 어느 날 오후, 장에 가서 물건을 사 가지고 돌아오던 임두성의 아내는 별안간 소나기를 만나 길가에 있는 어떤 가게의 헛간으로 들어가 비를 피하게 되었다. 그런데 마침 그 고을의 호방인 김기동이라는 자가 주점에서 술을 마시다가 헛간의 그녀를 보게 되었다.

"여보소. 저 여자가 누군가?"

김기동이 관심을 보이며 묻자 술 파는 노파가 대답했다.

"에이, 호방님은 눈도 밝으시군. 저 여자는 남문 밖에서 사는 임 서방의 처요."

"임 서방이라니…… 임 서방이 누구지?"

"아따, 두성이라고… 작년에 혼인을 했지 않소."

"아, 두성이…… 그 애의 처야? 그나저나 대단한 미인이로군! 누구의 딸이지?"

"아니, 호방님은 이때까지 모르게 계셨군. 저 애가 바로 딱쇠의 의붓딸이라오. 올 정월인가 언젠가 딱쇠하고 살던 마누라가 죽었지요. 그 마누라가 데리고 온 딸이래요."

"아, 그래? 딱쇠의 의붓딸이라고?"

김 호방은 혼잣말을 하는 것처럼 중얼거리며 뭔가 생각하는 표정을 지었다.

나이가 마흔 살에 가까운 김기동은 얼굴이 가무잡잡했으며 마음이 곧지 않은 사나이였다. 그는 남들에게 못할 짓을 도맡아 하여 땅마지기나 장만했으며 여자를 좋아하여 첩을 두셋 씩이나 두고 사는 자인데, 임두성의 젊은 아내를 보고는 흑심을 품게 되었다.

잠시 후 김 호방은 딱쇠를 불러 어느 술집의 방으로 들어가 술을 권커니 잣거니 하다가 불쑥 말했다.

"그나저나 여보게, 자네와 함께 술을 마시는 것이 꽤 오래간만이야. 도대체 왜 이렇게 만나기가 힘든가?"

"아따, 호방님께서 별 말씀을 다 하시는구려. 만나 봤자 호방님께서 우리 같은 상놈과 함께 술을 잡수시겠소? 어쨌든 오늘 내가 횡재를 하는군. 좋은 꿈을 꾸지도 않았는데……."

딱쇠가 당치도 않다는 듯이 대꾸하자, 김 호방은 빙그레 웃으면서 말했다.

"아따, 이 사람! 자네야말로 별소리를 다 하는군. 그런 소리는 두 번 다시 하지 말게. 내가 생각은 늘 하지만, 항상 바쁘게 지내느라고 그렇게 된 거지. 그런데 요즈음 지내기가 어떤가?"

"항상 그렇지 별 수가 있겠습니까. 매일 노름판이나 찾아다니고 있으니…… 그런데다가 마누라까지 죽어버려서 꼴이 더 말이 아니게 되었습니다."

"아, 그래. 상처를 했다지? 가만 있자. 그런데 자네에게 딸이 하나 있었지?"

"예, 하지만 작년에 시집을 보냈지요. 그년이라도 있으면 뒷바라지를 해주어서 좀 나을 텐데, 방정맞은 마누라가 지랄 발광을 해서 서둘러 시집을 보냈답니다."

"오, 그래? 그런데 사위는 누구야?"

"남문 밖에서 사는 두성이입니다."

"오, 두성이! 그 애 가진 것이 좀 있나?"

"있기는 뭐가 있어요. 내 딸년이 별짓을 다 해서 두성이를 먹여 살리고 있지요."

"허어, 그래? 그럼 자네에게 제대로 보태주지도 못하겠구먼?"

"예? 보태주다니요. 혹시 술값이라도 주지 않을까 해서 찾아가면 그년이 제 코가 석자라는 식으로 엄살만 잔뜩 부리는데 친자식이 아니라서 더한 것 같아요."

"그래. 맞아. 그 딸이 의붓딸이지?"

"예, 죽은 마누라가 데리고 왔지요."

"그래? 그렇다면 여보게 좋은 수가 있네."

"예? 좋은 수라뇨?"

"자네가 한 번 힘을 쓰기만 하면 술과 밥에 젖을 수 있는 일이 있는데…… 어떤가? 해 보겠나?"

"무슨 일이지요? 내가 할 수 있는 일이라면 하고말고요. 대관절 무슨 일이요? 어서 말해 보슈."

"그것이 다른 게 아니라 자네도 알고 있지는 모르겠지만, 내 작은 집이 얼마 전에 가지 않았나?"

"예? 진주집이 없어졌다고요?"

"진주집은 그대로 있지. 다 늙은 것이 어디로 가겠나. 대구집 이야기를 하는 거야."

"아! 작년에 데려왔다는 대구집이 갔다는 거요? 도대체 왜 간 거지요? 어딜 덜된 데가 있어서 내쫓은 건가요? 아니면……."

"허어, 이 사람! 혼자서 떠들어대지 말고 내 말을 좀 들어."

"그럽시다. 어서 말씀하슈."

"그래서 내가 자네에게 특별히 청하는데, 다른 게 아니라 자네의 의붓딸 말일세. 그 애를 내게 보내게."

"예? 시집 가서 탈없이 살고 있는 그 애를 말이요? 그건 내가 할 수 있는 일이 아니지요. 그리고 그년이 제 서방을 웬만큼 좋아하는데 될 말이 아니오."

"바로 그거야, 이 사람아. 남편을 잘 섬기는 것이 마음에 들어 내가 탐을 내게 된 거야."

"하지만, 그런 계집은 천지에 많을 텐데, 하필이면 왜 그 애를 탐내시오? 사방에 그득한 것이 계집들이잖소. 그러니 다른 여자를 택하시오. 그러면 내가 목을 잡고 끌어서라도 데려와서 호방님께 바치겠소. 우리 어머니라도 끌어오리다."

"허어, 이 사람 실없는 말을 다 하는군. 나는 지금 진정으로 말하고 있는 거야."

딱쇠는 원래 못된 짓은 하나도 빼는 것 없이 저지르고 다닐 뿐만 아니라 걸핏하면 공주읍이 떠들썩해지도록 싸움질을 하며 돌아다니는 자였다. 그래서 누구나 딱쇠라는 말만 들어도 고개를 돌리며 도망갈 지경이었다. 시집간 딸과 그녀의 남편 임두성은 특히 더 그러했다.

딱쇠가 하루 걸러 찾아와서 '술 사 오너라' '노름할 밑천을 대다오' 하는 통에 진저리를 내고 있었던 것이다.

그러니 그런 딱쇠가 이치에 맞는 말을 한다고 해도 들을지 말지 한데 옳지 않는 말을 한다면 들을 리가 만무했다. 물론 무지한 딱쇠도 그 정도의 생각은 했기에 '좋소, 내가 한번 해 보겠소.' 하면서 대들지 못했던 것이다.

그래서 김 호방은 '아무래도 이 놈이 돈 구경을 해야 마음이 통하겠군!' 하고 생각하며 구렁이 잔등 같은 엽전 스무 냥을 꺼내 딱쇠에게 주면서

"여보게, 이걸로 한 잔 더 하시게. 나는 볼일이 좀 있어서 이만 일어나야겠네."

하고 말했다. 그랬더니 딱쇠의 태도가 슬그머니 바뀌어졌다.

"하지만 말이오. 아무리 내가 못할 일이 없는 딱쇠이긴 하지만, 그건 웬만큼 어려운 일이 아니요."

"허어, 어려운 일이기에 자네에게 부탁하는 것이지, 쉬운 일이라면 무엇 때문에 자네에게 부탁하겠나. 그러니 잔말 말고 일을 잘 만들어 보게."

"알겠소. 하지만 이 스무 냥으로 뭘 어떻게 하라는 거요. 내가 빈털터리로 지내는 놈이기는 하지만 돈 스무 냥쯤은 있어도 그만, 없어도 그만이요."

"이런 딱한 사람 같으니, 오늘만 날이고 내일은 날이 아닌가? 내가 지금 자네에게 줄 돈을 준비해 온 것이란 말인가? 갑자기 만났기에 우선 가지고 있는 돈을 조금 주는 걸세."

"그래요? 그럼 사례비를 얼마나 주실 거요? 이왕에 말이 나왔으니 확실하게 정합시다."

"암, 당연히 그래야지. 성사만 시킨다면 자네가 원하는 액수만큼 주겠네."

"에이, 성사시킨 후라는 말은 믿지 못하겠소. 그러니 지금 당장 정해 주시오."

"아따, 그 사람 의심도 많군. 그럼 내일 내 집에 들르게. 한 백 냥 주면 되겠나?"

"그렇게 하시우. 그럼 내일 들르리다."

일이 그렇게 결정되자, 딱쇠는

'이게 웬 횡재냐. 역시 사람이 아주 죽으라는 법은 없는 거야. 한데 그년을 어떻게 구워 삶아야 할까?'

하고 입속말로 중얼거리며 딸의 집으로 향했다.

"얘야, 안에 있느냐?"

딱쇠가 거적문을 열면서 부르자, 방 안에 있던 그의 의붓딸은 '철렁' 하고 가슴이 내려앉는 것을 느끼며, '에그, 저 망나니가 또 오셨군' 하고 입속말로 중얼거렸다.

하지만 한동안 아비와 자식의 사이로 살았기에 억지로 웃으면서

"어서 들어오세요."

하고 반겼다.

"그래."

"그런데 어디서 또 그렇게 술을 잡수셨어요?"

의붓딸이 묻자, 딱쇠는 아랫목에 앉으면서 대꾸했다.

"많이 마시지는 않았다. 그런데 두성이는 어디 간 거냐?"

"조금 전에 잠깐 다녀오겠다면서 건너 마을에 갔어요. 이제 곧 올거예요."

"그래? 그거 참 잘 됐다. 실은 내가 너에게 은밀히 할 말이 있어서 왔다."

"예?"

"생각해 보니 그 동안 내가 너무나 너를 괴롭혔다. 그래서 오늘부터 술을 끊고 노름도 하지 않겠다고 결심했다. 그러니 내 말을 믿어주겠니?"

"원, 아버지께서도 참! 부모와 자식 사이에 믿고 안 믿고가 어디 있어요."

"그래, 네 말이 맞다. 한데 말이다. 네가 너무나 고생하면서 사는 걸 보니 내 마음이 항상 편하지가 않다."

"아버지. 그건 또 무슨 말씀이세요? 세상 사람들 사는 것이 다 그렇지요. 저처럼 고생하지 않는 사람들이 몇 명이나 되겠어요."

"아니다. 너만큼 똑똑한 아이라면 큰 집에서 얼굴에 분단장을 하면서 살아야 한다. 그런데 이게 무슨 꼴이냐. 이런 움막 같은 집에서 흙투성이가 되어 살고 있으니…… 너무나 딱한 일이다."

"에그, 아버지, 난데없이 왜 그런 말씀을 하세요? 많이 취하셨군요. 저는 뒷집에 잠깐 갔다가 올 테니 누워서 한숨 주무세요."

의붓딸이 자리를 뜨려고 하자, 황급히 딱쇠가 다시 술냄새를 풍기며 말했다.

"나가지 말고 거기 좀 앉아라. 내가 정작 해야 할 이야기를 아직 못했다. 다른 게 아니라 아까도 말했지만, 네가 고생하면서 사는 걸 보니 내 가슴이 너무나 아프구나. 그래서 말이다……."

"에그, 또 그런 소리를 하시네. 그러지 말고 좀 누우시라니까……."

"아니야. 눕는 것이 문제가 아니라, 너 성 안에서 살고 있는 김 호방을 알지?"

"알지요. 그런데 그 사람이 어쨌다는 말이에요?"

"그 김 호방이 글쎄, 너에게 반했다는구나. 그러니 네가 고개를 한 번만 끄덕이기만 하면 너의 신세가 단번에 바뀔 수 있는 거다."

"에그머니나! 술이 취했으면 잠이나 자시라는데 그런 말을 하는 것이우? 내가 못된 잡년이란 말이에요? 아무리 친자식은 아니지만, 내가 잘못된 생각을 하면 '못된 짓을 하면 안 된다'고 나무래야 하는 것이 아버지의 도리인데, 그게 무슨 당치도 않은 말이우?"

의붓딸이 크게 놀라며 화를 냈지만 딱쇠는 계속해서 말했다.

"애야, 철딱서니 없는 소리는 그만해라. 지금 세상이 어떤 세상인지 아냐? 돈만 있으면 못할 짓이 없는 세상이야. 여북하면 '돈만 있으면 처녀 불알도 살 수 있다'는 말이 생겼겠니. 그러니 깊이 생각해봐라. 네가 그렇게 하면 당장에 김 호방네 안주인이 되어 호강을 할 수 있게 되는 거다."

"그렇겠지요. 내가 잘 되기를 바라는 아버지의 마음에 대해서는 고맙게 생각해요, 하지만 말이우, 내가 혼인한 지 얼마 안 되는 데다가 임 서방이 돈은 없지만 사람이 얼마나 착한가요? 그러니 내가 과부가 되기라도 했다면 아버지의 말에 따를 수도 있겠지만 시퍼렇게 살아 있는 서방을 놔두고 다른 데로 간다는 것이 말이나 되는 소리인가요? 그러니 다시는 그런 말씀을 하시지 마오."

"오냐, 알았다. 듣고 보니 네 말이 맞구나. 그럼 나는 이만 간다. 내일 또 오마."

비척거리면서 일어나 밖으로 나간 딱쇠는 '카악–' 하고 가래침을 뱉고는 초저녁의 어둠 속으로 걸어가기 시작했다. 그리고 뒤에 남아 길게 한숨을 내쉬며 곰곰이 생각하는 표정을 짓고 있던 두성의 어린 처는 너무나 기가 막혔는지 방바닥에 엎드려 목을 놓고 엉엉 울기 시작했다.

울음소리에 이웃집 아낙네들이 우르르 몰려와 말렸기에 겨우 진정하기는 했지만 생각을 하면 할수록 너무나 분하고 원통해서

"에그, 남들은 부모가 곱게 길러서 과년하면 고르고 고른 신랑에게 시집을 보내면서 백 년 동안 변함없이 잘 살라는 축수를 빌건만 이년의 팔자는 어찌 이렇게 사나워서 천하에 못된 잡놈을 의붓아비로 삼게 되어 이렇게 무참한 일을 당한단 말인가."

하고 넋두리를 하면서 한참 동안 흐느껴 울었다.

그런데 건너집에서 사는 복순네가 갑자기 숨이 턱에 닿아서 거적문을 젖히고 뛰어 들어오며 소리쳤다

"이봐 새댁 큰일났어. 지금 임 서방이 저 앞의 개울 둑 위에 쓰러져 있어."

"예?"

두성의 처가 깜짝 놀라며 두 눈을 크게 뜨자 복순네가 다시 소리치듯이 말했다.

"어서 가 봐, 어서! 온몸이 피투성이가 되었으니 죽었는지도 몰라. 어떤 몹쓸 놈이 그렇게 만들었을까?"

그제서야 비로소 흩어진 머리를 주섬주섬 틀어얹은 두성의 처가 허겁지겁 달려가 보았더니 과연 사랑하는 남편 두성이 둑 위에 무참히 쓰려져 있었다.

"아, 여보!"

두성의 처가 어쩔 줄 몰라 하며 울부짖자 뒤따라 온 이웃 사람들이 힘을 합쳐 두성을 집으로 옮겨다 눕히고 급히 의원을 청해 왔다. 진찰을 끝낸 의원이,

"누군가가 뒤에서 칼로 여러 번 깊이 찔렀기에 다리가 크게 상하기는 했지만 생명에는 지장이 없소이다."

라고 말했기에 두성의 처는 비로소 안심하며 얼마 후에 정신을 차린 남편에게 물었다.

"누가 당신을 찌른 거지요?"

그러자 두성은 힘없이 머리를 저으며 작은 소리로 대답했다.

"모르겠어. 날이 어두워지고 있었고…… 그 자가 복면을 하고 있었기에……."

"그래요?"

"이상한 일이야. 나는 이제까지 살아오면서 남에게 칼을 맞을 정도로 나쁜 짓은 하지 않았는데……."

그 말을 듣는 순간 두성의 처는 자기도 모르게 순간 짚이는 데가 있었다. 하지만 내색을 하지 않으며 일단 남편의 몸을 회복시키는 데만

온 힘을 쏟아야 한다고 생각했다.

　두성의 처는 남편의 약값을 마련하기 위해 거의 매일같이 발을 동동 구르며 돌아다녔다. 그러는 동안 한두 달이 지나가고 두성의 상처도 서서히 아물었다. 하지만 다리 하나는 쓸 수 없는 병신이 되어 걸음을 제대로 걷지 못했는데, 그즈음에 두성의 처는 한 입 건너 두 입 건너서 들려온 놀라운 소문을 듣게 되었다. 그것은 두성의 다리를 칼로 찌른 범인은 의붓아버지 딱쇠이며, 그가 김 호방에게서 돈 백 냥을 받은 뒤에 어딘가로 사라졌다는 소문이었다.

　때문에 두성의 처는 사고가 났었던 날 순간 떠올렸던 자기의 생각이 맞았다고 확신하며,

　'틀림없어. 나를 과부로 만들어 김 호방의 첩으로 보내기 위해 내 남편을 해치고 백 냥을 받은 뒤에 어딘가로 몸을 숨긴 거야. 내가 병신이 된 남편과 헤어지면 시치미를 떼고 다시 나타나겠지!'

하고 생각했다.

　그래서 이를 북북 갈며 의붓아비 딱쇠를 찾아 남편의 원수를 갚으려고 했다. 하지만 남편을 보살피면서 막일까지 하며 약을 사느라고 꾸어서 쓴 돈을 갚느라고 하루하루를 정신없이 보내야 했다. 때문에 원수를 갚는 일은 고사하고 날이 갈수록 빚만 늘어갔으며, 그 동안 빌려 쓴 돈 일곱 냥을 당장 갚으라는 독촉까지 받게 되었다. 물론 갚지 못하면 그 돈의 액수는 새끼를 쳐서 더욱 늘어갈 것이다.

　두 부부는 결국 서로 손을 잡고 눈물을 흘리면서 의논한 끝에 그들의 집을 빚 대신 채권자에게 주기로 했다. 그리하여 작은 보퉁이 하나

를 머리에 인 두성의 처가 작대기를 짚은 두성을 부축하고 정처 없는 길을 떠나게 되었다.

하지만 산 입에 거미줄을 칠 수는 없고 하루에 한 끼니는 먹어야 했기에 문전 구걸을 하게 되었는데, 그나마도 공주 땅에서 벗어나지 않아야 나을 것 같았기에 장판을 돌아다니다가 밤이 되자, 빈 가게 안으로 들어가 밤을 보냈다.

그날 밤, 임두성은 눈에서 흐르는 눈물을 손등으로 닦으며

"내 팔자가 왜 이리 기구하단 말인가? 나는 내 팔자 때문에 이렇게 되었다지만, 자네까지 이렇게 못할 짓을 시키니 딱해서 못 보겠네. 차라리 그 때 그놈이 나를 죽여주었으면 좋았을 텐데…… 허어!" 하고 한탄했다. 그러자 두성의 처는 남편의 등을 다독거리며 목소리에 힘을 주어서 말했다.

"에구, 그런 말은 하지 마시우. 사람이 살다가 보면 이런 일 저런 일 다 당하는 거지. 설마 영영 이러겠어요. 언젠가 때가 오면 우리도 잘 살게 되겠지. 나야 다리와 팔이 성하니 어려울 것이 뭐가 있겠어요. 당신이 다리를 못 쓰게 된 것이 원통할 뿐이지. 그놈을 만나기만 하면 내가 멱을 물어서 죽이고 간을 꺼내서 씹어먹을 거예요."

"여보 제발 그런 말은 하지 마. 그렇게 흉한 말을 왜 입에다 담는 거야. 아무리 우리가 죽게 되었어도 그런 악한 사람은 되지 않아야 해. 그렇지?"

"옳은 말씀이요. 하지만 웬만큼 분해야지요."

"자아, 그런 소리는 그만하고 어서 눈이나 붙이세. 그나저나 요새

는 이런 데서라도 지낼 수 있지만 겨울이 되면 추워서 어떻게 하지?"

"별 걱정을 다 하시우. 그 때가 되면 어떻게 살 수 있는 수가 생기겠지. 그러니 어서 주무시기나 해요."

이처럼 임두성 부부는 서로를 위로하면서 장바닥 가게에서 이틀 밤을 보냈다.

다음 날 두 부부는 아침부터 북문 밖으로 나와 길가에 앉아서 오가는 행인들에게 한푼 두푼 구걸을 했다. 그런데 옆에 있는 버드나무숲 속에서 흉악하게 생긴 거지떼가 우르르 몰려나오더니 그 중의 한 놈이 시비를 걸었다.

"허어. 이것들이 여기가 어디라고 버젓이 앉아있어. 썩 일어서지 못해?"

"예예, 보시다시피 다리 병신이외다. 그저 이렇게 동냥을 얻어 목숨을 보전하고 있으니 살려주시우, 여러분⋯⋯."

임두성이 사정을 설명했지만, 그 놈은 들은 척도 하지 않으며 큰소리로 말했다.

"허어, 우리가 대대로 거지 동냥짓을 해 왔지만, 너희들처럼 경위 없는 짓은 하지 않았다. 그러니 헛소리 말고 어서 썩 물러가. 어? 이것들 보게. 얘들아, 이것들을 저리로 끌어다가 버려라."

다음 순간 거지떼가 무슨 물건을 다루려는 것처럼 두 부부에게 달려 들었다. 지나가는 행인들은 두 손을 비비면서 거지들에게 애원하는 젊은 부부의 모습을 망연히 바라보고 있었다. 때문에 도와주고 싶은 생각은 간절했지만 상대가 워낙 흉악한 거지떼였기에 두려워하며 슬금슬금 뒷걸음질을 치기만 했다.

그 때 마침 양녕대군이 공주의 경치를 구경하며 그곳의 인정과 풍속을 살피려고 동행인들과 함께 금강 가를 향해 걸어가다가 그 같은 광경을 목격하게 되었다. 그런데 잠깐 보기에도 임두성 부부가 불쌍해 보였을 뿐만 아니라, 그들의 행색이 거지같아 보이지 않았기에 이상하게 생각하며 앞으로 나아가 두성의 팔을 잡아서 끄는 거지의 손을 지팡이로 치면서 일갈했다.

"이놈들아, 피차간에 모두 구걸하며 지내는 모양인데, 무슨 일로 몸이 성치 않은 사람을 그렇게 잡아끌면서 야단이냐? 썩 놓아라."

그랬더니 그 거지가 양녕대군을 힐끗거리면서 투덜댔다.

"영감님은 모른 체 하시우. 이런 무법자는 버릇을 고쳐 주어야 하니까."

"글쎄, 그 사람이 무엇을 잘못했기에 그러는 거냐? 그렇다면 말을 해 보아라."

"그러지요. 글쎄 어디서 굴러먹던 것들인지 모를 이 연놈들이 아무런 인사 한 마디도 없이 여기에 나타나 구걸을 하고 있으니…… 세상에 이런 법이 어디에 있단 말이요."

"오, 무슨 말인지 알아듣겠다. 그럼 내가 저 사람들을 대신해서 인사를 할테니 그만 용서해 주거라."

"그렇게 해 주신다면 용서해 줄 수 있지요."

"고맙다."

양녕대군은 봉이에게 시켜 거지들에게 돈 한 냥을 내주게 하고는 임두성 부부를 불러 사정을 물었다 그랬더니 두 사람은 함께 머리를 숙이며 "누구신지 모르겠지만 정말 고맙소이다." 라고만 말했다. 때문에 양녕대군은 두 남녀에 대해서 더욱 이상하게 생각하며 다시 한 번 그처럼 봉변을 당하게 된 사정이 무엇이냐고 물었다.

결국 임두성 부부의 사정에 대해 소상히 들은 양녕대군은

"듣고 보니 딱한 일이로군! 두성이는 아무쪼록 보물보다 소중한 아내를 끔찍하게 위해 주어야 하느니라. 자네의 아내는 나이가 어리지만 정렬이 지극한 여인이야."

라며 두성의 처를 칭찬한 뒤에 친필로 쓴 편지를 그에게 주면서 다시 말했다.

"원님께 가서 이 편지를 전하면 무슨 말씀이 있을 것이다."

그래서 임두성 내외는 그 길로 당장 관아로 갔는데, 그 편지는 원님에게 전해 지지 못했다. 왜냐 하면 김 호방이 중간에서 가로챘기 때문이었다.

눈치 빠른 김 호방은 원님이 시킨 것처럼 꾸며 그들이 살았던 집을 찾아주고 돈 열 냥을 따로 주어 두 부부가 어려움을 면할 수 있게 해주었다. 그렇게 하여 양녕대군의 편지로 인해 드러나게 될 자기의 치부를 감춘 것이다.

임두성 부부는 원님에게 보내는 편지를 써서 준 사람이 양녕대군이라는 사실을 그로부터 얼마 후에야 알게 되었으며, 그 때부터 아침저녁으로 정화수를 떠놓고 북향 사배를 하며 양녕대군이 행복하기를 축원했다고 한다.

안평대군(安平大君)

소첩의 첫사랑

선영창에 햇빛이 비쳐 눈이 부셨다.

한여름이었으나 새벽바람이 차가워서 닫았던 영창이다.

소옥(小玉)은 살며시 눈을 뜨면서 중얼거렸다.

"어마, 벌써……."

대군(大君)이 새벽에 그 방에서 나간 후에, 다시 늦잠이 들었던 자신을 발견하고 깜짝 놀라며 소옥은 몸을 일으켰다.

풀어진 속적삼 사이로 소담하게 솟아오른 뽀얀 젖가슴이 자기가 보기에도 탐스럽기 짝이 없었다. 단속곳 허리띠도 풀어진 채였다.

넓은 단속곳 아래로는 발가락들이 다닥다닥 붙은 작고 예쁜 맨발이 보였다.

소옥은 흩어진 머리카락을 쓸어올리며 가벼운 하품을 했다.

흠씬 애욕을 쏟아서인지 온몸이 나른했다.

거울을 들어다보면서 지난밤에 있었던 일을 떠올렸다.

소옥은 그냥 대군이 하는 대로 따라서 긴 밤을 보냈을 뿐이었다.

그가 주인이니, 그가 하는 대로 몸을 내맡기는 것이 그녀의 의무이기도 했다.

이곳에 온지 일 년이 지나자. 처음과 달리 이제는 잠자리에서도, 대군의 품속에서도 부끄러움이 적어지게 되었다.

주인 나으리는 소옥이 하늘처럼 높이 올려다보아야 할 지체 높은 분이었다. 상감의 아드님으로 안평대군 용(瑢)이라 불리는 분이기 때문이다.

때문에 소옥의 방에 오는 것은 한 달에 보통 두세 번 많으면 네댓 번밖에 안 된다.

부용이, 금련이, 자란이 등 많은 소첩들이 대군의 곁에 있기 때문이었다. 그는 술이 거나하게 취해,

"오늘은 네 방에 가마."

말하기도 하고 느닷없이 손목을 잡으며,

"가자, 네 방으로……."

하면서 소옥의 방으로 오기도 했다.

대군이 오겠다고 말할 때는 부끄러워서 살짝 몸을 틀어보이는 소옥이었으나, 그것이 기쁘다는 생각같은 것은 없었다.

그렇다고 몹시 싫은 것도 아닌, 그렇게 해야 하는 것이라고 생각하는 소옥이었다.

어느 덧 일 년, 소옥의 나이는 이제 열여덟 살!

대군이 이제 막 피어나고 있는 소옥의 몸뚱이를 힘껏 끌어안아 줄 때, 그녀는 자기도 모르게 숨막히는 흥분을 느끼기도 했다.

사뭇 몸이 달아오르는 듯한 짜릿한 쾌감을 느끼기도 했다.

그러나 그것은 그때뿐이었다. 그밤이 지나면 소옥은 꿈에서 깨어난 것처럼 공허해지는 마음을 발견하고는 스스로 놀라기도 했다.

대군은 정말로 훌륭한 분이었다.

시부(詩賦), 서화(書畵), 가곡(歌曲), 금고(琴鼓)에 모두 통달하여 당대의 제일이라는 찬사를 받고 있었다. 그런 그를 일컬어 풍류의 왕자라고 했다.

30이 넘은 대군의 나이가 무색할 정도로 젊은 얼굴을 가지고 있었다. 용모 또한 준수했으며, 마음은 한없이 너그러웠다.

테가 넓은 통영갓(笠)에 옥색 도포, 붉은 대, 세포 행전에 마른신을 신고 나서는 대군의 풍채는 이루 말할 수 없을 정도의 귀인이었다.

그러나 소옥은 웬일인지 일 년 전 시골집에 있을 때, 이웃집 총각 덕만에게 느끼던 아기자기한 정을 그에게서는 결코 느끼지 못했다.

한 번 얘기를 나누어 본 적도 없었지만, 지금도 늘 그를 연연해 하고 있는 소옥이었다.

소옥의 집도 총각의 집도 몹시 가난했으며 지체도 또한 볼품없는 한낱 상껏 집안에 불과했다.

소옥이가 집에서 받은 몸값 대신 대군의 집 청지기에게 이끌려 꿈속에서도 못 입어 보던 비단옷으로 단장을 하고 집을 떠나올 때, 마을 뒤의 언덕에서 하염없이 그녀를 바라보고 있었든 덕만의 모습이 아직까지도 눈가에 아른거리고 있었다.

"아……."

소옥은 자기도 모르게 가냘픈 한숨을 짧게 내쉬며 풀어진 속적삼 옷고름을 매며 머리를 빗었다. 버선을 신고 백저(白苧)치마를 입고 영창문을 활짝 열었다.

햇살이 가득 방 안으로 쏟아졌다.

소옥은 금침을 개어 얹고 뜰을 바라보았다.

뜰 안의 온갖 아름다운 꽃들이 향기를 머금고 있었다.

여름 꽃들이 아침 이슬을 머금어 마냥 싱그럽고 고왔다.

넓디넓은 저택 울 안에는 대군의 소첩들이 거처하는 별체들이 마치 한 마을을 연상할 만큼 여기저기 자리잡고 있었다. 그리고 그 뒤로는 숲처럼 나무가 우거지고 넓은 그윽한 후원이 있었다.

문득 인기척을 느껴지기에 소옥은 아무 생각없이 그곳을 바라보았다. 소옥의 뜰을 쓸고 있는 궁노였다. 그런데, 비질을 하고 있는 궁노의 뒷모습이 어쩐지 낯설고 서툴러 보였다.

뒷모습이 전보다 젊어 보였기 때문이다.

새로 온 궁노일 것이라고만 생각하며 창문을 닫으려는 순간 소옥은 그만 돌아서는 궁노의 얼굴을 보며 자지러지게 놀랐다.

"아, 덕만이!"

"복이……."

두 사람은 다 같이 작은 목소리로 부르짖었다.

마을에서 부르던 소옥의 이름이 복이였다. 소옥은 대군이 지어 부르는 애명이다.

"복이!"

덕만이가 소옥의 영창가로 다가왔다. 소옥의 작은 가슴은 두방망이 질하면서 뛰었다. 당장 뛰어나가서 손이라도 잡고 싶은 마음이 간절했다. 그러나 소옥은 다가오는 덕만을 손짓으로 막았다.

상전의 소첩이 궁노와 가까이에서 말하는 것은 남의 이목이 두려운 일이었다.

한 집 울 안에 있어도 하인배들과는 말조차 주고 받지 않는 것이 당시의 법도였다.

"복이……."

소옥은 뜻밖에도 고향 사람인 덕만이를 보게 되자, 그 동안 쌓였던 온갖 회포가 그만 눈물이 되어 쏟아져 내렸다. 그녀는 좌우를 살피며 이제 다 큰 총각으로 변한 덕만에게 속삭이듯이 말했다.

"밤에 후원 정자 아래로 와요."

그리고는 황급히 영창문을 닫았다.

그러자 덕만의 안타까운 목소리가 영창 밖에서 들려왔다.

"복이……."

"가요. 지금은 아는 척도 하지 말아요. 밤에 인경을 치거든 후원 정자 아래로 와요."

벽에 기대어 섰던 소옥은 멀어져가는 덕만의 발소리가 들리자, 다시 영창문을 열었다. 궁노의 복색인 산수피(山獸皮) 검정 벙거지에 검정 홋군복 옷매기를 입은 덕만의 멀어져가는 뒷모습이 보였다.

"덕만이……."

그 모습이 사라질 때까지 바라보던 소옥의 눈에 고인 눈물이 주루룩 흘러내렸다. 고향집에 있을 때의 여러 가지 일들이 눈물 속에서 아른거려 가슴이 터질 듯이 뛰었다.

소옥은 누가 보지 않은 것이 다행이라고 생각하며 다시 영창문을 꼭 닫았다.

때는 성왕 세종대왕이 나라를 다스리던 시대였으며, 안평대군은 바로 세종대왕의 셋째아들이다.

그는 천성이 호방하고 탕락(蕩落)하여 풍류를 즐기며 친구 사귀기를 좋아했다. 그의 사랑방엔 언제나 빈객들이 만좌했고, 술독엔 향기 높은 감로가 가득했다.

재자는 가인을 탐해야 하는 것인지 대군은 십여 명의 소첩들을 거느렸는데, 그들은 모두 다 뛰어난 미색이었다.

그러나 대군은 한낱 평범한 탕자가 아닌 큰 시인(詩人)이었으며, 서가(書家)요, 화가였으며, 지음객(知音客)이었다. 붓을 들면 붓끝이 웅혼(雄渾)한 필치의 서화를 낳았고 금고(琴鼓)를 다루면 일세의 명수였다.

읊조리면 격이 높은 시부(詩賦)요, 노래를 부르면 명창이었다.

대군의 소첩들 중에도 시부 음곡에 각기 일가를 이룰만한 여인들이 여럿 있었다.

대군은 낮에는 만좌한 빈객과 더불어 즐겼고, 밤이면 꽃 그늘에 드새는 나비처럼 소첩의 품에서 날을 밝혔다.

소옥은 그 날 하루를 어떻게 보냈는지 스스로 알 수가 없었다.

빈객들이 없었기에 대군은 소첩들을 한 자리에 모아 놓고 글짓기와 글씨 쓰기로 소일을 했다.

소옥은 아직 글을 짓지 못했다.

일년 동안 대군에게 글을 배웠으나 글을 지을 만큼 통달치 못했기에 다른 사람들이 글을 짓는 동안 먹을 갈아 주었고 틈틈이 대군이 시키는 대로 글씨를 썼다.

그러나 그날 이른 아침에 덕만을 만난 설레임이 종일 가라앉지 않았기 때문인지 제대로 글씨를 쓸 수 없었다.

덕만의 그 서글서글한 얼굴이 자꾸만 눈앞에 보이는 듯하여 제대로 붓끝을 다룰 수 없었던 것이다.

떠나온 뒤의 집안 일이며 어머니의 안부를 묻고 싶기도 했다.

아버지 없는 홀어머니와 동생의 일들이 늘 마음을 아리게 만들었던 것이다.

어쨌든 난데없이 덕만이를 만나게 된 것은 뭐라고 말할 수 없는 반가움과 기쁨이었다. 생각할수록 가슴이 뭉클해지며 눈물이 날 것만 같은 짜릿한 기쁨이었다.

"오늘은 웬일이냐? 소옥이의 글씨가 엉망이구나……."

대군의 말대로 소옥의 글씨는 획이 굵다가 가늘어지고 해서 매우 어지러웠다.

소옥은 마음 속의 일을 대군에게 들킨 것 같아서 가슴이 뜨끔했다.

그러나 대군의 얼굴에 다른 기색이 있는 것은 아니어서 마음이 놓였다. 그날 하루가 유난히도 긴 것 같아 소옥은 얼마나 지루했는지 모른다.

대군은 그날, 소옥의 방에 오지 않았다.

밤이 되자 소옥의 마음은 더욱 흔들렸다. 뜨는 듯 마는 듯 저녁상을 물렸는데, 시각이 흐를수록 더해지는 마음의 흥분을 누를 길이 없었다.

그것은 잠자리에 드는 대군에게서는 결코 느껴보지 못한 또 다른 흥분이었다.

대군은 귀한 분이며, 자기가 일생 동안 섬겨야 할 분이려니 하는 생각에 그분이 하는 대로 복종할 뿐이었다. 그녀는 대군이 죽으라면 죽어야 할 몸이었다. 싫지도 않고 그렇다고 좋아지지도 않는 그냥 어려운 분일 뿐이었다.

소옥에게 아름다운 옷과 좋은 음식을 제공해 주고 며칠에 한 번씩 잠자리에서 그녀를 귀여워해 줄 뿐이었다.

그러나 덕만은 달랐다.

지나간 일 년 동안 가슴 속에서 두고 그리워하던 사람이다.

이웃에 가까이 있을 때는 그처럼 간절한 그리움이 없었다. 하지만, 떨어져 있는 일 년 동안 한가한 겨를만 얻으면 보고 싶어지는 사람, 그런 덕만이가 이 집 같은 울 안에 있고, 또 이 밤엔 그를 만나보게 되었기에 너무나 즐거웠다.

'그런데 덕만이가 어떻게 이곳에 오게 된 것일까?'

소옥이 이 생각 저 생각을 하는 동안 밤이 깊어갔다.

소옥은 안절부절하며 서성거렸다.

인경을 치려면 시간이 얼마나 더 가야 할 것인가?

밤은 깊어가건만 잠은 저 멀리로 달아나고 있었다.

드디어 자정을 알리는 인경 소리가 들려오기 시작했다.

하나, 둘…… 스물네 번 울리는 인경 소리를 센 후, 소옥은 살며시 밖으로 나왔다.

그날 따라 달빛은 잠이 들어 별빛만이 더욱 총총했다.

누가 들을세라 발소리를 죽여 가며 후원의 정자로 조용한 걸음을 빨리했다.

궁가(宮家)의 소첩이 외간 남자…… 더욱이 궁노와 깊은 밤에 몰래 만나는 것을 들키면 그야말로 무슨 형벌을 받는지 모를 일이었다.

후원이 가까워지면서 코에 스며드는 풀냄새가 마냥 향기로웠다. 사방은 칠흑같은 어둠 속에 빠져 있었는데 풀벌레 우는 소리만이 요란했다.

소옥이 어두운 나무 그늘에서 잠시 연못가의 정자 언저리를 살펴보았다. 그리고는 발걸음을 더욱 조심스럽게 옮기며 정자 아래로 다가갔다.

"왔어?"

소옥이가 정자를 향해 작은 소리로 입을 열었다.

"응! 복이야?"

대답하는 소리와 함께 정자 밑 어두운 구석에서 검은 그림자가 나타났다. 두 사람은 살며시 다가섰다.

"복이!"

덕만의 굵직한 목소리에 소옥은 따뜻한 안도감을 느꼈다.

"응?"

소옥이가 채 대답할 겨를도 없이 덕만의 굵은 팔이 소옥의 몸을 끌어 안았다.

"덕만아, 이곳에는 어떻게 왔어?"

덕만의 넓직한 품 속에 안긴 소옥이가 물었다.

"복이가 보고 싶어서 시골을 떠나왔지. 이곳 대군궁(宮)에서 일하는 궁노가 되려고 얼마나 애를 썼는지 알아?"

왕족인 대군의 품속보다 덕만의 품안이 훨씬 더 포근했기에 소옥은 지그시 눈을 감았다. 그녀의 가슴은 기쁨과 두려움이 뒤섞여 두근거리건만…….

두 사람은 한동안 말없이 그대로 끌어안고만 있었다.

소옥이는 이윽고 덕만의 품에서 빠져나와 연못가 풀숲에 쪼그리고 앉았다. 덕만이도 그녀의 옆으로 와서 앉았다.

"밤이나 낮이나 복이가 그렇게 그리울 줄을 몰랐어. 그래서 왔지. 복이가 있는 집 울 안에서라도 살고 싶어서……."

"나도 그랬어."

"이젠 복이가 있는 여기서 죽을 때까지 살거야!"

"그렇지만 이러고 있는 것을 남에게 들키게 되면 큰일 나."

"남에게 들키게 되는 것이 그렇게 무서워?"

"……."

"뭐가 무서워, 형벌이?"

"아니, 덕만이와 다시 못 만나게 될까봐. 그것이 무서워……."

두 사람은 다시 서로의 몸을 끌어안았다.

소옥은 그냥 그대로 숨이 진다고 해도 여한이 없을 것 같다고 생각했다.

덕만의 손이 소옥의 몸 구석구석을 아끼듯이 어루만졌다.

소옥은 손으로 덕만의 얼굴을 쓰다듬고 있었다.

"상투를 맸네."

소옥이 말하자 덕만이 머쓱해 하며 대꾸했다.

"장가든 줄 알아? 머리꼬리가 보이는 것이 창피해서 궁에 들어올 때 헛상투를 썼지……."

그들 두 사람이 함께 꿈처럼 행복한 기분에 빠져들었을 때였다. 그때 누군가 갑자기,

"궁중 상간이다. 꼼짝 마라!"

하고 벼락처럼 호통치면서 두 사람의 덜미를 움켜쥐었다. 때문에 덕만과 소옥은 기겁을 하며 자지러졌다.

다음 순간, 두 사람은 파랗게 질리고 말았다.

그들의 밀회 현장을 잡은 자는 대군궁의 수노였다.

"무엄한 불의로다. 가자! 옳치 네놈은 바로 새로 온 작노(作奴) 놈이고…… 이게 또 누구야…… 오라! 소옥 아씨로군."

어둠 속에서 살펴보며 수노는 계속해서 호통쳤다.

덕만과 소옥은 정신이 아찔해져서 숨통이 막힐 것만 같았다.

그러나 그들은 아무 말도 하지 않았다.

덕만은 능히 나이 먹은 수노가 움켜잡는 것을 뿌리치고 도망칠 수도 있었다. 그러나 혼자서 뛰기는 싫었다. 그는

'죽어도 복이와 함께 죽자.'

라는 생각을 하고 있었다.

수노의 호통 소리에 집안 사람들이 모이기 시작했다.

덕만과 소옥은 삽시간에 사람들에게 에워싸인 채 어쩔 줄 몰라 하고 있었다. 더운 여름 날이라 잠이 깊게 들지 않았기 때문인지 사람들이 모이는 속도가 빨랐다.

어둠 속에서 사시나무 떨듯 하는 소옥의 모습이 덕만의 눈엔 무척이나 애처롭게 보였다.

별관에서 잠이 들었던 대군까지 그 일을 알게 되어 대군궁은 아닌 밤중에 발끈 뒤집히게 되었다.

등롱이 휘황하게 켜지고 두 사람은 궁인들에게 끌려가 별관 대청에 나와 앉은 대군 앞에 꿇어앉게 되었다.

"무더운 밤이어서 소인이 바람을 쏘이려고 후원에 이르렀을 때, 어디서 괴상한 인기척이 나옵기에 가만히 가까이 가서 보고 듣자오니 이 두 남녀가 서로 끌어안고 주고 받는 말이 하도 음란망측하여 차마 입에 올리기 어렵기에 현장에서 붙잡아 왔습니다."

충직한 수노는 대군 앞에서 숨김없이 사실을 직고했다.

그 말을 듣고 있는 대군의 얼굴이 분노를 머금고 있음을 밤눈에도 알 수 있었다.

"놈은 누구더냐?"

"장차는 비부(婢夫)가 되겠노라고 2,3일 전에 새로 작노하여 궁에 들어온 덕만이라는 놈이옵니다."

"음 그래, 네 이놈! 고개를 들렸다!"

대군의 위엄있는 호령에 덕만은 고개를 들었는데, 모든 것을 각오

한 듯이 태도가 의연했다.

한참 동안 뚫어지게 덕만을 바라보던 대군이 조용히 물었다.

"네가 언제부터 소옥과 친했느냐?"

"이미 몇 해가 되옵니다."

"뭐? 몇 해가 된다고……."

"그렇습니다. 소인이 고향에 있을 때부터 이웃에서 살았으니까요."

"그럼 그때부터 상간했었느냐?"

"아니올시다. 그냥 알고 사모했을 뿐이옵니다."

"이놈! 바른대로 고하렸다. 서로 알았으면 상간하지 않게 될 이치가 있느냐?"

"서로 사모는 하면서도 사모한다는 말조차 입밖에 비친 적이 없 사오니 상간이란 말은 당치도 않습니다요."

"그럼 이곳에 와서는 이미 상간을 했지?"

대군의 목소리가 분노로 인하여 점점 커졌다.

"그 말씀은 진정 부당하십니다. 소인이 주야로 잊지 못해 먼 발치에 서나마 바라보며 살고 싶은 뜻은 있었사오나, 상간하지는 않았습니 다. 또 오늘 밤에 비로소 만나기는 했으나 그 동안의 서로의 안부를 말 했을 뿐 상간이란 당치 않습니다."

덕만은 숨김없이 사실 그대로 당당히 말했다.

자기가 사모하는 사람과 그리움을 이기지 못하여 서로 만난 것은 결 코 죄라고 생각되지 않았고, 그것으로 인해 형벌을 받게 된다면 달게 받을 결심도 이미 되어 있었다.

"서로 끌어안고 주고 받는 말이 음탕했다던데…… 이놈, 그래도 속이려드느냐?"

"아닙니다. 꼭 일 년만에 만나게 된다면 반가워서 서로 끌어안고 몇 마디 말은 했으나 음탕한 말은 아니었습니다."

"소옥아!"

대군이 소옥을 불렀으나 그녀는 고개를 들지 못했다.

"내가 네게 무엇을 부족하게 했기에 그런 행동을 했느냐?"

"……."

"너도 또한 저놈을 그리워했단 말이냐?"

"그렇습니다."

고개를 숙인 채 분명한 목소리로 소옥은 대답했다.

"지금은 어떠냐? 지금도 저놈을 사모한단 말이냐?"

"법으로는 나으리를 쫓사오나……."

소옥은 말을 맺지 못하고 흐느꼈다.

"법으로는 나를 따르지만……."

잠시 부드러워졌던 대군의 목소리는 다시 높아졌다.

"마음으로는 덕만을 사모하옵니다."

"으음, 그래?"

"네."

소옥이 비로소 당상을 바라보았다. 소옥의 눈길이 대군과 한참 동안 마주쳤다.

"진정으로 하는 말이냐?"

"나으리께 황송하옵니다."

소옥은 다시 고개를 떨어뜨렸다. 소옥의 말을 듣고 난 대군은 전신을 부르르 떨며 소리쳤다.

"그래, 너희들은 조금도 후회하지 않는단 말이지?"

그러나 뜰에 꿇어앉은 두 사람은 말이 없었다.

"네 이놈 덕만아, 그래 후회하지 않겠다는 거냐?"

"황공합니다."

"너 소옥은?"

"……."

"에이, 이 연놈을 광 속에 가두어라. 그리고 지금 당장 궁예(宮隸)들을 시켜 형조에 사실대로 알려서 이 무도한 연놈을 물고를 내라고 전해라."

대군은 자리를 차고 일어서더니 내당으로 들어갔다.

덕만과 소옥은 깊은 연민의 정이 담긴 눈으로 서로의 모습을 바라보았다. 대군이 형조에 명하여 물고를 내라고 명했으니 이제는 꼼짝없이 죽는 몸들이다. 하지만 두 사람 다 죽음이라는 것이 그다지 두렵게 생각되지는 않았다.

소옥은 덕만과 같이 죽는다면 차라리 기쁜 일이라고까지 생각했다. 드디어 그들은 캄캄한 광 속에 갇혀 그날 밤을 보내고 이튿날 동이 틀 무렵 형조 집리(執吏)가 거느린 사령들에게 이끌려 가서 옥에 갇히게 되었다.

그날 아침 진시쯤이 되었을까.

두 사람은 다시 옥승(獄丞) 앞으로 끌려나왔다.

당상에 앉은 옥승은

"너희들 남녀는 마땅히 자기의 죄를 알렸다."

하고 크게 호령했다.

두 사람은 마무 말도 없이 고개만 숙이고 있었다.

'복이'

'덕만이…….'

서로 아끼는 두 사람의 눈은 상대의 마음을 읽고 있었다.

'복이와 같이 가니…… 난 기뻐.'

'나도…… 너와 함께 가는 곳이라면…….'

두 사람은 서너 명의 형리에게 이끌려 전옥 당상청(堂上廳) 앞을 물러나왔다.

교형을 집행하는 형실은 전옥서(典獄署) 안에 있었다. 두 사람의 죄수들은 드디어 형실의 문 앞에 이르렀다.

"너 덕만이 먼저 들어가거라."

형리들은 덕만을 향해 말했다.

드디어 마지막 순간이 온 것이다.

"복이!"

덕만의 애절한 사랑을 먹음은 목소리로 소옥을 부르며 안타까운 듯이 바라보았다.

소옥 역시 대답없이 덕만을 바라보기만 했는데, 그 고운 눈에 눈물이 맺혔다.

"어서 들어가! 시간이 없다."

덕만이 소옥의 몸에서 눈길을 떼지 않은 채 형실로 들어가려고 했을 때였다.

"기다려라!"

하는 소리와 함께 옥승이 당상청으로 통하는 문으로부터 나왔다. 옥승은 한 사람의 사령을 거느리고 있었는데, 그 사령의 팔에는 묵직한 전대가 들리워져 있었다.

"너희들은 물러가거라."

옥승이 명령하자 덕만과 소옥을 처형하려던 형리들이 물러갔다. 덕만과 소옥은 옥승 앞에 무릎을 꿇었다.

"안평대군의 각별하신 부탁으로 너희들의 엄형을 중지한다. 그 부탁이 조금만 늦었어도 너희는 이미 형을 받고 죽었을 것이다. 궁중의 풍기를 바로잡기 위해 너희를 처형하고자 형조에 보냈으나, 물고시키기에는 불쌍하다는 고마운 말씀을 하셨다. 너희는 즉시 한양 백 리 밖으로 나가 다시는 도성 안으로 들어오지 말라는 분부이시다. 알겠느냐?"

옥승이 잠깐 말을 끊고 사령에게 눈짓을 하자 사령이 들고 있던 전대를 두 사람 앞에 내려놓았다.

"이것은 대군께서 내리시는 돈이다. 얼마인지는 나도 모른다. 너희들의 살림 밑천으로 주시는 돈인가 한다. 어쨌든 너희에게 주라는 분부셨으니, 이것을 가지고 어서 가거라. 지체하지 말라!"

옥승은 사령에게 두 사람을 뒷문으로 내보내라고 명령하고는 당상청으로 들어가 버렸다. 망연히 정말로 망연하게 옥승의 말을 듣고 있던 두 사람은 너무나도 꿈같은 사실에 넋을 잃고 있다가, 이윽고 사령들이 보는 것도 아랑곳하지 않고 서로 끌어안았다.

그들의 눈에서는 너그러운 대군의 넓은 은혜에 감격하는 눈물이 빗물처럼 쏟아졌다.

"이 사람들아! 너무 부러워진다. 끌어안고 싶거든 집에 가서 실컷 해라. 남의 앞이니 너무 그러지들 말고 어서 나가거라!"

늙은 사령의 목소리에 제 정신을 차린 두 사람은 눈물을 닦으면서 함께 웃었다.

두 사람은 얼마 후 동작 나루를 건너 남쪽으로 통하는 큰 길로 들어서게 되었다. 봇짐을 진 덕만과 선녀같이 예쁜 소옥이는 한양을 향해서 나란히 무릎을 꿇고는 절을 올렸다.

"대군마마, 고맙습니다."

"고맙습니다."

정성껏 절을 하고 난 두 사람은 이상하게 여기며 곁눈질하는 행인들을 뒤로 한 채 남쪽으로 걸음을 옮기기 시작했다.

구름 한 점 없는 하늘처럼 맑은 마음으로…….

뒷날, 안평대군은 형 세조대왕의 손에 무참히 죽었다.

덕만 내외는 고향에서 아들 딸 잘 낳고 남부럽지 않게 살면서 안평대군의 기일이 되면 남모르게 그늘에서나마 정성껏 그의 제사를 드렸다고 전해진다.

손순효(孫舜孝)

술을 너무나 좋아했던 실력 있는 신하

성종은 훌륭한 인재를 고루 등용한 것은 물론, 그들을 아끼고 사랑하는 마음이 각별했던 왕이었다. 그는 인재들 한 사람 한 사람을 모두 아끼고 소중히 여겼는데, 그 중에서도 특히 손순효를 가까이 하며 그의 재주를 아꼈다.

손순효는 당시에 '장례원 판결사', '동부승지', '도승지', '강원도 감찰사' 등을 역임한 문관으로서 그 명성이 자자했지만, 한 가지 흠을 가지고 있었으니 그것은 술을 너무나 좋아한다는 것이었다.

한 번은 성종이 급히 명나라에 국서를 보낼 일이 있어서 손순효를 찾았다. 왕명을 받은 내시가 다급하게 손순효의 집으로 달려갔으나, 손순효는 집에 없었다. 게다가 집안 사람들 중에도 그의 행방을 아는 이가 없었다.

촌음을 다투는 어명인지라 내시는 물론 집안 사람들까지 모두 손순효를 찾으러 나섰다.

한참을 수소문하고 다닌 끝에야 마침내 손순효를 찾아낸 그들은 아연실색하지 않을 수 없었다.

그는 평소에 자주 들르던 주점에서 만취한 채 대청마루에 널브러져 있었다. 술을 얼마나 많이 마셨던지 아무리 몸을 잡아 흔들어도 깨어날 기미조차 보이지 않았다.

한참 뒤에야 정신을 차리고 자리에서 일어난 손순효의 몰골은 나라의 녹을 먹는 벼슬아치라고는 믿어지지 않을만큼 초라했다.

"나리, 황급히 입궐하시라는 어명이옵니다."

"······?"

손순효는 술이 덜 깬 몽롱한 표정으로 어명을 전하는 내시의 얼굴을 바라보고 있었다.

"나리! 어명이 내린지 한참이 지났습니다. 한시 바삐 입궐하셔야 할 줄로 아옵니다. 서두르십시오, 나리!"

내시가 당황한 나머지 소맷자락을 잡아끌자 손순효는 그제야 겨우 정신을 수습하고 대궐로 향했다.

'이를 어쩐단 말인가? 어명을 받고도 술에 취해 한참을 지체했으니 아무리 성은이 크시다 해도 이번에는 무사히 넘어가기가 힘들 것 같다······'

대궐에 도착하여 내전으로 들어가는 손순효의 마음은 애가 끓어 금방이라도 숨이 멎을 것만 같았다.

"전하! 저를 찾으셨사옵니까?"

내전에 들어온 손순효는 이마가 땅에 닿도록 엎드렸다. 금방이라도 성종의 불호령이 덜어질 것 같아 얼굴을 들어 용안을 쳐다볼 엄두가 나지 않았다.

"어디서 오는 길이기에 이렇게 늦으셨소?"

성종은 전후 사정을 들어서 다 알면서도 넌지시 물어보았다.

"그것이 저어, 소신이 그만……"

"또 술을 드셨군요?"

성종의 목소리에 갑자기 노기가 서리기 시작했다

"전하! 소신의 불충을 용서해 주시옵소서."

손순효는 고개를 들지 못하고 웅얼거렸다.

"지금껏 술이 덜 깬 것을 보니 어지간히 많이 마셨구려?"

"……"

"과인이 과음하지 마시라고 그토록 일렀거늘, 경은 과인의 말이 귀에 들어오지 않나 보구려?"

"전하! 그런 것이 아니오라……"

성종이 갑자기 소리 나게 무릎을 쳤다.

"변명은 하지 마시오."

"황공하옵니다. 전하!"

"지금 명나라에 보낼 중요한 국서를 작성해야 하는데, 그래 가지고야 어디 붓이나 제대로 잡을 수 있겠소?"

"전하! 하명만 하옵소서. 소신이 미련한 글재주나마 성심을 다해 써 올리겠나이다."

성종은 반신반의하면서도 붓과 벼루를 가지고 오라고 명했다. 손순효가 종이를 펼쳐 놓고 붓을 잡자 성종은 천천히 국서의 내용을 읊기 시작했다.

얼마 후 손순효가 내용을 정리한 종이를 성종에게 올렸다. 성종은 그것을 받아들고 조용히 읽어 내려갔다.

'음, 과연 손순효다. 명필에 명문이로다.'

성종은 마음속으로 감탄했다. 손순효가 비록 술에 취해 있기는 했지만, 그가 쓴 글에서 첨삭(添削: 말을 고치거나 삭제하여 고치는 일)할 곳은 단 한 군데도 없었다.

국서를 다 읽은 성종은 이윽고 손순효를 바라보며 노기가 누그러진 어투로 말했다.

"과인이 또 한 번 당부하오. 부디 술을 줄이도록 하시오."

"망극하옵니다. 전하!"

며칠 후 손순효가 다시 부름을 받고 어전으로 나갔더니 성종이 한껏 부드러운 표정을 지으며 은으로 만든 잔을 하사했다.

"과인의 성의니 받도록 하오."

"황공하옵니다. 전하!"

손순효는 성종이 직접 건네주는 은잔을 받았다.

"앞으로는 그 잔으로 석 잔씩만 술을 마시도록 하오."

"명심하겠사옵니다."

은잔을 받아들고 집으로 돌아오면서 손순효는 크게 실망했다. 왕이 하사한 은잔의 크기가 겨우 간장 종지만 했기 때문이다. 말술을 마시는 손순효가 그 잔으로 그것도 하루에 석 잔씩만 마신다면 간에 기별도 가지 않을 것이 뻔했다.

하지만 어명을 어길 수 없는 일이었기에 뭔가 좋은 방법이 없을까 하고 궁리에 궁리를 거듭하던 손순효는 마침내 은세공을 하는 집을 찾아가 성종이 하사한 은잔을 최대한 얇게 펴서 큰 대접으로 만들게 했다.

그러고는 집으로 돌아와 날마다 그 술잔에 술을 넘치도록 따라서 석 잔씩 마셨다.

결국 그는 어명을 어기지 않으면서도 전과 다름없이 마시고 싶은 만큼 술을 마셨던 것이다.

얼마 후 성종이 국사를 의논할 일이 있어 손순효를 따로 불렀는데 손순효의 얼굴에는 예전처럼 주독이 올라 있었다.

성종은 손순효가 자신의 명을 어겼다고 생각되자 갑자기 화가 났다.

"경은 과인의 말을 허튼 소리로 들었나 보오?"

성종의 말에 손순효는 깜짝 놀라며 아뢰었다.

"전하! 어인 말씀이시옵니까?"

성종은 불쾌한 심기를 감추지 않고 말했다.

"과인이 며칠 전에 은잔을 주며 그 잔으로 하루에 석 잔씩만 마시라고 일렀는데, 지금 얼굴을 보아하니 그렇지 않은 것 같기에 하는 소리요."

"아니옵니다. 전하! 소신은 전하의 어명을 받들어 그 잔으로 하루에 꼭 석 잔씩만 마셨습니다."

성종은 더욱 노기 띤 얼굴로 말했다.

"그런데도 얼굴이 그 모양이란 말이오?"

성종은 더욱 화가 났다. 자신이 하사한 잔은 술고래인 손순효가 서른 잔을 마셔도 끄떡없을 만큼 작지 않은가.

"그렇다면 그 잔을 다시 한 번 봅시다. 여봐라!"

성종은 내시로 하여금 손순효의 집에 가서 자신이 하사한 술잔을 가져 오도록 했다.

그런데 잠시 후 내시가 가져온 잔은 대접만한 은잔이었다.

"아니, 이 잔이 과인이 하사한 잔이란 말이요?"

성종은 너무나 기가 막혀 말이 제대로 나오지 않았다.

"전하, 죽을 죄를 지었사옵니다. 전하께서 하사하신 잔으로 술을 마시면 양에 차지 않고, 그렇다고 명을 어기는 불충을 저지를 수도 없는 일이었기에 소신이 은 세공하는 집을 찾아가 잔의 크기를 조금 늘렸사옵니다."

몸 둘 바를 몰라 하는 손순효의 말을 들은 성종은 너무나 어이가 없어 할 말을 찾지 못하다가 큰 소리로 웃음을 터뜨리고 말았다.

손순효의 변명대로라면 어명은 어명대로 지키면서 술을 마음껏 마신 것이니 틀린 말은 아니었던 것이다.

"허허허! 경은 문장에만 능한 줄 알았더니 재치 또한 뛰어나구려."

"송구스럽사옵니다. 전하……"

손순효는 머리를 조아렸다.

한바탕 호탕하게 웃음을 터뜨린 성종은 다정한 목소리로 손순효에게 말했다.

"잘 들으시오. 훗날에 혹시 국정을 돌보는 과인의 눈이 흐려지거든 경이 이 은잔을 닦듯이 맑게 해 주고, 또 백성들의 소리를 듣는 귀가 좁아지거든 경이 이 은잔을 크게 늘린 것처럼 과인의 귀를 크게 열어 주기 바라오."

"성은이 망극하옵니다. 전하!"

곧이어 성종은 큰 소리로 명을 내렸다.

"여봐라, 술상을 들여라. 과인도 오늘은 이 은잔으로 술을 한 잔 마셔야겠다."

박엽(朴燁)

사냥개의 똥물이 명약

선조 시대에 살았던 박엽과 이경운(李卿雲)이라는 두 사람에 얽힌 재미있는 이야기이다.

박엽이 함경도 병사로 있을 때 서울에서 시관(試官)으로 있었던 이경운이 내려온다는 전갈이 왔다. 그러자 박엽은 은근히 화가 났다. 그래서

"그거 참, 서울에만 있어도 될 사람이 무슨 볼일이 있다고 지방까지 내려온단 말인가? 귀찮게시리."

하고 생각하던 그는 이내 마음을 돌렸다.

'아니, 그 친구가 내려오는 건 좋은 일이지. 오랜만에 골탕을 먹일 수도 있고, 어쩌면 내가 중앙으로 진출할 수 있는 기회를 얻을 수도 있을 테니. 그래, 여기에 오면 극진히 대접해 주고 사냥하는 재미도 맛보게 해주어야겠다.'

얼마 후 이경운이 함경도에 오자 박엽은 융숭하게 그를 대접했다. 원래 둘은 잘 아는 사이기도 했지만, 함경도라는 낯선 곳에서 극진한

대접을 받으니 이경운의 기분은 웬만큼 좋은 것이 아니었다.

그래서 며칠 동안이나 묵게 되었는데, 하루는 박엽이 말했다.

"이렇게 집안에서 술만 마시면서 지낼 것이 아니라 모처럼 외지에 나왔으니 사냥이나 한 번 해 보지 않겠소?"

"사냥? 그거 좋소이다."

이경운이 박엽이 생각했던 것 이상으로 기뻐하기에 두 사람은 이튿날 사냥을 하기로 약속하였다. 박엽의 부하들도 날렵한 차림으로 사냥에 참가했다.

이윽고 그들은 사냥터로 출발했는데, 그들이 지나가는 고을마다 백성들이 나와서 길을 쓸고 절을 하면서 칭송의 말을 했다.

"우리 병사님, 잘 다녀오십시오."

"마음 든든하게 해 주시는 우리들의 어른!"

그 광경을 본 이경운은 새삼스럽게 박엽에 대해서 존경하는 마음이 생겼고, 아울러 서울에 올라가면 높은 자리에 천거해야겠다고 생각하게 되었다. 그 정도로 백성들의 인심을 얻는 것은 여러 가지 면에서 매우 힘든 일이기 때문이다.

이윽고 산 속으로 들어간 그들은 사냥을 시작했다. 토끼도 잡고 멧돼지도 몇 마리나 잡았다. 박엽은 자기가 잡을 수 있는 사냥거리를 웬만하면 이경운이 잡도록 애를 써주었다. 이경운은 신바람이 나서 깊은 산 속으로 더 들어가려고 했다.

그러자 박엽이 말렸다.

"더 이상 들어가지 마시오. 저기엔 산짐승들이 많기는 하지만, 이따금 호랑이가 나온다는 곳이오."

그러자 이경운이 호기있게 말했다.

"허어, 호랑이가 나오면 여러 사람이 활을 쏘거나 몽둥이로 때려서 잡으면 될 것 아니오? 소위 병사라는 사람이 어째서 그렇게 겁이 많으시오. 호랑이가 나타나면 내가 활을 쏘아서 잡을 테니 안심하고 인도나 잘 하시오."

그렇게 되자, 박엽은

"이거 참, 호랑이가 정말로 나타나면 어쩌지?"

하는 소리를 몇 번이나 하면서 앞장서서 산 속 깊은 곳으로 들어갔다. 그곳에는 과연 짐승들이 많아서 그들은 환호성을 지르면서 사냥에 열중했는데, 어디선가 갑자기

"후다닥-"

하고 소리를 내면서 박엽과 이경운 쪽으로 뭔가가 달려오는데, 그것은 바로 호랑이였다.

"힉! 호랑이다, 호랑이!"

"도망치자!"

부하들이 놀라며 소리치자, 이경운 역시 겁이 나서 호랑이에게 활을 쏠 엄두가 나지 않았다. 박엽이 재빨리 활을 쏘았으나 빗나가고 말았다.

박엽은 당황하며, 이경운에게 소리쳤다.

"뭘하고 있는 거요? 어서 도망치지 않고."

"아, 알았소이다."

이윽고 이경운도 말머리를 돌려서 도망치기 시작했는데 호랑이가 그를 향해 달려왔다.

"히익—"

이경운이 정신없이 말을 몰다가 돌아보니 호랑이가 계속해서 따라오고 있었다. 그를 태운 말이 산 속에서 들판으로 달려 나가자 호랑이도 산 속에서 뛰쳐나왔다.

'아이구, 저놈의 호랑이가 전생에 나하고 무슨 원수를 졌기에 이렇게 나만 따라오는 거지? 미칠 노릇이구먼.'

하고 생각하며 근처의 마을로 들어섰는데, 호랑이 역시 그곳까지 따라오고 있었다. 악착같이 줄기차게 따라오는 호랑이를 피해 도망치던 이경운은 다시 들판으로 나갔다가 산중으로 들어갔는데, 호랑이는 여전히 따라오고 있었다.

기진맥진해진 이경운은 당장이라도 말에서 떨어질 지경이 되고 말았다. 그가

"이런 기가 막힐 일이 있나. 먼 함경도까지 놀러 와서 호랑이의 밥이 되다니."

하고 탄식하는데, 어디선가 불쑥 나타난 병사 박엽이

"이놈, 내 화살을 받아라!"

하고 소리치면서 호랑이를 쏘았다. 그 순간 이경운은 말에서 떨어지며 정신을 잃고 말았다.

그는 한참 후에야 눈을 떴는데, 정신을 차리고 보니 그곳은 바로 박엽의 처소였다. 그리고 그의 입 안에는 뭔지 모를 이상하고 걸죽한 것

이 들어 있었다.

"이제야 깨어났구려. 천만행이외다. 이제 걱정하지 않아도 되오. 그 고약한 호랑이를 잡았으니, 얘들아, 그 호랑이 가죽을 가지고 오너라."

박엽이 큰 소리로 그렇게 말하자, 이경운은 호랑이 가죽을 들고 오는 병사를 향해 두 손을 내저으면서 더듬거렸다.

"아, 그만 두시오. 호랑이 가죽만 보아도 지긋지긋하니까. 그나저나 내 입 속에 있는 이것은 뭐요? 고약한 냄새 때문에 구역질이 나는구려."

그러자 박엽이 정색을 하면서 말했다.

"아, 그건 약이요. 원래 호랑이 때문에 놀란 사람은 사냥개의 똥을 물에 타서 먹이면 낫는다는 말이 있기에, 아깝지만 우리 집 사냥개를 잡아 창자에 든 똥을 훑어내 약으로 썼더니 역시 이렇게 효험이 있구려."

"뭐, 뭐라고요?"

다음 순간 이경운은 웩웩거리며 입 안의 것을 토하려고 했다.

어쨌든 사냥개의 똥물을 한 그릇이나 마시고 병이 낫게 된 그는 얼마 동안 박엽의 정성어린 간호를 받다가 서울로 떠났다.

그로부터 먼 훗날, 그때 입은 은혜를 잊지 못한 이경운이 박엽을 서울로 불러 한동안 함께 지내게 되었다.

그러던 어느 날 이경운이 그 호랑이 이야기를 하면서, 그때 신세를 많이 졌다고 말하자, 박엽이 씨익 웃으면서 이렇게 대꾸했다.

"에이, 이 사람아. 그래 아직 젖도 다 떨어지지 않은 두 살짜리 망아지를 호랑이로 착각하고, 결국에는 사냥개의 똥물까지 마셨단 말인가?"

"마… 망아지라니?"

"하하핫…… 자네를 끝까지 따라다니던 호랑이는 호랑이가 아니라, 호피를 씌운 망아지였던 거야. 간밤에 산 속에 놔두었던 망아지 근처로 어미말을 탄 자네를 데리고 갔으니 오죽이나 반가웠겠나? 제 어미를 따라다니는 망아지를 자네는 호랑이인 줄 알고 쫓겨 다녔으니 그 때 내가 얼마나 재미있었겠나?"

"뭐… 뭐라고?"

이경운은 너무나 어이가 없어 두 눈을 꿈벅거리기만 하다가 결국 '허허허' 하면서 웃고 말았다.

박엽의 호는 국창(菊窓)으로, 후에 나라를 위해 큰일을 한 사람이며, 이경운의 호는 군서(君瑞)로 역시 명망이 있었던 사람이다.

유운룡(柳成龍)

유성룡(柳成龍)의 바보 형님

임진왜란이 일어나기 3년 전에 있었던 일이다.

당시의 조선 조정은 영의정 이산해(李山海), 죄의정 유성룡, 우의정 이양원(李陽元) 등 세 재상들이 정치의 큰 틀을 짜고 일사불란하게 국사를 처리하고 있었는데, 그 중에서도 유성룡은 가장 젊은 청년 재상으로서 선조의 신임이 매우 두터웠다.

유성룡은 학문이 깊을 뿐만 아니라 국량(局量: 사람을 포용하는 도량과 일을 처리하는 능력)이 컸기에 국가의 중요한 정책들은 대체로 그의 머리에서 나오고 처리된다고 해도 과언이 아니었다.

특히 중국과 일본을 상대로 하는 껄끄럽고 복잡한 외교 업무는 그의 전담 사항이었는데, 상대적 이해가 걸린 문제들을 하도 깔끔하게 잘 처리했기 때문에 유성룡이라는 이름 석 자는 그 두 나라에서도 유명했을 뿐 아니라 두려움의 대상이 되었다.

유성룡에게는 이름이 유운룡이라고 하는 형이 있었는데, 너무나 바보 불출(不出)이어서 모르는 사람이 없었다. 실제로는 그렇게 형편 없는 바보가 아니었지만, 동생이 하도 유명했기에 상대적으로 남의 주목과 손가락질을 받게 되었던 것이다.

어쨌든 유운룡은 워낙 주변머리가 없고 어리석어서 세상 사람들의 눈총을 받는 것은 물론이려니와 일가친척들 사이에서도 사람 취급을 제대로 받지 못했다. 그러다 보니 정상적인 생활을 하기가 불가능하여 아우의 집에 얹혀서 살게 되었다.

유운룡이 아무리 세상 사람들로부터 손가락질을 받는 바보라고 하지만 유성룡에게는 피를 나눈 형이었다. 그래서 유성룡은 집안 사람들을 엄격히 단속하여 함부로 대하거나 소홀히 대접하지 못하도록 하고는, 후원에 작은 별당 하나를 마련하여 거기서 편안하게 지내도록 했다.

아우의 정성어린 배려 속에서 유운룡은 항상 거의 온종일 방 안에 틀어박혀 있었다. 다른 사람들이 보기에는 글을 읽는 것 같았지만,

"천하의 바보 천치가 글을 알면 무엇을 얼마나 알겠느냐, 공연히 책을 펴놓고 읽는 척할 뿐이 아니겠느냐?"

라고 집안 사람들, 특히 하인들은 수군대며 이죽거렸다.

유성룡은 그런 형에 대해서 항상 측은해 하며 가능한 한 섭섭하지 않게 해주려고 노력했지만, 워낙 국사로 바쁜 몸이어서 뜻대로 되지 않았다. 집에 돌아와서도 업무의 연장에다 쉴 새 없이 찾아오는 방문객들을 맞아 상대하느라고, 어떤 때는 한 달이 지나도록 형의 얼굴을 못 보는 경우도 있었기에 매우 미안하게 생각하고 있었다.

어느 날 저녁, 유성룡이 모처럼 한가한 시간을 얻어 오늘은 형을 찾

아가 봐야겠다고 문득 생각하는데, 마침 형이 제 발로 나타났다. 형이 바깥사랑에 나오는 것은 극히 드문 일이었기에 유성룡은 놀라면서 반가워했다.

"형님, 어서 들어오십시오."

유성룡은 얼른 일어나 반갑게 맞아들였다

"한 집에 있으면서도 아우의 얼굴을 보기 힘들군. 오늘 저녁엔 모처럼 이야기나 좀 나눌까 하고 나왔네. 방해가 되지 않겠는가?"

"방해는요. 잘 오셨습니다. 그렇잖아도 바쁘다는 핑계로 자주 형님을 뵙지 못해 죄송하게 생각하고 있었습니다."

"무슨 소리를 하나. 아우는 나라에 매인 몸이니, 사사로운 일보다 국사를 당연히 우선으로 생각해야지."

그처럼 이해심 많은 소리를 하는 형이 유성룡은 무척이나 고마웠다. 다른 사람들은 형을 바보니 천치니 하며 손가락질하지만, 그에게는 더없이 정겹고 착한 형이었다. 형제는 실로 오랜만에 마주앉아 이런 저런 이야기를 나누었는데, 무슨 이야기 끝에 유운룡이 문득 뜻밖의 화제를 꺼냈다.

"그런데 아우는 바둑을 잘 두어서 국수라고 불린다지?"

"다들 그렇게 말합니다. 그런데 갑자기 바둑 이야기는 왜……?"

"나하고 바둑 한 판 두어 보지 않겠나?"

"형님과 말입니까?"

유성룡은 은근히 놀랐다. 형이 바둑을 두는 것을 본 적도 없거니와, 바둑을 둘 줄 알리라고는 꿈에도 생각해 본 적이 없기 때문이었다. 반

면에 그 자신은 일찍이 바둑에 입문했으며 그 실력이 당대의 최고로 꼽히는 실정이었다. 그런 그에게 천치 소리를 듣는 형이 바둑을 두자고 했으니 놀란 것은 무리가 아니었다.

"아니, 형님이 언제 바둑을 배우셨습니까?"

"뭐 특별히 배운 적은 없지만 흑과 백, 두 가지 돌을 번갈아 놓아서 상대방을 가두어 잡고 집이 많은 쪽이 이긴다는 것 정도는 알고 있네. 왜? 시시해서 두기 싫은가?"

"형님도 참, 그럴 리가 있겠습니까?"

유성룡은 혹시나 형의 마음을 상하게 만들 것 같아 얼른 웃는 낯으로 얼버무리고는, 뙤창을 열고 하인을 불러 바둑판을 차리라고 시켰다. 하인은 눈이 휘둥그레졌다. 주인 대감님과 반편인 형님이 바둑을 두겠다는 것이기 때문이었다. 하지만 감히 군말을 못하고 윗목에 치워져 있는 바둑판을 들어다 두 사람 사이에 놓고 물러간 하인은 그처럼 놀라운 일을 다른 사람들에게 이야기했고, 온 집안은 그 뜻밖의 사건으로 술렁거리게 되었다.

바둑판을 앞에 놓고 마주앉은 두 사람은 돌을 가렸는데, 유운룡이 먼저 백돌을 아우에게 밀어놓고 자기가 흑돌을 잡았다.

"저한테 백을 주시는 겁니까?"

"아우는 나라의 쟁쟁한 재상이고, 또한 국수라는 칭호를 가지고 있으니 처음부터 흑돌을 주어서야 되겠는가?"

유성룡은 나오려는 웃음을 참느라고 애썼다. 사회적인 신분을 생각해서 백돌을 넘긴다는 것이니, 기가 막힐 노릇이 아닐 수 없었다.

어쨌든 그렇게 하여 뜻밖의 대국이 시작되었는데, 한 점, 두 점 두어나가는 동안 유성룡은 속으로 크게 놀라게 되었다. 처음에는 형을 얕보고 그저 되는대로 판 위에 돌을 갖다놓았으나, 흑의 착점이 기리(棋理)에 맞지 않고 허한 듯 하면서도 실제로는 주변의 쌍방 세력과 조화를 이루어 빈틈이 없다는 것을 깨닫고는 신중한 자세로 자기의 착점에 정신을 집중하지 않을 수 없었다. 그러다 보니 어느덧 그도 상대가 형이라는 것을 잊고 바둑 삼매경에 빠져들고 말았다.

이윽고 한 판 대국이 끝나 집계산을 해 보있는데, 흑이 한 집 반승이었다. 유성룡으로서는 기가 막힐 노릇이 아닐 수 없었다.

"제가 졌군요. 형님께서 이렇게 바둑을 잘 두시는 줄은 몰랐습니다."

"아우가 이 형을 대접하느라고 대강대강 두어서 그렇지. 아무려면 내가 상대가 되겠나."

"아닙니다. 정말 놀라운 기력이십니다. 제가 깨끗이 졌습니다."

"그럼 어디 한 판 더 두어 보세. 이번에는 내가 백을 쥐어도 되겠는가?"

"형님이 첫 판을 이기셨으니, 당연히 백을 쥐셔야지요."

말은 그렇게 시원스럽게 했지만, 유성룡은 속으로 오기가 발동하는 것을 어쩔 수 없었다. 천하의 국수로서 그런 패배는 일찍이 당해본 적이 없었다. 때문에 첫 착점부터 신중에 신중을 더했다. 선착의 유리함을 살리면서 자기가 좋아하는 모양으로 포석을 해 놓고 백의 약점을 노리려고 했다. 하지만 백이 그것을 허용하지 않고, 흑의 허점을 예리하게 찔러 왔기에 도무지 뜻대로 판이 짜이지 않았다.

유성룡으로서는 정말이지 혼신의 힘을 다한 대국이었다. 그런데도 결과는 두 집 반 패였다. 세 번째 판은 유성룡이 전의를 불태우며 적극적으로 원해서 두게 된 대국이었다. 이제는 웃을 기분이 아니게 된 유성룡은 부릅 뜬 눈으로 판을 응시하며 입에서 단내가 나도록 온 기량을 쏟았다. 하지만 결과는 역시 유성룡의 형편없는 불계패로 끝나고 말았다. 유성룡은 기진맥진해 물러나 앉았다.

"아이고, 도저히 형님을 못 당하겠군요."

"아우가 형 대접을 착실히 하느라고 그랬겠지?"

"아닙니다. 형님이야말로 국수이십니다."

유운룡은 빙그레 웃으며 바둑판을 한쪽에 밀쳐놓고 담배를 한 대 피워 물었다. 그리고는 부드러운 어조로 말했다.

"내가 쓸데없는 소리를 하는 것인지 모르겠으나, 아우를 생각하는 마음에서 한 마디 할까 하네."

"기탄없이 말씀하십시오. 경청하겠습니다."

"사람이 세상을 살아나감에 있어서 항상 자기를 돌아보고, 남을 생각하며 멀리까지 보는 눈으로 사물을 관찰하고 판단해야 할 것이네. 무엇을 잘 한다고 그것에 만족하여 우쭐거려서는 안 되며, 일국의 권세와 지위를 한 몸에 차지하고 있다고 교만 방자해서도 안 되겠지. 아우는 국수라는 소리를 듣는 처지에, 오늘 이 어리석은 형과 바둑을 두어 지리라고는 꿈엔들 생각해 보았는가. 그러나 바로 이런 것이 세상사의 불가사의인즉, 아우는 지위가 높아지고 명망이 두터워질수록 몸과 경계하도록 하게 알았는가?"

"명심하겠습니다. 참으로 금과옥조 같은 말씀이십니다.'

유성룡은 끓어오르는 감동 때문에 자기도 모르게 무릎을 꿇고 고개를 숙여 진심으로 형에게 경의를 나타냈다. 솔직히 말하자면 그도 역시 형을 온전한 사람으로 생각하지 않았었다. 그런데 오늘 보니 형은 바보 천치이기는커녕 국량이 깊고 총명하기가 이를 데 없지 않은가. 함께 자랐고 한 지붕 밑에서 지내면서도 형의 그런 진면목을 파악하지 못한 자기야말로 현재 누리고 있는 지위와 명망을 부끄러워해야 할 인간이라는 자책감이 가슴을 쳤다.

"아우가 새겨 들어주니 고맙군. 아울러서 한 가지 특별히 당부할 말이 있네."

"말씀하십시오. 형님."

"사흘 후에 금강산 유점사에서 왔다는 웬 중이 아우를 찾아올 것이네. 그리고 필경 하룻밤 자고 가겠다고 눌러앉을 거야. 그러니 무슨 이유를 대서라도 사랑에다 재우지 말고 내 거처로 보내게. 알겠는가?"

"형님, 분부대로 하겠습니다만, 도무지 무슨 영문인지……"

"그것은 나중에 알게 될 것이네. 아무튼 그 중을 물리치지도 말고 꼭 내 거처로 보내야 한다는 것을 잊지 말게. 덧붙여서 말하거니와, 아우는 국운을 양 어깨에 짊어졌다고 해도 과언이 아닌 막중한 신분이야. 그러니 항상 주위를 살펴 상서롭지 못한 일을 당하지 않도록 각별히 몸조심하게."

"명심하겠습니다."

이윽고 형이 자기의 처소로 돌아간 다음, 유성룡은 착잡한 생각에 빠져들었다. 무엇보다도 형이라는 인물의 진면목을 확인했다는 것 자체가 경이였다. 누구한테나 손가락질을 받는 바보 천치인 형이 사실은 웬만한 인물이 아닌 것이다. 그처럼 놀라운 바둑 실력이며, 듣는 이의 가슴을 치게 만드는 준론은 그가 대단한 사람임을 증명해 주고 있었다. 더구나 미래를 예측하는 듯한 그의 말투도 크게 마음에 걸렸다.

'사흘 뒤에 웬 중이 찾아올 것이라니, 과연 그것이 사실일까? 형님의 어조를 보면 그 중이 뭔가 곡절을 가지고 있는 모양인데, 그렇다면 그 중의 정체가 뭐란 말인가?'

그런저런 생각을 하느라고 유성룡은 밤이 늦도록 잠을 이루지 못했다. 그리고 나서 사흘째가 되는 날까지, 유성룡은 그날 밤 형으로 말미암아 생긴 놀라움을 머릿속에서 떨쳐낼 수 없었다. 더구나 형이 말한 사흘째가 되는 날에는 아침부터 공연히 마음이 초조하고 긴장되어, 조정에 나가 공사를 보면서도 그 같은 생각에서 벗어나지 못했다.

착잡하고 무거운 기분으로 하루를 보낸 유성룡은 집에 돌아와 이제나 저네나 문제의 중이 나타나기를 기다렸다. 마음 한쪽에서 한 가닥 의구심이 일기는 했지만 형의 예언이 실현될 것이라고 확신하고 있었던 것이다.

어느덧 해가 지고 땅거미가 짙게 깔렸다.

바로 그때 대문을 두드리는 소리가 들려왔다. 하인이 나가서 대문을 여는 기척에 이어 마당으로 들어서는 발소리가 들리더니 잠시 후,

"나무아미타불! 소승이 대감께 삼가 문안 올립니다."

하는 우렁우렁한 소리가 들려왔다.

유성룡이 바짝 긴장하며 띄창을 열고 내다보니, 먹장삼에 가사를 걸치고 등에는 바랑을 짊어진 중이 마당에 서 있다가 유성룡을 보고는 허리를 굽히며 합장했다. 장년의 나이를 먹지 않은 듯하고, 훌쩍 큰 키에 튼튼한 체구를 가진 중이었다.

"대사는 어느 절에서 오시는가?"

"예. 금강산 유점사에서 왔습니다."

그 말을 듣는 순간 유성룡은 가슴이 철렁 내려앉았다. 하지만 애써서 시치미를 떼고 다시 말했다.

"멀리서 오셨구먼. 그래, 서울에는 웬일로?"

"마침 계절이 가을철이라, 팔도 명산대찰을 찾아다니며 유람 행각을 하는 중인데, 함경·평안 ·황해 3도를 거쳐 삼남 지방으로 내려가다가 마침 서울을 지나게 되었기에, 평소에 흠모해 온 유 상공 어른을 찾아 뵙고 하룻밤 높으신 교훈의 말씀을 얻어들을까 하고 들렀습니다."

"그러면 내 집에서 묵으시겠다는 뜻인가?"

"아무쪼록 사랑방에서 하룻밤 자게 해 주시면 감사하겠습니다."

"이걸 어쩌지? 나도 불경을 대강은 읽었기에 모처럼 대사와 함께 불경 강론이나 하고, 또 금강산 이야기를 듣는 것도 좋겠지. 하지만 내가 오늘 몸이 몹시 불편하여 일찍 쉬고 싶을 뿐 아니라, 집에 말 못할 사정이 있어서 오늘만은 외부인을 일절 재울 수 없어서 말이야. 그렇다고 속인도 아닌 불제자를 몰인정하게 물리치기도 뭣한 노릇이니 원……. 정 뭣하면 저 후원 외딴 별채에 사는 내 가형(남에게 자기 형을 이르는 말)한테 부탁드려 주지. 거기라면 하룻밤 묵으시는 것도 상관없을 듯하니까."

"관세음보살! 그렇게라도 배려해 주시니 감사합니다."

중은 다시 한 번 합장을 했다.

이윽고 중은 하인의 안내를 받아 후원에 있는 유운룡의 거처로 갔다, 유 상공의 칠푼이 형님 이야기는 세상에서 모르는 사람이 없을 정도였기에 중이 호기심이 생겨 유운룡을 바라보니 보잘것없는 풍채를 가지고 있었다.

또한 사람을 맞아들이는 태도가 좋게 표현하면 무골호인이고 나쁘게 표현하면 소문 그대로 바보 푼수였다.

"유 상공 어른은 학문이 깊고 도량이 큰 인물로 평판이 자지하신데, 그의 가형되시는 어른께서는 어찌 이런 후미진 곳에 거처하십니까?"

중이 짐짓 묻는 소리를 들은 유운룡이 허허대면서 대답했다.

"아우한테 얹혀서 사는 처지니 어쩌겠소."

"그래도 사람의 도리가 그렇지 않은 것입니다."

"아무려면 어떻소. 그보다 대사, 마침 적적하던 참에 만났으니 조용히 술이나 한 잔 합시다."

"어른께서는 별 말씀을 다하시는군요. 출가한 중이 술은 무슨 술입니까?"

"그럼 술 대신 곡차로 하지."

"허허허, 원 어르신도……"

중은 웃음을 터뜨렸다. 술이나 곡차나 마찬가지 말이기 때문이었다. 언제 준비해 두었는지, 유운룡은 벽장 안에서 술 단지와 안줏감을 꺼냈다. 술은 향취가 그윽하고 안주는 먹음직했기에 중은 어쩔 수없이 구미가 동하고 말았다.

권커니 잣거니 하며 마시다 보니 큰 술 단지가 어느덧 바닥을 드러냈고, 두 사람 모두 어지간히 취하고 말았다.

유운룡이 먼저 침상 위에 누워 코를 골기 시작했고, 은근히 그의 기척을 살피던 중도 스르르 잠이 들었다. 그리고 얼마나 시간이 흘렀을까.

깊이 잠든 것 같았던 유운룡이 슬며시 일어나 중이 벗어 놓은 바랑을 헤쳐 보았다. 놀랍게도 그 속에는 천으로 친친 삼아 감춘 일본도 한 자루가 들어 있었다. 유운룡은 이번에는 중에게 살금살금 기어가서 가슴을 풀어 헤쳐보았다, 단검 자루가 손에 잡혔다. 비수를 품고 있었던 것이다.

유운룡은 그 비수를 뽑음과 동시에 중의 가슴 위에 올라타며 호통을 쳤다.

"네 이놈!"

자고 있던 중은 질겁을 하면서 깨어났다. 유운룡은 중의 턱 밑에 비수를 들이대면서 호령했다.

"네놈이 아무리 날고 긴다고 해도 내 눈을 속이지는 못한다. 뭐? 유점사의 중이라고?

"어, 어르신네. 도대체 무슨……"

"이놈! 아직도 허튼 수작을 하려는 거냐? 유 상공이 네놈을 나에게 보낸 것은 네놈이 찾아올 것을 미리 알고, 정체도 이미 꿰뚫어 보았기에 나더러 적당히 처리하라는 뜻이 있어서였느니라. 그래도 이실직고

하지 못하겠느냐?"

"사, 살려주십시오. 사실은……"

그 중의 정체는 왜국의 첩자였다.

머지않아 조선을 상대로 전쟁을 일으키려는 야심을 품은 도요토미 히데요시가 조선 팔도의 지리를 염탐하는 한편, 누구보다 장애가 되고 두려운 존재인 유성룡을 암살하라는 특명을 부여하여 날랜 부하를 중으로 가장시켜 내보냈던 것이다.

사랑방에서 자다가 유성룡을 해칠 계획이었으나 후원 별채로 내몰림을 당한 첩자는 그런대로 유운룡 곁에서 자다가 한밤중에 살며시 일어나 사랑채로 가서 목적을 달성한 다음, 그 길로 일본으로 도망칠 생각이었다. 그런데 그만 유운룡이 주는 독한 술을 마시는 바람에 곤한 잠에 빠져들었다가 그 같은 곤욕을 치르게 되었던 것이다.

첩자의 실토를 받아낸 유운룡은 비로소 비수를 거두고 방바닥에 내려와 앉아 준엄하게 꾸짖었다.

"잘 들어라. 너의 주인인 도요토미라는 작자는 잘못 생각해도 한참 잘못 생각하고 있는 것이다. 명민하고 국량 깊기로 3국에서 명성이 높은 천하의 유 상공이 어찌 너희 나라의 그릇된 계획을 꿰뚫어보지 못하고 계시겠느냐? 그러니 도요토미가 어설픈 군력과 준비를 믿고 전쟁을 일으킨다면 필시 제 몸을 망치고 말 것이다. 네 죄를 묻기로 한다면 마땅히 목을 따야 할 것이지만, 네까짓 놈 하나 죽인들 무슨 소용이 있을 것이냐. 살려서 돌려보낼 테니, 너희 나라로 돌아가 주인한테 쥐새끼 같은 좁은 생각의 그릇됨을 자세히 아뢰어 불행한 꼴을 당하지 않도록 하라. 알겠느냐?"

"예. 명심하겠습니다."

혼이 반쯤 나간 첩자는 바랑도 팽개친 채 식은 땀을 흘리며 허겁지
겁 달아나고 말았다.

임진왜란의 전 과정을 통해 전쟁 수행에 있어서 누구보다 공이 컸던
유성룡, 그의 눈부신 활약은 어쩌면 천하의 바보로 알려져 있는 형의
머리에서 나온 지혜 덕분에 행해질 수 있었는지도 모른다.

채문걸(蔡文杰)

재치 있는 말재주

때는 숙종 5년(1679) 7월 어느 날 오후, 사랑에 있던 병조 판서 김석주(金錫周)는 누군가가 밖에서 찾는 소리가 들리기에 미닫이를 열고 밖을 내다보았다.

그랬더니 하방 사람으로서 어찌어찌하여 그의 집에 자주 드나들게 된 채문걸(蔡文杰)이라는 선비가 와 있었다.

"음, 자네 왔나? 시골에 갔다고 들었는데 언제 왔나?"

"예. 고향에 갔다가 며칠 전에 돌아왔습니다. 그 동안 안녕하셨습니까?"

"그래. 별일 없었네. 거기 서 있지 말고 올라오게."

"예."

채 선달이 허리를 굽히며 사랑 윗목으로 들어서면서 보니 그 때까지 인사는 나누지 않았지만 안면은 많은 청년 장교들 세 사람이 먼저 와 있었다. 그들은 김 판서에게 가장 신임을 받고 있는 부하들이었다.

한 사람은 이문덕(李文德)이라는 기골이 장대한 청년이었고, 또 한 사람은 어필수(魚必遂)라는 청년으로서 체격이 작고 얼굴이 좀스럽게 생기기는 했지만 실력이 있는 무관이었다. 그리고 또 한 사람은 정언형(鄭彦衡)이라는 청년으로서 얼핏 보면 시골의 토반 같지만 늠름한 모습을 가지고 있는 무관이었다.

채 선달은 '세상에서 너희들을 김 판서의 세 심복이라고 하는데 사이 좋게 모두 여기에 와 있었구나' 하고 생각하며 구석자리로 가서 앉았다.

"그래, 올해의 농형(農形: 농사가 되어 가는 형편)은 어떻던가?"

김 판서가 담뱃대에 담배를 담으면서 묻자, 채 선달이 정중하게 대답했다.

"예. 과히 흉하지 않아 보였습니다."

"그래? 그렇다면 다행이야. 뭐니뭐니 해도 농사가 잘 되어야 해."

"아무렴입쇼."

그런 말이 오고간 뒤에 김 판서가 청년 장교들을 바라보면서

"아까 사장(射場)에서 보여준 이 군의 재주는 대단했어."

라고 말하자, 이문덕이 고개를 숙이며 대꾸했다.

"그까짓 것을 재주라고 할 수 있겠습니까?"

"또, 어 군이 말을 타고 창을 쓰는 솜씨도 훌륭했고."

김 판서가 이어서 말하자, 어필수도

"원, 별 말씀을 다 하십니다."

라고 겸사하는 말을 했다.

김 판서는 그날 사장에서 있었던 일에 대해서 좀 더 이야기를 주고

받고는 웃으면서 말했다.

"자네들 그렇게 앉아 있지만 말고 날 위해서 재미있는 이야기나 하나씩 하게."

그러자 채 선달이 '옳지, 잘 됐다!' 하고 생각하며 마음속으로 중얼거렸다.

'너희들이 김 판서의 심복들이지만, 이 방에서 내쫓고 선달 신세를 좀 면해야겠다.'

"제가 옛날 이야기를 하나 할까요?"

다른 사람들이 입을 열기 전에 채 선달이 먼저 나서자, 김 판서는 마땅치 않게 생각했으나 내색하지 않으면서 말했다.

"그래. 이왕이면 구수한 이야기로 해 보게."

한데 채 선달이 눈치를 보니 세 사람 모두 자기가 먼저 이야기하는 것을 못마땅하게 생각하는 것 같았다. 그래서 슬쩍 정언형을 보면서 말했다.

"노형께서 먼저 하시지요."

그랬더니 정언형이,

"아니오. 노형이 하시게 되었는데 왜 내게 팔밀이(마땅히 자기가 해야 할 일을 남에게 미루는 것)를 하시오?"

하면서 꽁무니를 뺐다.

채 선달은 그렇게 하여 남들이 입을 열지 못하게 만들고는 이야기를 하기 시작했다.

"먼 옛날, 어떤 마을에 이 가(李哥) 성을 가진 사람 하나가 살고 있었습니다."

"그래서……?"

"그런데 그 사람이 장가를 일찍 가기는 했지만 부부 간의 금슬이 좋지 않아서, 상말로 하자면 부부 사이가 닭이 소 보듯이, 소가 닭 보듯이 하는 관계가 되었답니다. 그러니 그런 사이에서 어떻게 자식이 생기겠습니까? 그러는 중에 세월은 흘러 그의 나이 어느덧 사십이 되었지만, 그 때까지도 일점혈육이 없었답니다."

채 선달은 거기서 잠깐 이야기를 멈추었다. 김 판서가 신경을 써서 듣고 있는지 확인하기 위해서였다.

"그래서?"

김 판서가 이야기를 계속하라고 재촉하자 채 선달은 말을 이었다.

"그런데 하루는 밖에 있던 그 이 가가 볼일이 생겨 집안으로 들어와 대청에서 뭔가를 찾다가 보이지 않자 안방 문을 열게 되었습니다. 그런데 안방에서는 그의 아내가 마침 치마와 속옷을 모두 벗고 이를 잡고 있었는데 남편이 갑자기 들어오자 미처 옷을 입지 못하고 외면하기만 했답니다. 한데 그 이 가는 평생 동안 아내를 소박했고 또 얌전한 사람이어서 방외범색(房外犯色: 자기 아내 이외의 다른 여자와 육체관계를 가짐)을 모르던 터였기에 밝은 대낮에 여자의 나체를 보는 것이 처음이었답니다. 그리고 벌거벗은 아내의 살결은 백설 같았기에 '선녀의 살결도 저렇지는 않을 것이다'라고 생각했답니다. 그래서 내숭스럽게 무엇을 찾는 척하다가 '여보, 왜 그러고 있어?' 하고 말을 걸었더니 아내가 더욱 당황하며 부끄러워하더랍니다."

채 선달은 거기서 다시 한 번 이야기를 멈추며 좌중을 스윽 둘러보았다. 그랬더니 판서가 앞으로 다가앉으면서 이야기를 재촉했다.

"그래서?"

"때문에 그 자리에서 그만 아내를 눕히고 일을 치렀을 뿐만 아니라 그 때부터 오랫동안 버려두었던 아내와 정다운 사이가 되었답니다. 그리고 그 달부터 태기가 있어 열 달 후에 옥동자를 낳게 되었답니다. 그런데 아이의 이름을 지을 때 다른 사람들은 대개 수(壽: 오래 삶)가 길라고 '수동'이라고 짓거나, 복(福)을 많이 받으라고 '복동'이라고 짓지만 그는 '나는 아내가 이를 잡고 있었기에 그렇게 된 것이니, 즉 이가 문 덕에 얻은 자식이니 '이문덕'이라고 짓겠다.' 라고 했답니다. 그래서 그 아이는 이문덕이라는 이름을 갖게 되었다더군요."

채 선달은 즉석에서 어렵지 않게 이야기 하나를 꾸며 한쪽에 앉아 있는 진짜 이문덕을 놀렸다.

김 판서와 어필수, 정언형이 모두

"허어, 그 이야기 참 재미있네.",

"그렇습니다. 하하하……"

하면서 박장대소를 했다.

하지만 이문덕은 채 선달이 안면은 있지만 정식으로 인사를 한 사이가 아니었기에, 또 그만한 일을 가지고 김 판서 앞에서 시비를 할 수도 없었기에 안색만 붉으락푸르락하다가

"대감, 소인은 몸이 좀 불편해서 먼저 돌아가겠습니다."

하면서 일어났다.

김 판서는 진짜 이문덕이 나가는 모습을 보자 채 선달의 이야기가 생각났기에 다시 소리 없이 웃었다. 채 선달도 역시 '네가 내 계책에 떨어져 무안해져서 도망가는구나' 하고 생각하며 빙그레 웃었다.

"자네는 웬 이야기를 그렇게 잘 하나?"

김 판서가 말하자, 채 선달이 대꾸했다.

"그렇게 말씀해 주시니 고맙습니다. 그럼 하나 더 해드릴까요?"

"그래. 이번에도 재미있는 것으로 하게."

김 판서는 채 선달의 기지를 속으로 칭찬하면서 다음 이야기를 재촉했다. 그러자 채 선달은 새로운 이야기를 꺼냈다.

"옛날에 어떤 고을에 한 부부가 살고 있었습니다."

"그런데……?"

"동갑인 두 사람은 열다섯 살 때 혼례를 치렀는데 금슬이 어찌나 좋았던지 혼인한 다음 달부터 태기가 있어 초산을 했으며, 마흔 살이 될 때까지 아들 칠 형제와 고명딸 하나를 얻었답니다."

"그거, 매우 다복하구먼! 그래서?"

"그런데 살림이 몹시 궁색하여 그야말로 쪽박에다 밤을 주워 담은 것처럼 한 방에서 팔 남매가 들끓었으니 그게 어땠겠습니까? 그리고 자식들을 한 해마다 하나씩 낳았기에 직접 업어서 기를 수가 없어서 맏이는 셋째 놈을 업어서 기르고. 둘째 놈은 넷째 놈을 업어서 기르고, 셋째 놈은 다섯째 놈을 업어서 기르고, 넷째는 여섯째 놈을 업어서 기르고……이런 식으로 키웠는데, 그러는 중에 한 아이가 잘못하여 매라도 맞게 되면 방 안이 떠나갈 정도로 시끄러워지는 겁니다. 한 놈이 울면 다른 아이들도 따라 울기 시작하기 때문이지요."

"그래서?"

"그렇게 되니 아비가 되는 사람은 자연히 밖으로만 나돌게 되어 두 내외는 제대로 정을 나누지 못했습니다. 그런데 한 번은 그 사람이 오랫동안 시골로 등짐장사를 하러 갔다가 섣달그믐에 돌아오게 되었습니다. 금슬이 좋은 내외가 오랜만에 다시 만난 거지요. 그래서 생각이 간절해진 남편이 아내에게 눈치를 보였지만 자식들이 많아서 큰 놈은 먼 발치에, 둘째 놈은 바로 옆에 누워있었습니다. 그러다가 아비가 거사할 생각이 나서 슬그머니 움직이면 아래쪽에서 큰놈이 부스럭대는 소리가 나고, 그놈이 조용해지면 작은 놈이 부스럭대는 소리가 나는 바람에 좀처럼 거사를 할 수가 없었습니다."

"그거 재미있군! 그래서?"

"그래서 아비가 그러기를 두어 식경까지 하다가 아이들이 좀 잠잠해진 틈을 타서 거사를 했답니다.

"그거 잘 됐군."

"그런데, 그 아비가 거사하는 것을 눈치 챈 큰 녀석이 둘째를 흔들어 깨우더니 "애야, 배부수(背負手)가 또 나오게 되겠구나"하더랍니다. 배부수란 곧 '등에 업힐 수'란 말이 아닙니까? 큰놈은 글방에 다녔기에 '배부수'라는 문자를 배웠던 모양입니다."

하고 채문걸이 이야기를 끝냈더니 김 판서와 정언형은 재미있다는 듯이 박장대소를 했다. 하지만 어필수라는 무관은 얼굴이 붉으락푸르락해지더니,

"대감, 집에 급한 일이 있는 것을 깜박 잊고 있었습니다. 먼저 가 봐야겠습니다."

하면서 자리에서 일어났다.

채문걸은 이번에도 시치미를 뗀 채 어필수가 물러가는 모습을 바라보았다.

김 판서의 집에서 나간 어필수는 분함을 참지못하며 중얼거렸다.

"허어, 그 시골 놈이……업힐 수(어필수)가 나오게 생겼다고? 깨끗하게 당했군."

"자네의 이야기가 모두 그럴 듯하이! 어디 하나 더 해보게."

김 판서는 다시 한 번 채문걸의 변재(辯才: 말을 잘 하는 재주)에 감탄하며 말했다.

"뭘요. 그저 심심하신 것 같아서 웃겨드린 겁니다."

"그래?"

"어느 마을에 못난 양반이 한 사람 살고 있었답니다."

"그래서?"

"그런데 조용히 살지를 않고 툭하면 공연히 상한(常漢: 상놈)들을 건드리며 욕을 하고 다녔기에 항상 상한들에게 손가락질을 당했을 뿐만 아니라, 어떤 때는 싸움이 붙어 두들겨 맞기도 했답니다. 그런데 그 못난 양반에게 서울에서 벼슬을 하고 있는 일가들이 있었고, 그의 사촌이 되는 형 하나가 정언(正言: 사간원의 정6품 벼슬)이었지요. 때문에 매를 맞은 그 양반은 '네 이놈, 우리 정언 형에게 말하면 너는 뼈도 못 추리게 된다.'라고 공갈을 치고 달아났습니다."

"그래서?"

"그래서 상한들은 정언 벼슬을 하는 그의 형이 무서워서 더 때리지 못했는데, 그 후에도 또 싸움이 벌어져 두들겨 패도 정언 벼슬을 한다는 형은 나타나지 않았답니다. 그래서 그 때부터는 상한이 도리어 못난 양반에게 '네 놈의 정언 형이란 놈이 백 명이 있든 천 명이 있든 무섭지 않다. 그러니 정언 형이란 자식이 어떤 자식인지 데려와 봐라. 그 자식이 오기만 하면 골통을 부숴놓을 테니까'라고 하더랍니다."

채문걸의 이야기가 거기서 끝나자 이번에는 정언형이라는 무관이 무안해졌다.

채문걸이 자기의 이름을 말하면서 골통을 부숴 놓겠다는 이야기를 했기에 앞의 두 사람처럼 얼굴이 붉으락푸르락해지더니,

"대감, 저도 볼일이 좀 있어서 이만 가 봐야겠습니다."

하면서 자리에서 일어났다.

채 선달은 손쉽게 김 판서의 심복들 세 사람을 모두 쫓아내고 김 판서와 단 둘이서 마주앉게 되었다.

"자네에게 그처럼 뛰어난 기지가 있는 것을 모르고 있었네."

김 판서가 칭찬하자 채 선달이 말했다.

"소인이 대감댁 문하에 다니기 시작한 지 어느덧 십여 년인데 아직까지 선달에서 멎고 있습니다. 그리고 이번에 서울로 올라와서 들으니 이상한 소문이 떠돌고 있는데, 세 사람이 있는 자리에서 그것을 발설할 수가 없었습니다. 그래서 굳이 변변치 못한 이야기를 하게 되었던 것입니다."

김 판서는 그제야 비로소 채문걸이 뭔지 모를 기밀을 가지고 왔으며 그것의 대가로 벼슬을 올려 주기를 원한다는 것을 알게 되었다.

"그래, 세상에 떠돌고 있는 이상한 소문이라는 것은 무엇인가?"

"말씀드리기 거북합니다만, 허 정승의 아들 견(堅)이라는 놈이 복선군(福善君: 인조의 손자, 인평대군의 아들)과 무슨 일인가 꾸미고 있다는 겁니다.

"그래?"

김 판서도 그즈음 허적(許積)의 서자 견이라는 자가 불궤(不軌: 반역을 꾀함)를 도모하고 있다는 소리를 듣긴 했지만, 물적 증거가 없기에 입을 다물고 있었던 것이다.

"그런데 그 비밀스러운 소문은 어디서 들었나?"

"비밀스러운 소문이라고 말할 수도 없습니다. 도하(都下: 서울 안)에는 허견이 불궤를 꾀한다는 말이 허다하게 퍼져 있으니까요."

"그럼 자네는 오늘부터 당장 그 일에 대해서 자세히 알아보게. 좀 더 높은 벼슬을 시켜 줄 테니까."

그렇게 말한 김 판서는 어느덧 저녁때가 되었기에 안으로 들어가고 채 선달은 사랑에서 물러갔다.

다음 해인 숙종 6년(1680년), 허적의 조부 잠(潛)이 시호를 받게 되었다. 그리하여 축하연을 베풀 때 허적이 궁중의 유악(帷渥 기밀을 의논하는 곳)을 함부로 사용하여 처벌을 기다리던 중 서자 견의 역모 사건에 연루된 죄로 사사(賜死: 독약을 내려 스스로 죽게 하던 일)되었는데, 그 같은 일을 넌지시 살펴 물적 증거를 잡은 사람은 채문걸이었다고 한다.

　허적이 사사된 사건은 동시에 남인(南人)들이 갑자기 몰락하는 원인이 되기도 했다.

김구(金構)와 서종태(徐宗泰)

똑똑한 신부 길들이기

숙종 대왕 초엽의 유명한 사간(司諫: 조선시대에 임금께 간하는 일을 맡아보던 벼슬) 김징(金澄)의 장남 김구(金構)라는 선비가 어느 해의 과시에서 높은 성적으로 뽑혀 옥당(玉堂: 홍문관)에 들어갔다.

그는 총명하고 민첩했으며 견식도 뛰어났기에 시강(侍講: 왕 또는 동궁의 어전에서 학문을 강의하는 것)하는 자리에 들어서면 여러 사람들의 시선을 한 몸에 받았고, 그에 대한 임금의 총애가 매우 깊었다.

그의 친구들 중에 서종태(徐宗泰)라는 재사가 있었는데, 그 역시도 문장에 능하고 학식이 높았기에 사람들은 그들 두 사람 중에서 누가 더 뛰어나다고 감히 말하지 못했다.

그들은 모두 일찍 자녀를 낳았는데, 김구의 3남 1녀도 무럭무럭 잘 자라났다.

그런데 김구의 딸은 뛰어나게 잘 났기에 재색을 겸비했다는 소리를 들었으나 얼굴이 아름다운데 비해 성미가 매우 강하고 사나웠다. 모든 면에서 남들이 따르지 못할 재능을 가지고 있었으나, 내려다보며 그들의 말에 귀를 기울이지 않는 나쁜 버릇을 가지고 있었다.

때문에 김구는 딸을 지극히 사랑하고 아끼면서도 오라비들이 그 딸과 말다툼이라도 하게 되면,

"그 애는 우리 집의 왈패, 여자 암행어사란다. 어사 앞에서 누가 큰소리를 친단 말이냐? 그러니. '예, 사또의 말씀이 옳습니다.'라고 말하는 것이 무사태평할 수 있는 상책이라고 알아라. 그 애가 말로 싸워서 지더냐, 재주로 겨뤄서 지더냐, 경우로 따져서 지더냐, 성격이 부드럽지 못한 것이 여자로서 단 하나의 결점이니 어떻게 억지로 항복을 받겠느냐."

하고 칭찬인지 탄식인지 모를 소리를 하고는 했다.

그 딸이 점점 자라 혼인할 나이가 되자 김구의 걱정은 더욱 커졌다.

'어떻게 해야 저 애를 꼼짝 못하게 만들어 뜻대로 조종할 수 있는 지혜를 가진 사위를 맞을 수 있을까?'

하는 생각이 항상 그를 괴롭혔다.

그 딸이 16세가 된 해 어느 날, 승지 벼슬을 하던 김구가 정원에서 입직하게 되었을 때, 같은 승지인 서종태도 당번이 되어 숙직실에서 장남인 명균(命均)에게 공부를 시키고 있었다.

김구가 자세히 살펴보았더니 얼굴도 잘 생겼고 매우 지혜로운 것으로 보아 장래에 나라의 큰 인물이 될 것이 분명했다.

그래서 어느 날 서 승지에게

"여보게 노망(魯望: 서종태의 자), 자네에게 청이 있는데 들어 주겠

는가. 영윤(令尹: 남의 아들에 대한 높임말)이 그토록 잘 났으니 통혼처가 많이 생겼겠군. 그래, 약혼이 되었는가?"

하고 물었더니 그가 미소 지으며 대답했다.

"아직 하지 못했네. 옛날에는 20세에 관례를 하고 30세가 되어야 장가를 가지 않았나. 물론 지금도 그렇게 할 수는 없겠지만, 나는 요새처럼 젖내가 나는 어린 것들을 성혼시키는 것은 악습이라고 생각하네. 내가 벼슬을 하면서 그 같은 악습을 고치지는 못할 망정 어찌 그것을 본받는단 말인가. 또 당자인 그놈도 '아직 이릅니다. 공부를 좀 더 하고요'라고 말하기에 몇 군데서 통혼이 왔지만 허락하지 않았네. 그런데 왜 그걸 묻나? 자네가 중신이라도 들려고 그러는가?"

그러자 김구는 비로소 자기의 딸에 대해서 이야기했다.

"딸 자랑을 하는 것 같지만 재모와 다른 범백(凡百: 여러 가지의 모든 것)은 옛날의 숙녀들에게 별로 뒤떨어지지 않는데 성질이 너무나 억세어 약고 굳센 남편이 조종하지 않으면 제대로 사람 노릇하기가 어려울 것 같다네. 그래서 지금의 풍속으로 보면 혼인할 때가 늦었지만 남의 집 며느리가 되어 그 집안을 망신시키게 될 것이 두려워 아직까지 그대로 두고 있네. 그런데 며칠 전에 영윤의 행동거지를 보니 참으로 내가 찾던 사윗감이네. 내 딸을 제대로 된 사람으로 만들 수 있는 남자는 영윤밖에 없으니 부디 나의 청을 받아들여 적당한 때에 성혼하세. 천생배필이란 아마도 이런 경우를 말하는 것 같으니 어찌하겠는가?"

서 승지는 김구와 친구였기에 그의 딸에 대해서는 젖먹이 때부터 알고 있었다. 또한 딸에 대해서 숨기지 않고 이야기하는 김구의 우정에 감동하여 그의 청을 받아들이기로 했다.

약혼한 두 사람의 나이는 동갑이었지만, 서명균은 여름에 출생했고 김씨 처녀는 동짓달에 출생했기에 신랑 쪽이 여섯 달 정도 연상이었다.

어쨌든 두 집에서는 서로 준비하여 그들이 18세 되는 해에 이조참판 김구의 딸이 대사헌 서종태의 자부로서 6례를 갖춘 성대한 결혼식이 내외 친척과 친구들이 축하하는 가운데 매우 엄숙하고 화기애애하게 거행되었다.

신랑이 전안(奠雁: 구식 혼인 때 신랑이 신부의 집에 기러기를 가지고 가서 상 위에 놓고 절하는 예)하려고 말에서 내렸을 때, 김구가 그의 귀에 입을 대고

"오늘 밤이 가장 좋은 기회다. 오늘 밤을 놓치면 기회가 없다."

라고 말하자, 신랑은 미소를 지으면서 대꾸했다.

"염려하지 마십시오. 준비는 다 되었습니다."

예식이 끝나자 신랑과 신부는 일단 서종태의 집으로 돌아왔는데, 신랑은 안에 들어서기가 바쁘게 어린애처럼 어머니를 부르며 말했다.

"아, 배고파! 콩죽을 먹고 싶으니 어서 좀 쑤어 주세요."

"얘가 갑자기 미쳤나? 오늘은 두 집에 모두 잔치가 벌어졌는데 하필이면 콩죽을 찾느냐. 국수를 먹으려무나."

"싫어요. 콩죽을 먹고 싶어요."

"알겠다. 조금만 기다려라."

명균의 모친은 이상하게 생각하면서도 여종 하나를 불러 서둘러 콩죽을 만들라고 분부했다. 급히 만든 콩죽이 들어오자 신랑은 허겁지겁

그것을 두 그릇이나 먹더니

"후유! 이제야 살겠다. 어머니 고맙습니다."

하고 큰 소리로 말했다. 그리고는 사랑으로 가서 미리 감춰 두었던 독주 한 병을 몸에 지니곤 말을 타고 신부와 함께 집을 떠나 처가로 가서 화촉동방의 즐거운 초야를 지내게 되었다.

이윽고 신방에 들어간 신랑은 모든 행사의 절차와 절차를 습속대로 행하고는 불을 끄기 전에 신부에게 말했다.

"내가 하고 싶은 말이 있소."

"예. 무슨 말씀입니까?"

"어느 할아버님 때부터 생긴 것인지는 모르겠지만, 우리 집안에는 첫날밤에 새 부부가 반드시 신랑이 가지고 간 가양주(家釀酒: 집에서 빚은 술) 석 잔씩을 자리끼 뚜껑으로 마시고 자야 복을 받느니, 금슬이 좋아지느니 하는 관습이 있소. 부인에게 괴로운 일이 되겠으나 그 같은 관습에 따라 주시겠소?"

매우 정중하게 말했기 때문인지 신부는 망설이지 않고 대답했다.

"저는 술 마시는 것을 배우지는 못했습니다. 하지만 오늘부터 귀댁의 사람이 되었고 여필종부(女必從夫)라는 말도 있으니 어찌 항거하오리까. 주십시오. 먹겠습니다."

청산유수처럼 분명하게 대답하는 그 모습은 과연 보통 내기의 여자가 아니었다.

서명균은 웃으면서 주발 뚜껑에 술을 따라 먼저 한 잔 마시고는 다시 한 잔을 따라 아내에게 내밀며 함께 준비한 육포(肉脯: 쇠고기를 얇게 저미어 말린 포)도 권했다. 아내가 아름다운 얼굴을 곱게 찡그리며 주발 뚜껑을 비우자, 서명균은 다시 술을 따라서 마시고는 술을 따른 주발 뚜껑을 아내에게 내밀었다. 그 같은 일은 한 번 더 되풀이되었고 신부의 얼굴은 단번에 붉어졌다.

아무리 기질이 강하다고 해도 신부는 법도 있는 가정에서 술 냄새를 맡지도 못하며 곱게 자란 여자였다. 그런 여자가 독주를 계속해서 석 잔이나 마셨으니 결과는 너무나 뻔했다. 신부는 어느 샌가 술에 취해 안절부절 못하는 상태에 빠져들고 말았다

신랑은 그제야 촛불을 끄고 잠자리에 누웠다.

잠시 후 신부의 코를 고는 소리가 들리기 시작하자 신랑은 슬그머니 일어나 촛불을 다시 켰는데, 신부는 그런 것을 전혀 느끼지 못하며 송장처럼 누워 잠을 자고 있었다. 그리고 신랑의 뱃속에서는 낮에 콩죽을 과하게 먹었기 때문에 야릇한 소리를 내면서 배탈이 나 있었다.

신랑 명균은 급히 자기의 의복과 버선 등을 멀리 치운 뒤에 이불을 벗기고는 신부의 속곳(여자의 아랫도리 맨 속에 입는 속옷)에다 마음 껏 설사를 했다. 동시에 그 냄새는 화촉동방의 꿈 속같은 분위기를 단번에 헝클어뜨렸다. 그런 중에 명균은 급히 의복을 원래 있던 자리에 가져다 놓고 금침(衾枕: 이부자리와 베개)도 이상없이 만들어 놓고는 촛불을 껐다. 그리고는 얼마 후에

"이리 오너라. 빨리 와서 불을 켜라. 밖에 누구 없느냐?"

하고 다급하게 소리쳤다.

때문에 집안에선 단번에 큰 소동이 일어났다. 그렇지 않아도 장모

를 위시한 여러 안식구들은 몹시 피곤하기는 했지만 잠을 이루지 못하고 있었다. 신방에서 신부가 신랑과 함께 술 마시는 것을 보았기에 혹시 무슨 실수라도 하지 않을까 하고 걱정하며 신방 쪽의 기미를 살피고 있었는데, 갑자기 신랑이 호령하는 소리가 들려왔기에 그들은 모두 크게 놀라며 달려왔다.

"도대체 어디서 이런 냄새가 나는 것이냐? 정말 답답해서 못 견디겠다."

신랑이 짜증을 내자 유모가 방문을 열며 큰 소리로 말했다.

"새서방님께서 부르셨군요. 옥매야, 어서 가서 불 켤 것을 가져 오너라."

잠시 후에 몸종이 들어와 촛불을 켜고 유모도 방 안으로 들어와 공손하게 머리를 숙였다. 그 순간 측간(厠間: 변소) 냄새보다도 더한 악취가 유모의 코를 화악 찔렀다. 그리고 신랑은 두 눈을 말똥말똥하게 뜨고 앉아 있었지만, 신부는 코를 골면서 자고 있었다.

이윽고 신랑이 목소리를 가다듬으면서 말했다.

"자네는 유모지? 내가 자다가 고약한 냄새 때문에 일어나게 되었으니 어디서 나는 것인지 알아봐 주시게."

"예."

유모는 일단 신부를 깨우려고 했다.

"아씨, 아씨, 어서 일어나세요."

하지만 몇 번이나 불러도 신부는 술 냄새만 풍길 뿐 눈을 뜨지 못했다. 가쁘게 숨을 몰아쉬며 몸을 뒤척이면서 야릇한 냄새만 풍길 뿐이었다.

그러자 잔뜩 화가 난 얼굴로 신부를 바라보던 신랑이 말했다.

"여보, 정신을 좀 차리시오. 나는 당신보다 배는 더 마셨소. 당신에
겐 조금씩만 따라 주었는데 그렇게 실신까지 하셨소?"

그제야 신부는 가까스로 정신을 차리며 일어나 앉았지만 몸을 움직
일 때마다 풍기는 온몸의 악취로 인해 방 안의 공기는 더욱 나빠졌다.

신랑이 부리나케 망건을 머리에 쓴 것은 바로 그 때였다.

신랑은 '쯧쯧'하고 혀를 차면서 눈살을 사납게 찌푸리더니,

"에이, 나는 우리 집으로 돌아가겠소. 오늘 혼인한 새아내가 저런
꼴이라니 원! 얼굴이 아깝다. 몇 해 후에 다시 만납시다."
하고 내뱉었다.

그리고는 초립(草笠: 옛날 어린 나이에 관례를 한 남자가 쓰던,
누른 풀로 만든 갓)을 쓰고는 휑하니 밖으로 나가 버렸다.

때문에 신부의 어머니는 어이가 없어서 할 말을 잃었고, 신부는
너무나 부끄러워서 얼굴을 들지 못했고, 하인들은 그 일에 대해
서 귓속말로 속삭이며 웃었다.

한 마디로 말해서 김 참판의 집은 큰 난리를 치른 집처럼 되었다.
신랑이 가 버린 뒤에야 모든 정황에 대해서 들은 김 참판은 속으로는
웃으면서도 겉으로는 크게 걱정하는 얼굴로 딸과 아내에게 말했다.

"네가 누구에게나 지기 싫어하더니 결국 탈이 났구나. 도대체 오늘
밤에 왜 술을 마셨느냐? 그 집의 가풍이 아무리 그렇다고 해도 첫날밤
에 신부가 신랑과 술 마시기를 겨루었다는 것이 당키나 한 일이냐. 사

내와 경쟁할 것이 따로 있지. 술 마시기를 겨루면 네가 질 것이 뻔한데 어쩌자고 그렇게 취해서 정신을 잃었단 말이냐. 정말 딱하게 되었다. 그리고 그놈도 그렇지. 갈 때 내게 인사도 하지 않고 성이 나서 갔으니, 내가 먼저 가서 빌 수도 없는 일이고, 그 집에서 뭐라고 말하기 전에 너를 보내는 것도 창피한 일이다. 어쨌든 이런 일이 있었다고 세상에 소문이 나면 입장이 더욱 난처해지니 부인도 종들을 단속하여 입들을 다물게 하오. 이번 일에 대해서 말하는 자들은 반죽음이 되도록 만들 것이니 주의하시오. 창피한 일이지만, 이미 벌어진 일이니 그렇게 할 수밖에 없지 않겠소. 에잉……"

그 때부터 신부의 억센 기세는 마치 다른 사람으로 변한 것처럼 없어졌다. 부모에게는 물론, 누구에게나 부드럽고 친절하게 대했기에 집안 사람들이 모두 놀라며 탄복했다.

한편 그런 일이 있었던 것을 모르는 사람들은

"과연 시집은 가야 하는 것인가 보다. 그처럼 억세던 색시가 어쩌면 저렇게 달라질 수 있단 말인가? 얼굴이 절색인데 행실은 물론 말하는 것까지 정숙하고 현철한 요조숙녀가 되었으니 저런 여자에게 장가든 서씨 신랑이야말로 유복하고 팔자 좋은 남자로다."

라고 말하며 감탄하고 부러워했다.

물론, 시집을 잘 가서가 아니라 술에 취해 똥을 쌌다고 생각했기 때문에 그런 결과를 얻은 것이라는 것은 김 참판만이 알고 있는 비밀이었다.

하지만 김 참판은 딸의 성질을 누구보다도 잘 이해하고 있었기에 그

같은 딸의 성질이 재발할 것을 염려했다. 때문에 부인이 어쩌다가 심하게 딸을 나무라기라도 하면,

"그 아이가 사내자식으로 태어났다면 훌륭한 재상이 될 수 있는 재목인데 산신(産神: 출산의 신)의 잘못으로 계집애가 되었어. 저런 애가 세상에 둘이나 있겠소? 예쁘겠다, 경우 밝겠다, 착하겠다, 얌전하겠다, 부족한 데가 어디 한 군데라도 있소? 오직 한 가지 원통한 것은 그날 밤에 술을 마신 것 뿐이야."

라고 말하면서 간접적으로 위로했다.

그런데, 그 해 겨울의 어느 날, 대궐 안에 들어갔다가 돌아온 김 참판이 부인과 딸을 부르더니 길게 탄식했다.

"내가 오늘 상감의 특명으로 과시(科試)의 시관으로 참석했는데 장원 급제한 준수하게 생긴 선비가 바로 내 사위인 서명균이가 아니겠소. 합격자들을 발표한 뒤에 신은(新恩: 과거에 새로 급제한 사람)들이 입시하는데, 그놈의 신수가 만인들 중에서 가장 뛰어난 선풍도골이더군. 상감께서도 기뻐하시며 가까이 불러 여러 가지를 물어보시고는 서 참판과 나를 보시며 퍽이나 만족스러워하십디다. 하지만 나는 부끄러워서 얼굴을 들지 못했으니 딸을 가진 죄가 그토록 창피하다는 것을 그 때까지 꿈속에서도 모르고 있었소이다. 그날 밤의 그 일만 없었더라면 내가 그놈과 서 참판에게 뭐가 부끄러웠겠소? 그래서 남들이 치하하는 말을 듣는 둥 마는 둥하면서 얼른 도망쳐 나왔으니 내 기분이 좋을 리가 있겠소? 에이, 창피스러워 못 견디겠으니 술이나 좀 주시오. 아, 네가 아비의 속을 이렇게 썩이다니……아, 나도 오늘

은 술에 취해 똥이나 쌀까? 기가 막혀서 못 살겠으니, 허허허……"

때문에 부인은 딸을 보면서 눈살을 찌푸렸고, 딸은 얼굴이 주홍빛이 되면서 감히 고개를 들지 못했다.

그로부터 이틀 후에 김 참판이 부인과 딸에게 음식을 준비하라고 시키면서 말했다.

"그놈이 오늘 유가(遊街: 과거 급제자가 광대를 데리고 풍악을 잡히면서 거리를 돌며 좌주, 선진자, 친척 등을 찾아보던 일) 때 내 집에 오겠지. 이 기회에 붙잡아 놓고 제 아내를 데려가라고 졸라야겠어. 그러니 너도 앞으로는 정신 차리고 항상 조심해라. 서 정승 집안의 큰 며느리가 왈패라는 소리를 듣게 된다면 크게 창피한 일이 아니겠느냐? 여자로서의 첫 번째 미덕은 너도 알고 있겠지만 유순과 정숙이니라. 그것이 없으면 복을 받기가 어려우니 내가 한 말을 명심해라."

그랬더니 그의 부인이 맞장구를 쳤다.

"그렇게만 되면 얼마나 좋겠습니까? 이 애도 요즘은 잘 하고 있습니다. 사위가 데려가지 않기에 화가 나서 그 동안 공연히 야단을 치고는 했어요. 집에서 어정거리는 것을 볼 때마다 화가 치미니 어쩝니까?"

이튿날 신은을 받은 유가 행차가 문 앞을 지나가게 되자, 김 참판은 먼저 대문 밖으로 나가 서명균에게 선배의 입장에서 충고를 해 주었다. 그리고는 그의 손을 잡고 집안으로 들어서면서 작은 소리로 말했다.

"이젠 걱정하지 않아도 되었으니 오늘 데리고 가라."

그렇게 되어 장인과 사위가 꾸민 밀계는 천의무봉처럼 흔적도 없이 성공적으로 이루어졌다.

시집으로 가서 살게 된 신부가 이따금 이상한 눈치를 보이면 서명균이 즉시 말했다.

"첫날밤에 있었던 일을 잊으셨소? 근신하시오."

그렇게 하면 만사가 풍정낭식(風定浪息: 바람이 멎고 물결도 쉰다는 뜻)이었다. 때문에 드러나게 되는 것은 서명균의 아내에 대한 좋은 평판들 뿐이었다.

그로부터 몇 년 후, 김 참판이 한 걸음 앞서서 형조 판서를 거쳐 우의정이 되었고, 서종태는 4년 후에 판의금부사(判義禁府事: 조선시대에 왕의 명에 따라 범인을 다루던 의금부의 으뜸 벼슬)가 되었다. 두 사람 모두 정승의 반열에 이른 것이다.

세월이 계속해서 흘러가는 중에 먼저 정승이 되었던 김구는 겨우 오십여 세의 나이로 세상을 떠났고, 서종태는 그로부터 십여 년 후에 세상을 떠났다. 그리고 얼마 후에 숙종이 승하하고, 4년 후에는 경종이 승하했기에 왕세자가 대위에 올랐으니 그가 바로 영조이다.

따라서 이때부터 김구와 서종태의 시대는 과거의 역사가 되었고 김제노와 서명균의 시대가 전개되었는데, 그들 역시 부친이 그랬던 것처럼 서명균의 처남이 되는 김제노가 몇 년 앞서서 정승이 되고 서명균도 정승이 되었다.

또한 영조 재위 50여 년 동안 김제노의 아들 김치인과 서명균의 아들 서지수도 정승이 되었으니 두 집안은 모두 3대에 걸쳐 재상들을 배출했다는 놀라운 기록을 세운 것이다.

어쨌든, 김씨 부인은 서씨 집의 안주인이 되어 40년 세월을 보내는 동안 세상에 둘 없는 유순하고 정숙한 현부인으로 살았다. 양처현모라는 거룩한 칭송을 받으며 자녀들을 명사와 숙녀로 키웠으며, 단 한 번도 남편의 뜻을 거역하지 않았다.

따라서 정승 서명균은 영조의 신임을 받았으며 부인의 성실한 내조와 자녀들의 효양(孝養: 효성으로서 보양하는 것)을 받아 인간으로서의 갖가지 즐거움을 모두 누렸는데, 그리는 중에 그의 회갑수(回甲晬 회갑일)을 맞게 되었다.

때문에 자녀들이 헌수하는 잔치를 두 번 할 계획을 세우자 정경부인 김씨가 만류하며 말했다.

"너희들의 정성은 고맙지만 그렇게 하지 마라. 회갑 경사는 일생에 한 번밖에 없는 것이기는 하지만, 우리 부부는 동갑이니 합동으로 한 번만 빈객들을 널리 청하지 말고 해라. 내 생일은 겨울이어서 잔치를 하기도 불편하니 너희들의 아버지 생신에 나도 함께 잔을 받으면 된다."

그래서 서 정승의 회갑연은 합동으로 치러지게 되었으며 내외친척들과 축하객들이 많이 찾아왔는데 궁중에서도 선온(宣醞 임금이 신하에게 내리는 술)의 예우를 했기에 그날의 잔치는 더욱 영광스럽게 장식되었다. 이른 아침부터 많은 손님들이 찾아와 흥청거렸고, 온종일 음악 소리와 기생들의 노래 소리가 이어졌다.

손님들은 해가 서산 뒤로 잠기고 기둥마다 매달린 청홍색 사등에 불이 밝혀진 뒤에야 모두 돌아갔다. 그제야 비로소 가족들끼리만 단란하게 즐길 수 있는 시간이 된 것이다.

서 정승은 그때 부인과 함께 중당에 임석해 있었는데 어디를 보아도 자서제질(아들과 사위와 아우와 조카)인 골육지친들 뿐이었는데 그들은 거의 모두가 높은 지위에 오른 재상들이었다.

금관자나 옥관자를 달고 사립(絲笠: 명주실로 짜개를 하여 만든 갓)을 쓰고 패영(貝纓: 밀화, 산호, 호박, 대모, 수정 등을 꿰어 만든 갓끈)을 늘어뜨린 아들들이 차례로 나와서 잔을 올리고는 꿇어앉아서 고했다.

"낮에는 비록 예대로 헌수하기는 했지만 소요했기에 저희들의 심정을 모두 밝히지 못했습니다. 이제는 손들이 모두 돌아가시고 우리 친지들만 남게 되었으니 거리낄 것이 뭐가 있겠습니까? 엎드려서 비오니 우리 부모님께서는 부디 함께 장수 무강하시어 강녕 만복하시고, 나라와 집안이 함께 태평안락하고 지금부터 백년의 세월 동안을 해마다 오늘처럼 지내게 되기를 삼가 바라나이다. 소자들이 불초 무쌍하여 하해보다 깊은 부모님의 은덕에 만분의 일도 봉답하지 못했으나 앞으로는 더욱 근신 명념하여 부모님을 모시겠다고 맹세하옵니다. 원하옵건대 앞으로 어린 것들의 경사가 있을 때마다 오늘처럼 강건한 양친을 모시고 슬하에서 춤추며 즐길 수 있게 해 주옵소서."

아들들에 이어서 조카들이 계속해서 헌수했기에 서 정승은 매우 유쾌했을 뿐만 아니라 자기가 성공적으로 일생을 살았다고 생각하며 만족스러워하지 않을 수 없었다. 때문에 기분 좋게 술을 받아 마시며 부인에게도 권했다. 그리하여 얼큰하게 취한 백발 홍안으로 좌우를 돌아보다가 너털웃음을 터뜨리면서 말했다.

"너희들의 효성 덕분에 우리 부부는 오늘 말할 수 없을 정도로 기쁘다. 그래서 내가 지금부터 40년 전이라는 긴 세월 동안 나 혼자서 가슴 속에 고이 간직하고 있던, 세상을 떠나신 우리 장인 외에는 누구에게도 토설하지 않았던 큰 비밀을 이 자리에서 말해 주고자 한다. 이제는 말해도 좋을 때가 되었거니와 너희들의 효성만 받고 그대로 지나갈 수가 없기에 그 이야기를 해 주려는 것이다. 부인도 잘 들어주시오. 내가 말하지 않았으니 부인인들 이 비밀을 어찌 알 수 있었겠소. 말하기 전에 내가 먼저 한 잔 권하니 맛있게 드시고 내게도 한 잔 따라주시오. 그리고 너희들도 공짜로 이 이야기를 들으면 안 된다. 내가 이야기를 시작하기 전에 한 잔 따라 주고 이야기가 끝난 뒤에도 한 잔 더 따라 다오."

때문에 그의 부인을 비롯한 모든 사람들은 호기심으로 인해 눈을 빛냈다. 자식들은 얼른 빈 잔에 술을 채워 부친과 모친에게 권하고는 이야기가 시작되기를 기다렸고, 서 정승은 두어 번 헛기침을 하여 만좌의 시선들을 자기에게 집중시킨 뒤에 천천히 입을 열었다.

"너희들, 여기 앉아 있는 너의 어머니가 지금은 이렇게 얌전하고 알뜰한 여중군자로서 조정의 명부(命婦: 봉호를 받은 부인들의 총칭)들 중에서도 가장 명성이 높지만 소녀시절에는 억셌던, 그러니까 호랑이 처녀는 아니어도 독수리 처녀는 넉넉히 되었었던 것 같다. 그래서 우리 장인께서는 그 성미를 고쳐 놓지 않고 시집을 보냈다가 쫓겨 오면 큰일이라고 근심하여 열여섯 살이 될 때까지 혼인할 곳을 정하지 못하셨다고 하니 그 성미가 어지간했던 모양이다.”

　서 정승이 잠시 말을 멈추며 술잔을 들자 부인은 남편 옆으로 바싹 다가 앉았고, 자식들은 부모의 얼굴을 번갈아가면서 바라보며 귀를 더욱 기울였다. 평소에는 무쇠재갈을 채운 것처럼 별로 말이 없던 서 정승이 그날은 무슨 바람이 불었는지 비밀을 토설하겠다고 말했기에 그 말만으로도 흥미를 끌기에 충분했는데, 그 이야기의 중심에 정경 부인 김씨가 있었기에 뜰에서 듣고 있는 남녀노비들도 감히 얼굴을 들고 웃지는 못했지만, 서로 눈짓들을 하면서 가까이 모여들었다.

　서 정승의 이야기는 이어졌다.

　“그런데 어느 날 밤, 장인이 우리 아버님과 함께 숙직을 하셨고, 나는 그때 아버님을 따라가 한쪽에서 글을 읽고 있었는데 공부하는 내 모습을 보시더니 나도 모르는 사이에 두 분이 혼약을 하신 거야. 그때부터 장인이 우리 집에 행차하시면 반드시 밀실에서 나를 불러 모든 사정을 일러주시면서 ‘내 딸은 한 곳도 나무랄 데가 없는 아이지만 성미가 무서우니 마부가 준마를 기르자면 첫날부터 기운을 꺾어놓고 조련하듯이 네가 꾀를 내어 혼인하는 날 그 성미를 꺾어야 할 것이다’라고 훈계하셨지. 그래서 나는 흥미가 생겨 비책 하나를 생각해 놓고 이렇게 저렇게 하면 어떠하오리까 하고 물었더니 웃으시면서 그렇게 하라고 허락하시더군. 그것은 장인과 사위 간의 비밀이었기에 두 집의 사람들 모두 알지 못했고, 그러는 중에 나는 내 유모에게 부탁하여 구한 독주에 유자와 생강, 배즙을 꿀에 삭여서 넣어 감춰 두었다가 혼인한 날 밤에……“

서 정승은 앞에서 소개한 그날 밤의 일을 전부 말한 뒤에 계속해서 말을 이었다.

"내가 등과하고서도 처가에 가지 않자 장인께서는 내가 유가하는 날 문 앞에 나와 기다리시다가 나를 맞아 축하해 주시더니, '이제는 걱정하지 말고 따님을 데려가라'고 하셨고, 나는 그 말씀대로 하였기에 너희 어머니는 오늘까지 현모양처로서 훌륭한 일을 많이 하셨다. 너희 어머니가 내 곁에 없었다면 내게 어찌 오늘과 같은 날이 있었겠느냐. 이렇게 된 것은 모두 우리 장인이 베푼 은혜와 넉 때문이다. 어떠냐? 내 이야기가 재미있지?"

서 정승은 허리가 끊어지도록 재미있어 하면서 껄껄 웃었다. 그런데 바로 그때, 꼼짝도 하지 않고 듣고만 있던 정경부인 김씨가 방심하고 있는 남편에게 와락 달려들어 긴 수염을 감아쥐면서 소리를 질렀다.

"그러면 그렇지. 내가 첫날밤에 신방에서 똥을 쌀 사람이요? 이제야 죄인이 모두 토설했지만, 이제까지 숨겨 두었던 40년 흉계를 용서할 수 없소. 우리 아버지가 옆에 계신다고 해도 분을 풀지 않고는 못 배기겠소."

정경부인 김씨가 사정없이 낚아채자 풍신 좋은 서 정승의 수염은 대부분 다 뽑혔고, 보고 있던 사람들은 모두 악연실색(愕然失色: 깜짝 놀라 얼굴빛이 달라짐)했다.

하지만 노기가 가득 찬 부인은 오십 년 동안 참아왔던 억센 성미가 일시에 치솟아 올라 사자처럼 날뛰어 그 자리에 있는 사람들이 모두 경악과 전율을 금하지 않을 수 없게 만들었다.

낙진비례(樂盡非禮: 즐기는 일이 끝난 뒤에 슬픈 일이 찾아온다)라는 말이 있기는 하지만, 서 정승 집의 환갑 잔치가 이렇게 끝날 줄은 신도 예측하지 못했을 것이었다.

그 날부터 김씨 부인은 사나워졌다. 날마다 벽력과 상설(霜雪: 서리와 눈) 같은 위엄을 부렸기에 온 집안 사람들은 큰 난리를 만난 것처럼, 범의 우리 안으로 잡혀간 것처럼 떨고 있을 뿐이었다.

아무리 40여 년 동안 발산하지 못했던 사나움이라고는 해도 김씨 부인의 사나움은 너무나 심했다. 때문에 서 정승은 자기의 배꼽을 물어뜯어도 시원치 않을 정도로 뒤늦게 후회했지만, 이미 엎질러진 물이었다.

사자는 이미 철책 밖으로 나와 있었다. 서 정승이 용서해 달라고 몇 번이나 빌었는데도 아무런 소용이 없었으니, 자식과 아랫사람들이 무슨 재주로 그의 맹렬한 기세 앞에서 입을 벌릴 수 있을 것인가.

김씨는 독불장군이었다. 갑자기 성을 내며 소리를 지르다가 악이 더 나면 방안의 세간과 밥상을 마당으로 차 내고 그래도 화가 풀리지 않으면 큰 소리로 정승을 부르곤 했다. 하지만 사랑의 문을 굳게 닫고 누워 버린 서 정승은 대꾸하지도 않으며 부인을 피했다. 때문에 아들 서지수 부부가 안마당에 거적을 깔고 엎드려 화를 푸시라고 애원했으나 김씨 부인들은 척도 하지 않으며 이를 갈면서 독기를 뿜었다.

그런데 서 정승이 살아날 수 있는 길이 생겼다.

그것은 아들과 함께 임금에게 가서 회갑날 베풀어준 은혜에 대한 사은숙배를 해야겠다는 생각이었다. 그리하여 회갑연을 한 지 3일째 되

는 날 참판인 아들 지수와 함께 예궐했더니, 상감이 처음에는

"어버이를 위한 아들의 사은이라면 받겠으나, 그까짓 일을 가지고 늙은 대신의 사은을 받는 것은 매우 우스운 일이니 물러가라."

라고 말했다. 그런데 승지가

"그러하오나 이미 친사하러 온 대신을 면대치 않으시고 그대로 돌아가게 하시는 것은 오히려 대신을 예우하시는 본의가 아닌 것 같사옵니다."

하고 말했기에 상감도 그 말이 옳다고 여기며 서 정승을 들게 하여 편전에서 인견하기로 했다.

그리하여 편전으로 들어오는 서 정승을 바라보던 상감이 대경실색하면서 물었다.

"경의 수염은 조신들의 수염 중에서 가장 아름다웠는데 그 모양이 되었으니 도대체 어찌된 일이오?"

때문에 서 정승은 크게 당황했으나 거짓말을 할 수가 없었고 그럴 듯한 핑계를 대기도 어려웠다. 그래서 황송하고 부끄러운 것을 무릅쓰고 그렇게 된 경위를 사실대로 숨김없이 아뢰었다. 그랬더니 임금이 한동안 깊이 생각하는 표정을 짓다가 말했다.

"알았소. 내가 알아서 처리할 것이니 경은 안심하고 돌아가시오."

정승 부자는 고두(叩頭 머리를 조아리는 것) 사은한 뒤에 대궐에서 물러나왔다.

그런데 그로부터 얼마 후 중사(中使: 궁중에서 왕명을 전하는 내시)와 내인이 서 정승의 집으로 와서 서씨 부인에게

"왕대비마마와 주상 전하의 어명을 전하러 왔소. 부인은 내일 정오에 대조전으로 나와 두 분을 배알하시오."
라고 말하고는 돌아갔다.

부인이 무슨 일인지 모르겠으나 어명으로 소환하는 것이니 거역할 수 없었기에 다음 날 엷게 화장한 뒤에 소례복을 걸치고 대조전으로 갔더니 상감은 없고 왕대비 혼자서만 그를 인견한 뒤에 말했다.

"내가 들으니 그대 집의 큰 경삿날 그대가 남편에게 무례한 죄를 지었다던데, 그것이 사실인가? 같은 여자이니 내게 무엇을 꺼릴 것인가? 숨기지 말고 자초지종을 자세히 말하라."

김씨 부인은 너무나 뜻밖의 일이었기에 '어찌하여 그 일이 궁중에 알려지게 되었을까?' 하고 의아해 하다가 어제 남편과 함께 예궐했던 아들놈이 임금에게 제 어미의 일을 상소한 것이라고 생각했다.

그래서 매우 불쾌하게 여기며,

"황공하옵니다. 누구에게서 들으셨는지 알지 못하겠사오나 그렇지 않아도 소인이 주상께 그 일에 대한 재판을 청할까 하던 중에 중사가 어명을 전하기에 달려왔나이다. 사건은 이러하니 통찰하여 주시옵소서."
하면서 전후 사실과 오십 년 동안 억울하게 지낸 내용을 자세하게 아뢰었다.

그러자 그에 대한 대비의 하답이 내리기도 전에 상궁 한 사람이 달려와 엄한 목소리로 부인에게 "어명! 어명!" 하고 연거푸 전음했다. 그래서 부인이 뜰에 꿇어앉아 머리를 숙였더니 상궁이,

"나는 주상 전하의 어명을 한 마디 가감도 없이 그대로 전유할 것이

니 그렇게 알고 들으시오."

라고 설명한 뒤에 계속해서 말했다.

"내가 임금의 자리에 있으면서 어찌 종친이 아닌 대신의 명부를 까닭 없이 소환하겠는가. 이 일은 나라의 법률이 시켜서 하는 것이지 내가 즐겨서 하는 것이 아니다. 어제 서 정승 부자가 사은하러 입궐했지만, 그런 일로 대신의 인사를 받기가 미안하여 처음에는 허락하지 않았다. 하지만 다시 생각하니 모처럼 입궐한 대신이 만나기를 청하는 것을 거절하는 것은 더욱 미안한 일이었기에 만나게 되었으며 크게 놀라게 되었다. 그처럼 아름답던 서 정승의 수염이 여지없이 쇠패하여 다시 옛날의 모습을 찾을 수 없이 되었기에 매우 의아해져 그렇게 된 사연을 물었는데 그의 말을 들은 나는 정말로 노하게 되었느니라. 대신은 원래 일인지하요 만인지상이라 명위가 지극히 높고, 또 조정의 예우와 내외의 존경이 자별한 사람이거늘 누가 감히 무엄하게도 국가 원로대신의 얼굴에 손길을 내려 그의 위엄을 손상시킨단 말인가. 뿐만 아니라 아비와 남편은 여자의 하늘과 같아서 범함을 허락하지 못함이 우리의 삼강오륜이 명하는 것이거늘 부녀가 어찌 감히 가장의 얼굴을 손으로 범할 수 있단 말인가. 다른 일은 그만두고 우리나라에서도 성종 대왕 때 연산 왕의 생모가 되시는 윤 씨 왕비가 중궁이었기에 그의 아드님이 장차 국통을 이으실 존귀 무비한 위치에 계셨는데 사소한 투기로 용안을 범해 얼굴에 손톱자국을 남기는 죄를 지어 폐출되었으며 결국에는 사약을 받게 되었다. 부인이 아무리 영귀하다고 해도 명부의 존엄성은 왕비에 비할 수 없고 또 서 정승은 부인의 가장이며 과인이 가장 경대하는 원로이거늘 어찌 그처럼 무엄한 짓을 저질렀단 말인가. 그 죄는 마땅히 중하게 다스려야 할 것이로되 내가 서 정승을 경대하고 또한 대신의 부인을 경거하게 벌하기가 어려워 대비께 품해 사고의 원인을 자세히 안 뒤에 적당히 조처하고자 했다. 그런데 내가 이웃 방에서 들으니 부인은 아직까지 자기의 죄과를 깨닫지 못하고 모든 잘못을 아비와 남편에게 돌리면서 그들의 과오에 대해서 재판해 달라고 말하니 무엄하고 방자함이 비길 데가 없도다. 고 우의정 김구는 선대왕의 비할 데 없이 자별하시던 대신이요, 지금의 서 정승은 내가 예우하는 대신이거늘 부인이 그들의 은혜를 잊고 여지없이 공격하니 그것은 임금의 풍교상으로 보아 용서할 수 없는 일이다. 처음에는 집에서 근신하며 반성할 때를 기다리려고 했는데 내가 너무 관대했다. 그러므로 기한을 정하지 않고 멀지 않은 수원부에 안치(安置: 귀양 간 죄인을 가두어 두는 것) 위리(죄인이 배소에 가서 울타리를 치는 것)의 장벽은 없으나 근지 출입의 자유를 금한다. 특별히 대비전 안에서 죄인으로 체포하지는 않을 것이니 집에 돌아가 있다가 금부도사가 압송 동행하러 가면 함께 배소로 떠나라."

전유하기를 끝낸 상궁은

"알아들으셨으면 대비전에 고두사은하고 곧 물러가시오."

라고 말하고는 천천히 물러갔다.

부인은 사자에게 경례하여 순순히 명에 따르겠다는 뜻을 보인 뒤에 대비전에 고두하여 사은하고는 물러나왔으며, 죄인의 몸이 되어 보교를 탈 수가 없었기에 걸어서 사직동에 있는 집으로 돌아왔다. 그리고는 행랑방 한 간을 치우고 거적자리 위에 엎드려 대궐 쪽을 향해 머리를 조아리면서 사죄했다.

그러는 중에 금부의 나장이 와서 배소 단지를 전하고는 이틀 후에 도사와 함께 와서 압송할 것이라는 말을 전했다. 때문에 집안 사람들은 그제야 비로소 부인이 수원부에 안치 정배된 것을 알게 되었으며, 모두들 놀랍고 두려워 어쩔 줄 몰라 했다. 또한 친척과 친구들이 위로하려고 몰려왔지만, 부인은 일체 말없이 근신하는 태도만을 취했다.

그 사건이 자기의 불찰로 인해 일어났다는 것을 뒤늦게나마 깨달았기에 부인은 열 번 죽어도 성상의 은혜를 갚을 수 없다고 생각하며 뉘우쳤다.

김씨 부인은 귀양 가서 사용할 물건들을 약간 준비하여 부담롱(負擔籠: 물건을 담아서 말에 실어 운반하는 작은 농짝)에 넣고 기다리다가 이틀 후에 도사 일행과 함께 집을 떠나게 되었다.

그는 아들과 조카들이 동행하겠다고 청했지만 허락하지 않으며 도사에게 말했다.

"안치의 명을 받고 배소로 가는 중죄인의 몸으로서 어찌 감히 자기의 편의를 위해 이것저것 청할 수 있겠소만, 여자의 몸은 남자와 달라서 수하에 사람이 없으면 여러 가지 불편한 일들이 많소. 그리고 사내놈도 하나 귀양지에 드나들며 심부름을 해야 할 것이니 아무리 어려워도 이 청은 들어주셔야겠습니다."

그랬더니 도사가 말했다.

"그렇게 하십시오. 이름만 위리안치 죄인이지 모든 편의를 보아주라는 전교가 당상에 내려진 것 같습니다. 거기 도착하시면 귀양 집도 본부에서 이미 마련해 놓았을 것이고, 일용품을 구하는 일도 그곳 관아의 하인배가 거행하겠지만 부인이시니 계집종 하나쯤은 있어야 심부름을 할 것이니 데리고 가신들 어떠하리까. 그리고 댁의 하인이 저주 왕래해도 좋습니다. 그만한 편의야 못봐드리리까."

그래서 죄인으로서는 전례가 없는 수행원들이 좌우에서 시중을 드는 귀양길이 되었으니 그것은 매우 특별한 예우를 받은 것이었다.

그렇게 되어 부인이 몸종으로 오랫동안 부리던 튼튼하고 부지런하고 눈치도 빠른 춘월이라는 종이 따라가게 되었고, 상노 막동이라는 이십여 세된 총각놈이 부인이 탄 말의 고비를 잡고 금부의 나졸들은 앞과 뒤에서 걷기 시작했다.

그러자 집안 식구들은 울고 불면서 전송했고 동네 사람들은 손가락질을 하면서 히히거렸다. 때문에 부인은 신방에서 똥을 쌌다고 생각했을 때보다 더 창피해 남편의 긴 수염을 뽑은 것이 새삼스럽게 후회되었다.

그 때만 해도 연(輦: 임금이 타는 가마의 하나)과 덩(예전에 공주나 옹주가 타던 승교)은 상감과 국모나 타던 것이요, 유옥교는 종척(宗戚: 왕의 종친과 외척)의 정부인들만 타게 되어 있었기 때문에 공경집의 귀부인이라고 해도 보교와 쌍가마교 외에는 말밖에 탈 것이 없었다.

하지만 보통 신민이 가까운 곳에 가는 것이 아니라 죄인이 먼 길을 가는 것이었기에 너울을 머리에서부터 내려쓰고 말을 타는 수밖에 없었다. 말하자면 옛날의 곡비(哭婢: 장례 때 말을 타고 행렬의 앞을 가며 곡을 하던 계집)같았으나 베옷을 입지 않은 것이 달랐다.

그런데 사직동 자택에서 출발할 때만 해도 멀쩡하던 하늘이 작별 인사를 나누는 동안 빠르게 흐려지더니 겨우 육조(六曹: 조선시대에 주요한 국무를 처리하던 여섯 관부) 앞에까지 왔을 때는 뇌성 병력이 일어나면서 폭풍우가 몰아쳐 사람과 말들이 촌보도 더 이상 앞으로 나아갈 수가 없었다.

때문에 비를 피하기 위해 막동이가 말을 끌고 의정부(議政府) 대문 앞으로 달려갔고 도사 일행도 그곳으로 와서 잠시 비를 피했다.

그런데 안에서 심술궂게 생긴 수복(守僕: 묘나 원서원 따위의 제사에 관한 일을 맡아보던 관리) 한 놈이 달려 나와 막동이의 두 뺨을 보기 좋게 연거푸 후려치면서 소리쳤다.

"보아하니 네 놈은 귀양 가는 죄인의 말을 끄는 놈인데, 아무리 무식한 놈이기로서니 여기가 어느 아문인 줄 알고서 쉬고 있는 거냐? 조금만 더 내려가면 사헌부가 있고, 한성부도 있지 않으냐? 그곳으로 가서 비를 피할 것이지 겁도 없이 이 아문으로 죄인의 말을 끌어들여?"

수복이 서슬이 퍼래져서 호령하는데 부인이 탄 말이 하필이면 그런 판에 대소변을 쏟아 놓았다. 그러자 춘월이와 도사의 말도 흥흥거리며 먹고 마신 것들을 배설했다. 때문에 수복은 더욱 화가 치밀어 막동이를 때리고 차면서 호통을 쳤다.

"허어, 이놈이 정말 정신이 나간 놈이구나. '경을 친다.'는 말을 듣기만 했지. 당해 보지는 않았구나. 네놈이 도대체 누구의 권세를 믿고 이따위 짓을 하는 거냐? 아무래도 포도청 맛을 봐야겠구나."

그리고는 몽둥이를 가지러 가는지 분주하게 안으로 들어갔다.

그 모습을 보고 있던 김씨 부인은 아무리 참으려고 했지만 불길처럼 치미는 분한 마음을 억누를 수가 없었다. 그래서 목소리를 높여 말했다.

"이놈 막동아, 그따위 수복과 시비할 것 없다. 당장 의정부 입직방으로 가서 사인(舍人)이든 검상(檢詳: 조선시대 의정부의 낭관으로 정5품 벼슬)이든 번을 들고 있는 관원을 데려오너라. 사직동 서 영부사댁 마님이 오라고 하더라고 전해라."

"예."

막동이는 얻어맞아서 분하던 차에 마님이 그처럼 분부하지 신바람이 난 듯이 달려가 입직 중인 검상을 데리고 나왔다.

그날의 당직 근무를 하던 사람은 윤 씨 성을 가진 검상이었는데, 서 영부사의 부인이 부른다는 막동이의 말을 처음에는 곧이듣지 않았다. 하지만 수복도 들어와 죄인이 비를 피하러 아문으로 들어왔다고 보고했기에 아무래도 무슨 일이 일어난 것이라고 생각하기에 이르렀다. 때문에 막동이를 앞세워 대문 앞으로 갔더니 김씨 부인이 창백해진 얼굴로 말했다.

"여보, 번 들고 있는 관원을 이렇게 오시게 한 것은 매우 미안하오만, 그렇게 하지 않을 수 없는 긴박한 사정이 생겨 죄인의 몸으로 감히 관원을 나오시게 했소.

내가 며칠 전에 있었던 남편의 회갑연 때 남편에게 큰 죄를 지었고, 그것을 주상께서도 아시게 되어 오늘 수원 배소로 압송되어 간다는 사실은 검망께서도 이미 내려진 전교를 통해 알고 계실 것이요.

하지만 죄인의 죄는 비록 크나 주상 전하께서 친지 같으신 큰 인자(仁慈)로 남편에게 예우하시는 혜택을 죄인에게까지 미루시어 안치 정배의 관전을 써주셨소. 그래서 우리 임금님의 은덕과 남편의 위엄과 국법이 무거운 것을 두려워하며 오직 황송하고 감격한 마음으로 부끄러움을 무릅쓰고 압송되어가는 중인데 뜻하지 않았던 뇌성과 풍우로 인해 촌보도 움직일 수가 없어 이 문 앞에서 잠깐 비를 피하게 되었소. 그러자 이곳의 수복이 나와 마부가 된 상놈을 꾸짖는 것은 당연한 일이나 이곳에 말을 세운 죄가 그토록이나 큰 것인지 함부로 때리고 차서 보시다시피 저 모양으로 만들어 놓았으니 세상에 이런 일이 어디 있겠소. '여기는 존엄한 곳이니 말들이 배설한 오물을 깨끗이 치운 뒤에, 다른 곳으로 가서 비를 피하라'고 말하면 얼마나 위엄이 있고 점잖은 행동이 되겠소?

그런데 죄인이 여기서 지체하게 된 것을 죄인이 죄를 지은 것처럼 여기면서 꾸미고 때리니 그것은 저놈을 때린 것이 아니라 국가의 죄인을 멋대로 욕보이고 때린 것이니 그것이 어찌 성군을 모신 이 나라의 가장 높은 아문을 드나드는 자가 할 짓이란 말이요? 그리고 나는 죄인이지만 부녀자요, 아문에서 비를 피한다고 해서 부녀자에게 욕을 하고, 임의로 상노를 심하게 때리고는 그래도 부족하여 저렇게 큰 몽둥이를 가지고 왔으니 저 자가 장차 내게 어쩌자는 거요?

더욱이 의정부와 내 집은 특별한 인연을 가지고 있소. 우리 시삼촌께서 제일 먼저 영의정이 되어 선 대왕을 보필한 뒤로 시댁의 존구와 친가의 아버님이 전후로 하여 출사하신 것은 고사하고 어제까지는 나의 남편이, 현재는 둘째 오라버님이 영상에 계시오. 그런데도 내가 이 앞을 지나가다가 갑작스러운 풍우를 만났으니 여기서 비를 피하고 가야 옳겠소? 검상 나리가 판단해 주시오.

내가 여기서 비를 피한 죄로 임금님이 맡겨 주신 목숨이 저 수복의 몽둥이에 맞아 없어져야 옳겠소? 금부도사께서는 잘 생각하시어 저놈을 제가 원하는 대로 포도청에 보내도록 장계를 올리시되 검상 나리는 내가 보는 앞에서 내 마부가 맞은 만큼 수복이 매를 맞게 하여 나의 분을 풀어주시오. 그리고 또 한 가지 말씀드릴 것이 있소.

이렇게 비바람이 몰아치지만, 나는 집에 돌아갈 수 없는 몸이니 어찌하겠소. 내가 여기서 숙박하고 가야겠으니 의정부의 대청 한편을 좀 치워주시오. 그렇게 해 주실 수 없다면 내가 주상 전하께 호소하여 그렇게 조처해 달라고 부탁하리다. 배소에 압송되는 여죄인이 비를 막으며 탈 수 있는 것이 아무것도 없으니 어찌하리까?"

실로 도도한 웅변이 그칠 줄 몰랐기에 검상과 도사는 어찌할 바를 몰랐고 수복은 단번에 넋을 잃었다. 그러는 동안 마부인 막동이는 말고삐를 잡아 대문 안으로 들어갔다.

부인의 목소리는 감히 그 누구도 억제할 수 없는 무서운 위풍을 가지고 있었다. 따라서 자기네 힘으로는 어쩔 수가 없다고 깨닫게 된 검상과 도사는 우선 대청에 자리를 만들어 부인이 거접(居接: 잠시 몸을 맡겨 거주하는 것)할 수 있도록 해 주고, 수복은 볼기 30대를 때린 뒤에 포청으로 이송시켰다.

또한 그 같은 사유를 궐하에 장계하여 죄를 지은 부인뿐만 아니라 일반 부인들도 역시 외출하게 되었을 때 비가 와도 능히 다닐 수 있는 탈것을 이용할 수 있는 제도를 서둘러 만들어야 할 것이라고 품달하게 되었다.

어쨌든 수복이 포청에 갇힌 뒤 윤 검상과 수복의 처가 함께 와서 애원했기에 부인은 겨우 노기를 풀었으며, 그날 밤에 의정부 뒤쪽에 있는 연당의 대청에서 휘장을 치고 하룻밤을 보낸 뒤 청명해진 이튿날 아침에 다시 길을 떠나 수원으로 향했다.

다음 날 영조는 승지의 주달에 의해 비로소 그 같은 일이 있었던 것을 알게 되었으며, 김 수상과 서 영부사를 불러서 말했다.

"내가 그대 부인의 기세를 제압하고자 했으나 하늘이 그를 도운 것인지 뜻하지 않았던 풍우 때문에 일이 싱겁게 되고 말았소. 뿐만 아니라 이제까지 없었던 부녀들의 탈것을 마련해야겠다는 생각을 비로소 하게 되었소. 그러니 경 등은 서로 의논하여 적당한 방법을 의논하시오.

그리고 이번에 경의 부인을 안치시킨 것은 결코 오랫동안 고생시킬 생각으로 그런 것이 아니오. 오직 풍교를 유지하고 또 경과 경의 부인에게 후회할 수 있는 기회를 주는 동시에 영상의 부친을 대신하여 반성을 구하기 위해서였소. 또한 훗날에 경의 입에서 나와 합의했다고 자백할 여지가 없게 하려고 왕대비전에만 품고 이번 일을 행한 것이니 경은 그렇게 알고 계시오. 그나저나 그 후 부인의 태도가 어땠소. 사실대로 말해 주시오. 하하하……”

그러자 서 정승이 머리를 조아리면서 대답했다.

“ 황송하오이다. 신의 불찰로 성상께서 이토록 진념(軫念: 임금이 마음을 써서 근심하는 것)하시니 이 죄를 어떻게 속해야 좋으리까. 하지만 그 후부터 아내의 태도가 확실하게 변해 더 이상 걱정하지 않게 되었사옵니다. 제가 생각하기에는 오랫동안 참았던 억울함이 갑자기 폭발하여 발작 증세가 일어났던 것 같사옵니다. 신이 보기에는 이제부터 걱정하지 않아도 될 것 같사옵니다.”

“고마운 일이요. 그렇다면 부인의 귀양이 사면되는 날, 내가 경에게 한 턱을 크게 베풀어야겠소. 그리고 경도 역시 과인과 자성(慈聖: 임금의 어머니)께 한 잔 내야 할 것이요, 하하하……”

“황공하옵니다. 지당하신 성유라고 아옵니다.”

“하하하……그것은 농담이었으니 허물치 마시오.”

이처럼 화기가 애애한 가운데 왕과 신하 간의 인견이 끝났는데, 김씨 부인은 그로부터 두 달이 못 되어 안치 처분이 면제되었다. 그리하여 정승 집안에서는 다시 웃음소리가 그치지 않게 되었고, 그러는 중에 이번에는 부인의 회갑날이 다가왔다.

김씨 부인은 남편의 회갑날 전에 했었던 말과는 달리 자식들에게 회갑연을 하겠다고 말했다.

그날이 오자 서 정승은 부인과 함께 입궐하여 왕대비와 상감, 중전

에게 공손히 절하며

"신의 부부가 다시 하늘을 대하게 된 것은 오직 성은을 베풀어 주셨기 때문이옵니다. 아무쪼록 성수무강하시옵소서."

라고 말하고는 돌아와 지난번 잔치 때보다 몇 배나 더 즐겁게 놀았다.

그들 부부에 대한 이야기는 커다란 미담이 되어 세상에 널리 퍼졌으며 많은 사람들이 김씨 부인을 칭찬하며 감탄했다.

김씨 부인 덕분에 재상 이상되는 사람들의 부인들은 유옥교나 사인교를 타는 것이, 그 이하는 보교를 타는 것을 허락한다는 법이 특별제정되었다.

산과 들이 많고, 또 높아서 길을 만들어 수레를 타고 통행하기 어려웠고 그 시절에 그 정도라도 허용 받게 된 것은 바로 서씨 부인의 공이었다고들 말한다.

이문원(李文源)

책 읽기를 싫어하는 재간둥이 판서

영조 때의 유명한 재상 이천보(李天輔)는 해마다 며칠이나 몇 달씩 가평 땅에 있는 시골집으로 내려가 휴양을 했는데, 담 하나를 사이에 두고 이웃한 집은 서울에서 미관말직으로 종사하고 있는 족제(族弟: 아우뻘이 되는, 같은 성의 먼 친족) 이국보(李國輔)의 집이었다.

이국보의 아내는 집이 가난했기 때문에 서울로 가서 남편과 함께 살지 못하고 가평에서 자녀들을 기르느라고 고생하고 있었다.

이국보의 집 뒷뜰에 살구나무 한 그루가 있어 해마다 여름이 되면 맛있는 살구가 열렸는데, 공교롭게도 그 나무의 가지들 거의가 뒷집 이 정승의 사랑 앞뜰로 뻗어져 있었기에 열매가 먹기 좋게 익으면 그 집의 하인들이 모두 따먹곤 했다.

어느 해의 여름 날 아침, 이국보의 아내는 여덟 살된 문원의 머리를 빗겨주면서 푸념을 늘어놓았다.

"금년에는 살구가 많이 열렸고 맛도 매우 달지만, 저 집 하인들만 좋아하게 생겼으니 이렇게 분한 노릇이 어디에 있겠느냐. 너의 아버지는 서울에 가 계시고, 너희들은 아직 어리니…… 말릴 사람이 있어야 살구맛을 볼 수 있지 않겠느냐. 생각할수록 너무나 분하구나!"

문원은 어머니가 머리를 다 빗어주자 벌떡 일어나면서 말했다.

"걱정하지 마세요. 제가 지금 당장 저 집 아저씨에게 가서 살구값을 받아 오겠어요."

"아니, 그게 무슨 소리냐. 그 어른이 아무리 네게는 아저씨뻘이 되는 지친간이지만, 우리 집과는 지금 귀천이 판이하다. 땅에 있는 진흙 덩이가 감히 하늘에 있는 구름과 겨룰 수 있겠느냐?"

하지만 문원은 아무런 대꾸도 하지 않고 문 밖으로 뛰어나갔다. 한달음에 진암(晉庵: 이천보의 호)의 집 사랑 마루 위에 올라선 문원은 다짜고짜 주먹 하나를 뻗어 완자 쌍창을 뚫고 방 안으로 들이밀면서,

"아저씨, 이 주먹이 내 주먹이요? 아저씨 주먹이요? 대답 좀 해 주시오."

하고 말했다. 때문에 진암은 깜짝 놀라며,

"이놈, 너 문원이구나. 버릇없이 그게 무슨 장난이냐? 엉?"

하고 꾸짖었다. 그랬더니 문원이 큰소리로 웃으면서 말했다.

"대감은 여러 말씀 마시고 제가 묻는 말에 대답이나 하시오."

"이놈아, 그게 네 주먹이지, 내 주먹이냐?"

"주먹은 제 몸에 달렸지만, 그것이 아저씨의 방으로 들어갔어도 그렇지요?"

"그렇다 뿐이겠느냐? 네 주먹이다. 어떤 경우에도 네 몸에 붙어있으니 네 것이지."

"정녕 그렇지요?"

"이놈, 그렇다는데 무슨 잔소리가 그리 많으냐? 종아리 맞기 전에 그만 가거라."

"제가 종아리를 왜 맞아요? 이제 살구값을 찾게 되었으니 가지 말래도 가겠소."

진암은 그 말의 뜻이 무엇인지 눈치 챌 수 있었기에 하인을 불러서 살구나무에 대한 일을 알게 되었다.

때문에 그 때부터는 살구나무에 손을 대지 못하게 하였으며 쌀 몇섬과 고운 모시와 굵은 모시, 안동포, 항라(亢羅: 명주와 모시, 무명실등으로 짠 피륙의 하나) 등을 앞집에 보내면서 계집종에게,

"앞댁에 가서 내가 공손하게 잘못을 사과하고, 도련님 말씀대로 살구값을 보내니 과하게 꾸중하시지 말기를 바라며, 하인 놈들을 꾸짖었으니 다시는 침해가 없을 것이라고 전해라."
라는 말을 전하게 했다.

살구나무 사건은 일단 그렇게 매듭이 지어졌다. 하지만 그 때까지 아들이 없었던 진암은 문원에 대한 인상이 마음속에 깊이 새겨져 그날의 일을 오랫동안 잊을 수 없게 되었다.

그리하여 며칠 후 가평에 내려온 족제 이국보를 만날 때마다 '문원을 양자로 삼게 해 달라'고 애걸했다. 그리하여 이국보가 결국 승낙하자, 진암은

"이번 여름에는 자네 덕분에 좋은 후사를 얻었으니 우리 집에 꽃이 피게 되었네."

라고 말하며 감사했다.

지인지감(知人之鑑: 사람을 잘 알아보는 식견)이 남다르게 뛰어난 진암의 격상을 받은 이문원의 장래는 과연 어떤 것이었을까?

'향나무는 잎사귀가 날 때부터 다르다.'라는 옛사람의 말이 과연 옳은 지는 모르겠으나, 어쨌든 간에 그는 그의 양부만큼 문장의 대가가 되지 못했고, 벼슬도 정승에까지 이르지 못했다.

하지만 다른 점에 있어서는 진암의 아들로서 조금도 부족함이 없는 큰 성공을 했을 뿐만 아니라, 후에 4형제나 되는 친아들을 슬하에 두어 양자들이 많던 그 집안에서 파천황(破天荒: 이전에 아무도 하지 못했던 일을 처음으로 함)의 역사를 만들었다.

또한 그의 셋째 아들 이존수(李存秀)가 대과하여 좌의정이 되었으니, 그는 확실하게 양부 진암보다 행복한 운명을 가졌던 사람이라고 말할 수 있다.

아무튼 이국보 부부는 당시에 상의한 결과,

"큰아들은 줄 수 없지만, 나머지 자녀들은 달라기가 무섭게 주고 싶은 것이 솔직한 심정이다. 가난한 선비의 집에서 아이를 기르자면 피차간에 얼마나 고생이 많을 것인가?"

라고 의견을 일치시켰다.

그리하여 이문원은 여덟 살 때 본가의 아들에서 진암의 양자가 되어 서울로 올라가서 살게 되었다. 하루아침에 신분이 크게 달라진 것이다.

진암 이 정승 내외는 있는 힘과 정성을 다해서 이문원을 가르치려고 애썼다. 하지만, 1년이 지나고 2년이 지나도 두 내외는 항상 걱정에서 벗어나지 못했다. 귀한 양자인 문원이 놀기만 좋아하고 글 배우는 것을 싫어하기 때문이었다.

좋은 스승을 구해다가 달래거나 꾸짖으며 문원이 생각을 바꾸도록 유도하기도 했지만 아무런 소용이 없었다. 때문에 기진맥진해진 진암은 문원이 열 살 되던 해에 그의 생부와 밀담을 나눈 뒤에 거짓으로 화를 내며,

"네가 부모님의 말을 너무나 듣지 않으니 이젠 도리가 없다. 너의 생가로 돌려보내야겠다."

라고 말하고는 하인에게 분부하여 가평까지 데려다 주라고 했다. 그러자 진암의 부인에게서 내통을 받은 침모와 계집아이들은,

"쫓겨가는 이가 비단옷이 당키나 하오?"

라면서 좋은 옷을 벗기고 헌옷을 입히고는 약을 올리면서 빈정거렸다.

"오늘부터 이 댁 도련님이 아니오. 글 읽기를 싫어하더니 정말 잘 되었소. 시골로 돌아가게 되었으니 다시 고기반찬을 먹기는 틀렸소."

"보기 싫던 저 도령이 쫓겨 가니 오늘부터 우리가 편해지게 되었다."

하지만 문원은 양부모에게 절을 하곤 싱글벙글 웃으면서 말했다.

"안녕히 계세요. 보내시니 며칠 동안 있다가 다시 오겠습니다."

"뭐가 어째? 이놈이 헛소리를 하는군. 글 안 읽는 자식은 내 자식이 아니니 너의 집에 가서 실컷 놀아라."

진암이 꾸짖자, 그의 아내도 맞장구를 쳤다.

"자식이 없을 팔자이니 어떻게 하겠습니까. 저 애가 오기 전에도

오십여 년 동안 탈없이 지내지 않았습니까?"

더없이 쌀쌀한 태도였다. 하지만 문원은 두 내외의 눈치만 살피면서 "이제는 열심히 글을 읽을 테니 한 번만 용서해 주십시오."라는 소리를 하지 않았다.

그리하여 가평을 향해 떠난 하인이 등에 업힌 문원에게 말했다.

"도련님도 정말 딱하시오. 잘못했다는 말만 하면 용서 잘 하는 대감마님께서 참으시지 이렇게 내좇으시겠소? 그리고 생가에 보내도 말이나 나귀에 태워서 보내시지 이렇게 내 등에 업혀서 보내시겠소? 도련님은 글을 배우지 않는 죄를 지었지만, 나는 무슨 죄를 지어서 이 고생을 합니까? 도련님을 업고 백여 리나 되는 길을 가야 하니 말이오. 그나저나 대관절 왜 그렇게 글 읽기를 싫어하시우? 책에서 호랑이라도 나옵니까? 어쨌든 시골에 가면 귀하던 정승 댁 도련님이 무식한 촌놈의 자식들과 놀게 될 테니 딱한 일이요. 어디 그뿐입니까. 그 좋던 거처와 앞날의 부귀영화도 없어지게 되었으니 내가 옆에서 보기에도 밉고 원통하외다."

그랬더니 듣고 있던 문원이 중얼거렸다.

"네 말도 옳기는 하다. 시골에서는 읽지 않았던 글을 서울에 가서 배우게 되니 처음에는 재미있고 좋더라. 하지만 방과 광 속에 가득 차 있는 그 많은 책들을 모두 읽어 치울 생각을 하니 기가 막히더구나. 그런데 그것뿐이라더냐. 배운 것을 읽어야 하고, 읽을 수 있게 되면 책을 놓고 돌아앉아서 그것을 외우라고 하니 누군들 그런 성화를 받기가 좋겠느냐. 글을 배우지 않은 너도 한 세상, 글을 읽은 나도 똑같은 한 세상을 사는 것 아니냐. 사람이 백 년을 사는 것도 아닌데, 나는 왜 그런 짓을 해야 한단 말이냐."

"그것도 좋은 말씀이기는 하오. 하지만 도련님이 하늘에서 떨어지거나 땅 속에서 저절로 솟아난 것이 아니오. 부모님 은덕으로 태어나신 것인데 자라서 부모님의 은공은 못 갚는다 해도 걱정하시게만들면 되겠습니까? 소인 같은 놈도 나이를 먹을수록 글을 못 읽어 부모님의 은공을 갚지 못하는 것이 한이 됩니다. 양반 댁 도련님들은 우리들과는 다르니 좋든 싫든 간에 글을 배워야 합니다. 글을 모르는 양반은 양반 대접을 못 받으니까요."

"알겠다. 하지만 너무 걱정 말아라. 나는 며칠 후에 서울로 다시 돌아가니까."

"예? 대감마님이 쫓아내셨는데 어떻게……?"

하인이 의아해 하며 묻자, 문원이 싱긋 웃으면서 말했다.

"내가 그 집에 갔을 때는 사당방(祠堂房: 신주를 모셔 두는 방)에 고유(固有: 국가나 일반 개인집에서 큰 일을 치른 뒤에, 그 이유를 사당이나 신명에게 고하는 것)하셨어. 그런데 이번에는 고유도 없이 가라고 하셨으니 정말로 쫓아낸 것이 아니야."

"예?"

하인은 듣고 보니 과연 일리가 있는 말이라고 생각했다. 하지만 내색하지 않으며 말했다.

"그렇지 않소. 그러니 잘 생각해서 대감님에게 꾸중보다는 칭찬을 받을 수 있게 해 보세요. 예?"

"오냐. 앞으로는 그렇게 해 보겠다."

"아이고, 고맙습니다. 도련님, 그렇게 되면 대감마님 내외분께서 얼마나 좋아하시겠습니까?"

"그래. 네 말이 맞다."

이윽고 생가에 도착한 문원은 밥을 먹고는 늘어지게 잠을 잤는데, 한밤중에 그를 부른 생부 이국보가 제발 정신을 좀 차리라면서 크게 꾸짖었다.

그리고는 다음날 문원을 데리고 서울로 올라와서 진암에게

"문원이가 잘못을 뉘우쳤으니 형님께서 한 번만 용서해 주십시오. 앞으로도 또 그러면 뜻대로 처리하십시오."

하고 간청한 결과 진암은 문원의 거취를 좀 더 지켜보겠다며 대답하게 되었다. 진암과 이국보의 밀계는 일단 소기의 목적을 달성한 셈이다.

하지만 문원의 염독증(厭讀症: 책을 싫어하는 증세)은 근절되지 않았다. 날마다 책을 읽는 시간보다 노는 시간이 더 많았다. 그런데 신기하게도 한 번 읽은 글을 외우지 못하는 경우는 없었다.

어느 날 진암이 대궐에 들어가면서 문원에게 담배씨 한 봉지를 주면서 말했다.

"글 읽기를 싫어하는 너의 병은 여전한 모양이구나. 그러니 벌을 받아야 할 것이다. 오늘은 내가 귀가하는 시간이 다른 때보다 늦을 것 같은데, 그 동안 이 봉지 안에 있는 씨가 몇 개인지 세어 놓아라. 세지 않고 엉터리로 대답하면 용서하지 않을 것이다."

"예."

문원은 시원스럽게 대답했고 진암 이 정승은 궁중으로 향했다.

그런데 커다란 봉지 안에 담긴 담배씨가 몇 개인지 하루 만에 센다는 것은 거의 불가능한 일이었다. 혼자서 그것이 몇 개인지 세려면 적어도 일 년 이상은 걸릴 것이었다.

하지만 문원은 글을 몇 번 읽은 뒤에 장난을 치면서 놀기만 했다. 그러다 훈장과 청지기가 여러 번 주의를 주자, 그제야 비로소 약 가루 무게를 다는 저울에다 한 푼 중이 되는 담배씨를 올려놓더니 그것으로 수십 개나 되는 작은 종이에 나누어 놓았다. 그리고는 그것들을 집안의 문객. 청지기, 상노 등 수십 명에게 골고루 나누어 주고서 말했다.

"모두들 각자가 받은 담배씨가 몇 개인지 정신 차려서 세어 보라. 그리고 몇 개인지 나에게 말하라."

그들은 모두 매우 귀찮았지만 문원이 하는 꼴을 보려고 담배씨가 몇 개인지 열심히 세었다. 그리하여 각기 자기가 센 개수는 몇 개라고 보고했더니 문원은 그 숫자들을 모두 합해 담배씨 한 푼 중의 개수는 몇만 몇 천 몇 백 개라는 답을 얻었다.

그리고는 이어서 한 봉지의 담배를 한 푼 중씩 나누는 작업을 하더니, 그렇게 하여 얻은 숫자에 한 푼 중의 개수를 곱해 봉지 안에 있는 담배씨는 모두 몇 개라는 답을 얻었다.

문원은 담배씨들을 다시 봉지에 담고 그것들은 모두 몇 개라고 써 놓고는 안팎으로 다니면서 놀았다.

그날 저녁때 돌아와 그 이야기를 들은 이 정승은 아무런 말도 없이 환한 미소만 지었다고 한다.

어느 날 이 정승이 문원에게 물었다.

"너, 요즈음 읽는 글이 무엇이냐?"

"자치통감 몇째 권입니다."

"읽어보니 누가 가장 마음에 드는 사람이던고?"

이 정승이 다시 묻자, 문원이 생글거리면서 대답했다.

"제 생각엔 '글은 배워서 성명을 쓸 수 있으면 족한 것이다'라든 항우의 말이 좋고, 사람으로시 잘난 놈은 진(晉)나라 때의 석륵(石勒)이 무던하옵고, 제일 못난 사람은 계란 두 개를 얻어먹어 대장 노릇을 못하게 된 구변이라는 사람이라고 생각하옵니다."

"허어, 그래? 네가 글 읽기를 싫어하는 녀석이어서 석륵을 칭찬하는구나."

"어버님께서 누가 마음에 드느냐고 물으셨기에 그렇게 여쭌 것이옵니다."

"하하하, 알았다. 너는 역시 어떻게 할 수 없는 무식쟁이다."

이 정승은 딱하다는 듯이 중얼거렸다. 하지만 속으로는 은근히 기뻐하면서 "저 녀석이 재주는 있는 놈이야!" 하고 생각하면서 기뻐했다.

그러던 중 진암이 장헌세자(莊獻世子: 영조의 둘째 아들)의 화변 때 비상을 먹고 죽은 것이 계기가 되어 정조는 문원을 사랑했으며, 어느 해인가의 과거 때 그를 제일 마지막으로 뽑아 합격시키고는 물었다.

"진암 같은 문학대신의 아들인 네가 어찌하여 33명 중에서 맨 끝으로 뽑혔는가? 부끄럽지도 않은가?"

그러자 문원은 사은하면서 대답했다.

"물론 부끄럽습니다. 하지만 꼴찌로나마 합격한 것도 모두 다 아비의 덕이올시다. 끝으로 뽑혔지만 밑에서 보면 그것이 첫째가 될 것이오니 신은 장원한 것으로 여기고 아비에게 자랑하겠나이다."

이문원은 등과한 후 빠르게 출세하여 경상 감사를 거쳐 호조 참판이 되었으며, 결국에는 이조 판서에까지 이르렀는데 요직에 있으면서도 항상 청렴결백하게 봉공했기에 문학을 못한다는 세평을 듣지 않았으며, 그의 재간과 부지런함은 세상 사람들이 모두 존중하는 바가 되었다.

어느 해 겨울 모화관에서 동지사(冬至使: 조선시대에 매년 동짓달에 중국으로 보내던 사신) 일행을 공식적으로 전별하는 연회가 있었는데, 그 자리에 참석했던 재상 한 사람이 이문원을 골려 볼 생각으로 시 짓기를 제의했으며 '찰 한(寒) 자'로 운(韻)을 내고 송별시를 짓게 했다.

그리하여 이문원의 차례가 되자 여러 재상들은 그가 창피를 당하게 되지 않을까 하며 은근히 걱정했다.

그런데 당사자인 이문원은 태연하게 술을 마시면서 기생들과 놀다가 이윽고 시축(詩軸: 시를 적은 두루마기)을 쓰는 사람에게 자기가 지은 시를 읊어 주었다.

風雪中慕華館에
풍설중모화관에
上副使書狀官아

상부사서장관아

燕京路三千里에

연경로삼천리에

去平安來平安하소.

거평안래평안하소.

라는 육언시 한 편을 발표한 그는 껄걸 웃으면서,

"시라는 것은 자기기 하고 싶은 말을 솔직하게 표현하는 제일 좋다
고 옛날의 성인이 가르쳤으니, 이만하면 내 시로 내 마음속에 있는 말
을 빼지 않고 썼다고 생각한다. 즉 처소와 회포, 축사를 다 썼으니 더
이상 할 말이 있겠는가?"

라고 말했다.

때문에 좌중은 크게 놀랐으며 그에게 창피를 주려던 재상은 머쓱해
하며

"대감, 그렇게 시를 잘 지으면서 왜 시를 지을 줄 모른다고 겸사하
셨소?"

라고 웅얼거렸다.

이문원은 친구들과 교우하는 데 있어서 신의와 약속을 존중했으며
이롭고 해로운 것에 따라 변절하는 자들을 미워했다.

어느 때인가 친우의 딸을 데려다가 며느리로 삼기로 약속했다. 그
런데 사돈이 될 그 친구가 역변에 관련되었다는 혐의로 금부에 갇혀

재앙이 일어나는 기색을 보이자, 그의 친척과 친구들이 모두 절교했으며 그를 구하려는 기미를 보이지도 않았다.

그런데 어느 날 이문원은 대궐에서 물러나오는 길에 금부로 가서 남간(南間: 사형수를 구금하는 곳)에 들러 큰 소리로 그를 부르며,

"여보게, 아무개. 내가 지금 관복을 입고 있기에 안에까지 들어가지는 못하지만 자네와의 혼약은 지킬 것이니 걱정하지 말게. 자네의 지금 죄명과 따님이 무슨 관계가 있단 말인가. 나는 결코 배신하지 않을 것이니 예정대로 혼인을 하세."

라고 말하고는 돌아갔다.

그런데 혼인하게 된 날 비가 많이 내리자 두 집 가족들이 모두 크게 걱정했으며, 미신을 믿는 사람들이 중간에서 파혼하거나 재택일해야 한다고 주장했다. 하지만 미신을 믿지 않았던 이 판서는,

"그게 도대체 무슨 소리냐? 내가 어찌 약속을 어기고 파혼을 한단 말인가. 일기가 나쁘니 내일이라도 비가 그치면 즉시 행례를 하자."

라고 말했으며, 다음날 혼례식을 치렀다.

뿐만 아니라 그 때부터는 무슨 일을 하든가 택일에 비가 오면 다음날로 물리고, 청명하면 지체없이 거행한다는 가법(家法)을 만들었다.

그가 이조 판서로 재직하던 해 한효순(韓孝純)의 후손인 한덕후(韓德厚)라는 문관을 양사(兩司: 조선시대의 '사헌부'와 '사간원'을 함께 이르는 말)에 천거했더니 영의정 김익(金熤)이 왕에게,

"효순은 광해 폐모 때 죄를 지은 간신이거늘 그의 후예가 어떻게 감히 언관이 되오리까. 그를 추천한 이조 판서 이하의 당상과 낭청을 종

중추고(從重推考)의 책벌로 다스려야 합니다."

라고 아뢰었다.

그러자 문원은 크게 분개하며,

"영상의 연주(筵奏: 임금의 면전에서 어떤 일을 아뢰는 것)는 어불성설이외다. 요순 같은 임금이 성인이 아니라면 모르되 성인이라고 인정한다면, 어째서 그가 미련한 순전(舜典)의 벌불급사라는 법리를 무시하오리까. 아비의 죄를 가지고 아들을 벌하지 않거늘 하물며 그의 몇 대 후손에게 무슨 죄가 있다는 겁니까? 신은 이 같은 대신 밑에서 벼슬을 하지 못하겠으니 복장을 벗고 물러가겠사옵니다."

하면서 사모와 품대를 벗어 놓고 어전에서 하직을 고했다.

영상이 다시 그 같은 무례한 버릇을 탄핵하자, 정조는 그의 위신을 세워 주기 위해 이 판서를 숙천으로 귀양 보냈다가 얼마 후에 다시 불러 중용했다.

말하자면 이문원은 공평정직하고 청렴결백한 매우 갸륵한 재상이었다. 그러니 누가 감히 그를 무식한 사람이라고 말할 수 있을 것인가.

정홍순(鄭弘淳)

현재의 체면보다 미래를 설계한 재정관

영조 때의 호조 판서 정홍순의 외동딸이 혼례를 눈앞에 두게 되었다. 때문에 정홍순을 아는 사람들은 모두 그 혼례가 화려하고 성대하게 치러질 것이라고 생각하고 있었다.

그 중에서도 정홍순의 부인은 더 그렇게 생각했다.

그런데 정작 정홍순은 딸의 혼사가 있다는 것을 잊기라도 한 듯 혼수를 준비하려는 눈치를 전혀 보이지 않았다.

그래서 참다못한 부인이,

"혼수는 어떻게 하실 겁니까?"

하고 물었더니, 정홍순이 태연한 얼굴로 대답했다.

"내가 알아서 할 테니 걱정하지 마시오."

하지만 정홍순은 혼수를 마련하려는 기미조차 보이지 않았다.

그러는 중에 혼례를 치를 날짜는 하루하루 다가왔고 조바심은 비할데 없이 커졌다. 그래서 부인이,

"대감께서 수고로우시면 제가 혼자 마련하겠으니 비용이나 넉넉히

주십시오."

하고 말했더니 정홍순이 대꾸했다.

"그렇게 하오. 그런데 대체 얼마나 돈이 필요하오?"

"적게 잡아도 6백 냥은 있어야지요."

부인이 아무렇지도 않게 말하자, 정홍순은 눈이 휘둥그레지며

"6백 냥이라고?"

하고 반문하며 고개를 설레설레 흔들었다.

"6백 냥이 많기는커녕 제대로 하자면 한 천 냥은 들 것이옵니다."

"흠, 그렇다면 할 수 없군. 체면상 8백 냥 정도로 하겠으니, 어서 목록이나 써 주오."

정홍순이 갑자기 싹싹하게 말하자 부인은 좋아하며 혼인 채비 목록을 적어 주었다. 그런데 정홍순은 혼례식 날이 내일 모레가 되어도 물건 하나 사들이지 않았다. 어디 그뿐인가. 바로 혼인 전날까지도 그랬다.

부인은 초조해 하던 끝에 사랑까지 와서 물었다.

"대체 어쩌시려는 겁니까?"

그제야 정홍순은 정신이 번쩍 든 얼굴로,

"아뿔싸, 큰일 났구려. 부인이 적어 준 대로 백방으로 사람을 놓아 구해 오게 했는데, 이 사람들이 왜 이렇게 꾸물대는 거지? 한 번 혼을 내야겠군!"

하며 애꿎은 남들 탓만 했다. 실상 자기는 가만히 있었던 것이다.

그러니 부인도 더 이상 어쩔 수가 없었다. 기가 막혀 멍하니 쳐다보

는 두 눈에 안타까움으로 인해서 생긴 눈물이 머금어져 있었다.

"자, 부인. 운다고 해결될 일이 아니오. 이왕 이렇게 되었으니 별 수가 없소. 혼례를 안 지낼 수가 없으니 부인이 안종들에게 시켜 명색만이라도 음식을 차리구려. 대단히 섭섭하겠지만, 모두 내 잘못이니 용서하오."

정홍순은 부인 앞에 머리까지 숙였다. 이에 이르러서는 부인도 별도리가 없었다.

그래서 부랴부랴 음식을 장만하고 혼수도 간신히 마련했다. 그러다 보니 모두 격에 맞추기보다 임시로 적당히 때울 수밖에 없었다. 혼인날에 입을 신부의 옷부터가 집에 두었던 나들이옷이었고, 음식도 그저 여느 때 손님 몫만큼 분량만 늘렸을 뿐이었다. 어쨌든 명색만의 혼인 예식이었기에 정홍순의 부인은 고개를 쳐들지 못할 정도였고, 그 자리에 모인 손님들은 모두 어리둥절했다. 더구나 신랑은 실망이 대단했다.

그 후 그 이야기가 남의 입에 오르내릴 때마다 신랑은 마치 거지 대우라도 받는 것 같은 모욕감을 느꼈다. 신랑의 집은 가문만 좋았지, 당시의 집안 형편은 말이 아니었기 때문에 더욱 그랬다.

그러나 정홍순은 호조 판서의 딸이 빨래한 옷을 입고 시집 갔다는 소문이 나돌아도 들었는지 못 들었는지 전과 다름없이 태연했다. 때문에 신랑은 더욱 모멸을 당한다는 생각이 들었다.

그런데 보다 더한 일이 생겼다. 그 후 가끔 처가라고 찾아가도 정 판서는 별로 반겨주지 않았고 때가 아니면 숫제 식사도 얻어먹지 못했던 것이다.

"허 참, 왜 온다고 진작 통지를 하지 않았나? 우리 식구의 밥만 끓였으니 어서 자네 집에 가서 먹게."

하고 매정하게 내쫓을 적에는 무안하고 분했다. 그렇지만 할 수 없는 일이었다. 장인은 세도가 당당한 호조 판서이고, 자기는 한낱 하급 관리였다. 때문에 분함을 참고 돌아와서는 아내에게,

"난 앞으로 죽어도 처가 문지방을 넘지 않겠소."

하고 화풀이만 할 뿐이었다.

그리고는 거의 3년 동안을 처가 문전에는 얼씬도 하지 않았다.

그런 후 하루는 정홍순이 먼저 사위와 딸 내외를 부르게 되었다.

물론 사위는 처가에 갈 생각이 없었다. 하지만 그의 부친이,

"사위도 반아들이라고 한다. 장인이 아무리 너를 괄시해도 너는 마땅히 도리를 다 해야 하느니라. 어서 가서 뵈어라."

하는 충고에 마지못해 찾아갔다.

정홍순은 사위와 딸을 보더니 아무 말도 하지 않고 두 사람을 밖으로 데리고 나갔다. 그리고 근처에 있는 새로 지은 큼직한 기와집을 가리키며,

"자, 어떠냐? 이만하면 너희들 내외는 고사하고 한 여남은 식구가 편히 살 수 있겠지?"

하고 말하면서 무엇이 그리 좋은지 혼자서 싱글벙글했다.

사위는 그 말의 뜻을 얼핏 알아채지 못하면서도 "예" 하고 막연하게 대답하면서 장인의 뒤를 따라 안으로 들어갔다.

그 집은 바깥 모습도 깔끔했지만 안은 더욱 정갈했다. 게다가 방마다 세간이 짜임새 있게 들어서 있었고, 뒤쪽 곳간에는 양식도 제법 많이 쌓여 있었다. 때문에 사위와 딸은 그만 눈이 휘둥그레졌다. 그런 모습을 즐겁게 바라보던 정홍순이 껄껄 웃고는 딸의 등을 어루만지며 말했다.

"보았느냐? 여기는 오늘부터 너희가 살 집이다. 애초에 너희들 혼례에 쓰자고 생각했던 6백 냥을 갖고 간간이 이용하여 천 냥이 넘게 되었기에 이렇게 너희들의 살림을 마련한 것이다. 그간 섭섭했겠지만 한때의 체면만 생각하고 그 돈을 없앴다면, 오늘 이 같은 열매가 맺어질 수 있었겠느냐. 이 뿐만 아니라 사사로운 살림도 마찬가지로 낭비를 피하고 장래를 위한 저축에 힘써야 하느니라."

이때 딸 내외가 얼마나 감격했는지는 쉽게 상상할 수 있는 일이다. 다만 그 후 사위가 이날의 감동을 바탕 삼아 역시 호조에서 이름난 관리로 나라의 부를 이룩했다는데, 그의 이름이 전해지지 않는 것이 유감스러운 일이다.

역시 정홍순이 호조 판서로 있을 때 이런 일도 있었다.

그의 수하 관리로 일하는 김모라는 근면한 젊은이가 있었다. 그러나 그는 항상 가난에 쪼들려 의관도 꾀죄죄하게 차리고, 언제나 생기가 하나도 없었다. 정홍순은 전부터 눈여겨 오던 터인지라,

'쓸모가 많은 사람인데 어째서 저럴까?'

하고 생각하다가, 어느 날 그 까닭을 물었다.

"그대는 나라의 봉록으로는 살림이 펴지지 않느냐?"

"아니올시다. 봉록은 넉넉하오나 군식구들이 스무 명이나 되어 도무지 헤어날 수가 없사옵니다."

정홍순은 약간 놀랐다.

"그것은 처음 듣는 이야기다. 그래, 그럼 너희 식구는 몇 명이냐?"

"여섯 명이올시다"

"그 나머지가 모두 군식구란 말이지?"

"예."

"그러면 그 군식구들을 모두 내쫓으면 되지 않느냐? 그렇게 하지 않으면 네 말대로 가난에서 헤어나지 못할 뿐만 아니라 먹고 살기에 지쳐 나라일을 하다가 실수를 범하기 쉽다."

"저도 그런 생각을 가지고 있사오나 모두 저에게 의지하는 가난한 일가친척이어서 차마 그럴 수가 없습니다."

"정 그렇다면 너는 내일부터 해고하겠다. 그래도 못 내쫓겠느냐?"

"예. 죽는 한이 있어도 내쫓지 못하겠습니다."

"알았다. 그러면 내일부터 나오지 말라."

해직 이유치고는 억울한 이유였다. 그러나 정홍순은 무정하게도 그 불쌍한 김모라는 젊은이를 정말로 해직시켜 버렸다

그 후 1년이 지나자 정홍순은 문득 생각난 듯이 김모를 불렀다. 김모는 전보다 더 초라한 모습이 되어 호조에 들어왔다. 하지만 전보다 홀가분해진 기색이 얼굴에서 엿보였다.

정홍순은 짐작하는 바가 있었는지 고개를 끄덕이며

"너 지금도 군식구들을 기르느냐?"

하고 물었다.

"아니올시다. 대감께 해직을 당하자 하나 둘씩 모두 나갔기에 이제는 저의 식구만 남았습니다."

"하하하, 그거 참 잘 되었다."

정홍순은 그것보라는 듯이 유쾌하게 웃었다. 그리고 어리둥절해하는 김모에게 이렇게 말했다.

"그러면 내일부터 다시 호조에 나와 일을 보아라. 너는 그 동안 야속했겠지만, 하도 보기에 딱해서 너 대신 내가 군식구들을 없애준 것이다. 자, 여기 너의 1년 치 봉록이 있다. 이것은 휴직하는 동안 지급되는 액수를 내가 모아 둔 것이다. 부디 내가 지나치게 참견한 것을 이해하고, 앞으로 나라 일이나 개인적인 살림을 하는 데 있어서 하나도 군짓이 없도록 힘써라."

김모가 그로부터 가정을 즐겁게 꾸리며 나랏일을 열심히 했다는 이야기는 말할 필요도 없을 것이다.

정홍순은 영조 21년(1745년), 정시 문과에 급제하여 설서, 이조 정랑, 지평, 교리, 이조 참판 등을 거쳐 평안도 관찰사가 되었으며, 호조 판서로 10년 동안 재직하면서 재정 문제를 처리하는데 있어서 특별한 재능을 발휘하여 당대 제일의 재정관으로 손꼽혔다.

권도(權導)

망발풀이는 받아먹기 위한 잔꾀

조선의 영조(英祖) 때부터 정조(正租)에 이르기까지 70여 년 동안은 몇 번인가 발생한 당쟁의 화해(禍害:재난)와 흉년으로 인한 괴로움이 있었을 뿐, 외침이나 내란은 없었기에 백성들은 태평을 노래하면서 살았다.

때문에 언젠가부터 '망발(妄發)풀이: 망령이나 실수로 잘못되게 한 말이나 행동을 씻기 위해 한 턱을 내며 사과하는 일'이라는 재미있는 풍속 습관이 생기게 되었으며, 조야(朝野)에서 모두 유행했다.

영조 말기에 병조 판서를 지낸 권도(權導)라는 재상이 있었는데, 그는 재주가 있고 지혜로웠기에 이따금 남들이 실수하여 망발하도록 만들어 공짜로 술을 빼앗아 먹었다.

하지만 자기는 한 번도 실수를 한 적이 없었기에 그의 친구들은 모이기만 하면 이구동성으로 말하고는 했다.

"우리가 항상 그 친구에게 망발풀이를 당하면서 그 친구에게서는 망발풀이를 받아 본 적이 없으니 어찌 부끄럽고 분하지 않단 말인가.

누구든지 꾀를 내어 그 사람이 망발하게 만들어 한 번만이라도 술을 빼앗아 먹으면 한이 없겠다."

그런데 그들 주위에 영남의 선비로 여러 재상의 문하에 수십 년 동안 출입하면서 벼슬 한 자리를 얻으려는 운동을 했으나 그 때까지 뜻을 이루지 못한 선비가 있었다.

그 사람이 그들의 하는 말을 듣더니 불쑥,

"그것은 어렵지 않은 일입니다. 대감들께서 내 머리에 감투를 하나 씌워 주겠다고 약속만 해 주시면 내가 묘책을 써 보겠습니다."

라고 말했다.

그러자 그들 모두는 크게 기뻐하며,

"그런 것은 염려하지 말고 우리가 설치(雪恥: 부끄러움을 씻는 것)하도록만 해 주게. 우리들이 힘을 모아 자네 한 사람 벼슬시키는 것은 쉬운 일인데 어찌 그 공을 잊겠는가. 성공만 하게 만들면 자네의 초사(初仕: 처음으로 벼슬길에 오르는 것)는 떼어놓은 당상일세."

라며 확약하고는 방법이 어떤 것인지 물었더니 그는 씨익 웃으면서 대꾸했다.

"방법을 미리 발설하면 재미가 적어집니다. 내일이라도 당장 여러분께서 어느 시각에 그 대감 댁에 모이시겠다는 약속을 하시고 그대로 실행해 주신다면 시생이 하는 일을 구경하신 후 한 턱 받으시게 될 겁니다."

"그래? 그럼 내일 오시(午時: 낮 11시 30분부터 12시 30분까지)까지 가겠다고 약속을 하겠네."

"알겠습니다. 그럼 시생은 준비할 일이 있어서 먼저 갈 테니 내일 그 시각에 꼭 행차하십시오. 저는 먼저 가서 기다리고 있겠습니다."

자리를 떠난 그 사람은 자기가 묵고 있는 집으로 돌아와 동네 아이들 중에서 똑똑한 녀석 하나를 데려다가 어른을 응대하는 예절을 가르쳤다.

그리고 다음 날 아침이 되자 조반을 먹은 뒤에 머리를 곱게 빗고 선명한 의복을 입은 그 아이와 함께 권 판서의 집으로 찾아갔다.

청지기를 통해 주인의 승낙을 받고 시랑으로 들어간 그는 권 판서에게 인사한 뒤에 아이에게 말했다.

"너도 대감께 인사를 올려라."

아이가 큰절을 하자, 권 판서가 물었다.

"그 아이가 누군가?"

"시골에서 어제 올라온 시생의 막내자식이올시다. 촌뜨기여서 아무 것도 모릅니다만, 오늘은 여러분 댁에 찾아가 문안인사를 드리게 하고 내일부터 서울 구경을 시키다가 며칠 후에 내려보낼까 합니다."

"아, 그런가? 그놈 참 잘 생겼고 똑똑해 보이는 걸. 그런 아들을 두었으니 자네는 팔자가 꽤 좋은 사람일세."

"황감하외다. 그다지 둔하고 못난 놈은 아니지만 보고 배운 것이 있어얍지요. 농사 지을 놈 하나가 더 늘었을 뿐입니다."

"그게 무슨 말인가. 얼굴 값만 잘 해도 자네 집의 중시조(中始祖)는 넉넉히 되겠군. 잘 기르고 잘 가르치게. 그놈, 보면 볼 수록 잘 생겼군. 너 몇 살이냐?"

"아홉 살이옵니다."

아이가 대답할 때마다 칭찬하는 말들이 이어졌다. 그러는 중에 대문 쪽에서

"어느 골 이 판서 대감 듭시오."

"어느 동 박 참판 영감 듭시오."

하는 문망(門望: 의정이 문 안으로 들어올 때 하인이 문 앞에서 큰 소리로 알리던 일) 소리와 함께 재상들의 가마들이 뒤를 이으면서 들어왔다

전날 약속했던 재상들이 모두 모여 인사 교환을 끝내고 각각 자리에 앉자, 선비는 또 그 소년에게 말했다.

"저 어른은 무슨 대감, 다음은 어느 대감이시니 인사를 올리도록 해라."

그러자 재상들이 물었다.

"그 아이가 누군가?"

'예. 시골에서 올라온 시생의 손주 놈이올시다.'

"그래? 그놈 참 잘 생겼다."

"자네 손주를 잘 두었네."

아이가 큰절을 하는 것을 보며 재상들이 칭찬하는 말을 마디씩 했다. 그러자 권 판서가 의아해 하는 표정을 지으면서 선비에게 물었다.

"이 사람아, 말이 왜 그렇게 틀리나?"

"예? 틀리다뇨? 틀리게 아뢴 말씀은 없습니다."

"틀리게 말한 것이 없다니. 나에게는 아들이라고 말하더니 저 대감

들에게는 손자라고 말하니 그것이 틀린 말이 아니고 무엇인가?"

"황송하외만 시생이 어찌 감히 대감께 그처럼 말씀드렸겠소이까. 대감께서 망발을 하시는군요."

"뭐?"

권 판서는 꾀가 많고 말을 잘 하는 사람이었지만, 자기 입으로 여러 사람 앞에서 한 말을 하지 않았다고 우길 수가 없었다. 그는 결국 '쯧쯧'하고 혀를 차면서 중얼거렸다.

"내가 망발을 했으니 오늘은 내가 한 턱 내겠네. 나를 골리려고 짜고 온 것을 눈치 채지 못하고 그런 말을 한 내가 어리석지. 어, 분하다."

그렇게 되어 좌석은 웃음판이 되었고 선비의 꾀에 넘어간 권 판서가 내는 망발풀이 잔치가 벌어졌다.

또한 그 선비는 약속 받았던 대로 어렵지 않게 참봉(參奉) 감투를 얻었다.

토정(土亭) 이지함(李之菡)

『토정비결』을 지은 이

이 토정은 너무나 유명한 사람이다. 요즘도 음력 정월이 되면 많은 사람들이 일 년 신수가 씌어져 있는 토정비결(土亭秘訣: 조선 명종 때, 토정 이지함이 지은 일종의 도참서)들을 본다.

이 토정비결은 이 토정이 지은 운명 판정의 술수서(術數書)이다. 때문에 이 토정은 후세에도 모르는 사람이 없을 만큼 유명해졌다.

토정은 조선시대 제 11대인 중종(中宗) 대왕 12년에 한산 이씨(韓山李氏)의 가문에서 출생했으니, 저 유명한 고려조(高麗朝)의 거유(巨儒) 목은 이색(牧隱異色)의 육대손이요, 이치(李穉)의 아들이었다. 그의 본명은 지함(之菡)이고, 토정(土亭)은 별호였다.

그는 실로 명문거족(名門巨族) 출신이었으니 영의정 이산해(李山海), 판서 이산보(李山甫) 같은 인물들이 그의 조카였던 것으로 미루어 능히 그의 가문이 얼마나 대단한지 짐작할 수 있다.

이 토정은 그처럼 훌륭한 가문에서 출생했기에 그가 영달을 꿈꾸고 출세를 원했다면 그의 지위는 일개 현감(縣監)에 그치지 않았을 것이다. 천재적인 재질과 뛰어난 두뇌로 능히 한 세상을 주름잡았을 것이 분명하다. 하지만 그는 모든 기인(奇人)과 이인(異人)들이 그랬던 것처럼 공명과 부귀와 권세 따위에는 뜻이 없었다.

그는 그의 별호가 표시하는 것처럼 흙을 쌓아서 정자를 만들어 놓고 그 위에서 한평생을 살았으니, 그것만 보아도 기이한 인물이라고 말하지 않을 수 없다. 백여 척이나 되는 높이의 토정을 만포에 만들어 놓고 그 스스로 토정이라고 칭하며 그 위에서 태평하게 세월을 보냈다. 이따금 사람들이

"토정살이가 어떤가? 재미있는가?"

하고 물으면

"온 세상이 다 근심 걱정 투성이지만 토정살이는 홀로 평안하며 온 세상이 모두 시비분분하지만 토정살이는 홀로 평화롭네."

라고 대답하면서 아무런 근심이 없는 것처럼 그 높은 토정 위에서 세상의 일을 잊고 살았던 것이다.

토정은 어려서부터 동정심이 많은 사람이었다. 그는 형님인 지번(之番)을 따라 당시의 거유(巨儒: 이름난 유학자)인 모산수(毛山守)의 문하에 다니면서 공부를 했는데, 학문이 실로 일취월장했을 뿐만 아니라 매우 성실했다. 하루도 빠짐없이 그 문하에 드나들었기에 그를 칭찬하지 않는 이가 없었다.

어느 날 서당에 갔던 그가 도포를 입지 않고 그냥 홑고의적삼 차림으로 귀가했다. 그의 어머니가 이상하게 생각하며 물어보았더니 그는 천연덕스럽게 대답했다.

"그거야 사람이 입었을 것 아니겠습니까. 아무런 걱정도 하실 것 없습니다."

"그게 아니라 어찌했느냐는 말이다."

"집으로 돌아오다가 보니 홍제교(弘濟橋) 아래에 거지 아이들 세 놈이 쪼그리고 앉아 있는데, 이 추운 날에 벌벌 떨고 있지 않겠어요. 그래서 도포를 벗어 세 조각으로 나누어서 드러난 살을 가려주고 왔지요."

이처럼 그는 어른도 감히 시행하지 못할 일을 하고는 했다.

일찍이 청양(靑陽) 땅에 친구가 살고 있었다. 토정은 보령(保寧)에 있는 선산(先山)에 참배도 할 겸 해서 어느 날 서울을 떠났다. 마포에서 떠난 토정은 저녁 무렵에 청양 땅에 당도했다. 친구는 무척이나 반가웠는지 극진히 그를 대접했다.

"먼 데서 여러 날 오느라고 객지 고생이 심했을 테니 푹 쉬게. 대접할 것은 아무것도 없네만, 우선 편히 쉬도록 하게."

"보령 선산으로 가는 길인데 과문불입할 수가 없어 들렀네. 그리고 그다지 피로하지도 않네. 아침나절에 마포를 떠나서 이제 여기에 왔으니까."

"무엇이 어째? 서울에서 여기까지 하루에 와? 아니 사백 리 길을 하루에 오다니…… 희한한 일일세. 자네는 요즘 축지법(縮地法)까지 배웠나?"

청양 친구는 놀라며 경탄할 뿐이었다.

그가 청양 친구의 집에서 하루를 쉬고 다시 보령 선산으로 가 보니,

여러 해 만에 보는 선영은 말이 아닐 정도로 퇴락해 있었다. 홈이 파이고 떼가 떨어져 나간 상태였다.

그것을 개수(改修)하려면 상당한 돈이 있어야 하겠는데, 그는 그때 마침 수중에 돈이 한 푼도 없었다. 하지만 산소를 그대로 두면 깊은 골로부터 매년 흘러 넘치는 물 때문에 더욱 크게 훼손될 상태가 되어 있었다.

이에 그는 그 근방의 촌가에서 콩씨와 호박씨를 다량으로 얻어가지고 그 부근에 있는 무인고도로 들어가 그것들을 모두 뿌려놓고 나왔다. 여름에 가서 그 곡식을 가꾼 적도 없었지만, 가을에 추수를 하러 가서 보니 실로 대풍작이었다. 그것을 근처 마을의 유지에게 팔았더니 그 돈이 예상했던 것 이상으로 막대하였다.

그는 그 돈으로 아무런 힘도 들이지 않고 선영 개수 공사를 마무리했다. 그리고 남은 돈은 한 푼도 자기가 가지지 않고 그 부근에서 살고 있는 빈민들에게 나누어 주었기에 많은 사람들이 그의 적선을 칭찬해 마지 않았다.

그는 조금도 재물에 욕심이 없었다. 욕심이 없었기에 그에게는 수월하게 돈이 잘 모이는 것인지도 몰랐다.

그는 한평생 동안 실로 많은 기간을 방랑하는 데에 할애했다. 실로 행운유수(行雲流水)의 행장(行裝)이었다. 죽장망해(대지팡이와 짚신. 먼 길을 떠날 때의 간편한 차림새)로 길을 떠나는 그의 괴나리봇짐에는 언제나 서너 개의 뒤웅박(쪼개지 않고 꼭지 근처에 구멍만 뚫어 속을 파낸 바가지)이 달려 있었다. 사람들이 그것을 가지고 다니는 이유

를 물으면, 그는 그저

"아무것도 아니오."

하고 대답하며 히죽이 웃을 뿐이었다. 때문에 그것으로 무엇을 하는지 아는 사람이 없었다.

그러다가 어느 해 그가 장삿속으로 제주도(濟州道)엘 가는데 중간에서 크게 풍랑이 일어났다. 배는 산산이 부서지고 사람들은 모두 물귀신이 되고 말았는데, 그만은 홀로 망망한 바다에서 뒤웅박을 안고 생명을 유지하다가 얼마 후 다른 배의 구함을 받아 제주에 안착했다고 한다.

그는 뒤웅박을 요즈음의 구명대로 삼았던 것이다. 얼마나 신비한 지혜인가. 그는 강을 건너갈 때에도 여러 번 그 뒤웅박을 사용했으며, 그것으로 생사의 위기 때마다 생명을 보존할 수 있었던 것이다.

그는 제주도에서 여러 해 동안 많은 돈을 벌어가지고 돌아왔는데, 돈은 항상 모두 빈민들에게 그냥 나누어 주는 것이 그의 습성이었다.

그는 평생 동안 많은 돈을 벌었으나, 행색은 항상 초라하기 짝이 없었다. 그는 아무리 돈이 많아도 그것을 자기가 소유하지 않았다. 그는 좋은 집과 넓은 방을 꾸미지 않았으며, 오히려 부귀가 그를 따를 것을 겁냈다.

그는 한평생 동안 과객질을 했지만, 밥을 얻어먹지는 않았다. 조그만 솥을 한 개 행구 속에 넣고 다니면 그만이었다. 그러므로 그의 행장은 참으로 보기에 야릇했다. 그것을 본 사람들은 모두 흉만 보았다. 그래서 그는 한 가지 기묘한 것을 고안해 냈으니 요즈음 군인들의 철모와 같은 관을 발명한 것이다.

그는 그 관을 쓰고 다니다가 그것으로 밥을 지었고, 또 그 속에 밥을 담아먹고는 깨끗이 씻어 가지고 다시 머리에 쓰고 다녔다.

"이건 근사한 물건이야. 몇 가지로 겸용할 수 있으니까."

그는 스스로 자신을 칭찬했다. 그는 그 철모를 쓰고 팔도강산을 두루 방랑했는데, 그의 발길이 가지 않은 곳이 없었다.

그는 모든 소원을 거의 다 이루었으나 이루지 못한 것이 하나 있었다. 남에게 호되게 매를 맞아보았으면 하는 것이 마지막으로 남은 소망이었다. 그것만 한 번 당해 보면 더 이상의 바람이 없을 것 같았다.

그는 명문의 후손이었을 뿐만 아니라, 문장과 덕행이 일세를 풍미했기에 항상 높은 양반들과 교유하고 있었을 것도 같은데 뜻밖에도 그가 매일 만나는 인물들은 모두 하층 계급들이었다. 그는 양반이었지만 양반들과는 별로 상종하지 않았다.

못난 사람들, 상놈 계급, 중인 계급, 그들을 동정하고 도와주는 것이 그의 타고난 천직인 것 같았다. 그는 하층 계급들이 양반들에게 두들겨 맞는 것을 볼 때마다 생각했다.

'그들의 볼기가 얼마나 아플까? 나도 한 번 저렇게 맞아보았으면. 그러면 그들의 아픔을 짐작할 수 있으련만.'

언젠가 그 아픈 매를 한 번만 맞아보았으면 하는 것이 그의 마지막 염원이었다.

어느 날 그는 한 꾀를 생각해 내어 남의 집 내정(內庭), 부인이 있는 곳에 돌입하기로 했다.

어느 큼직한 양반의 집이 눈에 띄었다. 그는 후다닥 뛰어들어가 안방 부근의 뜰에 돌입하여 그 집의 젊은 부인에게 수작을 걸었다. 밖에서 하인들이 달려오고 큰 소동이 벌어졌다. 주인이

"어느 미친놈이 내정에 돌입하였느냐?"

하고 고함을 지르며 뛰어들었다. 토정이 속으로

'오, 이제야 소원성취를 하는가 보다.'

하고 생각했으나, 몽둥이를 들고 쫓아 들어오던 주인이 토정을 보고는 부드러운 목소리로 말했다.

"보아하니 점잖은 노인네가 장난을 하십니다그려. 그만 밖으로 나가시지요."

토정은 뜻을 이루지 못했음을 속으로 슬퍼하면서 마음속으로 중얼거렸다.

'매 한 번 맞아보겠다는 소원을 풀기가 이렇게도 어렵구나.'

매우 이상한 이야기지만 그 젊은 주인은 이지함을 당시에 성행하던 암행어사가 아닌가 하고 생각했었기에 그렇게 했다고 한다.

이지함은 언젠가는 또 원님의 행차가 지나가는 것을 보자 느닷없이 앞으로 뛰어들었다. 원은 노발대발하여 토정을 포박하여 가지고 동헌으로 가서 형구를 갖추고 문초하려고 했는데, 뒤늦게 자세히 보니 토정의 풍채가 너무나 의젓하여 매를 대지 못하고 그를 꾸짖어 내보냈다. 그러자 토정은

"으응!"

하는 소리만 한 마디 남기고 돌아갔는데, 그 후에도 매에 대한 소망을
풀 생각을 하지 않았다.

토정은 방랑하는 동안 제주도를 제일 많이 찾았다. 때문에 그가 제
주도에 출현하면,

"바가지 장수, 서울 이생원이 왔다!"

하면서 몰라보는 사람이 없을 정도였다. 특히 제주 목사는 그가 나타
나기만 하면 특별히 대우했다. 그것은 그의 조카들이 현직 판서다, 영
의정이다, 하면서 쩡쩡 울리는 가문의 사람이었기 때문이다.

언젠가는 제주 목사가 토정을 대접할 겸, 여색에 대한 그의 지조를
시험해 보고자 하여 제주도에서 첫째 가는 미색인 옥주(玉珠)라는 기
생으로 하여금 하룻밤 수청을 들게 하였다.

촛불이 휘황한 토정 선생의 방에서 옥주는 그린 듯이 앉아 있었으
나, 토정은 요지부동의 자세를 취하고 있었다. 태산 같은 그의 지조
는 조금도 흔들리지 않았다. 옥주가 토정 가까이 가서 다리를 주무르
고 팔도 주무르면서 갖은 아양을 다 떨었지만, 그는 조금도 반응을 보
이지 않았다. 옥주는 다음 날 아침, 전후 사연을 모두 목사에게 고했
다. 제주 목사는 무릎을 치면서 탄식을 토했다.

"과연 토정은 아성(亞聖: 성인에 버금간다는 뜻)이로군!"

재물과 색을 탐내지 않는 자는 없는 법인데, 오직 토정만이 그것을
스스로 멀리하였던 것이다.

"무엇보다 여색을 경계하라. 여색에 얼마나 엄한가? 그것만 보면 다
른 것은 보지 않아도 다 알 수 있느니라."

그것은 이지함이 그의 조카들에게 항상 훈계하는 말이었다. 토정이 그의 조부 장사를 지낼 때, 한 지관이 산지를 택하고 말했다.

"이곳에 장지를 잡으면 당신 자손만은 좋지 않고, 친척의 자손들은 좋게 될 것이다."

그러자 토정은

"그래? 그렇다면 어서 일을 시작해라. 모든 재앙은 다 우리가 겪게 될 테니 무슨 걱정이 있단 말인가?"

하고 말하면서 그곳으로 결정하여 장사를 지냈다.

그 후 풍수의 말이 옳아서 그랬던지, 그의 후손은 영달치 못했는데, 그의 조카들은 이산해를 위시하여 모두 크게 등용되었다. 그는 원래 부귀영달에 뜻이 없었던 것이 분명하다.

어느 해인가, 율곡 이이(栗谷李珥)의 집에 명사들이 많이 모여 크게 성현의 도에 대한 토론을 하고 있었다. 토정도 그 자리에 참석했다가 한 마디 하지 않을 수 없게 되었다. 그것은 율곡이 병을 칭탁하고 벼슬을 사퇴하고 있었기 때문이었다.

"공자는 병을 칭탁하고 유비(孺悲)를 보지 아니하였으며, 맹자도 병을 칭탁하고 제왕(齊王)을 보지 아니하였다. 오늘날 이른바 선비라는 사람들이 툭하면 병이 났다 칭탁하고 옛 사람들을 모방하는 것은 우습기 짝이 없는 행동이다. 대개 병을 일컫고 일을 하지 않으려는 태도는 남의 집 게으른 종놈이나 하는 짓이거늘 어찌 선비로서야 할 수 있으랴. 소위 성현이라는 공맹은 무슨 심술로 후세의 병폐인 그 따위 풍속를 끼치고 말았는가?"

하면서 공자와 맹자를 욕하고 이어서 율곡을 경계했다. 그는 실로 거리낌이 없는 인간이었다.

토정은 인간이 부지런하면 굶주리는 법이 없다는 확신을 가지고 있었다. 어느 해인가, 그는 가난한 사람들이 먹지 못하여 남루한 옷을 걸치고 떼를 지어 걸식 유랑하는 것을 보게 되었다. 때문에 커다란 집을 여러 채 지어 많은 유민(流民)들을 수용했다. 그리고 무위도식시키면 오히려 그들에게 해로울 것이라 생각하고 제각기 재간에 나라 수업(手業)를 장려하여 물건을 만들어 팔게 하였다. 땀 흘려 공들여서 만든 물건이 안 팔릴 리가 없었고, 물건이 팔리니 하루의 식생활이 또한 안 될 까닭이 없었다.

그 중에서도 가장 무능한 사람들에게는 짚을 주어 짚신을 삼게 했다. 하루에 평균 열 켤레씩을 삼게 되니 그것을 팔아 하루의 양식을 구할 수 있게 되었고, 심지어는 남는 돈을 모아 의복도 장만할 수 있었다. 그렇게 계속하기를 여러 달이 지나니 수용되어 있던 사람들은 기아를 모르면서 살게 되었고 더러는 밑천을 장만하여 스스로 넉넉히 생계를 이을 수 있는 가족도 생기게 되었다. 그들은 토정의 무언의 교훈에 의해 근면하면 먹고 살 수 있다는 것을 배웠던 것이다.

그러나 그럼에도 불구하고 그 중에는 그만한 수고도 못 견디겠다면서 인사도 없이 도망가는 사람들도 있었다. 그러자 토정은 한숨을 쉬면서 말했다.

"보라! 민생(民生)은 나태하기에 굶주리는 것이다."

그는 말년에 무슨 생각에서였는지 그토록이나 싫어하던 벼슬을 했다. 처음엔 포천 현감(抱川縣監)으로 있다가 다시 아산(牙山) 현감으로 전임되었다. 수령으로서 백성을 잘 다스린다는 명망이 조정에까지 전해졌다. 그런데 사람의 운명은 인력으로는 어떻게 할 수 없는 것인지 그는 어이없는 일로 인해 죽고 말았다.

토정은 아산에 부임한 지 얼마 후 늙은 아전 한 사람을 꾸짖은 일이 있었다.

"너는 늙은 놈이 아직 어린애만도 못하구나."

아전이 쓴 삿갓을 벗기고 하얗게 센 상투를 풀어 땋아 늘이게 하고 붓과 벼루를 들려서 서 있게 하였다. 그것은 기막힌 굴욕이었다. 늙은 아전은 이를 갈았다.

"어디 두고 보자."

토정은 그즈음 매일같이 지네 즙을 먹고 그 독을 제거하기 위해 생밤을 먹고 있었다. 그런데 어느 날 토정이 지네 즙을 먹은 다음 아전이 생밤을 드리지 않아 그는 그만 죽고 말았다.

그의 나이 육십 이세 때의 일이었다. 그가 지네 즙을 먹었던 것은 앞으로 이십여 년을 더 살아 임진왜란을 당하게 되는 백성들을 구제하기 위해서였는데, 하늘은 그에게 수명을 더 주지 않았던 것이다.

숙종(肅宗)은 계사년에 그에게 이조 판서(吏曹判書)를 증했으며, 나중에 문강(文康)이라는 시호를 내렸다.

영의정 김우항(金宇杭)

"정승이 되도록 하소서"

목이 쉰 노파가 치성을 드리는 것 같은 이상한 소리가 다시 한 번 어디에선가 이어져 들려왔다.

"하소서, 하소서, 김우항이 정승이 되도록 하소서. 김우항이 정승이 되도록……."

"……?"

숙종 임금은 머리를 갸우뚱하며 귀를 기울이다가 자리에서 천천히 일어났다. 그 소리는 분명히 문 밖에서 들려오고 있었다.

방문을 열고 밖으로 나온 숙종은 그 소리가 나는 곳을 향해 걸어가기 시작했다. 비척거리면서 마치 귀신에 홀리기라도 한 사람처럼 궁궐 뜰의 저쪽으로 걸어갔는데 자욱하게 끼어 있는 짙은 안개가 그의 시야를 가렸다.

"하소서, 하소서, 김우항이 정승이 되도록 하소서."

하는 이상한 소리는 계속해서 들려오고 있었다.

그런데 기이한 일이 벌어졌다. 짙은 안개가 양쪽으로 갈라지면서 외가닥 길이 숙종의 눈 앞에 나타나는 것이었다.

숙종은 그 길을 따라 계속해서 걸어갔는데 갑자기 자기의 몸이 하늘로 둥실 떠오르는 것 같다고 느껴졌다.

얼마나 더 갔을까? 그의 눈 앞에 무덤 하나가 나타났는데, 기이한 노파의 목소리는 바로 그 무덤 안에서 흘러나오고 있었다.

"하소서, 하소서, 김우항이 정승이 되도록 하소서."

하는 소리가 좀 더 크게 확실히 숙종의 귀로 날아들었다.

"기이한 일이로다. 무덤 속에서 사람의 목소리가 흘러나오다니……."

숙종의 이마에서 진땀이 솟기 시작했다. 등골까지 오싹해지며 온몸에 소름이 돋았다. 다음 순간 숙종은 감당하기 어려운 공포감을 느끼며 황급히 몸을 돌렸다. 바로 그때, 그의 등 뒤에서

"마마, 상감마마!"

하고 부르는 소리가 들렸다. 돌연한 부름에 숙종은 그 자리에 못 박힌 것처럼 우뚝 서고 말았다.

숙종이 번쩍 눈을 뜨고 둘러보니 자기의 처소 안이었다. 지금 그는 꿈을 꾸고 있었던 것이다.

"마마, 나쁜 꿈을 꾸셨나 보옵니다."

곁에 앉아있던 상궁이 고개를 숙이면서 말했다.

하지만 숙종은 두 눈을 껌벅거리기만 했을 뿐, 아무런 말도 하지 않았다.

"하도 가위에 눌리신 소리가 들리기에……."

상궁이 왕의 처소에까지 들어온 연유를 설명했다. 하지만 숙종은

말없이 주위를 두리번거리기만 했다.

"마마, 어서 침전으로 듭시지요."

상궁이 권했다. 하지만 숙종은 그 말을 들은 척도 하지 않으며 엉뚱한 명령을 내렸다.

"즉시 입직승지에게 일러서 좌참찬 김우항을 입궐시키도록 하라."

"예? 밤이 야심하온데, 어떤 일로……?"

대전 상궁이 어리둥절해 하며 묻자, 숙종은 역정까지 내면서 다시 명했다.

"어서!"

"예, 어명을 거행하겠나이다."

나인과 상궁들은 모두 물러가 혼자 있게 된 숙종은 다시 한 번 꿈속에서의 이상한 목소리를 생각하며 머리를 갸우뚱했다.

얼마 후에,

"좌참찬 김우항이 등대했사옵니다."

승지의 목소리가 들리자, 숙종이 말했다.

"어서 안으로 들라 하라."

"예이-"

방문이 열리고 승지와 함께 들어온 김우항이 숙종 앞에 부복했는데, 한밤중에 부름을 받은 까닭을 몰랐기에 그의 얼굴에는 놀라움으로 가득했다.

정좌한 숙종은 불안해 하는 김우항을 묵묵히 바라보다가 이윽고 입을 열었다.

"경의 조상들 중에 안동 땅에 무덤이 있는 자가 있소?"

"예?"

김우항은 어리둥절하지 않을 수 없었다. 무엇 때문에 왕이 느닷없이 무덤 이야기를 꺼내는 것인지 짐작할 수가 없었다. 하지만, 어쨌든 간에 대답을 하지 않을 수 없었다.

"신의 집안 선산은 안동 땅에 있지 않고……."

"선산이 어디에 있느냐고 물은 것이 아니오. 때로는 선산이 아닌 곳에 묘택을 만드는 경우도 있지 않소? 안동 땅에 모신 선영이 혹시 있는지 찬찬히 헤아려 보오."

"예-"

김우항은 잔뜩 굳어진 얼굴이 되어 조상들이 묻힌 선산들을 하나씩 머리 속에 그려보았다. 하지만 아무리 생각을 거듭해 보아도 그의 조상들 중에 안동 땅에 묻힌 분은 없었다. 때문에 일가 친척들의 선산까지 범위를 넓혀 보았지만 역시 없었다.

"신이 과문한 탓인지 모르겠으나 10대조 이내의 조상들 중에는 선산이 아닌 다른 곳에 묘택을 마련한 분이 없는 줄로 아옵니다."

"그래? 그렇다면 매우 기이한 일이로군!"

"전하, 어인 연유로 그런 것을 물으셨는지요?"

김우항이 궁금해 하며 묻자, 숙종이 그 연유를 말하기 시작했다.

"이번에 삼정승 중 우의정 자리가 비었기에 누구를 그 자리에 앉히는 것이 좋을까 하고 노심초사하던 중에 참으로 이상한 꿈을 꾸었소."

"아, 예……."

"어디선가 귀곡성 같은… 이상한 소리가 들려오기에 그 소리가 나는 곳으로 가 보게 되었소. 그곳은 천 리 밖도 더 되는 아득히 먼 곳이었는데, 과인의 생각으로는 경상도의 안동 땅이라고 느껴지는 산골이었소. 그런데 그 산중에 있는 한 무덤 속에서 그 소리가 들려오더란 말이오."

"아…… 예……."

"한데, 그 무덤 속에서 울려오는 소리라는 것이 목이 쉰 노파의 목소리 같았는데, 마치 주문을 외우는 것처럼 '하소서, 김우항이 정승이 되도록 하소서……' 하더란 말이오, 몇 번이나 되풀이해서……."

"예?"

김우항은 비로소 크게 놀라며 얼굴빛이 하얘지고 말았다.

"정말 기이한 것은 그 꿈을 과인이 한 번만 꾸었으면 모르겠으되 그제도, 어제도, 오늘도 사흘 동안을 계속해서 꾸었으니 어찌 이상한 일이 아니겠소?"

"사흘 동안이나 계속해서라고요?"

"그래서 이건 필시 뭔가 곡절이 있는 일이라고 생각되어 경을 부른 것이오. 아직까지도 짐작되는 일이 없소?"

숙종이 다시 묻자, 김우항이 잠깐 뭔가를 생각하는 표정을 짓다가 되물었다.

"그 무덤이 안동 땅에 있었다고 하셨지요?"

"그렇소."

김우항은 다시 뭔가 생각하는 표정을 짓다가 혼잣말을 하는 것처럼 중얼거렸다.

"하, 하지만…… 그건…….”

"뭔가 짐작되는 것이 있소?”

숙종이 그런 낌새를 놓치지 않으면서 묻자, 김우항은 다시 한 번 부복하면서 말했다.

"전하. 심려를 끼친 죄가 크오니 저를 죽여 주소서.”

"아니, 갑자기 왜 그러오?”

숙종이 의아해 하며 묻자, 김우항이 얼굴을 들면서 대답했다.

"벌써 이십여 년 전이나 되는 옛날에 있었던 일이옵니다.”

"그때 무슨 일이 있었다는 거요?”

"예. 신이 미관 말직에 있었던 어느 해 겨울에 있었던 일입니다. 저는 그때 나라의 명을 받아 휘릉이라는 곳에서 능을 관리하는 일을 시작하게 되었지요. 그런데…….”

하면서 시작한 김우항의 이야기는 다음과 같았다.

김우항은 눈이 내리던 그날 밤에 능 창봉의 처소에서 글을 읽고 있었는데, 권 참봉이라는 자가 여종에게 주안상을 차려서 찾아왔다.

그래서 둘은 마주 앉아 술을 마시게 되었는데, 권 참봉이 문득 한쪽에 쌓여 있는 책을 보면서 말했다.

"나으리의 결심은 참으로 놀랍습니다. 흔히들 미관말직으로 출사하게 되면 자기도 모르게 글공부와 멀어지게 되지 않습니까. 큰 뜻을 품었던 선비도 눈 앞의 이익만 추구하는 소인배로 변하지요. 그런데도 잠시 머무를 이곳에까지 수레에 책을 싣고 오셨으니…….”

"부끄럽소이다.”

김우항이 머쓱해 하며 말하자, 흰 수염이 난 권 참봉이 술잔을 입에서 떼며 물었다.

"새봄에 있을 과거에 응시하시겠지요?"

"예, 이번에는 꼭 붙어야만 하오."

"그렇게 되기를 진심으로 바랍니다. 자아, 이번에는 나으리가 드실 차례지요?"

권 참봉이 술을 권하자, 김우항은 두 손으로 술잔을 받으며 잔뜩 힘이 들어간 목소리로 다시 한 번 말했다.

"이번 과거에는 어떻게 해서라도 붙어야 한다오."

때문에 권 참봉은 이상하게 생각하며 물었다.

"혹시, 원수진 사람이라도 있어서 그러시는지요?"

"원수진 사람이 있느냐고요?"

"예."

"원수진 사람도 있고 은인이 된 사람도 있지요."

"호오, 그래요?"

김우항은 술잔을 들어 단번에 쭈욱 마시고는 권 참봉에게 건네 주었다. 그리고는 술을 따라 주면서 말했다.

"노인장, 내가 왜 내년의 식년시에 꼭 급제해야 하는지 그 연유를 한 번 들어보시려오?"

"그러지요."

몇 잔 술을 마셔 얼굴이 붉어진 김우항이 말하기 시작했다.

"바로 작년에 있었던 일이오. 내가 그 때도 과거에 응시했다가 보기 좋게 낙방하여 실의 속에서 나날을 보내고 있었는데 딸년을 시집 보내야 하는 문제까지 생겼소. 그래서 고민을 하던 차에 문득 한 사람의 얼굴이 머리 속에 떠올랐소."

"아, 예. 그게 누구였습니까?"

"이종 사촌이 되는 자였는데, 그 사람은 일찍이 소년 급제하여 강계 (江界) 부사로 있었던지라, 그 형을 만나면 다소 도움을 받을 수 있겠다고 생각하여 나귀를 세 내어서 타고 불원 천리길을 찾아가지 않았겠소."

"네, 그래서요?"

"한데 반겨 줄줄 알았던 그 자가 바쁘다면서 만나주지를 않더라 이겁니다. 그래서 할 수 없이 주막에 여장을 풀었지요. 좀 서운하기는 했지만 나라의 일을 하는 사람이니 내가 이해해야 한다고 생각하면서 연락이 오기를 기다렸는데 끝내 소식이 오지 않았다오. 때문에 며칠 뒤에 다시 찾아가서 그 자를 가까스로 만났더니 아랫것들에게 시켜 귀가 떨어진 소반에 막걸리 한 사발과 김치 한 종지를 내놓더군요.

나는 결국 목구멍까지 화가 치밀었지요. 그래서 자리에서 벌떡 일어나 그 형에게 버럭 소리를 질렀습니다. '이것이 천리 길을 걸어 찾아온 나에게 하는 대접이냐?'라고요."

"그럴 만도 하셨겠습니다요."

"그런데, 그렇게 하고 나온 뒤에 불벼락이 떨어진 겁니다. 그것이 무엇인고 하니 강계 고을 사람으로 나를 재워주거나 내게 밥을 파는 자는 엄벌에 처한다는 명이 내린 거지요. 어느 덧 날은 저물고 때는 겨울이었기에 어떻게 해야 좋을지 몰라 당황하고 있는데 어둠 속에서 웬 여인 하나가 나타나 자기 집으로 모시겠다고 말하지 않겠소?"

"그거 참 다행한 일이었군요."

"그 여인은 그 마을의 기생이었는데 저녁 때, 동헌에서 원님이 하는 처사를 우연히 지켜보던 중, 내가 호쾌하게 대하는 태도에 호감을 갖게 되었다더군요."

"평범한 기생이 아니었군요."

"그 여인이 '저의 집은 후미진 곳에 있어서 원님이 모를 것이니 푹 쉬었다가 떠나라'라고 하기에 전행으로 곤경을 면했지요."

"하오면, 원수란 바로 그 군수요, 은인은 그 기생을 이르는 말씀이셨군요?"

"하하…… 공연한 이야기를 한 것같아 쑥스럽습니다. 자, 노인장도 한 잔 더……."

김우항이 술병을 들면서 권하자, 권 참봉이 미소 지으며

"나으리의 상을 보니 이번에는 꼭 장원급제할 것이옵니다."

하고 말했는데, 그 말은 과찬이 아닌 진심에서 우러나오는 말 같았다.

김우항은 슬며시 화제를 바꾸었다.

"고맙소. 그나저나 보아하니 노인장도 이곳에 홀로 와서 계시는 것 같은데 가솔들은 고향에 두고 오신게지요?"

그러자 권 참봉은 쓸쓸하게 웃으며 대답했다.

"전생에 무슨 죄를 지었는지 자식이 없소이다."

"그럼, 고향에는 부인이 계시군요?"

"그렇지도 않소이다. 아내는 자식 없는 것이 자기 탓인 것처럼 생각

하다가 마음의 병이 생겨 몇 년 전에 죽었소이다.”

김우항은 공연한 것을 물었구나 하고 생각하며 뒤늦게 후회했다.

“참으로 미안하오. 내가 공연히 아픈 곳을 찔렀소이다.”

“원 별 말씀을…… 그렇지 않소이다.”

바로 그때 밖이 갑자기 소란스러워졌다. 권 참봉이 벌떡 일어나 문을 열었더니 능지기들이 남루한 옷차림의 총각 하나를 끌고 오면서 떠들어대는 모습이 보였다.

“웬 소란인고?”

권 참봉이 묻자 능지기들 중의 하나가,

“경내를 돌아보다가 보니 이놈이 나무를 베고 있기에 막 잡아왔습니다.”

하고 대답하고는 더벅머리 총각의 어깨를 짓눌러 꿇어앉혔다. 어두운 밤하늘에서는 계속해서 눈이 내리고 있었다.

“이놈, 눈이 내리는 밤에는 우리가 야간 순찰을 거를 줄 알았느냐? 고약한 놈 같으니…….”

능지기가 가슴을 터억 내밀며 호령하는 것을 보면서 권 참봉이 그에게 물었다.

“이 자가 정말로 나무를 베었느냐?”

“예!”

능지기들이 입을 모아 큰 소리로 대답했다.

권 참봉은 더벅머리 총각 쪽으로 눈길을 옮기며 다시 물었다.

“능의 나무를 베는 죄가 얼마나 큰 것인지 모르고 있었더냐?”

"……."

"어디서 사는 누구인고?"

"모르오."

더벅머리 총각이 퉁명스럽게 대답하자 능지기들이 우르르 달려들어 그를 짓밟으며 소리쳤다.

"이런 죽일 놈 같으니……."

"어느 존전인 줄 알고 겁도 없이 감히……."

"멈춰라!"

권 참봉이 제지하자 능지기들은 발길질을 멈추며 뒤로 물러섰다.

"얼굴을 들어라."

권 참봉이 명하자 더벅머리 총각은 피투성이가 된 얼굴을 들었는데 나이는 서른 살 정도 되어 보였다.

"어째서 그런 짓을 저질렀는고?"

권 참봉이 조용히 묻자 더벅머리 총각은 예의 퉁명스러운 말투로 반문했다.

"연유를 말하면 용서해 주실 거요?"

"아니, 뭐라구?"

권 참봉이 어이없어 하며 반문하자, 그는 아예 눈을 감으면서 웅얼거렸다.

"배가 고파서 대답할 힘이 없으니 죽이든 살리든 마음대로 하시오."

"그래?"

"아니, 저놈이?"

"참봉님, 그놈을 당장 물고를 낼 깝쇼?"

옆에서 보고 있던 능지기들이 먼저 화를 내며 묻자, 권 참봉은 한참 동안 그 더벅머리총각을 쏘아보다가 말했다.

"누가 광에 가서 쌀 두어 말만 가지고 오너라."

"예?"

명령을 받은 능지기들이 얼떨떨해 하면서 서로의 얼굴들을 바라보자, 권 참봉이 재촉했다.

"왜 그렇게들 서 있느냐? 쌀 두어 말만 가지고 오라고 했지 않느냐?"

"예."

김우항은 처소 안에서 그 광경을 지켜보고 있었다. 권 참봉이 그 일을 어떻게 처리할지 궁금했기 때문이었다.

능지기 하나가 쌀자루를 가지고 와서 권 참봉 앞에 놓자, 그는 총각을 보면서 말했다.

"네가 지은 죄는 매우 무겁지만 그럴 수밖에 없었던 연유가 있을 것 같아 살려준다. 그 연유가 무엇인지는 묻지 않겠으니 이 쌀을 가지고 어서 돌아가라."

더벅머리 총각은 그제서야 놀란 얼굴이 되어 권 참봉의 얼굴을 물끄러미 올려다보았는데, 놀란 사람은 그만이 아니었다. 능지기들도, 방 안에 있던 김우항도 크게 놀라고 있었다.

능지기들이 그 총각에게 쌀자루를 쥐어주고는 밖으로 나가라는 시늉을 하자, 그는 고맙다는 말 한 마디도 없이 돌아서더니 문 밖으로 사라졌다. 때문에 능지기들이,

"아니, 저런 놈을 왜 그대로 보냅니까요?"

"능지처참할 놈을 쌀까지 주어서 말입니다."

하고 투덜댔지만, 권 참봉은 씨익 웃어 보이면서 그들도 돌려보냈다.

권 참봉은 이윽고 헛기침을 하면서 방 안으로 들어섰는데, 이번에는 그가 놀라는 얼굴이 되었다. 묵묵히 앉아 있던 김우항이 벌떡 일어나 그에게 큰 절을 했기 때문이었다.

"아니, 나으리. 이게 무슨 망령된 짓이옵니까?"

당황한 권 참봉이 엎드려 맞절을 하면서 묻자 천천히 머리를 든 김우항이 정색을 하며 말했다.

"부끄럽소이다, 노인장."

"예?"

"내가 요즈음 글을 읽으면서 무엇을 키워왔는지 아시겠소?"

"그, 그것을 소인이 어찌……."

권 참봉이 얼떨떨해 하며 대답하자, 김우항이 이어서 말했다.

"그건 복수심이었소. 내가 장원급제하여 평안도 지방의 암행어사를 제수 받게 되면 한달음에 강계 고을로 내려가 그놈을 봉고파직시키겠다는…… 그렇게 해서 지난날의 원한을 풀겠다는……."

"아, 예……."

"가엾은 백성들을 위해 미력이나마 성심을 다하겠다는 생각에 앞서 오직 나를 구해준 기생 앞에서 그놈을 매장시켜 통쾌하게 복수하겠다는 생각만 하고 있었는데, 노인장 덕분에 생각이 달라졌소이다."

"예?"

"노인장께서 오늘 밤에 죄 지은 자를 은혜로 베풀며 훈도하는 모습을 보지 못했다면, 내가 암행어사가 되었을 때 어떤 행동을 하게 되었을까 하고 생각하니 모골이 송연해지는구려."

"······."

"나는 내년에 혹시 장원급제하여 암행어사가 된다면 복수하려는 마음에 앞서, 그 자와의 정을 먼저 생각하겠소. 봉고파직을 시키기에 앞서 본인이 스스로 자기의 악정을 인정하고 뉘우치면서 물러가 새사람이 되도록 하겠소."

그 말을 들은 권 참봉은 비로소 김우항이 말하는 뜻이 무엇인지를 이해하며 말했다.

"아무쪼록 장원급제하소서."

그런데, 다음 날 오후였다.

김우항은 그때 마악 능을 한 바퀴 돌아보고는 처소로 돌아오고 있었는데 중문 쪽에서 떠들썩한 소리가 들려왔다. 그가 멈춰서면서 들어보니 능지기들의 목소리였다. "이놈, 저놈" 하는 소리가 들리는 것으로 보아 또 죄지은 사람을 잡아다가 족치는 것 같았다.

김우항이 중문 안으로 들어섰더니,

전날 밤에 보았던 그 더벅머리 총각이 채 녹지 않은 눈 위에 꿇어 앉아 매를 맞고 있었다.

"어인 일이냐?"

김우항이 묻자 그를 족치던 능지기들 중에서 가장 늙어 보이는 자가 머리를 조아리며 대답했다.

"어제 그놈입니다."

"왜? 또 잘못을 저질렀느냐?"

"예, 그렇사옵니다."

그때 권 참봉도 헐레벌떡 달려왔는데, 붙잡혀 온 더벅머리 총각을 보더니 놀라면서 물었다.

"아니, 네가 또 나무를 벴단 말이냐?"

"이럴 줄 알았습니다. 참봉님께서 은혜를 베풀어 주셨는데도 고맙다는 말 한 마디 없이 돌아가지 않았습니까요."

늙은 능지기가 말하자 곁에 서 있던 젊은 능지기도 한 마디 거들었다.

"이런 놈은 법대로 시행해서 본보기를 보여야 합니다요."

김우항은 말없이 그 광경을 지켜보기만 하고 있었는데 권 참봉이 이 윽고 탄식하듯이 말했다.

"네가 하루 만에 또 나라의 법을 어겼으니 어찌 무사하기를 바라겠느냐?"

"⋯⋯."

더벅머리 총각은 이미 각오를 하고 있는 것 같았다.

"네 이름은 무엇인고?"

"⋯⋯."

"어서 대지 못할까?"

권 참봉이 윽박지르듯이 묻자 더벅머리 총각은 고개를 숙이며 대답했다.

"죄송한 말씀이로나 제 이름을 여기서 말씀드리기가 매우 부끄러우니 그저 가난한 선비의 자손이라고만 알아주셨으면 합니다."

"선비의 자손이라면 나라의 법을 지켜야 한다는 것을 더욱 잘 알고 있을 것이 아니냐?"

"죽기를 각오했기에 구차한 변명을 하지 않겠소이다. 다만……."

"다만……?"

"팔순이 다 된 늙은 어머니를…… 시집도 못 간 늙은 누이에게 떠맡기고 가는 것이 괴로울 뿐입니다."

"뭐라구? 팔순의 노모를 모시고 있다구?"

권 참봉이 미간을 찌푸리면서 묻자, 그는 기운이 빠진 목소리로 "어제 죽을 죄를 지었는데도 은혜를 베풀며 풀어주신 나으리의 은혜를 제가 왜 모르겠습니까. 하지만 요즘 날씨가 하도 춥고 멀리까지 갈 힘도 없어서 또 나무를 베게 되었습니다. 쌀은 어제 주셔서 있지만, 생쌀을 먹을 수는 없지 않습니까? 하지만, 죄를 또 지은 것은 사실이니 어떤 벌이라도 받겠습니다."

라고 말하고는 머리를 푹 숙였다. 때문에 권 참봉은 매우 당혹스러워하며 김우항에게 물었다.

"어떻게 해야 좋을지 모르겠군요. 지은 죄는 미우나 듣고보니 형편이 매우 딱한 것 같사온데……."

그러자 김우항은 머리를 몇 번 끄덕여 보이고는 이어서 능지기들에게 명했다.

"너희들은 모두 다 물러가 있거라."

"예이ㅡ"

능지기들이 모두 중문 밖으로 사라지자, 김우항은 더벅머리 총각 앞으로 다가서며 물었다.

"모친의 연세가 지금 몇이신고?"

"금년에 일흔넷이 되셨사옵니다."

"누이의 나이는?"

"서른다섯이옵니다."

"서른다섯이라……."

하고 뇌아리던 김우항은 다시,

"누이가 그 나이가 되도록 시집을 못 간 것을 보니 어딘가가 불구인 게로구나?"

하고 묻자 공손하게 대답하던 총각이 눈꼬리를 치켜올리며 반발했다.

"오직 가난하다는 것이 불구입지요."

"호오, 그래? 그렇다면 말이다. 지금부터 내가 네의 집안을 위해 좋은 일을 하려고 하는데, 내 말에 따르겠느냐?"

김우항이 엉뚱한 말을 던지자 권 참봉은 의아해 하는 눈으로 그를 보았고 더벅머리 총각도 따르겠다는 의사 표시를 했다.

"죄는 지어 죽게 된 몸이나 무슨 일인들 못하겠사옵니까만……."

그러자 김우항은 다시 고개를 몇 번이나 끄덕이고는

"그렇다면 말이다. 네 누이와 이 참봉 어른과 혼사를 맺게 하면 어떨까? 그러면 만사가 모두 해결될 것이라고 생각되는데 말이다."

하고 말하고는 총각의 눈치를 살폈다.

물론 총각은 크게 놀라는 얼굴이 되었는데, 권 참봉도 또한 자기의

귀를 의심할 정도로 놀랐다. 그가

"나으리, 그게 도대체 무슨 말씀이신지……?"

하면서 묻자, 김우항이 빙그레 웃으면서 말했다.

"노인장께서 후사가 없이, 보살펴 주는 사람도 없이 홀로 사시는 것이 매우 딱해 보입니다. 그리고……."

권 참봉의 얼굴은 부끄러움으로 인해 귀밑까지 빨개지고 있었다.

"그리고 보아하니 저 총각의 처지는 쌀 몇 말 정도로는 구할 수 없는 것 같군요. 그러니 두 집이 혼사를 맺게 된다면 저 총각은 노모를 봉양할 걱정이 없어지니 좋고, 노인장께서는 노후가 쓸쓸하지 않을 테니 좋고, 나라에서는 능을 침범하는 도벌꾼이 없어져서 좋고…… 그러니 일석삼조(一石三鳥)가 되지 않겠소?"

김우항은 이윽고 엄숙한 얼굴이 되며 더벅머리 총각을 불렀다.

"여봐라."

"예!"

"중대한 누이의 혼담을 어찌 너 혼자서 결정할 수 있겠느냐? 그러니 너는 지금 곧 집으로 돌아가서 어머니와 상의하여 허락을 하시면 즉시 달려오너라."

"그, 그럼 저를 풀어주시는 건가요?"

더벅머리 총각이 엉거주춤하면서 묻자, 김우항이 그의 어깨를 어루만지며 말했다.

"그래, 어서 가서 어머니와 의논해 보라고 하지 않았느냐?"

권 참봉은 마음 속으로는 김우항의 제안에 박수를 보냈지만, 먼 산을 바라보면서 내색을 하지 않았다.

"그럼, 나으리 다녀오겠습니다."

더벅머리 총각이 꾸벅 절을 하고는 돌아서자, 김우항은 권 참봉의 손을 잡으며 말했다.

"노인장, 추우니 들어가서 기다립시다."

두 사람이 방 안으로 들어가자 중문 밖에서 엿보던 능지기들이 떠들어 댔다.

"허어, 우리 참봉어른이 회춘하시게 됐구먼!"

"글쎄, 그건 그 총각놈이 와 봐야 알지."

"에이, 올게 뭐람. 목숨이 아까워서 꾸민 거짓말에 사람 좋은 두 양반이 속아 넘어간 거지."

"듣고 보니 그런 것도 같구먼."

김우항은 바둑판을 사이에 두고 권 참봉과 마주 앉아 바둑을 두고 있었다.

그들의 손과 눈은 모두 바둑판에 가 있었지만, 두 사람의 마음은 다른 곳에 가 있었다. 김우항은 그 총각이 거짓말을 한 것이라면 어쩌나 하는 생각을 하고 있었고, 권 참봉은 느닷없이 찾아온 회춘할 수 있는 기회를 놓치면 안 되는데 하고 생각하며 은근히 마음을 졸이고 있었다.

그 같은 생각들은 얼마 후 여종이 가지고 온 저녁상 앞에 마주 앉아서도 계속되었다.

날은 이미 어두워져 있었다. 그래서 두 사람은 입 밖으로는 내지는 않았지만 '그 총각은 오지 않는구나'라는 생각을 하지 않을 수 없게 되었다.

그런데 두 사람이 다시 바둑판을 끌어다 놓고 마주 앉았을 때

"나으리!"

하고 부르는 총각의 목소리가 들려왔다.

김우항이 방문을 열며

"왔느냐?"

하고 묻자, 총각이

"예, 이렇게 늦어서 죄송합니다."

라고 말했는데, 그의 몸은 추위 때문에 꽁꽁 얼어 있었다.

"그래, 뭐라고 하시더냐?"

"분에 넘치는 일이니 사양하는 것이 예의라고 하시면서 고집을 세우셔서…… 허락 받는 것이 늦어서 이제야 오게 되었습니다."

"그래?"

김우항의 얼굴에 비로소 안도하는 빛이 떠올랐다.

그렇게 되어 두 사람의 혼례는 서둘러 이루어졌다.

그로부터 10년 이상이나 되는 세월이 흘렀다.

김우항은 그 해 여름에 안동 부사가 되어 부임했는데, 다음 날 낮에 통인이 문 밖에 와서

"사또, 참봉 권 아무개라는 분이 뵙기를 청하는데요."

하고 말했다. 그래서

"참봉 권 아무개가 누구더라?"

하고 중얼거리며 기억을 더듬는데, 갑자기

"사또, 휘릉의 능 참봉이던 이 늙은이를 벌써 잊으셨는지요?"

하는 소리가 들리기에 눈을 들어서 보니 아직도 몸이 꼿꼿하고 당당한 풍모를 가진 백발의 권 참봉이 들어와 절을 올리는 것이었다.

김우항은 너무나 놀랍고 반가워서 그의 손을 덥썩 잡으며 말했다.

"아니, 이게 도대체 얼마만이오?"

"헤아려 보니 열 하고도 다섯 해가 더 흘렀더군요."

"허어, 그래요? 나는 이미 이 세상 분이 아니게 되었을 거라고 생각하고 있었거늘…… 이토록 정정하시다니."

김우항이 진정으로 놀라며 중얼거리자, 권 참봉이 밝게 웃으며 말했다.

"지난날 사또 덕분에 어진 짝을 얻은 것에 대해서는 뭐라고 감사할 말이 없습니다. 더욱이 이번에 저의 고향 땅의 수령으로 오시어 다시 뵙게 되었으니 하늘이 도우셨다고 생각합니다."

권 참봉은 진심으로 감사의 뜻을 표했는데, 김우항은 그가 그 동안 어떻게 지냈는지 궁금했다. 그래서

"그보다, 그 후에 어떻게 지내셨소?"

하고 물었다.

"예. 그때 사또께서 상경하시고서 얼마 지나지 않아 이 늙은 것도 능 참봉직을 내놓고 고향인 이곳으로 내려왔지요."

"맞아, 고향이 안동이라고 하시는 말을 들은 적이 있소."

"예, 그리고 얼마 지나지 않아 사또께서 장원급제하셨다는 소식을 들었고, 평안도 방면의 암행어사가 되시어 토색질 심하기로 이름이 높

던 강계 부사를 스스로 물러나게 하여 많은 사람들이 '사사로운 원한을 버리고 왕명을 바르게 폈다.'라고 칭송하게 되었다는 소문도 들었습지요."

"허허, 나는 권 참봉의 근황을 묻고 있는 거요."

"예, 덕분에 외로운 줄 모르면서 살다보니 아들 둘을 연이어서 얻어 조상님들을 뵈올 면목이 생겼지요."

"아들을 둘씩이나 얻으셨다고요? 정말로 좋은 소식이 올시다."

"예, 그런데 이번에 사또 나으리께서 성주님으로 부임하셨으니 어찌 기쁜 일이 아니겠습니까? 그래서 어떻게 해서라도 성주님을 저의 집으로 모셔 단 하루만이라도 즐거움을 함께 나누었으면 해서 이렇게 황급히 달려왔습지요. 사또, 아무 때고 저의 집에 한 번 왕림해 주신다면 가문 누대의 영광으로 알겠으니 허락해 주시옵소서."

"당연히 가 보아야지요."

김우항은 쾌히 응낙했다. 권 참봉이 청하지 않았어도 한 번 가 보고 싶었기 때문이었다.

다음 날 저녁 때, 김우항은 권 참봉의 집을 방문했다.

김우항이 권 참봉의 안내를 받으며 상좌에 앉았더니 한 중년의 선비가 들어와서 엎드려 큰 절을 했는데, 어딘지 모르게 낯익은 얼굴이었다.

그래서 머리를 갸우뚱하는데 옆자리에 있던 권 참봉이 말했다.

"사또, 도벌꾼이었던 노총각을 기억하시는지요?"

"아, 그래! 그 때의 그 총각이야!"

김우항이 무릎을 치며 중얼거리고는 말했다.

"고개를 들게."

선비가 천천히 얼굴을 들면서 말했다.

"사또의 은혜, 백골난망이옵니다."

"오오, 이렇게 훌륭하게 바뀐 그대의 모습을 보니 정말로 감개가 무량하오."

이어서 총명하게 생긴 두 소년이 들어와 큰 절을 올렸다.

"이 아이들이 노인징의 자제들이란 말이오?"

"예, 그렇습니다."

김우항은 흐뭇해 하며 머리를 끄덕였는데, 두 소년이 나가자 권 참봉이 말했다.

"사또, 한 가지 소청이 있는데 들어주시옵소서."

"어서 말해 보시오. 뭐지요?"

"우리 집 식구들이 이처럼 복을 누리는 것은 모두 다 사또의 덕입니다. 때문에 안식구도 뵙고 인사를 드렸으면 합니다. 남녀가 유별하다고는 하나 사또께서는 이 고을 백성들의 어버이시고 하니 꺼려하지 마시고 잠시 내실에 드시어 절을 받으시지요."

김우항은 말없이 고개를 끄덕이고는 일어나 권 참봉을 따라 내실로 들어갔다.

그가 자리에 앉자 안방마님인 권 참봉의 아내가 큰 절을 올렸다.

"기억하시는지요? 저의 안식구입니다."

"기억하고 말고요."

김우항은 환하게 미소 지으며 그렇게 말했는데, 그 순간 그는 의아해 하는 표정을 지었다. 그때 어디선가 기이한 소리가 들려왔기 때문이었다.

"김우항이…… 어쩌구…… 저쩌구……."

하는 이상한 소리였는데, 그 순간 권 참봉 부부는 깜짝 놀라며 당황하는 모습을 보였다.

그 소리가 계속해서 들려오자, 권 참봉은 이윽고

"사또, 여기를 한 번 보시겠습니까?"

하고 말하며 옆방으로 통하는 문을 열었다.

다음 순간 김우항은 '움찔' 하고 놀라며 두 눈을 크게 떴다. 온몸이 오그라든 한 노파가 그 방에 앉아 있었기 때문이었다. 그 노파는 염주를 손에 쥔 채 허공으로 시선을 보내며 무슨 말인가 웅얼거리고 있었다.

"내년이면 꼭 구십 세가 되시는 장모님입니다."

"아! 장모님…… 그런데……."

노파는 계속해서 뭐라고 중얼거리고 있었는데, 김우항은 그 말을 차츰 알아듣게 되었다.

"하소서, 하소서, 김우항이 정승이 되도록 하소서."

김우항이 눈이 휘둥그레지며,

"아니, 저게 도대체 무슨 말씀이오?"

하고 말했더니 권 참봉이 쑥스러워하는 얼굴이 되면서 설명했다.

"예, 이 늙은이를 사위로 삼아 집안이 안정된 뒤부터, 그것이 다 사또께서 베푼 은덕 덕분이라고 말씀하시며 항상 축원을 드리기 시작하셨지요. 후원에 단을 쌓고 밤이나 낮이나 사또께서 정승이 되게 해 주십사고 비셨지요, 그러는 중에 더욱 늙고 망령이 날 지경이 되셨으나 그 축을 하시는 것만은 잊지 않으셨는지 주무실 때 말고는 항상 저렇게 중얼거리시지요."

권 참봉이 그렇다면서 머리를 끄덕이자, 김우항은 새삼스럽게 끓어오르는 감동에 겨워 온몸을 떨었다. 노파는 여전히 똑같은 소리를 되풀이해서 중얼거리고 있었다.

"하소서, 하소서. 김우항이 정승이 되도록 하소서."

숙종은 김우항의 기이한 이야기가 거의 다 끝나간다고 생각하면서 중얼거렸다.

"그래서?"

"그런데 몇 해 전이었습니다."

"……?"

"권 참봉의 큰아들이 상경했다가 인사를 하러 저의 집에 들렀을 때였습니다.

"응, 그래서?"

"그래서 제가 외할머니가 아직까지 살아 계시느냐고 물었더니 얼마 전에 세상을 떠나셨다고 대답하더군요."

"그래서 묻힌 곳이 안동 땅이라는 거요?"

"그렇사옵니다. 고향의 선산에 모셨는데 마지막 숨을 거두실 때까지도 그 소리를 되풀이했다고 하더군요."

숙종은 다시 한 번 감동했는지 머리를 끄덕이면서 중얼거렸다.

"살아서 이십 년 동안이나 정성스럽게 빌었던 소원이라면, 저승에 가서도 어찌 잊을 수 있을 것인가. 아마도 그 노파가 저승에서도 읊는 그 소리가…… 이승과 저승의 경계를 넘어 과인에게까지 전해진 것 같소. 어쨌든 놀라운 일이로다. 정말로 놀라운 일이 아닐 수 없도다."

김우항은 매우 송구스러워하며 머리를 조아리고 있었는데 연신 감탄하던 숙종이 승지를 바라보면서 불쑥 말했다.

"여봐라, 우의정 대감 퇴궐하신다. 어서 모시도록 해라."

'으응!'

김우항은 갑자기 찬물을 뒤집어 쓴 것처럼 크게 놀라지 않을 수 없었다. 그가 천천히 머리를 들어 보았더니 숙종은 흐뭇해 하는 웃음을 얼굴에 가득하게 담고 있었다.

"전하, 성은이 망극하옵니다."

"짐이 경 같은 신하를 만난 것도 하늘이 내리신 복이 아니겠소? 자아, 밤이 늦었으니 어서 퇴궐하고 내일 아침에 일찍 등궐하도록 하오."

"폐하……."

김우항은 너무나 벅찬 감격 때문에 뒷말을 제대로 잇지 못하면서 비척거리며 일어섰다.

한 노파의 지극한 축원 덕분에 정승까지 되었다는 전설 속의 주인공 김우항은 본관이 김해라고 한다. 그는 훗날 영의정까지 되어 어진 정치를 편 숙종 때의 훌륭한 문신이었다.

오성(鰲城)과 한음(漢陰)

귀신과 친했던 오성 대감

오성 이항복(李恒福)은 태어날 때부터 기이한 점이 많았다. 그는 임
진왜란(壬辰倭亂)을 통해서 나라를 위해 온 힘을 다해 충성했을 뿐만
아니라, 많은 일화를 후세에 남긴 큰 인물이다.

여기서는 그에 대한 수많은 이야기들 중에서 그가 귀신과 친했다는
(?) 이상한 이야기를 소개하고자 한다.

그는 원래 경주(慶州) 사람으로서 나면서부터 사흘 동안이나 울지
않았다는 이야기로 유명하다. 일반적으로 아생초곡(兒生初哭)이라 하
여 우는 것을 원칙으로 하는데, 이 아이는 낳은 뒤 사흘 동안이나 울지
않았다는 것이다.

"별일이 다 있군!"

"글쎄 말이오."

"이런 변고가 어디에 있단 말이오?"

"죽지나 않을까요?"

"통 울지를 않는다니 어떻게 된 일일까?"

"야단났소."

그 당시 그 집에 노상 드나드는 박견(朴堅)이라는 점쟁이가 있었다. 집안에서는 하도 이상하여 그 자를 불러다 점을 쳐보게 했다.

박견은 한참 동안 산통을 흔들더니 느닷없이 그 어린아이 앞에 넙죽 엎드렸다.

"왜 그러는가?"

하고 물었더니 그가 말했다.

"이 아기가 자라서 너무나도 큰 인물이 되겠기에 절을 했습니다. 나라를 위하는 구국의 충신이며, 만인을 구제하는 큰 인물이 될 것입니다."

"정말인가?"

"제가 언제 틀린 말을 한 적이 있사옵니까?"

"과연 그렇게 될까?"

"그렇습니다. 일인지하(一人之下)요, 만인지상(萬人之上)이 될 분입니다."

과연 점쟁이가 말했던 것처럼 그 아이는 성장하면서 백옥과도 같은 얼굴을 갖게 되었으며, 영신한 지혜가 중인을 압도하였다.

오성이 서너 살 되었을 때였다. 그를 데리고 우물가 부근에서 놀던 유모가 노곤해서 그만 깜박 졸고 말았다. 그때 어린 오성은 우물가로 기어가 우물 안을 내려다보고 있었다. 그래도 유모는 비몽사몽간에 헤매고 있었는데 머리카락이 하얀 노안 한 사람이 하늘에서 내려와 유

모의 머리를 작대기로 때리면서,

"무엇을 하고 있는 거냐? 어린애를 돌보지 않고?"

하고 소리치고는 꺼지는 불꽃처럼 사라졌다. 유모는 갑자기 머리가 아파져서 눈을 번쩍 떴다. 그리고 아이를 찾았더니 우물 안으로 머리를 숙이며 아래를 내려다보고 있지 않은가.

실로 위기일발의 순간이었다.

"어머나!"

유모는 바람처럼 달려가 아이의 몸을 뒤에서 안으며 속으로 간탄했다.

"아, 꿈이 두 목숨을 살렸구나!"

만일 오성이 우물에 빠져 죽었다면 자기가 무슨 면목으로 살아있을 것인가 싶어서였다.

"신기한 일도 다 있네."

그녀가 자기의 방으로 돌아와서 머리를 만져 보니 막대기로 맞은 곳이 밤알만큼이나 부어 있었다.

그로부터 며칠 후 오성의 집에 제사가 있었다. 그래서 영정(影幀)을 사당에서 꺼내 오는데 유모가 깜짝 놀라며 말했다.

"아, 저 할아버지!"

"왜 그러나?"

"그날 내 머리를 때려 잠에서 깨어나게 한 할아버지예요."

"그래?"

집안 사람들은 더욱 신기한 생각을 하게 되었다. 그는 그 집안의 팔대 조상인 이익제(李益齊)였기 때문이다. 삼백 년 후에까지 나타나 자기의 자손을 보호한 이익제는 고려 충선왕 때의 인물이었다.

오성은 이십 안팎에 등과했으며, 처음에는 임금을 측근에서 모시는 승지가 되었다. 그 때는 역옥(逆獄)이 끊임없이 일어나고 세상은 흐릴 대로 흐려진 시대였다. 그러나 이항복은 꼿꼿한 신하였다. 모든 것을 곧은 눈으로 바라보며 처리했는데, 흐려진 세상이었기에 계속해서 그렇게 하는 것은 힘든 일이었다. 하도 역적을 조작하는 폐단이 많았으므로 그가 한탄하면서 내뱉었다는 유명한 말이 있다.

"내 어려서 송피를 찧어 떡을 만드는 것을 보았는데, 요즘은 사람을 찧어 역적을 만드는 것을 본다."

바로 그때 자산이라는 곳에서 사는 이춘복(李春福)이라는 위인이 역옥에 연루되어 금부에 갇히게 되었다. 그것은 터무니없는 무고로 인해 벌어진 결과였다. 처음에는 금오랑(金吾郎)들이 이원복(李元福)을 잡으러 갔는데, 그곳에 이원복은 없고 마침 이춘복이 있었다. 돈과 뇌물에 눈이 어두운 조정관들은 금오랑들에게 명령했다.

"이놈들아, 이원복이면 어떻고, 춘복이면 어떠냐? 둘이 다 비슷비슷한 놈들이 아니냐?"

그리하여 이름이 이원복과 비슷한 이춘복이 억울하게 붙잡혀 국청에 끌려 나오게 된 것이었다. 이춘복은 당연히 그 같은 억울함을 호소하였다.

"한평생 동안 땅만 파먹은 무지한 백성이올시다. 그런 놈이 무슨 역적질을 했다는 겁니까?"

"허어, 천벌을 받을 놈 같으니! 어서 이실 직고하렷다."

"땅 파먹은 죄밖에 아무런 죄도 없다니까요."

"저놈을 매우 쳐라."

역적으로 몰려 국청에 와서 한 번 매를 맞게 되면 얘기는 다 끝나는 것이다. 그것은 죄인을 다루는 매가 무섭기 때문이다. 여러 조정관들의 의논 결과는 이미 이춘복을 죽이기로 결정이 되어 있었다. 그래야 그를 살리기 위한 뇌물이 들어오는 것을 알고 있었기 때문이다.

"그놈은 역적이니 곧 능지를 해야 되겠다."

그때 이항복은 선량한 농부 하나가 죄없이 희생되는 것을 보고 국청 아래로 뛰어 내려갔다. 이항복은 그 춘복을 다루는 추관들 중의 한 사람이었다.

"이원복이 역적질을 했는데, 이춘복을 잡아왔으니 그것은 이름이 비슷한 데서 일어난 잘못일 거요. 내 이름도 이항복이니 이원복과 비슷하잖소. 이춘복을 죽이려거든 나를 먼저 죽이고 그 다음에 죽이시오."

함께 일하던 동관들은 너무도 밝음을 좋아하고 의를 위하는 그의 기력에 눌려 이춘복을 석방하지 않을 수 없었다고 한다.

오성 이항복은 한음 이덕형과 더불어 사심(私心) 없이 국사를 돌본 사람이었다. 만일 이 두 사람이 임진왜란 때 없었다면 이 나라의 운명은 달라졌을지도 모른다.

어느 날 이항복이 이덕형을 찾아갔다. 두 사람은 어릴 때부터 친구였기에 커서 귀하게 된 후에도 서로 농을 주고받기를 좋아했다.

그러나 그날만은 달랐다.

"여보게 한음, 이 나라가 아무래도 큰일났네."

"새삼스럽게 왜 그러나?"

"자네도 보다시피 소인과 간신배들이 그들먹하지 않은가?"

"별일 없을 거야."

"이 사람 보게."

"괜찮다니까."

"어째서?"

"굳이 알고 싶은가?"

"그래."

"자네와 내가 입조(入朝)해 있는 한은 아무런 일도 없을 거야."

"나는 또 무슨 소리라고……"

바로 그때 두 사람을 놀라게 만드는 이상한 일이 일어났다. 백악산에서 생긴 이상한 서기가 두 사람이 이야기하고 있는 창가까지 비쳐왔기 때문이다.

"저게 뭐지? 희한한 빛이로군!"

"글쎄 말이야."

"상서로운 조짐 같으이."

"그랬으면 오죽이나 좋겠나?"

"자네는 왜 늘 근심만 하는가?"

"나라의 일을 생각하면 우울해."

"아무리 그렇다고 해도 밤낮……"

그로부터 며칠이 지났다. 오성이 마침 집에서 두어 명의 친구와 함께 사랑에 앉아 술을 마시며 당시 긴박하게 변해 가는 일본과의 사태를 걱정하고 있는데, 하인이 들어와 말했다.

"지금 삼각산에 산다는 '신억두'라는 사람이 찾아와 영감님을 뵙겠다고 합니다. 하오나 소인의 눈에는 아무것도 보이지 않고 오직 말소리만 들리옵니다. 어떻게 할까요?"

오성은 입으로 "신억두, 신억두······ 삼각산, 삼각산······" 하고 연거푸 중얼거리더니,

"알 수 없는 사람이다. 혹시 귀신인지 모르나 그렇다고 모처럼 멀리서 찾아온 사람을 어찌 안 보겠느냐. 들어오시게 하고 안에 가서 술 한 상을 더 차려 내보내게 하여라."

하고 분부하였다.

그러자 어느 틈에 누가 들어왔는지 다른 사람에게는 아무것도 보이지 않았다. 다만, 백사 한 사람만이 미친 사람처럼,

"신억두라고 하기에 누구인지 몰랐는데 '두억신'이라는 말이었군요. 두억신이 어찌 일부러 나를 찾아오셨소? 우선 큰 잔에 술을 따라 자시고 이야기를 하시지요."

하면서 술을 권하고는 무슨 이야기인지 한동안 주고받았다.

손님들은 모두 눈이 휘둥그레져서 각자 물러가려고 했다. 하지만 오성은 손을 들어서 그들을 제지하고 땅이 꺼지게 한숨을 쉬며,

"의주(義州)로 모시고 가야 살아나신다고? 으음, 이 액운을 어떻게 해야 하느냐? 으음······"

하고 여러 번 돌탄(咄嘆)했다. 그리고는

"그럼 돌아가시겠소? 멀리 나가지는 못하지만 감사하고 고맙소. 부디 편안히……"

하고 말하며 일어섰다. 마루 끝까지 나갔던 오성이 돌아와 앉으며 앉아있는 친구들에게 말했다.

"자네들은 보지 못했겠지만, 그 자는 분명히 삼각산에서 내려온 두억신(야차: 夜叉)일세. 그가 하는 말이 내월에 이 나라에 큰 난리가 일어나 백성들의 3분의 2가 죽을 것인데 세상 사람들은 아무것도 모르고 등등곡(登登曲)만 부르면서 산으로 바다로 들로 강변으로 쏘다니며 밤낮 술과 장구와 춤, 노래로 세월을 보내고 있다. 그리고 율곡이 세상을 버리신 후로는 양병(養兵)과 적곡(積穀)론은 자취를 감추었을 뿐만 아니라 당쟁과 당화가 심해져 죽이고 귀양 보내기만 일삼으니 참으로 한심하다고 걱정하면서 주상께서 의주로 몽진하셔서 구원병을 청해다가 종묘와 사직을 보전하실 것이며, 우리나라의 수·육군(水陸軍)에서도 중신이 나와 나라를 구원하겠으나 오랜 동안 큰 고생을 할 것이라고 하네. 우리가 보기에도 세상은 말세가 되어 위태해질 것은 당연하나 사람들이 다는 죽지 않는다니 불행 중 다행일세. 그 자가 공연히 사람을 놀라게 하겠는가? 필연코 대란이 미구에 닥쳐올 것이니 의병을 일으킬 준비라도 해야겠네. 난 이미 우리 주상 옆에서 죽을 각오를 했으니 자네들도 정신 차리게."

그리고는 최후의 결별이나 하듯이 침울한 가운데 주석을 파했다. 이어서 그날 있었던 일은 절대로 입 밖에 내지 않기로 약속을 하고 헤어졌다.

　이것은 절대로 거짓말이 아니고 백사 행적에 기록되어 있는 실화이다. 야차 귀신이 어찌 한 나라의 흥망을 예언하랴만, 세상 사람들이 모두 당쟁에 눈이 뒤집히고 놀이에만 열중하고 있으니, 인자하신 하늘이 최후의 경고삼아 보내신 말씀이었을 것이다.

　그 후의 어느 날 오성이 한음의 집을 찾았을 때였다.

　"어서 오게. 오랜만일세."

　"그래."

　"그나저나 마침 잘 왔네. 자네 내 청을 하나 들어주려나?"

하고 한음이 불쑥 말했다.

　"무슨 청인가?"

　"다름 아니라, 우리 집 근처에 계집이 하나 있는데, 자꾸만 자네 이야기를 한다네."

　"예끼, 이 사람아!"

　"그러지 말고."

　"영의정의 소임이 많기도 하다."

　"그게 무슨 소린가?"

　"이웃집 계집의 심부름까지 하니 말이야."

　"하여간 사사로운 이유 때문이 아닌 것 같으니 한 번만 만나 주겠나?"

　친구의 청을 무시할 수 없었기에 비가 내리는 여름날이었는데도 불구하고 오성은 한음의 집에서 그 여자를 만나기로 했다.

오성이 한음과 한담을 나누고 있으려니까, 이윽고 영리하게 생긴 여인 하나가 찾아왔다. 오성은,

"무슨 얘긴지 들어와서 하거라."

하고 말하며 그 계집을 방 안으로 불러들였다. 그 여인은 잠시 주저하다가 입을 열었다.

"실은 저는 무녀(巫女)이옵니다. 소녀에게 딸려 있는 귀신 하나가 평소에 늘 대감을 뵙고 싶다고 했지만, 그 말을 전할 길이 없던 중에 이 댁 대감을 통해 말씀드릴 기회를 얻게 되었습니다."

"그러면 그 귀신가 함께 왔으면 좋지 않았겠느냐?"

"그렇게 할 수가 없었사옵니다."

"왜?"

"귀신은 낮에는 나타나지 못하옵니다."

"맞아. 그렇겠구나."

"오늘 밤에 소녀가 모시고 다시 오겠습니다."

"그렇게 해라."

밤이 되었다. 오성은 그날 한음의 집에서 묵기로 했다. 고요한 밤이었다. 어느덧 비도 그치고 밤이 이슥해졌는데, 밖에서 문득 기침 소리가 들리더니 여인의 목소리가 들려왔다.

"귀신이 와 있습니다."

오성이 밖을 내다보니, 한 미소년이 마당에 서 있는데, 얼굴이 곱기가 선풍도골(仙風道骨: 뛰어나게 고아한 풍채)이었다. 이목이 청수할 뿐만 아니라 남포 홍대에 검은 신을 신은 것이 귀골이 분명했다. 오성

은 얼른 관복으로 갈아입고 그를 맞이하였다. 그리고,

"유명(幽明: 어둠과 밝음)의 길이 판이한데 무슨 연유로 이 몸을 만나러 일부러 오셨소?"

하고 말하면서 정중히 대했다.

"나는 다른 사람이 아닌 죽은 왕자 복성군(福成君)이오. 내가 억울하게 죽었기에 상공에게 원정하러 왔습니다."

오성은 너무도 놀라워서 잠시 말이 나오지 않았다. 복성군은 중종의 왕자다. 그는 정실 왕후의 소생이 이니고 경빈 박 씨의 소생이었다. 왕의 총애를 받았기에 그녀는 다른 비빈들의 시기와 증오의 대상이 되었다. 그리하여 음해를 받던 끝에 결국 죽음을 당하고야 말았던 것이다.

그 후 경빈도 폐출되어 서인이 되었으나 나중에 후회하고 다시 그 원통함을 풀어 주었던 것이다. 오성은 이 가련한 복성군을 여간 동정하고 있지 않았던 것이다.

"그래, 무슨 소청이 계시기에 오셨습니까?"

"이 몸이 그때 억울하게 죽었기에, 요즘의 공의(公議)가 어떤지 한번 만나 말씀을 듣고자 하였으나, 세상 사람들의 신백(神魄)이 나약하여 나에게 접근할 수 없었기에 늘 걱정만 하다가 이제야 상공을 뵙게 되었소."

"잘 하셨소이다."

"상공이면 능히 상통할 수 있을 것 같아서……"

"잘 오셨습니다. 왕자님의 일은 벌써 신원설치(伸冤雪恥: 원통함을 풀고 부끄러움을 씻어버림)되신 지가 오래 되었사옵니다."

"그것은 제사 때 알기는 했소만……"

"아무런 염려도 하지 마시옵소서. 왕자님에 대해서는 세상 사람들이 다 무한히 슬퍼하고 있사옵니다."

"내 무죄를 세상 사람들이 다 알고 있다는 말씀이오?"

"네. 그러하옵니다."

"그러시다면."

"이젠 지난 일을 못 잊어 뒤돌아보거나 생각하지 마시옵소서."

"아아, 진정으로 세상 사람들이 나의 일을 생각해 준다니 반갑고 고맙기 한량없소이다."

왕자는 눈물을 흘리고는 무당으로 하여금 몇 개의 과일을 가져오게 하더니 그것을 내밀었다.

"내 정성이니 받으시오."

"별 것을 다……"

하면서 사양했으나 자꾸만 권했기에 오성은 마지못해 그것을 받아먹었다. 그랬더니 귀신은 아주 시원하다는 듯이 얼굴에 미소를 띠우고 돌아갔다. 다음날 한음이 물었다.

"지난밤에 누가 왔었나?"

"음, 복성군이 왔다가 가셨어."

"신기하군."

"그래!"

그는 그 이상의 자세한 이야기는 하지 않았다. 그것은 그가 귀신과 접하는 사람이라는 것을 남에게 알리기 싫었기 때문이라고 생각된다.

홍 판수와 오성 이항복

선조대왕 초엽의 어느 날, 사직동에 자리잡고 있는 김 진사의 집에
는 근심스러워하는 기색이 첩첩이 쌓이고 있었다.

80여 세의 늙은 부인과 60여 세의 부인, 그리고 40여 세로 보이는
3대 고부가 사랑채에 있는 그 집의 주인 김 진사의 병상을 둘러싸고 앉
아 안타까워하고 있었다.

40여 세로 보이는 부인은 김 진사의 이마를 만지다가 무릎 위에 그
를 눕히고 미음을 먹게 했고, 비복들은 사랑 밖에서 서성거리며 발을
동동거렸다.

김 진사의 아내인 젊은 부인은 노부인들 이상으로 속이 탔지만 층층
시하였기에 사랑채에 들어가 병구완을 하지도 못하고 하인들 앞에서 울
거나 한숨을 쉴 수조차 없어 애써서 침착한 모습을 보이고 있었다. 하지
만 만일 남편이 불행하게 된다면 자기도 따라서 죽겠다는 생각까지 하
고 있었다.

그처럼 침울한 공기 속에서 이따금 들려오는 소리는 고통스러워하

는 김 진사가,

"제발, 잠깐만 놔 주시오. 내가 이 집의 사대 독자인데 위로는 누대 봉사하는 조상의 신주와 늙으신 삼대 과수인 할머니들과 어머니를 남기고, 아래로는 일점혈육도 없이 청춘 요사하는 몸이 되었는데 고별인사 한 마디도 고하지 못한다면 얼마나 유감이 되겠소? 그만한 청을 들어주지 못한다면 아무리 귀신이라고 해도 너무나 박정하오."

라고 하소연하는 것 같기도 하고 애걸하는 것 같기도 한 말들 뿐이었다. 때문에 그럴 때마다 삼대 과부들은 서로 마주보며 눈물만 흘릴 뿐이었다.

김 진사는 당년 이십 세인 청년으로 누대에 걸쳐 공경 벼슬을 한 명문의 후예로서 재산도 많고, 증조모와 어머니의 사랑을 독차지하며 금지옥엽으로 자랐다.

또한 17세 때 이미 소과에 급제하여 태학에 출입할 정도로 학식이 출중했으며 활쏘기와 말 타기에도 뛰어났고 천문, 지리, 의학, 복서 등에도 능통했기에 주위 사람들이 모두 그를 우러러보았다. 또한 몸이 매우 건강하여 병을 모르고 자랐다.

이러한 김 진사가 며칠 전에 갑자기 위급한 병에 걸렸으며 명의들이 온 힘을 다해서 치료했는데도 불구하고 병상에서 일어나지 못한 채 일찍이 그의 조부와 부친이 그랬던 것처럼 저승길로 향하고 있었다.

정말로 딱한 일이었다. 그의 조부와 부친은 죽을 때 유복아일 망정 일점혈육은 남겼기에 대를 이으며 제사를 지낼 수 있었는데, 김 진사는 결혼한 지 육칠 년 정도가 되었으나 부인이 태몽 한 번 꾼 적이 없었으며, 그런 상태애서 부조(父祖: 아버지와 할아버지)의 뒤를 따르려 하고 있었다.

이처럼 김 진사 집의 사람들이 모두 비탄에 잠겨 있는 가운데 해는 어느덧 서산에 걸리고 있었다. 바로 그때 장님 하나가 긴 막대기로 땅바닥을 두들기면서,

"쉬이여!"

하고 소리를 지르며 김 진사의 집 앞을 지나갔다.

그러자 김 잔사의 어머니 되는 중년부인이 시조모와 시모의 눈치를 살피면서 낮지만 비통한 목소리로,

"헛일이 될 것이 뻔합니다만, 장님을 한 번 불러들여 물어보시면 어떨는지요? 예법을 지키는 사대부 집안으로 무당이나 장님을 불러들이는 것은 안 될 일이오나 이 애가 죽으면 김씨 집안이 망하는 것이니 부디 소부의 특청을 들어주소서."

하고 말했다.

그러자 늙은 부인들이 이구동성으로 대답했다.

"그렇게 해라. 우리가 대신 죽어 저 애가 살아날 수만 있다면, 우리는 당장이라도 자결할 것인데, 어찌 그런 청을 들어주지 않겠느냐?"

그렇게 되어 당시에 명복(名卜: 이름난 점쟁이)으로 장안에서 이름이 높았던 홍계관(洪繼寬)의 뒤를 잇는 또하나의 홍계관이라고 소문이 자자하던 새문 밖 평동에 있는 홍 판수를 김 진사의 집 사랑으로 청하게 되었다.

삼대 고부들 앞에서 홍 판수가 보이지 않는 두 눈을 번득거리며 산통을 흔드는 동안 집안 사람들은 모두 극도로 긴장하며 침묵을 지켰다.

잠시 후 산통을 거둔 홍 판수는 한참 동안 뭐라고 중얼거리며 생각하는 표정을 짓더니,

"이 댁 주인의 증조부되시는 분이 형조 당상 벼슬을 하실 때 술에 만취하여 부질 없는 노여움과 객기를 내어 빨리 거행하지 않았다는 죄명으로 서리와 사령에게 중장(重杖: 몹시 치는 장형)을 치게 하여 원통히 죽게 만든 일이 있습니다. 서리도 억울하게 죽었거니와 사령은 오늘 이 댁의 형편처럼 삼대독자이며 자식도 없는 젊은 몸이었는데, 한집안에 4대 과부들을 남겨놓고 증조부의 술주정의 희생물이 되었던 것입니다. 그래서 그 사람들의 원혼들이 호소하여 보복으로 이 댁의 주인을 잡아가도록 지부(地府: 저승)의 판결을 얻었으니, 이미 정해진 운명이라 인력으로는 어떻게 할 수가 없소이다."

하고 말하더니 매우 딱하다는 듯이 한숨을 쉬면서 자리를 뜨려고 했다. 그러자 제일 늙은 부인이 그의 손을 잡으며,

"그대의 말을 듣고 보니 실수로 사람을 죽이는 죄를 지어 자손에게 무서운 벌이 이르도록 만든 사람은 나의 남편이 되는 어른이시다. 따라서 부부일체이니 남편의 죄를 내가 인수하여 내가 죽어 원혼들에게 사죄하고자 한다. 그러면 우리 종손이 살아날 수 있는 길이 생길 것인지, 다시 한 번 점을 쳐 다오."

하고 애원했다.

이어 옆에서 보고 있던 김 진사의 조모와 어머니도,

"이 애가 죽으면 우리가 세상에 살아 있을 이유가 없소. 기왕에 소용 없는 몸이 되었으니 어찌 시할머니 혼자서만 사죄의 희생물이 되시게 할 수 있겠소. 우리도 함께 죽어서 사죄할 테니 그래도 원혼의 노여움이 풀리지 않을 것인지 한 번 더 점을 쳐서 알아주시오."

라고 말하자 밖에서 듣고 있던 김 진사의 아내도 안으로 뛰어 들어와 홍 판수의 손을 잡으며 말했다.

"젊은 부녀자가 어른들 앞에서 외인 남자와 접어하는 것은 매우 수괴스러운 일이지만, 나도 부탁해야겠소. 나 역시 남편이 죽어 세상을 떠나면 따라서 죽겠다고 결심한 사람이요. 그래서 웃어른들을 대신하여 나 혼자서만 죽고자 하니, 그렇게 하면 원혼이 노여움을 풀 것인지 다시 한 번 추수해 주시오."

이에 홍 판수는 어이없어 하는 얼굴이 되며,

"내가 원혼이 아니니 그렇게 한들 무슨 소용이 있으리까. 하지만 마님들과 아씨의 정경이 하도 딱하니 내가 단 한 가지뿐인 좋은 방법을 가르쳐 드리리다. 그러면 주인 양반은 혹시 살아나실지 모르지만, 나는 분명히 원귀의 노여움을 사서 화를 당하게 될 것입니다. 하지만 그것도 역시 저의 운명과 재수라 생각하고 분수 모르는 적선을 하고자 하니, 훗날 댁에서 잘 되시는 때 저의 후손들이나 잘 돌봐주시오."

라고 말하고는 감사의 눈물을 흘리는 네 여인들 앞에 주저앉아 다시 점을 치기 시작했다. 그리고는 말했다.

"마님들과 아씨의 정성은 더없이 지극하나 복운이 없군요. 아무리 몸을 희생하셔도 원귀를 제어할 수가 없습니다. 오직 적덕누인(積德累仁: 덕을 쌓고 좋은 일을 많이 함)의 영웅대인이며 훗날 국가의 동량이 될 많은 사람들이 존경하고 귀신도 보호하고자 하는 인물에게 주인 양반의 생사를 위임하여, 그 사람이 잠시도 떠나지 않고 곁에서 지켜주며, 오늘 밤만 무사히 넘기면 살 길이 생길 뿐만 아니라, 주인 양반도 훗날 큰 이름을 남기며 자손이 창성하고 부귀와 작록이 대대로 끊어지지 않을 것입니다.”

“아아⋯⋯”

여인들이 모두 절망했지만 판수의 말은 더 계속되었다.

“하지만 부인들이 지금 어디에 가서 그런 인물을 구해 이토록 박두한 위급함을 면할 수 있겠소. 따라서 그렇게 되면 나는 천기만 누설했을 뿐 주인 양반의 위급한 화를 면하는 데 아무런 도움도 주지 못하는 것이 되니 훈수를 하는 김에 그 인물까지 천거하겠소이다.”

“예?”

절망하고 있는 부인들의 얼굴에 희색이 떠올랐다. 그리고 자기의 생명을 돌보지 않는 홍 판수의 몸에서는 거룩한 서기가 발하는 듯 했다.

홍 판수가 추천한 인물은 사직동과 인접해 있는 필운대에서 사는 우참찬 벼슬을 지낸 이몽량(李夢亮)의 아들 이항복(李恒福)이라는 당년 이십 세인 청년이었다. 이 참찬은 여러 해 전에 작고했기에 이 항복은 홀어머니 최 씨의 엄격한 교훈을 받으며 호방하고 활달한 천품을 학문과 수양으로 도약시키고 있었다.

홍 판수는 이 참찬이 생존해 있을 때부터 그 집에 출입했었기에 항복이라는 인물의 식견과 그의 앞날의 부귀공명이 혁혁할 것을 이미 통관했기 때문에 그의 복록을 빌어 김 진사의 화를 구하고자 했던 것이다. 하지만 사직동과 필운대가 지척이라 해도 피차간에 교유와 안면이 없어 그런 청을 하는 것이 매우 곤란했다.

하지만 김 진사의 증조모와 조모는 손자를 살리겠다는 일념으로 홍 판수가 가르쳐 준 대로 그 집을 찾아가 이항복의 어머니에게 전후 사정을 말하고는 손자를 살려 달라고 애걸했다.

이항복은 원래부터 의협심이 강했고 최 씨 부인도 역시 적선하기를 좋아하는 성품을 가진 여인이었기에 어려울 줄 알았던 부탁은 쉽게 용납되어 이항복은 그날 저녁때 김 진사의 집으로 와서 죽어가는 환자를 껴안고 있게 되었다.

그로부터 얼마나 시간이 지났을까, 밤은 어느덧 삼경(三更: 밤 11시부터 새벽 1시까지의 동안)이 지나 만뢰가 고요한 중에 뜰에서 우는 벌레 소리만 들리고 있었다.

그런데 그때 갑자기 창을 치는 음산한 바람이 촛불을 명멸케 하더니 모골이 송연해지게 만드는 귀기가 침입했고 다음 순간 김 진사가 몸부림치며 두 눈을 부릅떴다. 이어서 이를 악물고 게거품을 뿜으며 숨을 가쁘게 몰아쉬었다. 이항복이 보통 사람이었다면 이때 크게 놀라 기절했을 것이었다. 하지만 이항복은 정신을 더욱 가다듬고 김 진사를 껴안으며 촛불 너머를 응시했다.

그곳에 검은 옷 위에 남색 전대를 차고 머리에는 털벙거지를 쓰고 붉은색 포승과 칼을 들고 미투리를 신은 원귀가 있었다.

이윽고 원귀가 와락 달려들자 청년 이항복은 더욱 힘을 주어 김 진사를 끌어안으며 몸으로 가려주었다. 때문에 무서운 형상을 한 원귀는 김 진사의 멱살을 잡으려다가 이항복 앞에서 발을 멈추고 하던 동작을 되풀이하다가 벌컥 화를 내면서 소리쳤다.

"이항복아, 부질 없는 짓 하지 말고 그 사람을 속히 내게 넘겨 다오. 내게 복종하지 않으면 네게도 화가 미칠 것이다."

하지만 이항복은,

"남아일언 중천금이다. 나는 부탁을 받아 이 사람을 구하러 왔으니 내 목숨이 있는 한 이 사람을 네게 넘겨주지 않을 것이다. 그러니 나까지 죽이든지 말든지 네 마음대로 해라."

하고 대꾸하며 끄덕도 하지 않았다.

"호오, 그래?"

혐상을 드러낸 원귀는 이윽고 이항복에게 칼을 겨누며 덤벼들었다. 그러자 이항복이 겁내지 않으며 호령했다.

"아무리 귀신이라고 해도 무례함이 심하면 용서하지 않을 것이다."

이항복의 사기가 너무나 늠연했기 때문인지 원귀는 감히 이항복을 베지 못했고, 그러는 동안 시간이 흘러 새벽닭이 울었다. 결국에 원귀는 칼을 던지고 이항복 앞에 엎드리며,

"오늘이 지나면 저 사람에게 영원히 복수할 수 없게 되는데 대감께서 갑자기 나타나 소인이 하고자 하는 일을 방해하시니 너무나 원통하

옵니다. 제발 그 사람을 제게 넘겨주십시오."

하고 애원했다.

　그러자 이항복이 정색을 하며 그의 말을 막았다.

　"귀신의 일은 내가 알 바 없으며 양계(陽界: 사람이 사는 세상)의 대장부는 한 입으로 두 가지 말을 하지 않는다. 이 사람을 네게 넘겨 줄 작정이었다면 네가 처음 말했을 때 내주었지, 어찌 지금까지 있었겠느냐. 나는 너와 하등의 은원 관계가 없고 이 사람과도 면분조차 없다. 하지만 우연히 삼대 요질로 인해 향화가 끊어지려는 이 집의 내력과 4대에 걸친 며느리들이 대신 죽어서 속죄하고자 하는 비참한 정경을 알게 되어 크게 감동했으며, 내 목숨이 있는 한 이 사람 몸의 털끝 하나도 건드리지 못하게 할 것이다. 그러니 원한을 풀려면 나를 먼저 죽여라."

　그러자 원귀는 눈물을 흘리며,

　"대감이 이토록 소인의 일을 방해하시니 어찌하오리까. 소신이 원수 갚기에 급급하다고 해도 대감 같은 일국의 주석지재를 칼로 찌를 수는 없사오니 소인은 이만 물러가오만 대감께서도 차후에는 극히 자중하시어 장래의 나라와 세상을 위해 몸을 아끼시며 경솔하게 이런 일에 참섭하지 마시기 바랍니다."

라고 한 다음 밖으로 나갔다. 그리고는 섬돌 아래에 이르러 앙천통곡하며,

　"오늘을 넘겼으니 다시는 원한을 풀 수 있는 날이 없도다. 이것이 모두 평동 홍 판수 놈의 부질없는 작희 때문에 생긴 일이니 그놈을 대신 잡아다가 설분하리라."

하고 외치더니 여명의 어둠 속으로 달려갔다.

그때 김 진사는 전신이 굳어지고 사지가 얼음처럼 차가워졌지만, 오직 명치 부근에는 온기가 남아 있었다.

이항복이 부르자 다른 방에서 대기하고 있던 집안 사람들과 의원들이 달려왔다. 그리고는 청심환을 갈고 생강차를 달여서 먹인 뒤에 쓸고 주무르고 했더니 김 진사는 서서히 의식을 회복했는데, 여러 날 동안의 숙취에서 일시에 깬 사람처럼 눈을 번쩍 떴다가 다시 감으며 코를 골며 잠이 들었다. 비로소 온 집안에 쌓였던 근심스러운 기운이 풀어진 것이다.

하지만 평동의 홍 판수는 원귀의 손에 희생되고 말았다. 그 후 초종 장례 때부터 삼 년 동안 죽은 이와 남아 있는 가족들이 필요로 하는 일체의 비용을 김 진사 집에서 보내주었고, 홍 판수의 기일이 되면 그의 자손이 참례치 못하는 경우는 있어도 김 진사가 궐석한 적은 없었다.

선조대왕 10년(1577년), 이항복과 김 진사는 알성시(謁聖試: 조선시대에 임금이 문묘에 참배한 뒤 성균관에서 보이던 과거)에 우수한 성적으로 급제했다.

이때 당시의 대제학이며 이조 판서를 겸해 상하의 신망이 두터웠던 율곡 이이(李珥) 선생이 어전에 나아가 진언하기를,

"소신이 주상과 국가의 후은을 입어 용렬한 몸으로 재상 자리에 있었으나 보답할 길이 없어 항상 황공해 하다가 이번 과거에서 이항복, 이덕형(李德馨), 김여물(金汝岉), 오덕령(吳德齡), 한준겸(韓浚謙) 등

을 선발하여 조정에 수용되게 하였습니다. 이 사람들은 모두 약관의 백면서생이지만, 재주가 문무를 겸했고 문학은 천인(天人)을 관철하여 훗날 국가의 동량이 될 사람들이라, 신은 나라를 위해 이들을 전하에게 천발하여 국은의 만분의 일이나마 갚게 된 것을 심히 기뻐하는 바입니다.”
라고 했다.

이것 하나만 가지고도 이이 선생의 지인지감이 뛰어나다는 것을 알 수 있는데, 다섯 사람 중의 하나인 김여물은 물론 이항복이 구해 준 김 진사였다.

그로부터 15년 후인 선조 25년(1592년) 4월에 임진왜란이 일어나자 김여물은 왕의 특명으로 신립(申砬)과 함께 충주를 방어하러 나섰다. 그리고 새재의 지세를 이용하여 방어할 것을 건의했으나 신립이 듣지 않아 충주 달천을 등지고 배수의 진을 쳤으나 결국 적군을 막지 못하고 탄금대 아래에서 신립과 함께 물에 투신하여 자결했다.

그때 이항복은 도승지로 있었기에 어가를 모시고 평양으로부터 의주에 이르러 병조 판서로 등용되어 군국의 기무를 장악했으며 예조 참판이었던 이덕형은 서둘러 요동과 연경으로 달려가 명나라에 응원군을 청했다.

그즈음 이항복은 순국충혼이 된 김여물이 전사 직전에 발신한 유서를 받아 읽었는데,

‘그대와 나와는 전생과 차생에 무슨 업연이 그리도 지중한 것인지

십여 년 전에 죽어 없어졌을 목숨을 그대 덕분에 보전하여 오늘날 나라에 바치게 되니 그 은공은 나의 후생에 백 번 천 번을 두고 그대의 견마로 다시 태어난다고 해도 갚을 수가 없을 것이요. 그럼에도 불구하고 이제 전지에서 목숨을 다하고자 하는 나는 우둔하고 미련한 외자식을 그대가 맡아 지도하고 보호해 달라고 부탁하오. 너무나 염치없는 부탁이오만 의협심 많은 그대가 기왕에 그 아이의 아비를 살렸으니, 이제 다시 한 번 그 아이도 인수해 주기를 굳게 바라오.'
라는 내용이었다.

김여물의 아들은 이름이 류(瑬)였는데, 그의 아비가 전사한 임진년에 나이가 스무 살이었다. 풍신이 준위하고 재질이 초인적인 것이 당년의 김여물 그대로였다.

김류는 그 후부터 이항복의 문하에 출입하며 부형에 대한 예로 이항복을 섬겼으며, 이항복은 자식에 대한 애정으로 그를 가르치며 보호했다.

김류가 선조 28년(1595년)에 이십삼 세의 약관으로 충량과(忠良科)에 장원급제했을 때, 이항복은 왕년의 율곡 이이 선생처럼 이조 판서와 대제학을 겸임하며 선조의 큰 신임을 받고 있었다. 그는 선조에게 김류라는 이름을 말하며 사직을 위해 큰 인물을 얻게 된 것을 축하했다. 그러자 선조는 김류의 손을 잡으며,

"네 아비가 일찍 죽어 내가 크게 쓰지 못한 것을 한탄했었는데, 이제 너를 보니 네 아비의 당년 모습과 틀림이 없어 네 아비가 더욱 그리워

진다. 부디 충효를 다해서 선대의 명예를 유지하고 과인의 기대를 저버리지 말라."

하고 말했다. 때문에 김류는 감읍했고, 이항복도 크게 기뻐했다.

그 후 김류는 한림과 옥당을 거쳐 승지, 참판에 이르렀는데 그의 나이가 사십을 넘기도 전에 그처럼 영달했기에 많은 사람들이 부러워했다. 그는 밖으로 나가서는 지우(智愚: 남이 자신의 인격이나 재능을 알아서 잘 대접하는 것)를 받았고 안으로는 늙은 조모와 어머니에게 효양을 다했고, 조석으로 스승인 이항복의 문정에 자제로서의 예를 다했다.

또한 동문인 이시백(李時白), 최명길(崔鳴吉), 장유(張維) 등과 교유하여 사생의 의를 맺었다. 더욱이 어버이들이 함께 순국한 신립 장군의 아들 경진과는 친형제처럼 지냈는데, 김류는 신경진의 무예를 사랑했고, 신경진은 김류의 학식을 존경하며 서로 힘을 다해서 왕을 섬기자고 약속했다.

결국 홍 판수의 예언은 모두 적중했다. 김 진사의 생명을 원귀의 손에서 구해 낸 이항복은 나이 삼십에 재상이 되고, 사십에 대신이 되었으며, 8년 전란 때는 안팎으로 움직이면서 활약하여 조선 중흥의 위업을 성취했다. 그는 문장과 재덕이 당세에 제일인 인물이었기에 백사(白沙) 선생으로 추앙을 받았으며, 오성 대감의 이름은 남녀노소를 불구하고 모르는 사람이 없을 정도였다.

또한 누군가가,

"오성 대감이 조정에 나오셨다더라."

하고 말하면 백성들은 그가 묘당(廟堂: 의정부의 별칭)에서 아무런 건의도 하지 않았어도,

"그 대감이 나오셨다니 이제 나라의 일이 바로잡힐 것이다."

라고 말하며 안심하면서 뭔가 기대를 했고, 반대로 그가 조정에서 물러났다는 말을 들으면,

"그 대감이 없으니 성상께서는 이제 누구와 의논해 나라의 일을 하실 것이며, 우리는 누구를 믿고 살아야 한단 말이냐?"

하며 한탄했다고 한다.

오성 대감에 대한 놀라운 이야기는 좀 더 계속된다.

광해왕이 즉위한 후부터 간사하고 흉악한 무리들이 조정에 웅거하며 음모를 꾸며 임해, 진릉, 능참 등 선조의 왕자와 왕손들이 차례로 피를 흘렸고 영창대군과 연흥 부원군을 참살한 그들은 드디어 인목대비를 서궁에 유배시키는 만행을 저지르기에 이르렀다.

광해 9년(1617년), 폐모 모의가 있을 때 오성 부원군 이항복은 동대문 밖 망우리 고개 아래에 있는 노원촌에 은거하고 있었다. 그는 벼슬을 떠난 지 이미 오래 되었으나 이덕형이 세상을 떠나고 이원익(李元翼)은 외방으로 귀양을 가 있었기에 조야를 통틀어서 유일한 원로대신이었다. 그는 폐모 모의에 대해서 침통한 내용의 문장으로 삼엄한 의리를 진술하여 많은 사람들을 울렸으나 광해왕은 오성의 충간을 받아들이지 않았다.

이항복은 결국 간신들의 탄핵을 받아 북청(北靑)에 유배되어 적소

에서 세상을 떠났으며, 김류도 폐모 문제로 간신들의 지목을 받아 낭인 생활을 하게 되었다.

오성 이항복은 배소로 떠나던 날 작별하러 온 김류의 손을 잡고,

"차후에 세상의 일이 잘 되고 못 되는 것은 오직 그대의 손에 달렸으니 부디 선대왕과 선대인의 유훈과 기대에 어긋남이 없도록 자중하여 종사를 바로잡도록 하라."

하고 신신당부하면서 영결하는 정표로 그림 한 장을 주었다.

그런데 김류가 집에 돌아와 그것을 펴 보았더니 버드나무 밑에 사람도 없이 말 한 필만 매어져 있는 그림이었는데, 필법이 유치했으며 낙관도 없었다. 그래서 김류는 약간 실망했지만 은혜가 깊은 스승이 마지막으로 주신 선물이었기에 장식을 하여 벽에 걸어놓고 그것을 볼 때마다 이항복을 생각했다.

그런데 어느 날, 친구인 신경진이 김류의 집에 찾아와 함께 술을 마시게 되었는데, 신경진은 그날 다른 때처럼 기염을 토하는 대신 눈물을 머금으면서 침통한 목소리로 김류에게 간신들을 제거하고 종사를 바로잡자고 권유했다. 때문에 김류는 절대적인 동감의 뜻을 표했으며 그로부터 심기원(沈器遠), 장유(張維) 등 여러 동지들을 모아 의거에 참여했을 뿐만 아니라, 주모자 이귀는 자기가 늙은 것을 이유로 대장 자리를 굳이 사양하며 김류를 추천했기에 거사를 총지휘하는 대임까지 맡게 되었다.

일이 계획대로 착착 진행되자 구굉(具宏)을 통해 능양군에게 연락을 취하고자 했다. 하지만 능양군과 여러 의사들을 감시하는 눈길들이

있었기에 서로 간에 연락을 취하기가 매우 어렵고 불편했다. 그런데 어느 날, 김류가 외출했을 때 갑자기 소나기가 쏟아졌고, 상복을 입은 귀인 하나가 그의 집 대문 앞에서 비를 피하게 되었다.

마침 심부름을 하러 나갔다가 돌아오던 계집종이 그 모습을 보고는 김류의 부인 유(柳) 씨에게,

"우리 집 문 앞에서 웬 상제님 한 분이 비를 피하고 계시는데, 심한 비바람에 방립과 의복이 젖어 보기에 매우 딱합니다."

라고 말했다. 그러자 전날 밤에 꾼 꿈을 이상하게 생각하고 있던 유 씨 부인은 계집종에게,

"주인이 없는 집이지만 잠시 들어오셔서 비를 피하는 것이 좋을까 합니다."

라고 전갈케 하여 그 상주를 사랑으로 영접했다.

그리고 문틈으로 안을 들여다보고는 깜짝 놀랐다. 전날 밤에 임금이 자기 집에 행차했기에 두 부부가 어전에 나가 행례하는 꿈을 꾸었는데, 임금의 모습이 상주의 모습과 똑같았기 때문이다.

한편 그 상주도 역시 벽에 걸려 있는 그 그림을 보고 놀라고 있었다.

'저 그림은 내가 열한 살 때 선대왕 앞에 나아가 하교에 따라 그린 유하계마도(柳下繫馬圖)로 그때 배석했던 원로대신들에게 마음에 드는 대로 한 폭씩 가져 가라고 하셨기에 오성 부원군이 가져갔다고 기억되는데, 저 그림이 어찌하여 이 집에 있는 것인가?'

라는 의문이 생겼기 때문이었다.

그리하여 유 씨 부인은 비가 그치자 사랑에서 나오는 상주를 비복

들로 하여금 만류케 하며,

"머지않아 출타했던 주인이 돌아오실 테니 약주 한 잔이라도 잡숫고 가십시오."

라고 말하게 하고는 산해진미 성찬을 준비했고, 상주는 상주대로 그 집의 주인이 누구인지 궁금했기에 못 이기는 척 하면서,

"그럼 주인 영감께 인사라도 고하고 가리다."

라고 말하고는 다시 자리에 앉았다.

외출했다가 돌아온 김류는 주인이 없는 방에 생면부지의, 그것도 상복을 입은 손님 하나가 앉아있는 것을 보고 깜짝 놀랐다. 하지만 그보다도 더 놀랍게 느껴진 것은 자기 아내 유 씨가 음식을 만드는 모습이었다.

예법과 생활 규모를 옳게 지키는 부인이 주인 없는 사랑에 생면객을 불러들이고, 옷과 패물을 전당 잡혀서까지 귀한 음식을 준비하는 것이 매우 이상하게 생각되었다.

어쨌든 김류는 현명한 부인 덕분에 잠시 후 사랑으로 나아가 주야로 사모하며 목숨까지도 바치겠다고 작정했던 능양군을 어렵지 않게 배알할 수 있는 기회를 얻었다.

반정의 영주가 될 능양군과 편안해진 조선의 원훈이 될 김류는 이처럼 이상하게 만나, 유 씨 부인이 내보낸 성찬과 미주를 즐기며 밤이 깊도록 심금을 털어놓으며 물과 물고기 같은 군신의 친분을 맺었다. 또한 능양군은 유하계마도가 김류의 집 사랑에 걸리게 된 내력을 듣더니

"이항복은 과연 신처럼 밝은 사람이다."

라고 말하며 감탄했다.

이때 홍 판서의 손자가 김류를 따라 반정 의병에 참가해서 공을 세워 절충(折衝) 장군의 지위와 토지, 노비 등의 상을 후하게 받아 안락하고 영화로운 생활을 했다.

남편의 복수를 대신 갚은 현명한 부인

어느 해 여름, 워낙 입이 싸고 가볍기로 유명한 오성의 집 계집종이 어린애 돌떡을 가지고 한음의 집에 갔다가, 마침 아기에게 젖을 먹이느라고 앞가슴을 풀어 헤치고 있는 한음 부인의 왼편 젖꼭지 밑에 달린 콩알만한 붉은 사마귀를 보고 와서는, 마치 큰 발견이라도 한 것처럼 오성의 부인에게 큰 소리로 자랑삼아 이야기하고 있었는데, 때마침 모부인(母夫人)께 아침 문안 인사를 드리러 왔던 오성의 귀에까지 들어가게 되었다.

그 소리를 귀담아 듣고 사랑으로 나온 오성의 입가에 큰 수나 생긴 듯이 회심의 미소가 쉴 새 없이 떠올랐다. 이윽고 무릎을 탁 친 오성이 입속말로 중얼거렸다.

"흠! 왼편 젖가슴에 콩알만한 붉은 사마귀가 있다. 이만하면 한음을 골려 줄 재료로서 훌륭하지 않을까! 가만 있자. 그런데 어떻게 골려주는 것이 좋을까?"

오성은 목침을 베고 아랫목에 누워 궁리를 하느라고 여념이 없었다.

그로부터 4, 5일이 지난 어느 날, 오성의 집으로 놀러 온 한음이 오성과 함께 술상 앞에 마주 앉아 서로 권커니 잣거니 하면서 술을 마시며 잡담으로 꽃을 피우고 있었다.

술기운이 돌아 거나하게 취기를 띤 오성은 문득 큰 기침을 두어 번 하고 나더니 매우 정중해진 태도로 조심스럽게 말을 꺼냈다.

"여보게 한음! 자네와 나 사이는 일편영서(一片靈犀)가 서로 비치고 피차 마음이 통하는 지기지우(知己之友)가 아닌가? 그러니 비록 털끝만한 것이라도 서로 비밀을 갖거나 숨기는 일이 있어서는 친구의 도리가 아닌 줄로 생각하네."

"그야 다시 이를 말인가! 자네와 나 사이에 숨김이 있어서야 말이 안 되지."

한음은 오성의 말에 전적으로 동감이라는 뜻을 표했다.

"그럼, 우리 이 자리에서 피차간에 탁 터놓고 어떠한 신상 비밀 이야기라도 말해 보기로 할까?"

"그렇게 해 보세. 나는 원래 비밀이라는 것이 별로 없는 사람일세 마는……"

"그러나 이런 말을 함부로 했다가 자네가 혹시 화라도 내지 않을까, 걱정이 좀 되는 걸……"

오성은 짐짓 말하기를 꺼리는 듯한 눈치를 보였다.

"자네는 그래, 내가 웬만한 일을 가지고 화를 낼 사람 같아 보이나? 이래 보여도 분사난(憤思難: 흥분하여 함부로 행동하지 말라는 말)이라는 성인의 교훈은 알고 있는 도덕군자일세. 그런 쓸데없는 걱정은 그만 두고 어서 말이나 해 보게."

한음은 자신만만한 태도로 말을 하라고 재촉했다.

"그럼, 설사 귀에 좀 거슬리는 구절이 있다고 해도, 나는 결코 성내지 않겠다고 신명 앞에서 맹세하겠네."

"가령, 자네 어머니와 소싯적에 정답게 지내던 이야기를 할지라도?"

"예끼, 고약한 사람! 그게 무슨 주책없는 망발의 소리인가?"

"아, 잘못했네. 그것은 농담이고 실상을 말하자면, 자네의 아내는 숫처녀가 아니었다는 이야기야……"

"그야, 시집온 지 10년 가까이 된 정삼품의 내실 부인인데, 아직 숫처녀일 수가 있겠나?"

"아니, 그런 의미가 아니라 시집 오기 전부터 처녀성을 잃었다는 말일세."

"뭐라고? 흥! 누가 그런 엉뚱한 거짓말에 속아 넘어갈 줄 아나? 대관절 처녀가 아니라는 무슨 증거라도 있나?"

"증거? 그야 당연히 있지. 이렇게 중대한 말을 함부로 지껄일 수야 없지 않나?"

"그렇다면 어서 그 증거라는 것을 대 보게."

"꼭 대라고 한다면 말하기는 그리 어렵지 않지만…… 자네가 화를 낼까 봐……"

"허, 이 사람! 거기에 대해서는 조금 전에 다짐까지 받아 두지 않았나? 남아일언이 중천금인데."

"그렇다면 오늘 댁에 돌아가서 자네 부인의 왼쪽 젖꼭지 밑을 자세히 조사해 보게. 거기에 반드시 콩알만한 붉은 사마귀 하나가 있을 걸세. 내가 이런 중대한 비밀을 이야기해 주는 것도 다 자네를 둘도 없는 지기지우로 생각하기 때문이야. 그러니 일후에 한 턱 단단히 내야 할 것이야."

"허어, 남편인 나도 모르는 규중여자의 젖가슴에 있는 사마귀를 자네가 알고 있다는 것은 도저히 믿을 수 없는 이야기인데……"

"그러기에 신통방통하고 귀신이 초풍할 이야기라는 것이지. 물론 자네는 여태까지 빈 이름뿐인 허수아비에 지나지 못했고, 정말 진짜 남편은 첫 숟가락으로 떠먹은…… 다시 말하면 비밀을 알고 있는 양반일거란 말이야. 알겠나?"

오성은 이어서 수염을 어루만지며 득의의 미소를 띠는 것이었다.

오성과 작별하고 집으로 돌아온 한음은 처음엔 그저 한낱 농담이려니 하고 대수롭지 않게 생각했지만, 목구멍에 생선가시가 걸린 것처럼 아무래도 께름칙하다는 생각이 들었다.

그날 밤, 부인의 내실로 들어간 한음은 오래간만에 부인과 한 자리에 들었다. 그리하여 한바탕 황홀하고 짜릿한 운우지락(雲雨之樂)이 지나간 후였다.

한음은 양젖처럼 매끄러운 부인의 어깨와 팔을 슬슬 어루만지다가 차차 젖가슴으로 더듬어 내려갔다.

아아, 그런데 이것이 어찌된 일인가? 왼쪽 편 젖꼭지 밑에 있는 콩알만한 육괴(肉塊: 고깃덩어리)가 손끝에 부딪치는 것이 아닌가. 소스라치게 놀란 한음은 벌떡 일어나 타다 남은 대황초에 불을 붙이고는 와락 이불귀를 젖히고 비쳐 보았다. 그랬더니 아니나 다를까, 영지꽃처럼 붉은 사마귀가 왼편 젖꼭지 밑에 완연한 모습으로 달려 있는 것이었다.

너무나 놀라운 충격적인 모습을 발견한 한음은 촛불을 촛대에 꽂아 놓고 다시 자리 속으로 들어와 부인에게 등을 대고 누우며 땅이 꺼지는 듯한 한숨을 쉬었다.

'오성의 말이 거짓이 아니었구나. 그렇다면 이 일을 장차 어찌해야 좋단 말이냐? 남의 집 규중 여자의 젖가슴에 사마귀가 있다는 비밀을 아는 놈이라면, 그보다 좀 더 소중한 곳의 비밀도 알고 있을 것이 아닌가! 만일 그것이 사실이라면 아내는 결혼 전의 행실이 부정하여 이미 처녀로서의 순결을 오성이라는 난봉 놈에게 짓밟힌 것이라고 볼 수밖에 없지 않은가?'

여기까지 생각한 한음은 부지중에 두 주먹을 거머쥐고는 부르르 몸을 떨었다. 그러나 일찍이 성현의 글을 읽어 깊은 수양을 쌓은 그인지라 다시 생각을 돌려보았다.

'그래! 이것은 틀림없이 나의 억측일 게다. 행실이 단정하기로 이름 높은 아내가 그런 금수 같은 행동을 저질렀을 리가 만무하고, 또 아무리 여색과 장난을 좋아하는 오성이라고 하지만, 성현의 글을 읽어 오륜과 대의를 알고 있는 선비로서 재상가의 규중처녀를 희롱하는 것과 같은 강상(綱常: 사람이 지켜야 할 도리)을 어기는 대죄를 범하지는 않았을 것이다. 그렇다. 서로 마음을 허락하는 지기지우로서 비록 잠시나마 그를 의심한 것은 확실히 나의 수양이 부족한 탓이다. 그렇다

면 이번 일도 역시 오성 그 녀석의 짓궂은 장난이었을 것이다.'

여기까지 생각한 한음은 부지중에 빙그레 웃고 말았다.

한편, 남편의 괴상한 행동에 적지 않게 놀란 부인은 누운 채로 가만히 곁눈질을 하여 남편의 동정을 살폈는데, 땅이 꺼지도록 한숨을 쉬더니 주먹을 불끈 쥐고 부르르 몸을 떨다가는 한참 만에 빙그레 웃는 것이 아닌가. 그것을 본 부인은,

'저 부처 같은 양반이 또 오성의 술중(術中)에 빠진 것이 아닐까?' 하는 짐작이 갔기에 조용히 입을 열어 물어보았다.

"아마 또 오성 영감에게 속으신 게로군요?"

"글쎄, 그렇게 된 모양이오."

한음은 계면쩍게 웃으면서 자초지종을 대강 이야기하고 나서 다시 덧붙여 말했다.

"이번에도 오성의 장난이 분명하기는 한데, 대체 그 사람이 어떻게 당신의 젖 밑에 사마귀가 있는 것을 알았는지, 그것이 이상하단 말이야……"

그 말을 들은 부인은 고개를 갸우뚱하며 잠시 생각하다가 입을 열었다.

"알 수 있을 것도 같은데요."

"아니, 어떻게 그것을 안단 말이오?"

"우리 두 집으로 말하면 서로 친하게 지내는 사이가 아닙니까?"

"그야 물론이지."

"그러니 고사를 지냈다거나 어린애 돌을 맞이했을 때 떡 같은 것도 서로 나누어 먹게 될 것이고, 그러노라면 혹 그집의 계집종이 떡을 갖

고 우리 집에 왔을 때 제가 마침 어린애에게 젖을 먹이고 있었다고 한다면, 젖 밑에 사마귀가 있는 것쯤은 자연히 보게 되었을 것이고……그것을 그 집안 주인에게 이야기했다면, 그 소리가 오성 영감의 귀에 들어갔을 수도 있지 않겠어요?"

거기까지 이야기를 들은 한음은 별안간 무릎을 탁 치면서 일어나 앉았다.

"옳거니! 정말 그럴 수도 있겠군 그래. 흠, 이 분풀이를 해 주어야겠는데, 무슨 좋은 계책이 없을까?"

"소원이라면 그 일은 제게 맡겨 주세요. 톡톡히 앙갚음을 해 드릴 테니……"

그로부터 두어 달이 지났다.

마침 음력 8월 추석이 되어 집집마다 술을 빚고 떡을 해서 조상께 차례를 올리느라고 법석들을 떠는 때였다.

추석 다음 날, 공무를 끝내고 나오던 두 사람이 대궐 문 밖에서 마주치게 되었다.

"그래, 어제는 성묘를 갔다가 오고 차례도 잘 잡수셨는가?"

한음이 먼저 입을 열어 말했다.

"고맙네. 염려해 준 덕분에……그래, 자네네 댁에서도 송편을 해 먹었겠네 그려?"

"아무렴! 우리 부인의 떡 찌는 솜씨가 어찌나 놀랍던지 오늘 아침에도 맛이 있는 대추 송편을 먹으면서 자네 이야기를 했다네."

"아직 좀 남았는가? 어디 자네 집으로 따라가서 그 맛이 있다는 송편 좀 먹어보세 그려."

오성은 침을 꿀꺽 삼키면서 한음의 뒤로 바싹 다가섰다.

"글쎄, 가 보기는 하세. 하지만 아직 남아 있을 지는 의문인걸."

그리하여 한음의 집에 도착하자, 한음은 오성을 사랑방에 얹혀 놓고 안으로 들어가 옷을 갈아입고 나오며 빙긋이 웃었다.

"자네는 과연 식복은 있는 사람이야. 다행히 송편이 좀 남은 모양이기에 술과 함께 내오라고 일렀네."

자리에 앉은 두 사람이 담배를 피우며 잡담을 하고 있는데, 문득 한음이 일어나 밖으로 나갔다.

필시 뒷간에 갔으려니 하고 오성이 기다리고 있는데 때마침 안으로부터 계집종이 정갈하게 차린 술에 송편을 곁들여서 들여놓았다.

그런데 눈을 들어서 살피니 주석(主席)을 향해 놓여 있는 한음의 몫은 은으로 만든 큰 합에 깨송편이며 대추송편들이 수북하게 담겨 있었지만, 오성 앞쪽에는 작은 보시기에 넓적한 팥송편만 여남은 개 담겨 있을 뿐이었다.

'이놈의 집 인심이 아주 고약하구나. 원, 손님 대접을 이렇게 하는 법이 어디 있담?'

약간 화가 난 오성은 얼른 합과 보시기를 바꾸어 놓고 대추송편을 한 개 집어서 통째로 입 속에 넣었다.

그런데 이것이 어찌 된 일인가? 달콤할 줄로만 알았던 대추송편이 달기는 고사하고 쓰기가 소태 같을 뿐만 아니라, 물큰하고 해괴한 구린내가 진동하지 않는가!

어마지두에 "칵―"하고 소반 위에 뱉아 놓고 보니 대추 대신에 싯누
런 똥물이 우수수 쏟아지는 것이었다.

오성이 그만 질겁을 하여 "에퉤퉤―" 하며 정신없이 침을 뱉고 있는
데 한음이 들어왔다.

"여보게! 나 냉수 한 그릇 빨리 주게. 어서!"

오성은 다급한 소리로 부르짖었다.

"아니, 별안간 왜 그러나?"

"글쎄, 우선 냉수부터 달라니까."

"옳커니, 사래가 들린 모양이로군. 그렇다면 냉수는 금물이야. 시간
이 좀 걸리더라도 물을 따끈하게 데어서 내 오래야겠는 걸."

"아니, 남은 급하다는데 자네는 약을 올릴 셈인가?"

"허, 그 사람! 성질 꽤나 급하군. 자네야말로 우물에 가서 숭늉 달라
겠네."

한음은 여전히 느릿느릿 지껄이고 나더니 천천히 계집종을 불러 냉
수를 내오라고 분부했다.

조금 뒤에 계집종이 쟁반에 냉수 한 그릇을 받쳐 들고 나오는데, 그
뒤를 따라 사랑으로 통하는 중문 밖까지 나와 걸음을 멈춘 한음의 부
이 카랑카랑한 목소리로,

"냉수를 갖다 드리고, 거짓말하는 입에는 생똥이 들어가야 나쁜 버
릇이 고쳐지는 법이라고 여쭈어라."
하고 정중하게 말했다.

원앙 교전

백사(白沙) 이항복(李恒福)이 어느 때인가부터 문득 무미건조해진 부부생활을 좀 더 달콤하고 맛있게 보내야겠다고 생각하다가 마침내 장난을 시작했다.

무척이나 추운 어느 날, 사랑채에서 밤늦게까지 보내다가 자기 방으로 들어온 이항복이 옷을 훌훌 벗고 잠자리 속으로 들어오더니 볼기짝을 아내의 몸에다 대고 부볐다. 그런데 그 볼기짝이 어찌나 차가운지 마치 얼음장 같았기에 권씨 부인은 등에 소름이 끼칠 정도로 깜짝 놀랐다. 하지만 그때까지 새색시 소리를 듣는 처지였기에 남편에게 뭐라고 말하지도 못하고 남편의 몸이 더러워 질때까지 이를 악물고 참느라고 무척이나 애를 썼다.

그런데 그것이 하루나 이틀 정도로 끝나는 일이 아니었다. 남편이 매일 밤마다 잠자리에 들어와 얼음처럼 찬 볼기를 대고 부볐기 때문에 너무나 지긋지긋해서 밤만 되면 저절로 몸이 움츠러졌다. 그래서 하루는 남편이 들어올 무렵이 되었을 때 중문 뒤에 숨어서 몰래 엿보았더니 남편이 찬 돌절구 위에 볼기를 깔고 앉아 있는 것이 아닌가 그 모습을 본 권씨 부인은 비로소 마음 속에서 치솟는 웃음을 억지로 참으면서 생각했다.

'옳지! 드디어 알았다. 내일 밤에는 내가 혼을 내 주겠어.'

다음날 권씨 부인은 해가 지기를 온종일 기다렸다가 드디어 밤이 되자 벌겋게 피운 숯불을 몇 번이나 돌절구를 달구어 놓은 뒤에 태연히 방안에 누워 있었다. 그랬더니 얼마 후 남편이 들어왔는데 궁둥이를 두 손으로 잡은 채 찡그리고 있는 표정이 마치 매운 고추를 먹은 사람의 얼굴 같았다. 권씨 부인은

'자업자득이지, 남을 그렇게 못 견디게 만들더니 오늘은 혼이 제대로 났을 거다.' 하고 생각하며 모른 체 했더니 이항복은 자기가 저지른 잘못은 시렁 위에 얹어 두고 아내가 자기의 볼기짝을 데게 만든 것만 분하게 생각하는 것인지, 그날 밤은 혼자 돌아누워서 식식거리기만 하다가 잠이 들었다.

그 후부터 며칠 동안은 아무런 일도 일어나지 않은 채 조용히 지나갔다.

한데, 어느날 밤이 시작되는 무렵이었다.

이항복이 집안 가솔 하인들이 사용하는 벙거지를 쓰고 검은색 등걸이를 걸친 채 집 모퉁이에 숨어 있다가 권씨 부인이 설거지를 끝내고 뒤를 보러갔다가 나올 때 별안간 달려들어 얼싸안으며 입을 쭉 맞추고는 후다닥 달아났다.

이에 권씨 부인은 깜짝 놀라며

"에그머니나!"

하고 소리치려고 하다가 입을 다물었다. 달아나는 사내의 모습이 아무리 보아도 하인들 중의 누구도 아닌, 남편 백사인 것이 분명했으며, 또한 입을 맞출 때 맡았던 냄새도 남편의 그것이 분명했기 때문이었다.

권씨 부인은 그대로 방 안으로 들어가 곰곰이 생각했다.

'맞아! 며칠 전에 당한 분풀이를 한 것이 분명해 하지만, 그렇다고 해서 내가 모른 체 하고 있으면 혹시라도 그 사내가 다른 사람이면 큰일이지 않은가. 또 남편이 한 짓이라고 할망정 내가 모른 척하고 있다면 모처럼 한 장난에 반응을 보이는 것이 될 것이다. 그러니 이 일을 기획로 삼아 한번 더 혼을 내주는 것보다는 아예 항복을 받아야겠다.'

이렇게 작정한 권씨 부인은 그 날부터 머리를 질끈 동여 매고 방안에 누워 끙끙 앓는 소리를 냈다.

이윽고 밤이 되자, 방에 들어온 남편은 시치미를 뚝 떼고서 이불을 들어 보이며,

"아니, 어디가 아파서 이러는거요? 감기가 든 게로군!"

하고 말하자 아내 권씨 부인은 아무런 대답도 하지 않았다.

하지만 이항복은 이상하다고 생각할 틈도 없이 자기가 한 짓이 있으니 당연히 그럴거라고 생각하며 잠자리에 들었다.

이항복은 이튿날도, 그 다음날도 사흘이 지나고 나흘이 되도록 이불을 푹 뒤집어 쓴 채 꼼짝도 하지 않고 앓고 있는 아내의 눈치만 슬슬 보면서 지냈는데, 닷새째가 되어도 여전히 자리보전을 하고 누워 있는 아내의 처사에 크게 결심한 모양이라고 생각했다.

'음, 내가 너무 심하게 장난을 했나? 이쯤에서 바른대로 말을 해줄

까? 아니면 좀 더 애를 태울까? 그래, 더 애를 태우는 것이 재미있겠다.'

이항복이 크게 걱정하는 얼굴로 아내 권씨의 어깨를 흔들면서, "여보, 어디가 어떻게 괴로운지 말을 해야 알 것이 아니요. 약도 안 먹고 그렇게 앓기만 하면 어떻게 하오? 응? 나를 좀 보오."

하고 말했으나 부인은 눈도 뜨지 않고 아무런 대꾸도 하지 않은 채 고개만 저을 뿐이었다.

때문에 백사 이항복의 집안은 안팎으로 발칵 뒤집혀 시부모님을 비롯한 온 집안 사람들이 수군거리며 걱정을 하게 되었다.

처음의 하루 이틀 동안은 날씨가 갑자기 추워졌기에 감기 몸살에 걸린 것이라고 생각하고 약을 지어다가 먹이려 했는데, 그런 약을 먹을 병이 아니라면서 듣지 않았다.

그러자 시어머니가 친히 약사발을 들고 들어가 "이 애 아가야, 어째서 병이 났단 말이냐? 어서 이 약을 먹어라." 하고 권하게 되었고 권씨 부인은 그대로 누워만 있을 수가 없기에 머리를 들면서 말했다.

"에그 어머님, 그처럼 걱정하지 마세요 제 병은 약을 먹고 나을 병이 아닙니다."

"아니, 그게 도대체 무슨 소리냐? 약 먹을 병이 아니라니?"

시어머니가 묻자, 권씨 부인은 괴로워서 못 견디겠다는 듯이 두 눈을 스르르 내리감으며 대답했다.

"어머님 저는 죽을 죄를 지었습니다. 그것이 무엇인지, 지금 자세히 말씀드릴 수는 없습니다. 제 병은 차차 나을 것이니 조금도 걱정 마시고 안방으로 건너가세요."

"그래? 네가 지금 무슨 말을 하는 것인지 도무지 모르겠구나."

시어머니는 안방으로 돌아와 며느리가 한 말의 뜻이 무엇일까 하고 생각했다. 하지만 아무리 생각해도 알 수가 없었다.

그러자 저녁때 퇴궐하여 들어온 아들을 불러 앉히고는 걱정스러워하는 얼굴로,

"그 애의 병이 심상치 않은 것 같은데, 너는 어떻게 생각하느냐?"

하고 물었더니 이항복이 언제나 하는 버릇대로 깔깔거리고 웃으면서 대답했다.

"어머니께선 별 걱정을 다 하고 계시군요. 지금이라도 당장 일어나게 만들 수도 있지만, 조금 더 앓아야 일어날 병이니 조금도 근심하지 마십시오."

"뭐라고? 그건 또 무슨 소리냐? 지금이라도 당장 일어나게 만들 수 있다면 일어나게 해야지 더 앓아야 한다니, 도대체 그게 무슨 말이냐? 네 말도 역시 알아들을 수가 없구나. 사람이 한 끼나 두 끼만 못 먹어도 허기가 지게 되는 법인데, 벌써 며칠째냐? 원 참, 별일을 다 보는구나!"

어머니는 일어나 밖으로 나가는 아들을 물끄러미 바라보며 다시 한번 머리를 갸우뚱하고는 중얼거렸다.

"정말로 모를 일이야!"

밖에서 지켜보던 하인들은 영문도 모른 채 무슨 중대한 일이라도 생긴 것이라고 생각하며 저희들끼리 수군거렸다.

이항복 역시도 아내가 곡기를 끊고 누워 있으니 걱정되지 않을 수 없었기에

'으흠, 남칠여구(男七女九)라니까, 이틀 정도 더 있어도 죽지는 않겠지만, 오늘쯤은 일어나게 해야겠다.'

하고 생각했다. 그래서 방에 들어가 아내의 얼굴을 들여다보며,

"이것 보오, 사람이 어째서 그렇게 고집이 센 거요? 그만하면 일어날 때가 된 것 같으니 어서 일어나오." 하고 말하자 권씨 부인이 가늘게 눈을 뜨며 가까스로 나오는 목소리로 대답했다.

"죽을 년이 약은 먹어서 뭘 하겠어요?"

이항복은 시치미를 뚝 뗀 채 깜짝 놀라는 표정을 지으면서 말했다.

"그게 도대체 무슨 소리요? 죽는다니? 앞길이 천리 만리인 청춘이 왜 죽는다는 거요? 그런 소리 말고 어서 일어나요, 어서 응? 내가 일어나게 해줄 테니, 어서 응?"

그러자 부인이 더욱 슬퍼하는 얼굴로,

"에그 낫게 해줄 수 있다면 진작에 낫게 해줄 일이지 이렇게 다 죽게 되었는데 어떻게 낫게 해준다는 거요? 나처럼 신수 불길한 사람 생각지 마시고 혼자서 잘 사시우."

하면서 훌쩍이며 돌아누웠다.

백사 이항복은 원래 성격이 팔팔하고 당돌하며 또한 대범한 사람으로 유명했다, 하지만 아내가 마음속에 감추어져 있는 일 때문에 당하는 그 같은 고통을 생각해 보니 뒤늦게나마 가엾은 동정심이 일지 않을 수 없었다.

'어허, 내가 너무 심하게 장난을 했어, 이제 그만 풀어주어야겠다. 가만 있자, 그것을 어디에 두었더라.'

하고 생각하며 주머니 속에서 찾아낸 것은 부인의 저고리 속고름이 었으니 그것은 훗날 자기가 연극을 했다는 표시로 보이기 위해 잡아 떼어 간직하고 있던 것이다.

이항복이 그것을 살랑살랑 흔들며

"이것을 좀 보우, 이걸 줄까?"

하고 말하자, 권씨 부인은 '그러면 그렇지, 다른 누가 그런 짓을 했을라구.' 하고 생각하며 벌떡 일어나 앉더니 남편의 무릎에 고개를 박고 한참 동안이나 흐느껴 우는 체 했다.

때문에 묵묵히 내려다 보기만 하던 이항복은 이윽고 두 손으로 아내의 어깨를 잡아 일으키며

"여보, 내가 잘못했어, 이제부터는 그런 장난을 하지 않을테니 그만 울어."

하고 달랬다. 그랬더니 권씨 부인이 충혈된 눈으로 그를 똑바로 바라보며 다그치듯이 말했다.

"에그! 생사람을 굶겨 죽이려고 하다니, 정말로 너무하오."

그러자 이항복이 반박하듯이 대꾸했다.

"여보, 그런 소리 하지 마시오. 말이 났으니 하는 이야기인데, 어쩌면 그토록 남편의 볼기짝을 구워먹을 생각을 했단 말이오?"

"그건! 누구 때문에 그런 짓을 한 건데? 당신은 어째서 아내가 동태처럼 바짝 얼려서 죽이려고 했단 말이오?"

그런 말까지 나오게 되고 보니 뛰어난 머리를 가진 이항복으로서도 대답할 말이 없게 되었을 뿐만 아니라, 더 이상 입씨름을 계속하면 결국 문제를 만든 장본인이 자기라는 사실을 인정하게 될 것이기에 그쯤에서 입을 다물어야겠다고 생각하며 말머리를 돌렸다.

"여보, 이렇게 이야기를 길게 하다가 보면, 여러 날 동안 굶은 당신이 견딜 수 있겠소? 우선 요기라도 좀 하고서 다시 이야기를 계속하기로 합시다."

하인을 불러 '뭔가 잡수실 것을 갖다 드려라'라고 분부하고는 도망치듯이 밖으로 나가 버렸다.

권씨 부인은 너무나 속이 시원해졌기에 세수를 하고 시어머니에게로 가서 날아갈 듯이 절을 하면서 웃는 얼굴로 말했다.

"어머님 죄송합니다. 오랫동안 생병을 앓아서요."

그러자 시어머니도 역시 환하게 웃는 얼굴로 대꾸했다.

"애야, 내가 얼마나 걱정을 했는지 모른다. 그나저나 너는 갑자기 병이 나기도 하고 갑자기 낫기도 하는구나! 호호호……"

"그 이가 저를 속이느라고 얼마나 골탕을 먹였는지 몰라요. 그래서 하마터면 굶어서 죽을 뻔했어요."

"무슨 일인지는 들어봐야 알겠지만, 그랬을 거라고 생각했다. 그애가 실없는 짓을 한 바람에 굶으면서까지 혼이 났구나. 그러니 앞으로는 속지 않도록 해라. 원, 그애도 어쩌면 그런 짓을……"

백사 이항복은 그 후부터 그와같은 장난을 다시는 하지 않았다고 한다.

용왕에게서 얻은 낚싯바늘

조선시대 선조대왕 때 임진왜란이 일어나자 명나라에서 원군을 보냈는데, 대장의 이름은 이여송(李如松)이었다. 그런데 이여송은 난리를 평정한 후, 조선에 그대로 눌러앉아 우리나라를 명나라에 포함시키거나, 자기가 조선왕으로 행세할 작정이었다고 한다.

당시 지금의 평안도 서도(西道)에 진 처사(陳處士)라는 학자가 있었다. 서도 사람들은 당시 인재 등용 면에 있어서 중앙으로부터 섭섭한 대우를 받고 있었기 때문에 그도 벼슬을 살고 있지는 않았지만, 그 지방에서 명망이 있는 학자였다. 서울에서도 알아줄 정도의 인물이었다고 하니 그는 매우 뛰어난 사람이었던 모양이다. 그는 여러 방면의 책을 읽어 박학다식한 장자(長者)였다.

하루는 그에게 처음 보는 청의동자(靑衣童子)가 찾아와 인사를 했다.

"진 처사님, 안녕하십니까? 저의 대왕께서 처사님을 좀 뵈었으면 해서 모시러 왔습니다."

이에 진 처사는 매우 의아해 하며 물었다.

"아직 신분도 밝히지 않은 그대가 대왕(大王)이라고 하니 무슨 말인지 모르겠고, 그가 나 같은 사람을 만나자고 한다니 더 더욱 무슨 말인지 모르겠구나."

"당연히 그러실 겁니다. 제가 먼 길을 와서 처사님을 뵙고 보니 반가운 김에 큰 실례를 했습니다. 부디 용서해 주소서."

"용서는 무슨 용서, 그나저나 그대는 도대체 누구요?"

"저 소동(小童)은 백두산에서 왔습니다. 산 정상에 천지가 있는데 그 속에 용궁이 있고 대왕인 용왕이 계십니다. 지는 그의 자식이올시다. 왜 부르시는지는 가 보시면 알게 될 것이니, 이 자리에서 말씀드리지 않겠습니다. 자, 어서 가시지요."

"호오, 그래? 그럼 가자고……"

진 처사는 용왕의 아들과 함께 몇 날 동안을 빠르게 걸어 드디어 백두산 천지에 이르렀다. 용궁 사람들은 그를 크게 환영했다.

이윽고 소동이 용왕이 누워 있는 방으로 진 처사를 안내하더니 말했다.

"실은 아바마마가 우환으로 위독하셔서 그 병을 봐주십사 모셔온 것입니다."

"어디 봅시다. 우선 입을 좀 벌려 보시겠습니까. 아니, 이거 낚싯바늘이 목에 걸려있습니다그려. 아, 어쩌다가 이런 것이…… 쯧쯧, 이러니 음식도 못 드셨을 테고, 침도 제대로 못 삼키시고, 숨을 쉬기도 곤란하셨겠습니다……"

"진 처사의 말씀이 다 맞습니다. 죽을 지경이었습니다. 아아……"

진 처사는 손가락을 넣어 목구멍에 박혀 있는 낚싯바늘을 빼내 주었다. 이싱하게도 그런 일은 용궁 사회의 사람들은 할 수가 없고 인간만이 할 수가 있는데, 인간이라도 아무나 할 수 있는 것이 아니라 학덕이 훌륭해야만 할 수 있었다고 전해진다.

어쨌든 낚싯바늘이 빠지자 용왕은 드디어 긴 고통 속에서 해방되었다. 용궁 사람들이 모두 다 기뻐했으며, 용왕은 잔치를 벌였다. 용왕은 그 자리에서 다시 한 번 감사의 뜻을 표하면서 말했다.

"정말 고맙구려. 이 은혜를 어떻게 갚아야 좋을까 말을 하시구려."

"그, 글쎄요……"

하고 진 처사가 대답하는데, 용왕의 아들이 귓속말로 그에게 빠르게 말했다.

"선생님, 딴 말씀 마시고 그 낚싯바늘을 달라고 하십시오."

"응? 아……"

진 처사는 용왕에게 다가앉으면서 말했다.

"은혜를 갚겠다는 생각은 마시고, 대왕의 목구멍에 걸려 있었던 낚싯바늘이나 저에게 주십시오. 기념으로 갖고 있겠습니다."

"예? 낚싯바늘을? 그건 곤란하데……"

뜻밖에도 용왕은 거부하는 태도를 보였다. 용궁에 있는 물건이라면 무엇이라도 아낌없이 주겠다던 용왕이 어째서 그런 반응을 보이는지 진 처사는 쉽사리 이해할 수가 없었다.

"아, 진 처사. 다른 것을 달라고 했으면 좋았을 텐데…… 생각해 보시오. 용궁의 대왕인 나도 이것 때문에 이렇게 고생을 했는데, 이것이 세상에 나가서 돌아다니게 된다면 우리 용궁의 백성들이 모두 다 잡혀

죽을 줄도 모르게 되는 염려가 있는 물건인데, 내가 어찌 그것을 세상에 내놓을 수 있겠소? 그것만은 안 되니 제발 다른 것을 말해 주시오."

"저는 꼭 그 낚싯바늘이 필요합니다. 어떤 물건이라도 쓰기 나름이 아닙니까? 그것이 나쁜 사람의 손에 들어가면 용궁을 위기에 빠뜨릴 수 있겠지만, 좋은 사람이 쓴다면 용궁을 살릴 수도 있게 될 것입니다."

그렇게 말하면서 진 처사는 문득 그 낚싯바늘이 조선 왕조의 장래와 관계가 있는 물건인지도 모르겠다는 생각이 들었다. 천지의 용왕이나 서울의 궁궐에 있는 임금이나 다 같은 용이 아니던가?

장차 국가의 위기가 생겼을 때 그 낚싯바늘이 큰 작용을 할지도 모른다는 생각이 들자, 그것을 반드시 손에 넣어야겠다는 욕심이 생겼다.

"그 낚싯바늘로 말하자면 중국의 명장 이여송(李如松)의 5대 조부가 만든 신물(神物)이요. 대대로 내려오는 가보인데, 이여송의 아버지가 어느 날 백두산에 놀러왔다가 천지에서 낚시질을 했소이다. 그런데 내가 그 때 그의 낚시에 걸렸지만 힘이 약해서였는지 '이까짓 것'하고 생각했는데 어이없이 끌려가게 되고 말았지요. 그리고 내가 몸부림치는 바람에 그만 줄이 끊어져 결국……이 지경에 이르게 되었소. 따라서 그것이 인간세계에 나가게 되면 우리 용종이 위기에 빠질 것이기에 내가 내놓지 않으려는 거요."

"허어, 제가 중국 사람입니까? 낚시질을 즐기는 사람입니까? 더욱이 내력을 샅샅이 알게 된 마당에 어찌 용이든 고기든 함부로 잡겠습니까? 아니, 용을 낚을 낚시를 만든 이여송의 오대 조부라면 낚을 지도 모르겠군요. 그러니 염려 말고 주시옵소서. 이 나라 백성으로 그 낚싯바늘을 가지고 할 수 있는 일이 반드시 있을 것이옵니다. 주시옵소서."

진 처사는 천지의 용왕을 구한 것처럼 그 낚싯바늘로 서울의 왕을 구하게 될지도 모른다는 엉뚱한 상상을 하면서 계속해서 졸랐다. 용왕의 아들도 옆에서 거들었다.

"아바마마, 진 처사가 없었다면 어찌 회춘하실 수 있으셨겠습니까? 실로 은혜를 잊지 못할 분께서 저토록 선용과 애국을 말씀하시는 것을 보니 그것이 세상에 나가더라도 우리 용종에게는 문제가 생기지 않을 듯하니 주시옵소서."

용왕이 고민을 하다가 이윽고 허락했다.

"당신을 믿고 주는 것이오. 부디 우리에게 해가 되지 않도록 유의해 주시오."

그 같은 우여곡절 끝에 진 처사는 낚싯바늘을 손에 쥘 수 있었고, 용왕의 아들의 안내와 보호를 받으며 무사히 집으로 돌아왔다.

한데, 진 처사는 그 때부터 새로운 걱정거리가 생겼다. 그것은 그처럼 귀한 낚싯바늘을 어떻게 보관하느냐 하는 것이었다. 만약에 그것을 자기가 갖고 있다고 소문이라도 나는 날이면 매우 위험해질 것 같았다. 하여 믿을 만한 인물을 찾아 맡기는 것이 좋겠다고 생각하고는 즉시 서울로 향했다. 그리고 나라를 위해서 큰 일을 할 사람을 찾기 시작했다. 하지만 멸사봉공(滅私奉公)의 인재, 국가의 장래를 맡을 동량지재(棟梁之材)를 쉽게 찾을 수가 없었다.

"아, 서울에는 사람다운 사람이 많을 줄 알았는데 그렇지 않으니 참으로 안타깝구나. 이 낚싯바늘은 특별한 것이라 아무나 가질 수가 없다. 용렬한 인물이 가지게 되는 날에는 물 속에도 땅 위에도 모두 우환만이 생기게 된다. 마땅한 사람이 실로 없구나."

진 처사는 날이 갈수록 초조해졌다.

"아, 우리나라의 앞날이 걱정되는구나. 중국의 이여송 집안에서는 저런 낚싯바늘을 다시 만들 수도 있겠지만, 우리는 가지고 있는 낚싯바늘을 보관할 수도 없단 말인가?"

그런 거정을 하면서 몇 날 며칠 동안 헤매다가 하루는 어떤 관원과 마주치게 되었는데, 인물도 잘 생겼고, 힘도 있어 보였기에 다가가서 인사를 했다.

"안녕하십니까? 함자(銜字)가 어떻게 되시는지요?"

"나는 오성 이항복이라고 합니다. 댁은 누구신가요?"

"나는 진 아무개라고합니다."

"아, 서도의 대학자 진 선생이시로군요. 제가 오랫동안 성화(聲華)를 익히 모시고 있던 차인데, 이렇게 만나 뵙게 되어 반갑습니다."

"원 별 말씀을, 지방의 무명 학자에 지나지 않는 사람이올시다."

"하하하, 사람을 알아보는 것이 나라 일을 하는 사람의 도리가 아니겠습니까? 진 선생 같은 분을 모르고서 나라 일을 하겠습니까. 그래, 무슨 일로 저를 부르셨습니까?"

진 처사는 그제야 자기가 백두산 천지에 갔었던 일을 모두 다 이야기하고 나서 낚싯바늘이 든 금주머니를 이항복에게 내주었다.

"이걸 오성 대감이 보관하다가 필요하게 될 때 꺼내서 요긴하게 쓰십시오.”

“아, 제발 이 낚싯바늘을 쓸 날이 오지 않아야 하는데, 이것을 쓸 날이 있다는 것은 국난이 일어난다는 말이니…… 어쨌든 안심하십시오. 제가 잘 보관하리다.”

의기가 투합된 이항복 대감과 진 처사는 장래를 약속하고 헤어졌다.

그로부터 얼마 후에 임진왜란이 일어났다.

명나라의 이여송이 대군을 이끌고 와서 도와 준 덕분에 왜군들은 물러가고 긴 세월에 걸친 전쟁도 끝났다. 그렇게 되자 이여송은 우리나라를 자기네 것으로 만들고 싶은 마음이 간절해졌다. 따라서 우선 자기의 일에 방해가 될 사람이 있으면 먼저 자기의 손아귀에 넣어야 한다고 생각했다.

그래서 조선 조정에서 눈엣가시가 될 신하들을 찾아보았더니, 자기의 속셈을 알아보고 저항할 인물이 있었는데, 바로 이항복이었다. 때문에 먼저 그의 기(氣)를 꺾어놓아야 자기의 야심을 이룰 수 있을 것이라고 생각했다.

이여송은 드디어 이항복을 찾아가 말했다.

“전쟁이 끝나고 나니까 참으로 심심합니다그려. 그래서 바둑이나 둘까 하고 오게 되었습니다.”

“아이구, 잘 오셨습니다. 마침 저도 역시 심심하던 참이었습니다.”

그리하여 두 사람은 매일같이 만나 바둑을 두게 되었는데, 하루는 이여송이 실로 어려운 부탁을 해 왔다.

"내가 대감께 청을 하나 할 것이 있는데…… 들어주시겠습니까?"

"아, 그거야 너무나 당연한 일이지요. 제 힘으로 할 수 있는 일이라면 무엇이든 못해 드리겠습니까. 어서 말씀하십시오."

"그것이 분명히 조선 땅 안에 있기는 한데 멀고 험한 곳에 있는 물건인지라…… 대감께서 구해다 주실 수 있을지……"

"그런 곳이라면 우리나라에서는…… 백두산 천지인데…… 거기에 무엇이 있다는 겁니까?"

"아, 그것은 저의 선친께서 백두산에 놀러 가셨을 때, 천지의 용을 낚으시다가 그만 낚싯바늘을 잃어버리셨다는 겁니다. 자식된 도리로 그분이 잃어버리신 가보인 낚싯바늘을 회수해야 하는데… 조선 땅의 용왕이 가지고 있기에 내가 직접 찾을 수는 없고, 대감이라면 가능하리라고 생각합니다."

"아, 그러니까 그 용왕이 가져간 낚싯바늘을 찾아 달라는 말씀이신데, 힘을 써보겠습니다. 하지만 찾을 수 있다고 장담하지는 못하겠습니다."

그러더니 이항복은 하인을 불렀다.

"예!"하고 대답하며 날렵하게 생긴 하인이 이내 들어오자, 이항복은 바둑을 두다 말고 지필묵을 꺼내서.

白頭山 天地 龍王前)… 云云…… 朝鮮國 大臣 李恒福 上書

(백두산 천지 용왕전…… 운운…… 조선국 대신 이항복 상서)

라고 쓰고는 하인에게 노잣돈을 주면서 말했다.

"지금 즉시 백두산 천지의 용왕님께 가거라. 가서 이 편지를 올리면

뭔가 대답이 있으실 것이니 속히 와서 보고해라."

지켜보고 있던 이여송은 가소롭게 생각되었다. 이항복 따위가 무슨 수로 용궁에 있는 그 낚싯바늘을 가져온다는 말인가. 저 하인이라는 녀석이 어느 세월에 백두산까지 갔다가 온단 말인가? 저렇게 장담을 했다가 실패하게 되면 이항복은 자기에게 헛소리를 한 것이 되고, 그렇게 되면 조선의 신하들 전부가 자기에게 고개를 숙이는 입장이 되는 것이다.

그렇게 된다면 조선 왕의 입장도 역시 말이 아니게 되는 것이다. 이여송은 자기가 너무나 쉽게 조선의 왕이 되겠다고 생각하며 속으로 쾌재를 불렀다. 하지만 조용한 척 하면서 쾌재를 부르기는 이항복도 마찬가지였다.

바로 그날 해가 질 무렵에 백두산에 갔던 그 하인이 돌아왔다. 얼굴이 불그레한 것이 한 잔 술을 걸친 것만 같았다. 이를 본 이여송이 '백두산에 안 가고 술만 먹었단 말인가?' 하고 의심을 하고 있자니 그가 이항복 대감에게 무슨 주머니 같은 것을 내밀었다.

"용궁에서 안내하는 이가 나와, 먼 길에 수고를 했다면서 술을 한 잔 주기에 마시고 보니 지금까지 깨지 않아 죄송합니다. 술김에 순식간에 여기까지 와서 보니 이 주머니가 옷 속에 들어있었습니다."

"오냐, 알았다. 애썼다. 그만 가서 쉬어라."

하고 말한 이항복은 그에게서 받은 주머니를 방의 윗목에 팽개치듯이 두고서, 이여송과 못다 둔 바둑을 계속해서 두었다.

사흘 동안이나 바둑 두기가 계속되었다. 이항복은 윗목의 주머니에 대한 일은 잊은 듯이 이여송과 바둑만 두었다. 그러니 이여송은 초조해 지지 않을 수가 없었다. 도대체 저 주머니에 무엇이 들었는가? 용궁에 갔다 왔다니 낚싯바늘이 들어 있는 것일까? 그나저나 이 대감은 어째서 저 주머니에 관심이 없을까? 초조해 하던 이여송은 결국 자기 쪽에서 먼저 물었다.

"대감, 저 주머니 속을 보아야 되지 않겠소?"

"그렇지요. 한데, 천지에서 오긴 온 모양이지만 하인 놈이 너무 빨리 갔다가 와서 믿기도 그렇고, 그렇다고 불안한 주머니를 내가 먼저 끌러 볼 수도 없고 하여 고민을 하는 중입니다."

"어서 열어봅시다. 우리 집안일이니까."

"그렇게 하시지요. 나는 용왕에게 보낸 편지에 '그대도 조선 땅에서 살고 우리도 조선 땅에서 사니 피차 나라를 위하자. 나라없이 인간 세계니 용궁 세계니 할 수 있겠는가'라고 했을 뿐인데…… 이 장군이 열어 보시지요. 내가 본들 이 장군네 가보인지 알 수가 있겠습니까?"

"그, 그럴까요?"

이윽고 이여송이 주머니를 열었더니 틀림없는 그 낚싯바늘이 들어 있었다. 그는 비로소 진심으로 놀라지 않을 수 없었다. 이렇게 손쉽게 백두산 천지의 용궁을 움직이면서 약속을 지킬 수 있는 인물이라면 자기의 목도 쉽게 빼앗을 수 있을 것이 아닌가.

그는 공연히 조선에 더 있다가는 조선 땅을 차지하기는커녕, 자기의 목을 부지하기도 힘들겠다고 생각했다. 어서 보따리를 싸 가지고 원군을 보내주어 고맙다고 할 때에 가는 것이 상책이라고 생각했다.

그리하여,

"자, 나는 이만갑니다. 조상이 잃었던 물건을 되찾았으니 돌아갑니다. 안녕히 계십시오."

하고 말하고는 부랴부랴 떠나가 버렸다.

이항복은 자기를 알아본 진 처사의 식견에 대해서 새삼스럽게 놀랄 뿐이었다.

허 선달

천 냥으로 삼만 육천 냥을 벌다

"허어, 사람이 어째서 그렇게도 실 없단 말인가? 그러기에 내가 뭐라고 그랬어? 처음부터 데리고 가지 못하게 몇 번이나 말했는데도 이사람 저 사람에게 청을 넣어 억지로 따라오더니 결국 일을 저지르고 말았군. 그나저나 이 사람아, 이것이 조선에서 생긴 일이라면 내 말 한 마디로 얼버무리고 넘어갈 수 있지만 무대가 명나라의 북경이요, 더욱이 너무나도 엉뚱한 일을 저지른 것이니…… 자네는 역시 제대로 생각을 하는 사람이 아니야!"

입에 물고 있는 장죽을 빼들고는 재떨이를 두들기면서 노발대발하며 핏대를 올리는 노인은 동지사(冬至使)로서 조선에서 북경에 와서 머물고 있는 정사(正使)인 어느 재상이었다.

"황송하옵니다. 제가 지은 죄를 제가 모르겠습니까만, 하도 여러 날동안 집안에만 갇혀 있다가 보니, 일껏 북경까지 왔는데도 번화한 거리 구경 한 번 하지도 못하고 돌아가게 된 것이 너무나 섭섭하고 슬그머니 화도 나서 밖으로 나갔든 것이옵니다. 그런데 그만 이상한 귀신이라도 씌었는지 죽어도 면하지 못할 잘못을 저지르게 되었사오니 아무쪼록 고정하시고 너그럽게 용서해 주시옵소서. 이 일이 해결되지 않으면 소인은 죽게 되어도 할 말이 없지만, 조선 사신들의 체면이 뭐가 되겠습니까? 그러니 대감께서 관대하게 처리해 주시기만을 바라옵니다. 제 목숨이 필요하시다면 당장이라도 바치겠으니 제발 천 냥만 변통해 주십시오. 그러면 결초보은까지는 못한다 해도 그 은혜가 백골난망일 것이옵니다."

그의 앞에 앉아 듣고 있던 젊은이가 방바닥에 코가 닿도록 머리를 조아리며 애원하자 재상은 더욱 화를 내면서 호령했다.

"어허, 정말 딱한 사람이로군. 아니한 말로 주색잡기나 잡기에 빠져서 돈이 필요하게 되었다면 사내자식으로서 한 번쯤 저지를 수 있는 실수라고 생각할 수도 있네. 하지만 상판대기 한 번 본 적이 없고 이름도 한 번 들어본 적이 없는 어떤 말뼈다귀인지도 모르는 작자들에게 천 냥이나 되는 돈을 부의(賻儀: 초상집에 부조로 보내는 돈이나 물품)로 내겠다니 그게 도대체 말이나 되는 소리인가 말이야. 이런 사고를 칠 것 같아서 데리고 오지 않으려고 했는데 주위에서 하도 권하기에 차마 거절하지 못하고 데려왔더니 결국 이런 일을 저지르고 말았어. 자네 얼굴을 보기도 싫으니 냉큼 물러가게."

하지만 젊은 사람은 두려워하는 기색을 조금도 보이지 않으며 계속해서 노재상을 구슬렸다.

"대감, 잠깐만 고정하십시오. 화가 나시겠지만 어차피 벌린 춤이요, 엎어진 물바가지가 되었으니 어떻게 하겠습니까? 그리고 주제 넘은 말씀을 드리는 것 같지만, 소인이 아닌 다른 사람이라도 그런 입장이 되면 나라의 체면을 생각해서라도 선뜻 저처럼 행동했을 것입니다. 그러니 눈 딱 감으시고 천 냥만 빌려주십시오.”

“아따, 그 사람. 돈 천 냥이 뉘 집 어린애의 이름이란 말인가? 정말로 낯 두꺼운 사람이로군. 그러니까 똥은 자네가 누고 밑은 날더러 씻기라는 이야기가 아닌가. 에잉……”

노재상은 입맛을 쩍쩍 다시면서 한동안 뭔가 골똘히 생각하더니 이윽고 그 젊은이에게 시켜 서부사와 서장관 이하 중요한 수행원들을 불러오게 했다.

그리고는 그들과 한 자리에 둘러앉아 젊은이가 만든 문제를 해결하기 위한 의논을 했다.

늙은 재상에게 핀잔을 받으면서도 돈 천냥을 꿔 달라고 조르고 있는 젊은이는 재상의 집에 문객으로 드나들던 많은 사람들 중의 하나였다. 그런데 그에게는 김 아무개라는 버젓한 이름이 있었지만, 그의 이름을 부르는 사람은 하나도 없었다. 모두들 그를 허 선달이라는 별명으로 부르고 있었는데, 그것은 그의 말과 행동이 모두 너무나 믿을 만하지 못하기 때문이었다.

하지만 그는 익살을 잘 떨고 우스운 소리를 잘 하여 재상이 심심할 때는 곧잘 말벗 노릇을 해 주었다. 때문에 재상은 “허 선달, 허 선달” 하면서 그를 귀여워했으며 집에 있을 때는 그가 항상 곁에 있도록 했다.

임진왜란이 끝난 지 10년 정도 지났을 무렵이었다. 그 재상이

우리나라에서 해마다 문안차 명나라에 보내는 동지사로 임명되어 북
경에 가게 되었는데, 허 선달이 따라가고 싶어서

"대감, 그곳까지 갔다가 오시려면 적어도 석 달은 걸릴 텐데요. 그
동안 노상에서나 사처에 드셨을 때 소신이 없어 심심할 때가 많게 될
것입니다. 그러니 소인이 곁에서 모시는 것이 좋지 않겠습니까?"
라면서 일행에 끼워 달라고 청했다.

하지만, 재상은

"공연히 타국에까지 가서 주책을 떨면 우리가 모두 망신만 당하게
될 것이다. 그러니 그런 생각은 아예 하지 말고 얌전히 내 집 사랑이
나 지키고 있게."
라면서 거절했다.

그러나 그는 원래 추근추근하고 늑진늑진하기로 이름난 자였기에
쉽사리 포기하지 않고 재상을 만날 때마다 찰거머리처럼 달라 붙어서
졸랐다.

"대감, 중원 사람들은 조선에 태어나 금강산을 한 번 보는 것이 평
생소원이라고 합니다만, 소인은 이 작은 나라에 태어났기에 넓고 넓
은 중국 천지를 한 번만이라도 보고 죽었으면 한이 없겠습니다. 이번
행차에 따라가게만 해 주신다면 내외하는 여자처럼 사처 안에 앉아서
꼼짝도 하지 않겠습니다. 그저 오가는 길에 산천과 풍토 구경만 하면
서 입은 꼭 다물고 있겠습니다. 그러니 제발 좀 데리고 가 주십시오.
저의 평생 소원을 풀어주세요."
하고 성가시도록 졸라댔다.

뿐만 아니라 재상과 일행이 된 부사와 서장관 등 여러 사람들에게도 부탁하여 결국 동지사 일행에 섞여 따라 나서게 된 것이었다.

이윽고 북경에 도착한 뒤, 다른 사람들은 모두 언제든지 마치 경쟁하듯이 삼삼오오 짝을 지어서 마음대로 나다니며 여기저기 구경하면서 이국의 정서를 맛보고, 조선 사람들이 좋아하는 귀중품들도 사고, 음식을 사먹기도 했다.

하지만 오직 한 사람, 허 선달만은 떠나올 때 약속했던 대로 아무데도 나다니지 못하고 사처 안에 갇혀 있어야만 했다. 때문에 귀국할 날이 거의 다된 어느 날 수행원 한 사람에게 부탁하여 재상에게

"대감, 허 선달이 너무 심심해 하는 모양이 옆에서 보기에도 매우 딱합니다. 어차피 북경까지 왔는데 죄수처럼 그렇게 가둬 두실 것까지는 없지 않사옵니까. 이제 돌아갈 날도 임박했으니 하루만이라도 자유를 주시지요. 너무 가엾지 않습니까?"

라고 청을 넣게 했다.

그리하여 간신히 하루 동안의 자유를 얻게 되었으니 장 속에서 벗어난 새가 된 허 선달만큼 기뻤을 사람이 있을 것인가?

어쨌든 외출하게 된 허 선달은 그날 아침부터 저녁 때까지 동쪽으로 서쪽으로 신나게 쏘다니면서 여기도 기웃거리고 저기도 기웃거렸다. 서투른 관화(官話: 중국 청나라 시대의 공용 표준어)를 써 가면서 담배를 사는 체하기도 하고, 옷감도 사는 척하면서 분주하게 돌아다니다가 해가 저물 무렵이 되어서야 사처를 찾아 돌아오게 되었다.

그런데 미친 놈처럼 이리저리 싸다니다가 서둘러 돌아오다가 보니

길을 자못 들게 되었으며,

사처가 아닌 엉뚱한 집안으로 들어서게 되었다.

그 집은 붉은 난간과 푸른 바라지(바람벽의 위쪽에 낸 작은 창)와 하얀 벽은 마치 그림 같았다. 또한 정원의 여기저기에 놓여 있는 기암괴석들 사이에 자리잡고 있는 가지각색의 아름다운 화초들은 그곳이 선경이 아닐까 생각될 만큼 깨끗한 향기를 풍기고 있었다.

허 선달이 무심코 계단 위로 올라가서 방 안을 들여다보니 아래위를 모두 번쩍거리는 비단옷으로 휘감은 점잖게 생긴 젊은이들이 스무 명 가까이 모여 앉아 있는데, 그들 앞의 커다란 식탁에는 그가 그때까지 보지도 듣지도 못했던 음식들이 차려져 있었고 서로 간에 술잔이 오가고 있었다.

허 선달은 매우 시장한 판이었기에 별안간 치솟는 식욕을 억제하지 못하고 방 안으로 들어가면서

"미안합니다. 놀라지 마십쇼."

라고 말하곤 길게 읍했다.

다음 순간 여러 사람들의 시선이 일제히 그에게 모였는데, 그것에는 '웬 작자가 남들이 오붓하게 노는 자리에 불쑥 나타나 훼방을 놓는 것인가?'라는 눈치들이 담겨져 있었다.

이윽고 그들 중의 하나가 입을 열어 힐문하고자 했을 때, 허 선달이 먼저

"정말로 미안합니다. 저는 명나라 사람이 아니오라 해동 조선국 사람으로서 이번에 동지사를 따라 여기에 왔습니다. 오늘 거리 구경을

하러 나왔다가 동행을 잃고 사처를 찾아 돌아가는 길인데, 우연히 이곳을 지나가다가 보니 저택이 하도 화려하기에 본국에 돌아가 자랑거리로 삼고자 잠시 구경하려고 멋대로 들어왔습니다. 그런데 뜻밖에도 여러분을 만나게 되었기에 그대로 나가기가 부끄러워 한 마디 인사라도 드리고 갈까 해서 무례한 짓을 하게 되었으니 너그럽게 용서해 주십시오."

하고 능청을 떨었다. 그랬더니 그 중에서 가장 연장자로 보이는 사람이 일어나서

"매우 귀한 손님이시군요. 변변치 않은 좌석입니다만, 우리와 함께 한 잔 드시다가 가시지요."

하면서 의자에 앉으라고 권했다.

그래서 몇 번 사양하는 체하다가 자리에 앉은 허 선달은 이 사람 저 사람이 권하는 술을 몇 잔 받아 마시게 되었는데, 그에게 앉으라고 권했던 사람이 다시,

"조선에서 오신 손님! 우리는 중원의 열여덟 성(省: 중국 지방 행정 구획의 이름)에서 제 딴에는 가장 부자인 사람들로서 계(契)를 운영하고 있으며, 오늘 계원 한 사람이 작고했기에 각기 오백 냥씩 부의를 거두어서 보내기로 하고 한 잔 마시는 중입니다. 원래 이 자리는 우리 계원이 아니면 참례시키지 않습니다만, 부의만 똑같이 내면 회원이 될 수도 있습니다. 하지만 손님께 계원이 되어 달라고 청하는 것은 아니오니 부담 갖지 마시고…… 자, 어서 더 드시지요."

하고 말했다.

그 말에는 '조선 놈인 네가 감히 오백 냥이나 내고 계원이 될 수 있겠느냐? 어차피 들어왔으니 술이나 몇 잔 얻어먹고 어서 물러가라'라고 비아냥거리는 태도가 다분히 담겨져 있었다.

그런 상황에 이르게 되면 보통 사람들은 '아, 그렇습니까? 본의 아니게 좌석을 문란하게 만들어 죄송합니다.'라면서 벌떡 일어나 그 자리에 들어간 것을 후회할 것이었다.

하지만 허 선달은 재상이 그토록이나 데리고 오지 않으려고 했던 별난 인간이었는 지라 태연한 얼굴로,

"아, 그렇습니까? 그거 매우 좋은 이야기입니다. 실은 저도 작은 나라 조선에서 태어난 미거한 백성이기는 하지만, 그래도 우리나라 안에서는 아무개라고 말하면 모르는 사람이 없을 정도로 소문난 부자들의 말석을 더럽힌 사람입니다. 오늘 여기에 들르지 않았다면 몰라도 이렇게 들르게 되었고, 또 여러분이 하시는 일이 이 사람의 뜻에도 맞는 일이니 저도 부의를 내고 회원이 되겠습니다."

하고 희떠운 소리를 했다.

그러자 그 자리에 있던 사람들은 크게 놀라며 이구동성으로 말했다.

"그렇다면 정말로 잘 됐습니다. 뜻밖에도 색다른 계원이 한 분 늘게 되었으니, 우리 계로서는 커다란 영광으로 알고 두 손을 들어 환영합니다."

잠시 후 그들 중의 한 사람이 옆방으로 가 책과 붓을 갖고 와서 허 선달에게 내밀며 이름과 부의 액수를 적으라고 말했다. 허 선달이 겉장을 넘기고 보니,

만력(萬曆: 중국 명나라 신종의 치세 연표) 30년 정월 보름 십팔계

- 직예성 왕 아무개 5백 냥

- 산동성 이 아무개 5백 냥

- 강소성 장 아무개 5백 냥

  ······

  ······

하는 식으로 계원들의 주소 성명과 그들이 내겠다는 돈의 액수들이 주욱 적혀 있었다.

허 선달은 붓을 들기가 무섭게

- 해동 조선국 허 선달 1천 냥

이라고 다른 사람들의 곱이 되는 액수를 적었다. 그랬더니 일동은 깜짝 놀라며,

"조선이 비록 국토는 작지만 예부터 동방예의지국이니 대인(大人) 등의 나라이려니 했는데, 과연 명불허전(名不虛傳: 명성이 헛되이 퍼진 것이 아님)이로구나!"

하고 감탄했다.

뿐만 아니라, 그 같은 대인에게 흥을 잡히지 않겠다는 생각으로 태도를 바꾸어 허 선달을 귀빈으로 대접했다. 때문에 허 선달은 한바탕 기분 좋게 놀고나서

"오늘 우연히 대국의 여러 어른들을 벗으로 얻게 되었으며, 매우 유쾌하게 놀다 갑니다. 내 평생의 좋은 기념으로 삼겠습니다. 돈은 곧 보내드리겠습니다."

하면서 그들과 일일이 악수로 작별하고 가까스로 사저를 찾아 돌아왔다. 그리고는 재상에게 그 이야기를 해주고는 돈 천 냥을 변통해 달라고 조르게 되었던 것이다.

재상에게서 허 선달이 저지른 일에 대해서 전해 들은 중요한 수행원들은 모두 화를 벌컥 내면서한 마디씩 내뱉었다.

"이렇게 될 줄 알았다니까. 그 빌어먹을 녀석을 괜히 데리고 왔어."

"누가 아니래?"

"끝까지 사처 안에 박혀 있을 것이지. 막판에 쏘다니다가 그런 짓을 저질렀담."

그러자 가만히 듣고 있던 부사 영감이

"흐음, 그래. 이왕이면 중원 사람들을 눌러야지. 그것도 그 자가 아니면 할 수 없었을 일이야. 이왕 거짓말을 하려면 그 정도는 해야지. 그나저나 어떻게 해야 좋을까. 내게 천 냥이 있으면 빌려주겠지만 쓰고 남은 돈이 불과 백 냥도 못 되니……"

하며 오히려 허 선달의 입장을 동정하는 발언을 했다. 그러자 화가 상투 끝까지 치밀었던 재상도 그 말을 듣고는 슬그머니 노여움이 풀렸는지,

"이미 저지른 일이니 별 수 없지. 하지만 무슨 일이건 간에 뒤가 깨끗해야 하오. 본국으로 돌아가 내가 대신 갚아줄 것이니 여러분이 가지고 있는 돈들을 모두 내놓으시오. 쓰고 남은 돈들을 모두 합하면 천 냥은 되겠지. 돈을 주지 않으면 '조선 사람은 거짓말쟁이'라는 나쁜 소문이 중국에 나돌게 될 것이오."

라고 말했다.

그리하여 재상은 여러 사람의 주머니를 털어서 만든 돈 천 냥을 허 선달에게 주면서 충고했다.

"두 번 다시 그런 실없는 장난을 하지 말게. 용서해 주는 것은 이번 한 번 뿐이야."

동지사 일행은 그로부터 며칠 동안 더 머물면서 사신으로서의 임무를 무사히 끝내고 여러 달만에 본국으로 돌아갔다.

이야기가 여기서 끝났으면 허 선달은 한낱 거짓말 잘 하는 주책 없는 반미치광이로 기억되었을 것이다. 그런데 실은 이때 그가 저지른 실수가 항상 착실하고 실수가 없는 사람들로서는 감히 생각하지도 못할, 중국의 부자들을 상대로 해서 계획적으로 벌인 커다란 한 판 승부였다는 사실이 1년 뒤에 밝혀져 많은 사람들을 놀라게 만들었다.

허 선달은 북경에 다녀온 뒤부터 문턱이 닳도록 드나들던 재상의 집에 나타나지 않았다. 갑자기 죽어버리기라도 했는지 그림자도 보이지 않았다. 때문에 남의 말하기 좋아하는 사람들은

"그래도 낯짝은 있군. 무슨 염치로 대감을 보러오겠나? 그 미친 놈이……"

"지금은 어디로 돌아다니면서 거짓말을 팔아먹고 있을까?"
하면서 찧고 까불렀다.

하지만 그렇게 하는 것도 몇 달 정도요, 반년이 지나자 '허 선달의 '허'자에 대해서 이야기하는 사람조차 하나도 없어지게 되었다.

그런데 그로부터 얼마 후에 이상한 일이 하나 생겼다.

허 선달이 북경에 갔다 온 이듬해에 새로운 동지사 일행이 처량한 배따라기 노래 속에서 성대한 전송을 받으며 의주를 떠나려고 했을 때, 건달 비슷하게 생긴 사람 하나가 불쑥 나타나 겉봉에

〈북경, 아무 구역 몇 호. 십팔계 앞〉

이라고 쓴 편지를 부치고 사라졌다.

물론 그 해에 동지사로 가는 일행은 그 편지가 어디로 가는 것인지, 누가 부치는 것인지 알지 못했다.

그들 사신 일행이 임무를 끝내고 북경에서 돌아올 때, 알지 못할 마차들 10여 대가 그들 뒤를 따라오기 시작했는데 놀랍게도 마차마다 가득하게 실린 물건들은 모두 백옥 같은 말굽은(중국에서 쓰이던 화폐의 하나. 은으로 말굽 모양처럼 만들었음)이었고, 그것을 부친 사람은 '십팔계'라는 모임, 그것을 받을 사람은 조선국 서울의 아무 데에서 사는 허 선달이었다.

때문에 사신 일행은,

"허 선달이 누구기에 북경에서 저렇게 많은 돈을 보내는 것일까?"

"글쎄, 저 정도의 돈이라면 큰 부자를 수십 명은 만들 수 있겠군."

하고 지껄이다가 입들을 다물었다.

허 선달이 사신 일행에게 부탁하여 십팔계로 보낸 편지의 내용은 허 선달이 죽었다는 엉터리 부고였다. 하지만 그것을 받은 십팔계에서는 곧 계원들이 모여

"작년에 우리가 오백 냥씩 냈을 때 허 씨는 일천 냥을 냈으니, 우리

는 그것의 배액인 이천 냥씩 부의를 내야 마땅하다.”

라는 의견이 일치를 보아 열여덟 사람이 그 자리에서 즉시 삼만 육천 냥이라는 거액을 모아 조선에 보내게 된 것이었으며, 그 돈으로 말미암아 허 선달은 하루아침에 조선 안에서 손꼽히는 거부가 되었다.

거부가 된 허 선달은 일 년 동안이나 발을 끊었던 재상의 집으로 달려가 그 동안 문안드리지 못했던 것에 대해서 사과하고 나서, 북경에 갔을 때 빚진 돈 천 냥을 갚으면서 변리로 오백 냥을 냈다. 뿐만 아니라 따로 삼천 냥을 바치고 큰 고을의 원 자리를 얻었다.

허 선달은 엉뚱한 거짓말 한 마디로 중원 사람들이 조선 사람을 우러러 보게 만들었고, 엄청나게 많은 재물을 얻게 되었으니, 그의 거짓말은 삼만 육천 냥짜리였다고 말하지 않을 수 없다.

유척기(俞拓基)

미래의 우의정을 알아본 혜안

신임(申銋)의 호는 한죽당(寒竹堂), 자는 화중(華仲)인데, 숙종 때 판서로 있었던 사람이다.

그는 일찍부터 사람을 알아보는 눈이 높기로 유명했다. 하지만 그에게는 뼈아픈 슬픔이 있었으니, 하나밖에 없는 외아들이 장가든 지 얼마 지나지 않아 중병에 걸려 세상을 떠났기에 한동안 무척이나 슬퍼했다.

하지만 '경주'라는 이름을 가진 유복녀가 있었기에 늙은 두 내외는 어린 손녀에게 마음을 굳히면서 살았다.

세월은 흐르는 물과 같아서 경주의 나이는 어느덧 열여섯 살이 되었다. 편모슬하에서 자랐지만 경주는 타고난 외양이 아름다웠고 마음까지도 착했으며 침선(針線; 바느질)에도 능했다.

경주가 그처럼 혼기에 이르자, 하루는 과부며느리 김씨가 신 판서에게 말했다.

"경주의 신랑감은 아버님께서 골라 주십시오."

김씨 부인이 그처럼 간청한 이유는 물론 사람을 보는 시아버지의 눈이 높았기 때문이다.

"알겠다. 그런데, 어떤 사윗감을 골라 달라는 거냐? 사람들의 종류도 천차만별이니 자세하게 말해 다오."

신 판서가 물었더니 며느리가 대답했다.

"나이가 80에 이르도록 해로(偕老; 부부가 한평생을 함께 살며 늙는 것)할 사람으로, 벼슬은 대관에 이르러야 하고, 집안이 부유하고, 아들 딸을 많이 낳을 수 있는 사람이라면 더 이상 바랄 것이 있겠습니까."

며느리의 대답을 들은 신 판서는 껄껄 웃으면서 말했다.

"이 세상에 그렇게 모든 복을 다 갖춘 사람이 흔하게 있겠느냐. 하지만 내가 한 번 구해 보겠다."

그 때부터 신임이 밖에 나갔다가 돌아오면 김씨 부인이 으레

"아버님, 오늘은 혹시 신랑감을 찾으셨습니까?"

하고 물었고, 그 때마다 신임은

"네가 말하는 여러 가지 조건을 모두 구비한 신랑감은 아직까지 찾지 못했다. 훗날 명달할 소년들을 많이 보았지만, 모두 수명이 짧아서 안 되겠고, 수명은 길지만 장래가 보잘것없는 아이들만 많으니 신랑감을 찾는 것이 쉽지 않구나."

라고 대답하고는 했다.

그러던 어느 날 신임이 볼일이 있어 장동(壯洞) 쪽으로 가다가 보니 수십 명이나 되는 아이들이 길거리에서 정신없이 뛰놀고 있었다. 그들 중에 키가 큰 아이 하나가 섞여 있었는데, 나이는 열너더댓 살 정도 되

어 보였는데 봉두난발로 굵은 댓가지를 가랑이에 낀 채 아이들과 어울려 뛰어다니고 있었다.

신임이 하인에게 명해 교자를 세우게 하고 그 소년의 용모를 이리저리 살펴보니 비록 몸에 걸친 옷이 남루하고 얼굴이 험상궂게 생기기는 했지만, 미목(眉目: 눈썹과 눈)이 청수(淸水: 얼굴이 깨끗하고 빼어남)하고 골격도 매우 비범했다.

이윽고 신임이

"애야, 저기 댓가지를 가랑이에 끼고서 놀고 있는 도령을 이리로 불러 오너라."

하고 이르자, 하인 하나가 후다닥 뛰어가서 그 아이의 겨드랑이에 한 손을 넣고 당기며

"애야, 우리 집 대감께서 너를 부르신다. 냉큼 가자."

하고 말했더니 부리부리한 두 눈을 부라리면서

"대감이 어째서 나를 오라고 한단 말이요? 놀고 있는데 훼방 놓지 말고 이것이나 놓으시오."

하면서 하인의 팔을 뿌리쳤다. 그러자 하인도,

"이놈아, 신 판서님이 부르시는데 어느 앞이라고 감히 주둥이를 함부로 놀리느냐?"

하고 맞 호령을 했다.

교자 안에서 그 광경을 바라보던 신임은 옆에 서 있는 하인에게 다시 분부를 내렸다.

"저 도령이 순순히 오지 않을 것 같으니 네가 가서 겁을 주어 끌고

오너라."

"예이."

결국 하인 두 사람이 소년을 억지로 끌어다가 신임 앞에 세워 놓기는 했는데, 그 소년은

"어느 관원이신지는 모르겠으나 어째서 아무런 죄도 없는 나를 잡아가려는 거요?"

하고 큰 소리로 울면서 바둥거렸다.

신 판서가 그 같은 행동이 몹시 익센 것을 보고 빙그레 웃으면서,

"여봐라, 내가 너를 잡아가려는 것이 아니라 물을 말이 있어서 데려온 것이니 안심하고 울음을 그쳐라."

하고 부드럽게 말하자, 소년은 그제야 울음을 그치고 신 판서를 바라보았다.

"여봐라, 네 집의 문벌이 어떠한지 알고자 하는데 대답할 수 있겠느냐"

신 판서가 묻자, 소년이 신 판서에게 되물었다.

"대답하지 못할 것도 없지요. 한데 대감께서는 어째서 그것을 물으십니까?"

"그것은 나중에 알게 될 것이니 대답부터 해라."

"소동이 꼬락서니가 지금 이렇게 엉망이오나 본시는 양반의 후예올시다."

"네 나이는 몇이며 성은 무엇이냐?"

"소동의 나이는 올해 열다섯이옵고 성은 유(俞)가이옵니다."

"네가 살고 있는 집은 어디인고?"

"소동의 집은 월동(越洞)에 있습니다만, 무슨 일로 이처럼 소상히 물으십니까? 까닭을 말씀해 주지 않으시려거든 빨리 보내주기나 하십시오."

" 그래. 이제 그만 가 보아라."

신 판서는 유씨 성을 가진 소년을 돌아가게 한 뒤에 하인으로 하여금 뒤따라가게 했다.

얼마 후에 신 판서가 하인의 인도를 받으며 가서 보니 그 소년의 집은 다 쓰러져 가는 삼간초옥이고 썩어빠진 지붕 위에는 풀들이 길게 나 있었다.

신 판서가 하인을 시켜 주인을 찾았더니 안주인의 몸종이라는 여자가 나왔고, 그 몸종에게서 들어 그 집의 바깥주인은 일찍이 세상을 떠났다는 것을 알게 되었다.

신 판서는 그 몸종에게,

"나는 잿골[齋洞]에서 사는 판서 신임이며, 슬하에 나이가 이미 열셋인 손녀 하나가 있어 각처로 구혼하고 있네. 그러던 중 오늘 내가 이 집의 도령을 길에서 만나 보니 내 손녀의 배필이 될 것 같기에 오늘 이 자리에서 청혼하는 것이니 마님께 그대로 여쭙게."

하고 말하면서 하인들에게,

"너희들, 오늘 있었던 일을 아무에게도 말하지 말라. 행여 입 밖에 내면 큰 벌을 줄 것이니 명심하라."

하면서 엄중히 단속시켰다.

한편 유 도령의 어머니는 몸종이 전하는 말을 듣기는 했으나 쉽사리 믿으려고 하지 않았다.

"애야, 그게 어디 말이나 되는 소리냐? 신 판서 댁이라면 부귀와 영화가 무쌍할 뿐만 아니라, 한양 안에서는 모르는 사람이 하나도 없는 재상가(宰相家)인데, 어디에 손자 사윗감이 없어서 간구하기 짝이 없고 장난만 치러 다니는 우리 척기를 손자 사위로 삼으시겠다는 거냐? 아무리 생각해도 꿈속에서 헤매이는 것만 같구나."

"하지만 손수 하인배를 거느리고 오셔서 그렇게 말씀하셨습니다. 그 어른이 인륜대사를 가지고 거짓으로 말씀하셨을 리가 있겠습니까?"

몸종이 정색을 하며 말하자 부인은 머리를 끄덕이면서 중얼거렸다.

"네 말도 옳기는 하다만, 어쨌든 두고 보면 사실인지 아닌지 알게 되겠지."

유척기의 집을 찾아갔던 신 판서는 그날, 친구들의 집 몇 군데에도 들렀기에 해가 저문 뒤에야 집으로 돌아왔다.

며느리 김씨 부인은 그 때도 역시 시아버지를 반갑게 맞으면서

"아버님, 오늘은 혹시 가합하는 사람을 만나셨습니까?"

하고 물었다.

그러자 신 판서가 빙그레 웃으면서

"그래. 오늘에야 비로소 신랑감 하나를 찾았다."

하고 대답했더니 며느리는 크게 기뻐하면서

"아버님, 고맙습니다. 그 수재(秀才)가 뉘 집의 자제이며 집은 어디입니까? 궁금하니 말씀해 주십시오."

라고 말하며 다가앉았다. 하지만 신 판서는

"내가 말해 주지 않아도 곧 알게 될 테니 크게 궁금해 하지 말고 기다려라."

하면서 입을 다물었다.

이윽고 납채(納采: 신랑 집에서 신부 집으로 혼인을 청하는 의례)하는 날이 되자, 신 판서는 며느리에게 자세한 이야기를 해주었다.

며느리의 낙심은 매우 컸다. 하지만 마음속 한 구석에서 '설마……' 하는 생각과 걷잡을 수 없는 궁금증이 자꾸만 일어났다. 그래서 늙은 여종을 불러 유척기의 집을 몰래 살펴보고 오게 했다.

그런데 여종이 보고 와서 하는 말은 정말로 기가 막힐 정도로 놀라운 것이었다.

"글쎄, 세상에 이런 변괴가 어디에 있습니까? 집은 다 쓰러져가는 세 칸 초가인데 부엌에는 퍼런 이끼가 끼어 있고, 솥뚜껑에는 허옇게 거미줄이 어려 있었습니다. 그리고 신랑의 얼굴을 보는 순간 깜짝 놀랐습니다. 두 눈은 왕방울처럼 크고 머리는 쑥대밭 같고……아무튼 어느 것 하나 취할 것이 없더이다."

'이상하군…… 아버님은 어째서 그런 집에다 정혼을 하셨을까?'

김씨 부인이 시아버지의 처사를 의아하게 생각하는 중에도 여종은 계속해서 수다스럽게 말했다.

"우리 댁 소저께서 그 댁에 들어가시게 되면 그 날부터 절구질을 면치 못하게 될 것이요, 추위에 떨며 굶주리게 될지도 모르니 금지옥엽으로 자라신 소저가 그 같은 고생살이를 어떻게 감당하실 수 있겠사옵니까?"

때문에 김씨 부인은 더욱 크게 낙심하여 기절할 지경에까지 이르렀다. 하지만 혼례식 날이 눈 앞에 닥쳤기에 어떻게 할 수도 없었다.

다음 날 신랑이 신 판서 집으로 오고 안마당 정당(正堂: 건물 몸체의 대청) 위에서 신랑과 신부가 전안(奠雁: 구식 혼인 때 신랑이 신부 집에 기러기를 갖고 가서 상 위에 놓고 절하는 예) 성례를 지내게 되었다.

그때 김씨 부인이 신랑의 얼굴을 보니 늙은 여종이 말했던 것처럼 용모가 참으로 볼썽사나웠다. 그리고 못 생긴 남편을 맞게 된 가엾은 딸의 처지를 생각하니 가슴이 메어지는 것만 같았다.

그날 혼례식이 끝난 뒤 김씨 부인은 조용히 시아버지의 방으로 가서,

"아버님께서 뛰어난 손녀사위를 얻으신 줄 알았는데, 오늘 제가 보니 무의무탁한 가난뱅이였습니다. 뿐만 아니라 생김새가 험상궂은 사람을 고르셨으니, 천금보다도 귀애하시던 어린 것의 한평생을 그르치신 것이 아닌가 생각되어 마음이 아프옵니다."

라면서 언짢아했다.

그러자 신 판서가 약간 노여워하며 대꾸했다.

"나는 네가 원하는 신랑감을 구해 주었을 뿐이다. 그 아이가 지금은 비록 집안이 간구하고 보잘것없는 처지지만 훗날에는 반드시 복록이 무성하고, 수부다남자(壽富多男子: 장수하고 부자로 살며 아들이 많음)할 오복을 갖춘 훌륭한 상(相: 얼굴)이니 잔말 말고 두고 보기만 해라. 내 말에 일호반점도 어그러짐이 없을 것이다."

그와 같은 말을 듣자 김씨 부인은 더 이상 뭐라고 말을 꺼내기가 어려워서,

"제가 당돌하게 말씀드린 잘못을 용서해 주십시오. 아버님께서 어련히 잘 알아서 조처하셨겠습니까. 공연히 못마땅해 하는 생각을 품어 죄송합니다."

라고 말하고는 물러갔다.

혼인한 지 사흘 째 되는 날, 자기 집에 갔던 신랑은 처가인 신 판서의 집으로 왔다.

신 판서는 손자사위를 반갑게 맞았들였을 뿐만 아니라 내실에 따로 방을 정해 신랑과 신부가 함께 거처하도록 해 주었다.

신랑과 신부는 그 때부터 한 달 가량 금슬 좋게 지냈는데 문제가 생겼다. 부잣집에서 금지옥엽으로 자란 몸이라 섬섬 약질인 신부가 허구한 날 밤마다 힘이 센 신랑에게 부대끼면서 지내게 되어 얼굴에 노랑꽃이 피고 병명을 알 수 없는 병색이 돌게 된 것이다.

그러자 신 판서는

"허어, 저것들을 그대로 한 방에 놔두면 큰 일이 벌어질지도 모르겠군!"

하고 걱정하며 유척기를 불러서 말했다.

"너는 혈기가 미정(未定)한 소년의 몸이니 매일같이 신방에서 자는 것은 좋지 않다. 그러니 오늘 밤부터는 바깥사랑으로 나와서 나와 함께 자도록 하자."

그러자 유척기는 공손하게 "예!" 하고 대답했다.

그날 밤, 신 판서는 유척기와 함께 사랑에서 자게 되었으며 밤이 깊어진 뒤에야 잠이 들었다. 그러자 잠을 자지 않고 누워 있던 유척기가 갑자기 잠꼬대를 하는 것처럼 웅얼거리면서 한 손으로 신 판서의 가슴을 쳤다. 때문에 신 판서는 깜짝 놀라 눈을 뜨면서,

"너 이게 웬 버릇없는 짓이냐?"

하고 호령했다. 그랬더니 눈을 뜬 유척기가,

"일부러 그랬을 리가 있습니까. 소생이 어려서부터 잠버릇이 나쁜데 아직까지 고치지 못하고 있습니다. 용서해 주십시오."

하고 사죄했다.

"그래? 하지만 너는 이제 혼인하여 어른이 되었으니 잘못된 버릇은 곧 고치도록 해라."

"예."

신 판서는 잠시 후에 다시 잠이 들었다. 그러자 유척기는 다시 잠꼬대를 하는 척하면서 이번에는 발로 신 판서의 허리를 내질렀다.

"우욱─"

신 판서는 질겁을 해서 일어나며,

"허어, 이놈이 또!"

하고 책망했다. 하지만 잠버릇이 나빠서 그러는 것이라니 어쩔 수가 없었기에 다시 잠을 청했다.

그런데 그런 일은 다시 되풀이되었다. 얼마 후에 유척기가 또 손으로 후려치고 발로 걷어차고 하는 바람에 신 판서는 도무지 잠을 이룰 수가 없었다.

때문에 신 판서는 결국,

"허어, 그거 참 고약한 버릇이로군! 너와 하룻밤을 다 자지 않았는데도 이러하니, 며칠 동안 계속해서 함께 자면 내 몸의 뼈다귀들이 한 개도 성치 않겠다. 네 이놈, 냉큼 안으로 들어가서 자거라."

하고 호령했다.

그것은 유척기가 신부 곁에서 한시도 떠나기 싫어서 꾸민 계책이었다. 그런데 신 판서는 나쁜 잠버릇이라고 생각하며 속았던 것이다.

신 판서는 손자사위인 유생 내외를 무척 사랑했다.

그로부터 얼마 후에 신 판서가 외번(外藩: 국경 밖의 자기 나라의 속지)을 안무할 직임을 맡아 내행(內行: 부녀자의 여행)을 이끌고 부임하게 되었는데, 한시라도 손녀사위와 떨어지게 되는 것이 너무나 섭섭하여 유척기 내외도 함께 따라가게 하라고 분부했다.

그때 김씨 부인은 자기 딸의 체질이 섬약한 것이 크게 걱정되어 그 기회에 사위와 딸을 얼마 동안 떨어져 있게 만들고자 했다. 그래서 그 같은 뜻을 시아버지에게 간했다. 하지만 신 판서가,

"그것은 안 될 말이다. 신혼 재미가 채 무르익기도 전에 젊은 것들을 먼 곳에 따로 떼어놓는 것은 옳지 못한 일이다."

라고 말하며 허락하지 않았고, 새색시도 역시 새신랑과 함께 가기를 원했기에 유척기는 아내와 함께 서울을 떠나게 되었다.

그리하여 입지에 도착한 신 공이 두어 달 후에 상감께 진상할 먹 수백 동(1동은 10개)을 만들게 되었는데, 그때 유척기를 불러서

"너 먹이 필요하지 않으냐? 필요하면 네 마음대로 골라서 가지고

가라."

하고 말했다. 그랬더니 유척기는

"예. 고맙습니다."

하고 대답하더니 서슴지 않고 그것들 중에서 큰 것 100동을 골라서 가졌다. 진상품 중에서 좋은 것은 모두 뺀 셈이었다. 때문에 그것을 본 비장이 기겁을 하며,

"그렇게 많이 떼면 진상할 먹이 모자랍니다."

하고 주의를 주었다. 그러자 신 공이 그를 바라보면서 말했다.

"모자라면 더 만들면 되지 않는가?"

비장이 물러간 뒤 신 공은 유척기의 등을 두드리면서 입속말로 중얼거렸다.

"이 녀석이 먹을 골라 놓는 것을 보니 과연 대성할 인물이다."

유척기는 백 동이나 되는 먹을 가지고 책방(冊房: 조선시대에 고을 원에 의하여 사사로이 임명되어 비서 사무를 맡아 보던 사람들이 있는 곳)으로 내려가자마자, 그 곳에 있는 사람들에게 먹을 나누어 주고 자기는 단 한 개도 갖지 않았다.

유척기의 호는 지수재(知守齋), 호는 문익(文益)이다.

그는 숙종 40년(1714년)에 문과로 급제하여 한림, 부제학, 이랑 주사를 역임하고, 경종 2년(1772년)에 완도로 귀양을 갔다가 영조 초에 귀양이 풀려서 돌아와 호조 판서를 거쳐 우의정이 되었으니, 그의 나이는 그때 마흔 아홉이었다.

상국 유척기의 장모인 김씨 부인은 그때까지 생존해 있었기에 그 같은 사위의 영달을 볼 수 있었으며, 그제야 비로소 시아버지 신 판서가 사람을 보는 눈은 과연 놀랍다면서 새삼스럽게 감탄했다.

그 후 유척기는 영의정 때 치사(致仕 나이가 많아 벼슬을 사양하고 물러나는 것)하고 기로소(耆老所: 조선시대에 나이가 많은 정2품 이상의 문신을 예우하기 위해 설치한 기구. 왕 및 조정 원로의 친목, 연회 등을 주관하였음)에 들었다가 77세에 세상을 떠났는데, 슬하에 아들 4형제가 있었고 해마다 더욱 부유해졌으니, 모든 것이 신 공이 말했던 것처럼 일호반점의 틀림이 없었다.

어사 박문수(朴文秀)

바른 말 잘 하는 영성군

어린 시절의 박문수는 매우 불행했다. 그의 조부 박선(朴銑)은 그가 여섯 살 때 죽었고, 그의 부친 박항한(朴恒漢)은 그가 여덟 살 때 세상을 하직했다. 때문에 그는 어머니의 손에 외롭게 자랐는데 어려서부터 총명과 지혜가 뛰어났다.

일찍이 서당에서 학문을 배울 때 문일지십(聞一知十: 한 가지를 듣고 열 가지를 미루어 앎)하는 재주를 보였다.

열다섯 살 때부터는 부친의 내종이 되는 운곡 이광좌(李光佐)의 지도를 받으며 열심히 면학하여 후일의 큰 성공을 준비했다. 그는 좀 늦은 서른 세 살에야 문과에 장원급제하여 '설서'라는 벼슬을 했으며, 그것이 출세의 시작이 되었다.

박문수는 이희량이 일으킨 난리 때 공을 세워 영성군(靈城君)으로 봉작되었으며, 영조의 신임이 두터웠기에 그의 명성은 한 나라를 뒤흔들게 되었다.

원래 도(道)가 높으면 마(魔)가 성해지는 법이다. 재주가 자기보다

나은 사람을 시기하는 것은 세상의 통속인지라 박문수에 대한 시해와 모해도 역시 충천하는 그의 명성과 함께 고조되었다. 노론과 소론의 당파 싸움도 날이 갈수록 더욱 심해졌다.

박문수는 본래 성품이 강직하고 휠 줄 모르는 것이 특성이었고 고집 불통이어서 여러 사람의 마음을 충동했다. 그는 다른 사람의 의견에 순응하는 빛을 좀처럼 보이지 않았다. 때문에 박문수가 실책하는 태도를 보이는 것을 노리던 노론은 그에게 '조정의 의식을 어지럽혔다'는 죄를 씌우는데 성공했다. 박문수의 고집은 웬만한 정도가 아니었다. 조의에 참석한 대신들에게도 조금도 겁내지 않고 대들었다.

영조 9년(1733년) 정월에 분개한 우의정 김흥경(金興慶)이 어전에 부복하고,

"요즈음 영성군 박문수는 조회 때 앙면(仰面: 얼굴을 쳐드는 것) 고성으로 조회의 체제를 문란하게 만들고 있으니 청컨대 추고하심이 당연하다고 생각하옵니다."

라고 말했다. 그러자 박문수는 그 자리가 어전인데도 불구하고,

"군신의 사이는 부자와 같은 법이올시다. 아들이 아버지를 바라보는 것이 무슨 죄가 되겠습니까. 더욱이 근래에 정국이 무상하게 변화함으로 말미암아 신하들이 무조건 겁을 내며 이마와 코를 땅에 대고 지내니 그것은 도리가 아닌가 하옵니다. 옛날부터 연석에서 대신들은 꿇어앉고, 제신들은 국궁하여 양 손을 맞대고 있었지 부복하는 일은 없었습니다. 오늘 이후부터 대신들은 더욱 앙면하여 상감과 친근해지는 것이 좋을 줄로 아뢰오."

라고 대꾸했다.

　박문수는 방약무인하지는 않았지만 임금 앞에서 썩은 선비들을 억눌렀다. 그런데 그즈음 박문수의 입장을 두호하며 보살펴주던 소론의 세력이 기울어지기 시작하면서 박문수의 입장은 매우 나빠졌다. 그러던 중 그의 뒷심이었던 영의정 이광좌가 자리에서 물러나고 봉조하와 민진원이 시골에서 상경하여 날마다 경연에 참가하게 되었다.

　그 후 얼마 있다가 노론파는 김흥경과 심수현 등을 동원하여 임금에게 박문수를 모함했다.

　"영성군 박문수는 누차 경남 감진어사로 내려갔다가 왔음에도 불구하고 민심을 수습하지 못했고, 최근에 민심이 더욱 소란해졌으니 마땅히 박문수를 벌해야겠습니다."

　영조는 처음에는 그 말을 귀담아 듣지 않았으나 대신들이 자꾸만 들고 일어나자 당시에 공조 판서로 있던 박문수를 삭탈 파직했다.

　그러자 벼슬길에 그다지 마음이 없던 박문수는 집에서 한가롭게 세월을 보내기 시작했고 그즈음 노론파는 영남 감진어사로 이광덕을 다시 보냈다. 하지만 영조의 머릿속에서는 박문수에 대한 생각이 떠나지 않았다.

　어느 날 박문수가 밤중에 홀로 있는데 느닷없이 궁중에서 내시가 나와 임금이 보내는 서한을 전해 주고 돌아갔다.

　그 어찰의 내용은 다음과 같았다.

　'과인이 박덕하여 유능하고 총혜로운 경을 잃게 되어 마음이 쓰리고 아픔을 주야로 금할 길이 없노라. 경은 짐을 보필하라. 전사(前事: 전에 있었던, 이미 지나간 일)를 생각하지 말고 내일 즉시 영남지방으로 내려가 민정을 살피고 돌아오라.'

은혜가 넓고 두터운 칙명이었다.

박문수는 감읍하여 사은숙배하고 그날 밤이 새기가 무섭게 영남을 향해 총총히 떠났다. 표표한 선비의 행색이며 죽장망혜였다.

그런데 남대문 밖으로 나서서 청파길로 들어섰을 때 박문수는 평소에 정적이었던 교리 권적을 만났다. 그 사람도 역시 박문수 못지않게 바른 말 잘 하기로 유명한 사람이었다. 그의 바른 말을 박문수는 높이 평가하고 있었다.

멀찍이서 걸어오는 권적을 바라보면서 박문수는 그를 피해 갈까 하고 생각했다. 하지만 근자에 자기가 삭탈 파직된 것을 만인이 다 알고 있으니 일부러 피할 필요는 없겠다고 다시 생각했다.

두 사람은 비록 정적이었지만 서로 반가워하며 이야기를 나누었다.

"영성군, 이렇게 이른 새벽에 어디를 가시오?"

"별로 갈 곳도 없고 해서 선산에 성묘를 하러 가오."

"그래요? 난 어명을 받고 가시는 줄 알고 깜짝 놀랐소."

"조의 불숙죄로 삭탈 파직당한 사람에게 어명이라니요?"

"맞아, 그건 세상 사람들이 다 아는 일이지. 나와 같은 처지이니 동병상련이요."

"그렇소이다. 우리가 재야에 있게 되니 더욱 친근해지는 것 같소이다.”

“그렇소이다.”

권적은 작별 인사를 하고 헤어졌다. 박문수는 바른 말 잘 하기로는 누구에게도 뒤지지 않았으나 권적에게는 한 걸음 양보하는 편이었다. 어쨌든 박문수는 자기가 암행어사로 가는 것을 권적이 눈치 채지 못한 것이 다행스러울 뿐이라고 생각했다

갈 길을 재촉한 박문수는 노성(魯城)을 거쳐 계룡산에 들어가 선산에 배례하고 금산(錦山)과 무주(茂朱)를 거쳐 성주(星州)로 들어섰다. 그리하여 여러 날 동안 산 속의 길을 걸어 관터말 관기동이라는 동리에 다다르게 되었다.

그는 온몸이 극도로 피곤함을 느꼈다.

때는 마침 이른 봄이어서 만산은 울긋불긋한 꽃들이 피어서 붉고, 시냇물이 흐르는 소리도 가벼워진 것 같았다. 겨울 동안 동면하던 농부들이 들로 나오기 시작하는 바쁜 계절이었다.

굶주린 무당과 점쟁이

박문수가 하룻밤 자고 가려던 관터말에서는 그즈음 이상한 일이 자주 일어나고 있었다. 그것은 원인을 알 수 없는 불이 자꾸만 일어나는 것이었다.

개똥이네 집에서 불이 나 마을 사람들이 달려가서 끄면, 다시 이 첨지네 집에서 불이 나는 등의 일이 계속되어 온 동네가 소란해지곤 했다.

그래서 동네 사람들은 불안해 하며 웅성거렸다.

"여러 해 동안 굿을 안 했더니 터 귀신이 노했나 봐. 아무래도 당굿을 해야겠어."

"당치도 않은 소리. 그건 무당들이나 하는 소리야."

"귀신은 주역을 읽으면 도망간다던데."

"하지만 이 동네에 그런 어려운 책을 읽을 만한 양반이 있어야지."

박문수는 그런 이야기를 들으면서 머리를 갸우뚱했는데, 동네의 늙은이들이 모여 의논한 결과 큰 굿을 하자는 결정이 났다. 하지만 이 생원이라는 사람이 한사코 반대하는 바람에 굿을 하지 않게 되었다.

그런데 바로 그 다음 날, 이 생원의 집에 큰 불이 났다. 때문에 동네 사람들이 몰려가 불을 껐는데, 박문수가 무심코 보니 구경만 하면서 서 있는 사람이 있었다. 그래서 뭔가 곡절이 있을 거라고 생각하면서 그 사람을 유심히 바라보았다.

박문수는 불이 다 꺼진 뒤에 동네 사람들에게 물어보았다.

"이 마을에 혹시 무당이나 점쟁이가 있는지요?"

그러자 한 사람이 대답했다.

"이 마을에는 없지만 아랫마을에 무당과 점쟁이 부부가 살고 있습니다."

"몇 해나 살고 있지요?"

"십 년이 넘지요."

"이 마을에서 해마다 굿을 했습니까?"

"전에는 해마다 큰 굿을 했었지만, 요즈음은 여러 해 동안 흉년이 들어 큰 굿은커녕 작은 굿도 못했습니다."

그날 밤 박문수는 그들의 집 근처로 가서 동정을 살피기로 했다. 무당과 점쟁이 남편의 집 창문 틈으로 희미한 등잔불 빛이 새나오고 있었는데, 때마침 말다툼하는 것 같은 소리가 안에서 들려왔다. 그래서 박문수는 긴장하며 귀를 기울일 수밖에 없었다.

"꼬리가 길면 잡히는 법이니 그만 하랄 때 그만 둬. 큰 일 벌어지기 전에……"

점쟁이인 남편의 목소리에 이어서 여자의 목소리가 들려왔다.

"당신은 참 딱하기도 하오. 당장 먹을 것이 없으니 다른 수가 없지 않소? 내 대신 영감이 벌어오면 그만 두겠소."

"낸들 벌고 싶은 생각이 없어서 이러고 있겠소? 점을 치러 오는 사람이 있어야 돈을 벌지."

"그나저나 큰일났소. 이 생원 그놈이 결정이 난 큰 굿을 못하게 만들어놨으니……"

박문수는 이 생원을 욕하는 무당 여편네의 말을 듣는 순간 계속되는 화재 사건의 전모를 파악했다. 또한 확증은 아니라고 해도 증거에 가까운 것은 남편인 점쟁이가 한 말 중의 "꼬리가 길면 잡히는 법이니"라는 부분이라고 생각했다.

바로 그때 박문수는 어두운 골목에서 소리없이 빠져 나가는 눈에 익은 사람의 모습을 보았다. 그 사람은 분명히 자기보다 먼저 떠난 암행어사 이광덕이었다.

"여보시오. 이 교리!"

하고 박문수가 부르자, 그 사람도 뒤돌아보며 반가워하는 목소리로 말했다.

"아니, 영성군이 아니시오?"

"수고가 많으시오."

박문수가 손을 잡으며 치하하자, 이광덕이 씨익 웃으며 대꾸했다.

"소생은 별로 하는 일이 없지만, 영성군이야말로 이런 곳에까지 손을 뻗고 계시니 정말로 장하시오."

다음 날 두 사람이 성주에 출도하자 읍내가 술렁이고 관속들은 놀라 소란을 떨었다. 동헌에 좌기한 박문수는 곧 포졸들에게 시켜 관터말에서 사는 무당과 점쟁이 부부를 포박해 오게 했다.

그들은 처음에는 자기들과는 관계가 없는 일이라며 시치미를 뗐으나 국문이 계속되자, 결국 범행을 자백했다.

"죽을 때가 되어 큰 잘못을 저질렀습니다. 우리는 관터말로 이사 오고서 십여 년 동안 잘 살았습니다. 그런데 최근 3년 동안 계속된 흉년으로 굿을 하거나 점을 치러 오는 사람들이 없어 굶어죽게 되었습니다. 그래서 할 수 없이 동네 아이 차돌이를 꾀어 사방에 불을 놓게 하여 동네 영감님들이 큰 굿을 하기로 결정했습니다. 하지만 이 생원의 반대로 취소되었고 꼬리가 길어져 이렇게 잡혀 오게 되었습니다. 용서해 주시옵소서."

두 부부의 말을 들은 박문수는 이 어사와 의논하여 그들의 집에도 불을 지르라는 명령을 내리고 길을 떠났다.

비자(婢子)의 지성에 보답하다

"그 계집, 정말로 지지리도 못 생겼군!"

"그러기에 나이 삼십이 다 되었는데도 삼대 홀아비로 사는 사내들 중에서도 건드리는 놈이 없지. 허허허……"

"그렇다면 저 계집은 아직까지 음양의 이치를 모를 테니 누군가가 눈 딱 감고 그 맛을 보여준다면 저 계집에게 적선하는 일이 될 것이며, 반드시 신명의 가호를 받게 되겠구먼. 하하핫"

"자네의 말이 맞네. 허허허……"

"하하핫!"

서실에 앉아 조용히 책을 읽고 있던 박문수는 밖에서 들려오는 왁자지껄한 소리 때문에 호기심이 생겨서 책을 덮고 밖을 내다보았다.

관가의 한 비자(계집종)가 물동이를 이고 앞을 지나가고 있었는데 얼굴을 보니 과연 추녀였다. 그런 여자라면 제아무리 여자가 아쉬운 홀아비라도 건드려 보고 싶다는 생각이 나지 않을 것 같았다. 걸어가는 뒷모습을 물끄러미 바라보던 박문수는 문득 그 비자가 가련하다는 생각이 들었다.

외삼촌을 따라 임소인 진주(晉州)에 와서 잠시 머물며 공부하는 동안 한 아름다운 동기(童妓: 기생 수업을 하고 있는 어린 기생)를 사귀어 죽자 살자 하면서 한창 뜨거운 정을 나누고 있는 그였지만, '저것도 인간인데!' 하고 생각하며 버림 받은 그 비자를 한번 기쁘게 해 주어야 겠다고 결심했다.

그날 밤 다시 물동이를 이고 서실 앞으로 지나가다가 박문수의 방으로 불려 들어간 그 비자는 한참 후에 만면에 희색을 띠고 황홀한 꿈에서 채 깨어나지 못한 얼굴이 되어 그 방에서 나왔다.

진주 길로 들어서는 박문수의 머릿속에 옛 추억이 어슴푸레하게 떠올랐다. 그로부터 흘러간 세월이 어느덧 십여 년이나 되었다.

박문수는 그 후 얼마 지나지 않아 서울로 올라가 과거에 급제하여 청환(淸宦: 문벌이 높은 사람에게 시키던 규장각·홍문관·선전관 등의 벼슬)을 지내다가 암행어사가 되어 다시 영남지방으로 내려오기는 했지만 남루한 그의 모습은 누가 보아도 틀림없는 걸객이었다.

진주에 들어선 박문수는 먼저 자기가 사랑했던 기생의 집으로 찾아가 대문을 두들겼다. 곧 한 노파가 방에서 나와 대문을 열고 내다보았는데, 그는 기생의 어머니였다.

박문수는 시치미를 뚝 떼고 말했다.

"밥 좀 주시오."

노파는 의아해 하는 눈으로 한참 동안 박문수를 쳐다보더니 고개를 갸웃거리면서

"이상한 일도 다 있군!"

하고 중얼거렸다.

"뭐가 그렇게 이상하다는 거요?"

"당신 얼굴이 옛날에 여기 계셨던 박 서방님과 너무나 닮았기에 이상하다는 겝니다."

"내가 바로 그 박 서방이라네,"

"예?"

노파는 비로소 깜짝 놀라며 말했다.

"아이고, 이 일을 어찌할꼬! 서방님이 어쩌다가 이런 꼴이 되어 여기에 오셨단 말입니까? 어쨌든 어서 방으로 들어갑시다. 좀 쉬시다가 진지나 잡숫고 가시오."

기생의 어머니는 무척이나 반가워하며 박문수를 방 안으로 안내해서 앉히고는 도대체 어떻게 된 일이냐고 묻기 시작했다.

그러자 박문수는

"외가에서 쫓겨나 갈 곳이 없어졌기에 옛날에 있던 곳이니 각 방의 아전들을 만나 돈푼이나 얻어 쓰려고 왔다네."

하고 그럴듯하게 대답해 주었다.

"그런데 자네의 딸은 잘 있는가?"

하고 옛 애인에 대해서 물어보았다.

"몸 성히 잘 있기는 하지만 본부의 수청기생이 되어 웬만해서는 밖으로 나올 수가 없답니다."

하고 대답한 노파는 밖으로 나가 아궁이에 불을 지피고는 밥을 짓기 시작했다.

그때 가벼운 발소리가 들리더니 부엌 문 앞에서 멈추었다. 마침 기생 딸이 돌아온 모양이었다.

"마침 잘 왔다. 애야, 박 서방님이 오셨으니 어서 들어가 봐라."

노파가 말하자 딸이 물었다.

"언제 왔어요? 뭘 하러 왔대요?"

"방금 왔는데 뭘 하러 왔겠니? 널 보러 왔겠지. 그런데 모양이 가긍 (可矜: 불쌍하고 가엾음)하더라. 찌그러진 갓에 옷은 누더기 같아. 꼬락서니가 말이 아니더구나. 거지 중에서도 상거지더라. 왜 이런 꼴이 되어서 왔느냐고 물었더니 그 외가의 사또 집에서 쫓겨나 문전걸식을 하다가 여기까지 오게 되었대. 전에 있었던 곳이니 각 방의 아전들을 찾아가 돈을 좀 얻어서 쓸 생각이란다."

"아이, 듣기도 싫어. 그런 사람이 왜 우리 집에 찾아왔담."

냉랭한 딸의 목소리가 빙 안에 있는 박문수의 귀에까지 들려왔다.

노파가 목소리를 낮추어,

"그래도 너를 보고 싶어서 온 사람이고, 기왕에 집에 왔으니 들어가서 한번 봐야 되지 않겠니? 얼른 들어가 봐라."

하고 구슬렀다. 하지만 딸은 그 말에 따르지 않았다.

"싫어요. 그런 사람을 보면 뭘 해요. 내일이 병 사또 생신이라 여러 수령들과 함께 촉석루에서 풍류놀이를 한대요. 그러니 본부 기생들은 옷을 차려입고 대령하라는 엄한 분부가 내려서 옷을 가지러 온 거예요. 내 옷장 안에 새로 지은 옷이 있으니 어머니가 좀 내다 줘요."

"내가 그 옷을 어떻게 아니? 네가 들어가서 가져 가려무나."

딸은 한참 동안 노파에게 미루다가 결국 방 안으로 들어왔다. 뽀로통해진 얼굴이었는데, 그는 옷장 안의 옷을 꺼내면서도 방 안에 도사리고 앉아 있는 박문수에게 인사를 하기는커녕 거들떠보지도 않았다.

괘씸하다는 생각이 든 박문수는 치밀어 오르는 화를 꾹 참으면서 노파를 불러,

"주인이 이렇게 냉대를 하니 더 있을 수가 없구려. 이만 가겠소."
라고 말하고는 자리에서 일어섰다.

당황한 노파가 그의 옷자락을 잡으며

"연소하여 사리를 알지 못하는 년이니 이해해 주시구려. 진지가 다 되었으니 잠깐 앉아서 잡숫고 가시오."
라고 애원했지만 뿌리치고 밖으로 나섰다.

그런데 밖으로 나오고 보니 갈 곳이 없었다. 그래서 잠깐 망설이던 박문수는 옛날의 그 물 긷는 일을 하던 비자의 집을 찾아가게 되었다.

그 비자는 그 때처럼 물 긷는 일을 하며 두 간이 될까 말까 하는 작은 오막살이에서 살고 있었다.

마침 물동이를 이고 돌아오던 비자는 자기 집 앞에 우두커니 서 있는 박문수를 한참 동안 뚫어지게 쳐다보더니 이윽고 "야릇한 일도 다 있네!" 하고 중얼거렸다.

그래서 박문수가 장난삼아

"왜 나를 보고 이상하니 어쩌니 하는 것이냐?"
하고 물었더니 그 비자가 얼떨떨해 하며,

"손님의 모습이 전에 여기에 계시던 박 서방님과 흡사하기에 하도 이상해서 하는 소리입니다."
하고 대답했다.

그제서야 박문수는,

"내가 바로 그 사람이다."
라고 자신의 신분을 밝혔다.

그러자 비자는 황급히 물동이를 땅바닥에 내려놓더니 박문수의 손을 꽉 잡고

"이게 도대체 어떻게 된 일입니까?"
하고 울음 섞인 목소리로 말하면서 집안으로 데리고 들어갔다.

방에 들어가 자리를 정하고 앉은 박문수는 울음을 멈추지 못하면서 걸객이 된 사연을 묻는 비자에게 조금 전 기생의 어미에게 해 주었던 것과 똑같은 이야기를 해주었다.

그랬더니 비자는,

"세상에 이럴 수가…… 쉰네는 서방님이 크게 되실 것이라고만 믿고 있었는데…… 이렇게 되실 줄은 꿈속에서도 생각지 못했습니다."
하며 한참동안 계속해서 울었다.

그리고는 시렁 위에서 너저분한 상자 하나를 내려놓고 뚜껑을 열었는데, 그 안에는 종이로 싸고 다시 보로 싼 보퉁이가 있었다. 비자는 종이를 벗기고 그 안에 있는 명주 옷 한 벌을 꺼내더니 갈아입으라고 권했다

"이 옷이 어디서 났느냐?"

박문수가 은근히 놀라면서 묻자 비자가 수줍어하면서 대답했다.

"쇤네가 물을 길어서 모은 돈으로 옷감을 떠서 바느질 잘 하는 이에게 삯을 주고 꾸며 놓은 것이에요. 서방님을 다시 만나면 드리려고 고이 간직해 두었던 것이랍니다."

"그…… 그래?"

박문수는 그가 그렇게 마음을 써 준 것이 여간 고맙지 않았다. 하지만 그 옷을 당장 갈아입을 수는 없는 입장이었기에 말했다.

"너의 정상은 고맙지만, 지금은 당장 입을 수가 없구나. 내가 이렇게 다 떨어진 옷을 입고 왔는데 갑자기 새옷으로 갈아입고 나가면 사람들이 괴이하게 여길 것이 아니냐. 나중에 입을 테니 그냥 놔 두어라."

"예."

비자는 순순히 보퉁이를 다시 싸서 시렁 위에 올려놓고는 부엌으로 들어갔다. 그런데 잠시 후에 비자가 누구를 꾸짖는 것 같은 소리가 들리고 잇달아 그릇이 깨지는 소리가 들렸다.

이상하게 생각한 박문수가

"무슨 일이냐?"

하고 소리치자 비자가 부엌에서 나오면서 대답했다.

"귀신을 꾸짖어 내쫓았습니다."

"귀신을 내쫓다니?"

"서방님이 서울로 올라가신 후 쇤네가 신위(神位: 죽은 사람의 영혼이 의지할 자리)를 모셔 놓고 아무쪼록 입신양명하시도록 해주십사고 조석으로 축원을 드렸는데 효험이 없어 서방님이 그 모양이 되셨으니 귀신이 다 무슨 소용이 있나이까. 그래서 방금 그릇을 깨고 모두 불살라 버린 거랍니다."

"뭐?"

박문수는 '너의 축원 덕분에 내가 암행어사가 된 것이었구나!'라고 말하고 싶었지만 그럴 수가 없어서 답답했는데, 어쨌든 간에 비자가 그토록이나 자기에게 마음을 써준 것이 무척이나 고마웠다.

그날 밤, 비자가 정성껏 차려다준 저녁밥을 맛있게 먹은 박문수는 깨끗하게 치장하고 들어온 비자와 다시 한 이불 속에서 베개를 나란히 하고 누웠다.

다음 날 먼동이 틀 무렵에 일어난 박문수는 아침밥을 재촉해서 먹고는 볼 일이 있다면서 비자의 집에서 나왔다. 그리하여 역졸들을 배치시켜 놓고는 촉석루 아래로 가서 몸을 숨겼다.

이윽고 관속들이 나타나 쓰레질을 하고 자리를 펴느라고 한참 서둘러대더니 조금 있다가 병사가 오고, 본관이 나타나고 뒤이어 이웃 고을의 수령들이 모여들기 시작했다.

그들이 제각기 자리를 정하는 것을 본 박문수는 스윽 나타나 상좌에 앉아 있는 병사를 바라보며 말했다.

"길 가는 길손이오. 이 성대한 모임에 참여코자 하는데 어떠시오?"

그러자 병사가 매우 불손한 태도로 대답했다.

"어디 한 모퉁이에 앉아 구경이나 하구려."

술자리가 차츰 흥겨워지고 풍류 소리가 유량하게 울리기 시작했다. 박문수가 괘씸하게 여기는 기생은 본관 뒤에 서 있었는데, 화려한 옷

차림 때문인지 자태가 한층 더 아름다워 보였다.

　병사가 그 기생에게 잔을 올리라고 분부하자 앞으로 나와 상좌에서부터 시작하여 차례대로 잔을 올렸다. 그런데 박문수 앞에 이르자 잔 올리기를 멈추었다. 그러니 박문수가 가만히 있을 리가 없었다.

　"이 손도 술을 마실 줄 아니 한 잔 부어라."

　그 소리를 들은 병사가 한 잔 주라고 기생에게 이르자 기생은 할 수 없이 술잔에 술을 부어서 아는 사람에게 주며

　"저 손에게 전해 주시와요."

라고 말했다. 그러자 박문수는,

　"나도 남자라 기생의 손으로 주는 술을 먹고 싶으니 직접 주는 게 어떠냐?"

하며 빙그레 웃을 뿐 술잔을 받지 않았다. 그러자 보고 있던 본관이 슬그머니 화가 나는지,

　"주는 술이나 마실 것이지. 기생은 무슨 기생이야?"

라고 한 마디 했고, 박문수는 그제야 껄껄 웃으면서 술잔을 받아 단번에 들이켰다.

　음식상이 한 상씩 나오기 시작했다. 그런데 모두 진수성찬으로 차려졌는데, 박문수의 상에는 나물 등속이 두어 접시 놓여져 있을 뿐이었다.

　박문수는 갑자기 상좌를 향해 소리쳤다.

　"다 같은 양반인데, 어째서 이렇게 음식에 층하가 있어야 하오?"

　본관은 결국 노해서 소리쳤다.

　"장자(長者: 윗어른)들이 노는 곳에 와서 왜 그렇게 번잡하고 추접

스럽게 구는가? 얼른 먹고 갈 것이지 무슨 잔소리가 그렇게 많으냐?"

그러자 박문수도 큰 소리로 말했다.

"나는 장자가 아니고 어린아이로 보이오? 처자가 있고 수염이 이렇게 긴 사람이 어린아이로 보인단 말이오?"

"아니, 저 걸객이 예의범절도 모르고…… 어서 물러가지 못할까?"

노발대발한 본관은 다시 통인들에게 호령했다.

"당장 끌어내라."

하지만 박문수는 눈썹 하나 까딱하지 않으며 빈정거렸다.

"그러지 말고 본관이 나가시오."

"그 미친놈을 왜 끌어내지 못하느냐?"

본관이 추상같이 호령하자 통인들이 소매를 걷고 박문수에게 덤벼들었다. 그 순간 벼락같은 박문수의 목소리가 그들을 질타했다.

"네 이놈들, 썩 물러서지 못할까?"

그 말이 채 끝나기도 전에 문 밖에서,

"암행어사 출두야!"

"암행어사 출두야!"

하는 요란한 소리가 갑자기 산천을 뒤흔들더니 이어서 역졸들이 함성을 지르면서 안으로 몰려들어왔다. 그 서슬에 병사 이하 모든 사람들은 갑자기 얼굴이 새파래지며 마치 청천벽력을 맞은 것처럼 혼비백산하고 말았다.

술자리는 삽시간에 수라장이 되고 사람들은 모두 구멍을 찾는 쥐새끼들처럼 갈팡질팡하며 갈피를 잡지 못했다.

"진작 그렇게 물러갈 것이지."

박문수는 차가운 어조로 말하면서 가운데로 나가 병사가 앉았던 상좌에 앉아 공무를 집행하기 시작했다. 병사 이하 각 고을의 수령들이 의관을 바르게 하고 한 사람씩 현신한 뒤에 박문수는 그 기생을 잡아오게 하고 그의 어머니도 부른 뒤에 말했다.

"몇 해 전에 너와 내가 나누었던 정이 어떠하였더냐? 산이 무너지고 바다가 마르도록 변하지 않겠다고 약속했는데, 내가 비록 이런 모양을 하고 왔기로서니 네가 나를 그렇게 괄시할 수가 있느냐? 전날의 정을 생각해 좋은 말로 한 마디 위로한다고 해서 네게 큰 손실이 될 것이 없는데, 오히려 성을 내고 거들떠보지도 않으니 '동냥도 안 주면서 쪽박을 깬다.'는 속담은 바로 너를 두고 하는 말이렷다. 네 소행은 죽여야 마땅하지만, 너 같은 계집년을 죽여 봤자 득이 될 것이 없으니 때려서 인간의 도를 알게 할 것이니 그리 알아라."

이어서 박문수는 그의 어머니에게,

"네가 약간이나마 인사를 차릴 줄 알았기에 네 딸을 살려 두는 것이다."

라고 말하고는 약간의 쌀과 고기를 주게 했다.

그리고는 또 물 긷는 비자를 불러오게 했다. 비자가 마루 위로 올라오자, 박문수는 다정하게 그의 어깨를 어루만지며,

"너는 진정으로 정을 아는 여자이니 내가 기특한 그 마음씨에 보답하겠다."

라고 말하고는 기안에 그의 이름을 올려 행수 기생을 시키는 한편, 앞

의 기생은 물을 긷는 비자로 만들었다.

그런 다음 다시 본부의 이방을 불러 돈 이백 냥을 가지고 오게 하여 새 행수 기생에게 주어 비천한 비자의 지성에 보답하고 서울을 향해 떠났다.

더욱 높아진 명성

어느 날 영조가 박문수를 불러

"요즈음 영남 일대의 민심이 소란하다는데, 그것을 잠재울 수 있는 묘안이 없는가? 경이 한번 생각해 보라."

하고 말하자, 박문수가 그 자리에서 아뢰었다.

"백성들의 마음을 안정시킬 수 있는 방법은 옥사(獄事: 살인이나 반역의 중대한 범죄)를 올바르게 바로잡는 것이라고 생각하옵니다."

"하지만 누가 감히 그 일을 감당할 수 있을 것인가?"

"소신이 비록 미력하오나 힘써서 그 일을 한번 해볼까 합니다."

"그래?"

영조는 그날로 당장 박문수에게 '영남별견감진어사'라는 직책을 내렸고, 박문수는 폐포파립으로 영남지방을 향해 떠났다.

당시에 지방관들이 행하는 모질고 나쁜 짓은 매우 심했다. 그 중에도 군대를 양성하는 영문에서 요미(料米: 관원에게 급료로 주던 쌀)를 이용하여 백성들을 괴롭히는 일이 특히 성했다.

즉 봄에 요미를 백성들에게 빌려주었다가 가을에 장리(長利: 꾸어준 곡식의 절반에 해당하는 이자)를 받는 행위였다. 백성들이 제 때에 갚지 못하면 잡아다 가두고는 했는데, 그 같은 행패가 지나칠 정 도였다. 박문수는 그 같은 일이 계속되는 것을 방지하기 위해 그들을 중벌에 처했고, 그때부터 요미를 이용해서 이득을 취하는 악행이 없어 졌다.

박문수는 푸른 산 위에 떠 있는 구름을 바라보면서 영천(永川)을 거 쳐 천년 고도인 경주에 들어섰다. 그리고 민심을 살피면서 의령(宜寧) 을 지나 진주 감영에서 여러 날을 묵은 뒤 산의 자태가 수려하기로 이 름난 산청(山淸) 고을로 들어섰는데, 때는 바야흐로 봄이라 그가 이르 는 곳마다 복숭아꽃과 살구꽃이 만발해 있었다.

산청 고을에서 원을 찾아갔더니 원은 벌써 그가 암행어사라는 것을 눈치 챘는지 대접이 융숭했다.

그래서 박문수는 우선 공사를 끝내려고 크고 작은 문부들을 열람하 게 되었는데, 새터(新基)에서 사는 최 진사의 자부(며느리) 살해 사건 이 일어난 지 반년이 지났는데도 결말을 내지 않고 그대로 묵혀 두고 있었다. 따라서 박문수는 옥사를 밝히는 것이 어사로서 행각하는 목적 이었기에 내용을 읽어 보았더니 다음과 같았다.

'새터에서 사는 최 진사 공석(公奭)이 자부를 범하려다가 응해 주지 않자 겁탈하고 살해했다. 하지만 본인 및 동네사람들이 인정하지 않으 므로……'

"괴변이로군! 며느리를 겁탈하다니, 세상에 별 해괴한 일이 다 있다는 말인가!"

박문수가 중얼거리자, 그 말을 들은 산청 원도 혀를 차면서 말했다.

"그렇습니다. 하지만 본인이 펄쩍 뛰면서 부인하고 동네사람들도 역시 그럴 리가 없다면서 등장(等狀: 여러 사람이 연명으로 관청에 무엇을 호소하는 일)하러 왔습니다. 그래서 아직까지 감영으로 보내지 못하고 있습니다."

"흐음, 그래요?"

"진주 감영으로 넘어가면 처참이 됩니다. 그래서 혹시 진범이 나오지 않을까 하는 생각에 차일피일 날짜만 끌고 있는 중입니다."

"그렇다면 내가 좀 조사해 볼 테니 그 최 진사라는 사람을 잠시 방면해 주시오."

"그렇게 해 드리겠습니다. 방면해도 도주할 위인은 아닌 것 같으니까요."

"하지만 항상 감시하시오. 무슨 일이 또 생길 지 알 수 없으니……"

잠시 후 옥으로 간 박문수는 그 최 진사라는 사람을 멀리서 바라보았다. 그런데 그의 얼굴은 약간 여위기는 했지만 크게 어두운 빛이 없었다. 최 진사는 다음 날 집행을 유예한다는 구실 아래 방면되었다.

그로부터 며칠 후 저녁때, 걸객 차림의 박문수가 최 진사의 집으로 찾아가 하룻밤 자고 가게 해 달라고 청했더니, 그는 그렇게 하라고 대답하며 간솔하게 술상까지 차려다 주었다. 그리고는 근심스러워하는 얼굴로 길게 한숨을 쉬었다.

"주인영감, 무슨 걱정거리라도 있습니까?"

박문수가 슬쩍 물어보았더니 최 진사는 희미하게 미소를 지으며

"아, 아닙니다. 어서 술이나 드시지요."

하고 얼버무렸다. 하지만 이내 생각이 바뀌었는지 입을 열어 말하기 시작했다.

"손님, 내 이야기를 잠깐 들어보시겠소?"

"그러지요."

"지난 3월 초였지요. 고개 너미 마을에 우리 삼촌이 살고 있는데, 그날은 삼촌이 며느리를 얻는 날이었습니다. 그래서 내 아내는 며칠 전부터 그 집에 가서 일을 봐주고 있었습니다. 아들놈도 역시 그 집 일을 봐주느라고 전날부터 가 있었습니다."

"친척집에 혼사가 있으니 당연히 그렇게 하셨겠지요."

박문수가 대꾸해 주자 최 진사는 갑자기 흥분이 되는지 술을 따라서 자기도 한 잔 마시고는 이야기를 계속했다.

"그런데 나도 그날 한번 가 보기는 해야겠는데 마누라가 와야 내가 대신 가지요. 그래서 기다리다 못해 며느리에게 '네가 좀 가서 시어머니를 모시고 오너라.' 하고 말했더니 그 애가 '제가 집에 있을 테니 걱정 말고 다녀오세요.'하는 겁니다. 그래서 젊은 며느리만 놔두고 가는 것이 마음에 걸렸지만, 설마 대낮인데 무슨 일이 있으랴 싶어서 '그럼, 얼른 다녀오마.' 하고서 고개 너머로 가지 않았겠습니까. 그런데 며느리만 두고 가는지라 금방 돌아오겠다고 말은 하고 갔지만, 세상의 일이라는 것이 어디 말한 대로 됩니까. 삼촌과 술 한 잔을 나누다보니

시간이 꽤 지났습니다. 그래서 뒤늦게 서둘러서 돌아와 안을 향해 '아가야–' 하고 불렀는데 대답하는 소리가 없었습니다. 그래서 '아마 봄철이라 나른해져 낮잠을 자나보다'하고 생각하며 다시 불러보았지만, 그래도 대답이 없기에 방문을 열고 보았더니 며느리가 목에 시퍼런 단도가 박힌 모습으로 쓰러져 있었습니다. 세상에 이런 괴변이 어디에 또 있겠습니까?"

"그래서 어찌 되었습니까?"

"우선 목에 박혀 있는 칼을 뽑아주고, 혹시 숨이 있지 않나 하고 가슴에 손을 대 보았는데 온기가 전혀 없더군요. 이미 시체가 되어버린 겁니다. 그런데 때마침 밖에서 누가 찾기에 나가 보니 옆집에서 사는 복남이 어멈이 왔더군요. 그래서 여자가 며느리의 시체를 보게 되었고 멋대로 주둥이를 놀린 바람에 내가 한동안 큰 고생을 했소이다."

"허어, 그런 일이 있었군요. 하지만 죄가 없다면 걱정하지 않으셔도 됩니다."

"걱정하지 않아도 된다고요? 방금 내가 말하지 않았소? 죄도 없이 여러 날 동안 옥 안에서 신음하다가 며칠 전에 나왔다니까요."

"공연히 고생을 많이 하셨군요. 하지만 진범이 잡히겠지요."

"그렇게 되기만 하면 얼마나 좋겠습니까? 며느리를 잃은 것만도 원통한데 나는 더러운 누명을 쓰고, 관가에서는 진범이 누구인지 알지도 못하고 있으니 도대체 어떻게 해야 좋을지 모르겠습니다."

박문수와 최 진사는 저런 얘기를 계속하다가 밤이 이슥해져서야 잠자리에 들었다.

다음 날 아침 박문수는 의문의 며느리 겁탈 사건을 어떻게 해야 풀 수 있을까 하고 걱정하면서 그 동네를 떠났다. 그가 암행어사로서 해야 할 다른 일들이 많기 때문이었다.

얼마 후에 그가 들어선 곳은 합천(陜川) 땅이었다.

합천읍 근처의 창말에는 예로부터 곳집[庫家]이라고 하여 나라의 곡식을 저장하는 곳이 있어서 사람들이 많이 모여들었다. 때문에 몇 집안 되는 주막들은 순대국과 술을 파느라고 항상 비빴다.

박문수는 창말에서 순대국을 한 그릇 사 먹고 앞에 있는 산을 넘어갔는데 양쪽으로 갈라지는 길 한쪽에서 중 한 사람이 불쑥 나타났다. 키는 칠 척이나 되었고, 얼굴은 붉은 기운을 띠었는데 힘깨나 쓸 것 같아 보였다. 머리엔 송낙(송라로 짚주머리 모양으로 만든 여승이 쓰는 모자)을 쓰고, 등에는 바랑을 메고 목탁과 염주를 들고 있었다. 하지만 자비스러운 빛은 어디에서도 찾아볼 수 없고, 그의 얼굴은 험상궂고 무서워 보이기까지 했다.

그는 박문수를 완전한 걸인이라고 생각했는지,

"여보게 길손, 어디까지 가는가?"

하고 하대를 하며 말을 걸었다. 때문에 박문수는 어이가 없었지만 내색하지 않으며 대답했다.

"소인이야 먹고 사는 거지이니 정해 놓은 갈 곳이 있겠습니까? 바람 부는 대로 물결치는 대로 갑지요."

"허어, 거지치고는 말 한번 잘 하는군. 그렇다면 저 앞에 있는 주막까지 함께 가세."

"그렇게 하십시다. 그런데 중님은 어느 절에 계신지요?

"예끼, 무식한 사람. 중님이 뭔가, 대사님이라고 해야지."

"잘못되었다면 용서합쇼. 대사님께서는 어느 절에 계십니까?"

"나는 합천 해인사(海印寺)에 있네."

"아, 그러십니까? 소생은 정처없이 떠돌아다니는 김 가라는 사람이 올시다. 앞으로 많이 애호해 주십시오."

"어, 그래? 그렇다면 나와 함께 다녀보세. 내가 시주를 많이 얻으면 좀 나눠 주겠네."

"그런 걱정은 하지 마십시오. 나눠 주시지 않아도 제가 먹고 살 것은 있습니다."

"허어, 이 사람 보게. 거지에게 무슨 돈이 있단 말인가?"

"대사님 주머니 속에는 돈 대신 이가 그득할지 모르지만, 내 주머니 속에는 항상 돈이 떠나지 않고 있습니다."

"그래?"

그 소리를 들은 중은 씨익 웃으면서 주막에 이르면 술을 한 잔 사 달라고 졸랐다. 때문에 박문수는 공연한 소리를 했다고 생각하며 후회했다. 그러나, 한편으로는 그 중을 괘씸하게 여기며,

"대사님들도 술을 자시나요? 5계에 불음주라는 것이 있다던데 파계승이 되시려는 겁니까?"

하고 빈정댔더니 중은 비윗살 좋게 대꾸했다.

"여보게, 중은 인간이 아니란 말인가? 술과 고기는 산문(山門) 안에

서만 금하는 것이니 속세에 나와서는 먹어도 괜찮아. 걱정하지 말고 어서 술이나 사 주게."

두 사람은 해가 서산에 기울 무렵에야 주막에 당도했다. 중은 그곳에서 술 두어 되와 돼지고기 안주를 배불리 먹었는데, 권커니 잣거니 하면서 마신 바람에 박문수도 상당히 취했다. 그리하여 두 사람은 정다운 길손들처럼 그 주막에서 함께 하룻밤을 잤다.

다음 날 아침에 그 중은 해인사로 돌아간다면서 박문수에게 함께 가자고 했다. 그러자 박문수는 해인사 구경을 헤 두는 것도 그다지 해롭지 않은 일이라고 생각하며 그 중과 동행하여 길을 떠났다.

그 동안 두 사람은 매우 친해져 할 말 못할 말을 가리지 않고 나눌만한 사이가 되어 있었다. 아침 해가 제법 높이 떴을 때 출발했기에 걷기 시작한지 얼마 지나지 않아 점심때가 되었고, 때마침 주막도 만났기에 두 사람은 다시 얼큰해지도록 술을 마셨다.

술이 취한 두 사람은 길가의 나무 그늘에 앉아 쉬면서 다시 말장난을 하기 시작했다. 먼저 중이,

"자네들, 거지들도 돈이 생기면 오입(悟入: 외도)을 하러 다니는가?"

하고 묻자, 박문수는

"아무렴, 인간은 다 마찬가지지."

하고 대답하고는 허장성세를 보이느라고 계속해서 말했다.

"우리들 거지는 세상에서 무서울 것이 없다네. 우리는 돈이 생기면 잘 쓰고, 잘 놀고, 잘 마시지. 그래서 거지노릇을 사흘만 하면 거지노릇을 그만둘 수가 없어. 하지만 자네들 중은 돈이 생겨봤자 뭘 하나. 오

입 한 번 못하니……"

"이 사람아, 부처님의 제자가 오입을 하다니, 그게 될 법이나 한 말인가. 불제자는 항상 몸을 단정히 가져야 하는 법일세."

"그래서 오입을 한 번도 못해 봤단 말인가? 중들은 탁발하느라고 아무 집이나 마구 드나드니까 오입을 많이 해봤을 텐데."

박문수는 중의 입에서 침이 질질 흐르도록 자기가 오입한 이야기를 거짓으로 그럴싸하게 꾸며댔다. 그것은 물론 술과 고기를 먹는 중을 놀리기 위해서였다. 그런데 그처럼 싱거운 장난이 전혀 예상치 못했던 결과를 향해 치닫고 있었다. 듣고만 있던 중이 씨익 웃으며,

"여보게 사실은 말이지. 나도 젊은 색시와 한 번 놀아본 적이 있다네."

라고 말한 것이다. 때문에 박문수는 본능적으로 이상해지는 기분을 느끼며 대화를 이어갔다.

"허어, 자네는 역시 내가 생각했던 것처럼 천하의 못된 돌중이었군!"

"아니야. 그런 게 아니라 나 같은 대사는 그런 짓을 해도 아름답고 깨끗한 인과를 가져오게 된다네. 그래서 내가 시골에 가면 촌색시들이 나를 보려고 야단이지. 그리고 목청 좋게 다라니를 외우면 색시들이 사방에서 모여든단 말이야."

"거짓말을 잘도 하는군. 자네 같은 중놈이 어디가 잘 났다고 색시들이 모여든단 말인가?"

"흐흐흐, 모르는 소리하지 마. 지난봄에 내가 산청의 어느 마을에서 물이 고운 색시 하나를 보았는데 아름답기가 월궁의 향아야. 그 집에 여러 번 드나들었기에 그 색시를 눈여겨 볼 수 있었지."

"그러니까 얼굴만 보고서 놀아본 적이 있다고 말하는 거야? 손목 한 번 잡아보지도 못했으면서?"

"흥, 왜 못 잡아봐? 등신이 아닌 담에야 보고 있을 수만은 없잖아. 그 색시의 손목이 참 보드랍더구먼……"

"이런 흉측한 놈, 중놈이 남의 색시 손목을 잡았단 말인가? 거짓말이지?"

"거짓말이 아니야. 내가 한 번 행차하면 그집 마누라가 너무나 좋아서 죽을 정도로 반겼다니까."

"그래? 그럼 자세하게 말해 봐."

박문수가 충동질하자, 그는 신이 나서 다시 입을 열었다.

"내가 그 집에 갔는데 마침 아무도 없는지 집안이 조용하더란 말이야. 그래서 슬그머니 안으로 들어갔는데 여전히 조용하더군. 그런데 안방 앞까지 갔더니 방문이 사르르 열리면서 그 색시가 나오지 않겠나?"

"그래서?"

"눈 딱 감고 손목을 잡았지. 그랬더니 홱 뿌리치고 방 안으로 들어가지 않겠나."

"그래서?"

"그걸로 끝났어."

"쯧쯧, 그걸로 끝났다니. 나 같으면 강제로라도 욕심을 한 번 채웠을 텐데……"

"부처님의 제자가 그럴 수야 있나."

"그래서 어떻게 되었어?"

"그렇게 끝났다니까."

"새빨간 거짓말, 그렇게 끝날 수가 있나. 이제 보니 돌중도 못 되는 등신이었군."

박문수가 다시 충동질을 하자, 그 중은 한참동안 뭔가 생각하는 표정을 짓다가 좌우로 몸을 흔들면서 말했다.

"실은 말이야. 방 안으로 따라 들어가 그 색시의 손목을 지긋이 잡았지. 그랬더니 반항을 하더군. 그래서 마구 덮치면서 옷을 벗겼더니 울음을 터뜨리더군. 그래서 울지 말라고 달래면서 근사하게 한 번 문질러 주었지."

"그렇게 끝난 거야?"

"그래."

"그 동네 이름이 뭔가?"

"산청의 새터라는 마을이었어."

"혹시 최 진사 댁이 아닌가?"

"아니, 자네가 어찌 그집을 아는가?"

"어찌 알긴, 나는 얻어먹으며 조선 팔도를 돌아다니는 사람이니 별곳엘 다 가지. 그집 제사 때 밥을 얻어먹었기에 잘 기억하고 있지."

"그래?"

"그집 주인이 며느리를 건드렸다더군."

"그래. 바로 그집이야."

"최 진사가 며느리를 겁탈하려다가 듣지 않아 죽인 죄로 잡혀 갔다던데……"

"잡혀 가다 뿐인가, 아마 벌써 처참되었을 걸."

"글쎄……"

박문수는 우연히 만나게 된 그 중이 바로 진범이라는 단정을 내리고 해인사까지 함께 갔는데, 그는 가는 동안 오만 가지 음담패설을 다 늘어놓았다.

해인사에 도착한 박문수는 그 중의 이름과 신상에 대한 것들을 모두 알아내서 기록하여 합천읍으로 달려가 암행어사 출두를 하고 포교들에게 명령했다.

"해인사에 가서 혜해(慧海)라는 이름을 가진 중놈을 포박해 오라. 그놈의 힘이 천하장사이니 십여 명이 가야 할 것이다."

포교들은 나는 듯이 해인사로 달려갔다. 그리고 한참 동안 싸운 끝에 혜해를 포박해 왔다. 하지만 박문수는 그를 문초하지 않고 산청으로 압송해 버렸다.

박문수는 그로부터 사흘 후에 산청읍에서 어사출두를 했다. 그리고는 동헌에 좌기하여 꿇어앉은 중놈을 되게 치죄하라고 명령했다. 그러자 집장사령들이,

"예이-"

하는 소리를 길게 뽑으며 치도곤으로 중을 치기 시작했다. 하지만 중은 완강하게 부인하며 범행을 자백하지 않았다.

하지만 어사 박문수가

"너는 지난 3월에 산청마을에서 사는 최 진사의 며느리를 겁탈하려다가 뜻을 이루지 못하게 되자, 칼로 찔러서 죽였다. 그렇지? 이놈, 얼

굴을 바로 들고 나를 봐라."

하고 말했다.

　그러자 중 혜해는 고즈넉하게 머리를 들어 동헌 마루에 높이 앉아 있는 박문수를 보더니 소스라치게 놀랐다. 그리고는 긴 한숨을 쉬면서 말했다.

　"내가 죽을 때가 되어서 너무나 큰 잘못을 저질렀습니다. 한 번만 살려 주십시오. 천한 몸이 불같은 야욕을 이기지 못해 이렇게 큰 죄를 짓고 말았습니다. 한 번만 용서해 주시면 개과천선하여 고인의 명복을 빌겠습니다."

　하지만 박문수는 그 소리를 들은 척도 하지 않으며

　"이놈, 아가리를 닥쳐라. 그리고 저승 염라국에 가서나 선량한 백성이 되어라. 죽일 놈, 네놈 때문에 얼마나 많은 사람들이 고생을 했는지 아느냐?"

라고 일갈하고는 그를 그날로 진주 감영으로 호송하게 했다.

　박문수는 억울한 누명을 쓰고 하마터면 망나니의 칼에 목이 잘릴 뻔한 최 진사의 목숨을 구해 주었는데, 그가 행한 이 같은 밝은 옥사로 인해 영남 일대의 인심은 모두 정부를 신뢰하게 되었으며, 어사 박문수의 이름은 더욱 높아졌다. 또한 영조 임금은 박문수가 행한 기특한 수사담을 듣고는 한층 더 그를 총애하게 되었다.

　박문수가 다시 암행어사가 되어 영남 지방에 내려갔을 때 심한 장마가 졌는데 동해안에 가옥과 세간살이가 떠내려오기 시작하더니 그것들이 바다를 뒤덮을 정도가 되었다.

그러자 보고를 받은 박문수는 그것들이 강원도나 함경도 지방에서 떠내려온 것이 틀림없다고 생각하고 이재민들을 구호하기 위해 제민창에 저장해 두었던 곡식 삼천 석을 징발하여 배에 실어 보내면서 임금에게 서면으로 보고할 계획을 세웠다.

그러자 경상도의 관원들은 조정의 명령도 받지 않고 마음대로 곡식을 보냈다가 나중에 책임을 추궁당하면 어떻게 하느냐면서 반대하는 등 이론들이 분분했다.

하지만 박문수는

"지금 북도의 백성들이 집과 세간을 잃고 굶주리며 죽어가고 있는데, 어느 여가에 명령이 내려오기를 기다리고 있겠느냐? 그들을 살릴 수 있는 길은 오직 영남의 곡식을 보내는 수밖에 없다."

라고 주장하면서 곡식을 보냈다.

거의 기아선상에서 헤매고 있던 북도의 백성들은 구호양곡을 가득 실은 배들이 깃발을 날리며 바다에 나타나자 환호성을 질렀다. 그리하여 수재를 입은 관북지방 십여 고을의 백성들이 살아나게 되었던 것이다.

후에 그들은 박문수에게서 입은 은혜를 잊지 못해 함흥 만세교 다리 앞에 송덕비를 세워 그의 공을 찬양했다. 그리하여 전국에서 어사 박문수를 모르는 사람이 없을 정도가 되었다.

"박문수는 이인(異人)이니라"

　영조 임금이 치세한 반 세기 동안 노론과 소론은 서로 걸고 틀고 하면서 치열하게 싸웠다.

　그러던 중 노론의 영수였던 조태채가 소론의 김일경과 목호룡 등에 의해 피살된 후 그의 아들 3형제인 정빈·관빈·겸빈은 소론의 인사들을 뱀이나 전갈을 보듯이 대했다. 그들이 아버지를 죽인 원수였기 때문이다. 그들 중에서도 둘째인 조관빈은 같은 조정에서 벼슬을 하고 있으면서도 소론의 인사들에게 인사조차 하지 않았으며, 기회만 있으면 서로 잡아먹으려고 했다.

　그러던 중 조관빈이 참형을 당하게 되었을 때 박문수가 강력하게 반대하여 살려준 뒤부터 어느 정도 서로 융합되는 기미가 있었다. 하지만 서로 왕래하면서 경조 상조할 정도는 아니었다.

　영조 19년에 조태채의 아들 3형제가 모두 벼슬길에 들어섰는데 조관빈의 형인 정빈이 갑자기 세상을 떠났다. 그러나 함께 정부에 있었던 동료가 죽었으니 모두 조문을 함직도 했지만, 소론들 중에 얼굴을 내

미는 사람이 없었다.

하지만 박문수는 상대방이 싫어할 것을 뻔히 알면서도 문상을 갔다. 그 때 관빈과 겸빈은 함께 상가에 있었지만, 박문수를 거들떠보지도 않았다. 때문에 박문수는 속으로 매우 괘씸하게 생각했지만 어떻게 할 수가 없었다. 그래서 사랑에 있는 그집의 청지기에게,

"비록 서로 불목하는 사이라 해도 나는 돌아가신 조태채 대감뿐만 아니라 예조 판서를 지낸 조 대감도 잘 알기 때문에 조상 왔다고 전해라." 하고 말했다. 그랬더니 청지기가 안에 들어갔다가 나와서 말했다.

"안에 계신 대감께서 조상을 받지 않을 테니 도로 회정하시라고 말씀하셨습니다."

하지만 짓궂은 박문수는 그래도 그곳을 떠나지 않고 다시 말했다.

"비록 조 씨 댁과 우리가 원수 사이라고 해도 동조 출사했으니 옛날의 친구가 죽었는데 어찌 곡을 하지 않고 돌아갈 수 있겠는가. 들어가서 그렇게 전하라."

그랬더니 청지기가 다시 안으로 들어갔다가 한참 만에 나와서 말했다.

"주인 상제님과 예판 대감께서 곡만 하고 가시랍니다."

"오냐. 그만하면 됐다. 나는 고인의 명복을 빌기 위해서 온 것이니까."

박문수는 결국 큰 사랑으로 들어가 하인들만이 지키고 있는 빈청에서 크게 곡을 하고 나왔다. 그런데 그는 다시 청지기에게 물었다.

"여봐라. 고인의 영구가 어디 있느냐?"

"아직 입관은 하지 않았습니다. 오늘에야 겨우 관을 만들었기에 내

일쯤 입관하려고 합니다. 관은 지금 빈청에 있습니다.”

“아, 그래? 옷칠을 한 검은 관이 바로 그것이구나?”

“그러하옵니다.”

“그런데 내가 보니 그 관이 아무래도 이상하다. 그러니 네가 들어가 그 관을 가지고 나오너라.”

“그런 말씀은 하지 마십시오. 해괴합니다.”

“딴 소리 하지 말고 빨리 가져 오너라.”

“절대로 그렇게 할 수 없습니다.”

안에서 그 소리를 들은 상제들은 펄펄 뛸 수밖에 없었다. 다른 사람도 아닌 원수로 여기는 자가 와서 난데없이 관을 내놓으라고 하니 당연히 시끄러워질 수밖에 없었다. 그런데 조관빈이 문득 큰 상제에게 말했다.

“애야, 그렇게 떠들지 말고 영구를 내다주라고 해라.”

그러자 큰상제가 또 한번 펄쩍 뛰며,

“숙부께서 왜 박문수 편을 드시는 겁니까? 죽어도 그렇게 할 수 없습니다.”

라고 말했다. 그러자 조관빈이 작은 소리로 다시 말했다.

“애야, 그런 것이 아니다. 아무래도 무슨 일이 있는 듯하니 어서 관을 내다주어라. 우리에게 해가 되는 일은 없을 것이다. 박문수는 이인이니라. 아무래도 빈청에서 뭔가 보고 나간 모양이니 어서 내 말대로 해라.”

“하, 하지만……”

얼마 후에 청지기가 관을 들고 마당으로 나왔다. 관을 살펴보던 박문수가,

"여봐라, 큰 도끼를 가져 오너라."

하고 말하자, 하인 하나가 뒤꼍으로 가서 도끼를 들고 왔다.

박문수는 다시 한참 동안 관을 이리저리 살펴보면서 손으로 이곳저곳을 만져보기도 했다. 그 동안 상가에 와 있던 사람들이 구경을 하려고 한 사람 두 사람 모여들었기에 온 마당이 그들먹했다.

이윽고 박문수는 아무 소리도 하지 않고 도끼를 들더니 기운차게 관을 내리쳤다.

"빠각—"

관은 부서지면서 두 조각이 되고, 여러 사람들이 놀라 떠들어대는 소리가 한꺼번에 일어났다.

하지만 별다른 일은 일어나지 않았다.

박문수는 다시 부서진 관을 한참동안 만지더니 도끼로 마구리(물건의 양쪽 머리)의 면을 들어냈다. 그리고 아래에 있는 판대기를 만져보더니 그곳을 다시 도끼로 내리쳤다. 그 순간,

"카앙_"

하는 쇳소리가 나면서 나무 속에서 너덧 치는 실히 되는 쇳조각이 튀어나왔다. 박문수가 그것을 주워 들고는 ,

"자아, 이걸 보아라."

하고 말하자, 구경하던 사람들이 모두

"과연 이인이다."

"그런 것이 있는 줄 어떻게 알았을까?"

하고 말하면서 칭찬했다. 그러자 박문수는 얼굴을 잔뜩 찌푸리면서 말했다.

"이 관을 짠 목수가 누구냐? 불러오너라."

청지기는 희한한 구경을 하게 되자 박문수를 우대하고 싶은 생각이 들었기에 자기가 직접 뛰어가 목수를 불러왔다. 목수는 두 손을 싹싹 비비면서 박문수 앞에 나타났다.

"여봐라. 네가 목수 노릇을 몇 해나 했느냐? 바른 대로 말해라."

"한 십 년 정도 됩니다."

"십 년씩이나 목수 노릇을 해 왔으면서 나무 속에 쇠붙이가 있는 것을 몰랐단 말이냐?"

"그저 황공무지로소이다."

"황송하다는 말만으로 해결될 수 있는 일이라고 보느냐? 이것은 옛날에 누군가가 생나무를 베다가 부러져 수십 년 동안 나무속에 있게 되었던 낫의 끝부분이다. 그런 것도 모르면서 고인의 만년 유택을 만드는 것이 불안하지 않았느냐? 어서 주상(主喪: 죽은 사람의 제전을 주장하여 맡아보는 사람)에게 백배 사죄해라. 그리고 관을 다시 만들도록 해라."

그 말을 들은 목수는 너무나 죄송하고 송구스러워 견디기 힘들다는 듯이 먼저 박문수에게 백배 사죄하고는

"대감의 분부대로 하겠습니다."

라고 말했다. 그리고 그제야 주상과 조관빈이 큰 사랑에서 나와 박문

수의 손을 잡으며,

"영성군 대감, 지금까지 우리가 잘못했습니다. 모두 소견이 좁은 탓에 그랬던 것이니 아무쪼록 용서해 주시오. 이인을 몰라 뵈었습니다."
라고 말하며 사과했다.

그러자 박문수는,

"그런 말씀 마시오. 과찬이십니다. 돌아가신 이우당(李憂堂: 조태채 대감)의 충성을 내가 모르는 바 아니오. 항상 선대감의 충성을 흠모했고 또한 억울하게 세상을 떠나셨다는 것을 알고 있습니다. 오로지 조정에서의 의견이 달라서 서로 얘기할 수 없었을 뿐이오."

이렇게 말하며 만류하는 주인의 손을 가볍게 뿌리쳤다. 그리고 진심에서 우러나오는 그들의 전송을 받으며 상가에서 나왔다.

그 때부터 수백 년 동안 고령(高靈) 박 씨 집안과 양주(楊州) 조 씨 집안 사람들은 서로 통하며 왕래하지는 않았지만, 어려운 일을 당할 때마다 서로 도와주고는 했다.

김영(金瑛)

청백리이면서 천 석의 재산을 모으다

정조가 어느 해 가을에 광릉(光陵)으로 거둥했는데 다락원에서 쉬고 있을 때 재미있는 사건이 시작되었다.

정조가 그때 마침 식사를 끝낸 뒤여서 운동 삼아 잠깐 걷고 있자니 바람결에 들려오는 와자한 소리가 있었다. 가마를 호위하는 무관들이 의막(依幕: 임시로 의지하여 거처하는 곳) 안에서 잡담을 나누는 소리였는데, 정조가 귀를 기울이고 듣자니 '제주 목사'니, '만고의 명관'이니, '청백리(淸白吏)니 하면서 떠들어대는 소리가 몇 마디 이어지다가 웃음판이 되어 버렸다.

정조가 '무슨 이야기를 하는 것일까?' 하며 궁금해 하고 있는데, 마침 의막 옆을 지나가다가 발을 멈추고 엿듣던 젊은 내시들이 웃으며 걸어오기에 이야기의 내용이 무엇이냐고 물었더니 그들 중의 하나가 대답했다.

"황송하옵니다. 무관들이 식사 중에 한담을 나누던 중에 우연히 제주 목사가 갈리게 된 이야기가 나오게 된 모양입니다. 그랬더니 김영이라는 자가 '딱한 작자들 같으니, 내가 만일 제주의 원으로 가면 만고의 명관과 청백리라는 소리를 들어가며 부자가 될 수 있단 말이야' 하면서 큰 소리로 웃더이다."

그러자 정조는 고개를 끄덕이며

"그래? 김영은 충분히 그런 허튼 소리를 할 수 있는 녀석이지."
하고 중얼거리면서 웃었다.

그로부터 며칠 후 정조는 병조 판서와 별군직에 있는 김영을 함께 입시하게 한 뒤에 김영에게 물었다.

"일전에 내가 광릉에 거둥했을 때 네 의막 안에서 한 말이 진담이었더냐?"

"황공하옵니다. 제가 그때 무슨 말을 했는지 잘 모르겠사옵니다."

"제주 목사에 대해서 이야기하지 않았느냐? 네가 만일 그곳의 목사가 되면 청백리로서의 치적과 함께 치부도 할 수 있다고 말했다지? 그렇게 말한 것을 잊었느냐?"

정조가 재차 묻자, 김영은 그제야 기억이 난다는 듯이 빠르게 대답했다.

"아, 아니옵니다. '제주의 원으로 갔다가 빈손으로 돌아오는 놈들은 못난 놈이다.'라고 분명히 말했습니다."

"흐음, 그래? 하지만 청백리가 되면서 치부도 한다는 것은 참으로 괴상한 말이다. 너를 그곳으로 보냈는데 한 가지도 이루지 못하면 어떻게 하겠느냐?"

"황송하오나 그렇게 되면 제 목을 바치겠습니다."

"진심으로 하는 말인가?"

"어느 존전이라고 제가 감히 거짓말을 하겠습니까?"

"그래? 병판도 옆에서 분명히 들었지?"

정조가 병조 판서 쪽으로 시선을 던지며 중얼거리자, 김영이 태연자약한 얼굴로 다시 말했다.

"제주의 원으로 간 제가 임기 중에 처음부터 끝까지 청백리로서의 좋은 치적을 올리지 못하거나, 백성의 재물을 한 푼도 빼앗지 않으면서 몇 백 석 내지 천 석 치부를 하게 되면, 그때는 죽임을 당해도 좋다고 감히 아뢰옵니다."

그 말을 들은 정조가 웃으면서

"네가 말은 쉽게 잘 한다만 그토록 경솔하게 다짐을 하는 것을 보니 불쌍하구나. 다시 잘 생각해 보아라."

하고 말했다. 하지만 김영의 말은 달라지지 않았다.

"황공하오나, 어전에서 한 말을 바꿀 수는 없사옵니다."

"그래? 그렇다면 할 수 없다. 네가 자원했으니 이 일에 대해서는 누구도 탓하지 마라."

정조가 즉시 병조 판서로 하여금 망통(望筒)을 올리게 하고는 김영을 제주 목사로 낙점하자, 김영은 그 자리에서 사은숙배와 함께 하직을 고하고 집으로 돌아와 부임할 준비를 서둘렀다.

하지만 김영은 경험이 많은 책실(冊室: 지금의 비서) 한 사람과 참모를 겸한 여종 한 사람과 상노(床奴: 밥상을 나르거나 심부름을 하는 아이) 하나만을 데리고 제주로 떠났다.

그런데 참모가 타고 가는 말의 부담롱(負擔籠: 물건을 담아서 말에 실어 운반하는 작은 농짝) 안에는 치자(梔子)물을 들인 밀가루 두 말이 들어있었다.

김영은 드디어 제주의 신임 목사로 부임했다.

전례에 따라 모든 행사와 절차를 끝낸 김영 사또가 업무를 보기 시작하자 전라 감사와 병사, 좌 우수사의 비밀 정탐꾼들이 온갖 재주를 부리면서 목사의 일거일동을 감시했다.

하지만 김영은 조금도 아랑곳하지 않고 목사로서 해야 하는 일만 열심히 했다.

그의 일상생활은 조금도 흠잡을 데가 없었다. 그는 여종에게 개인적인 돈을 주어 쌀과 반찬을 사다가 음식을 만들게 하여 아침에는 밥, 저녁때는 죽을 먹었으며 관아의 사람들을 따로 부리지 않았다. 뿐만 아니라 한라산이나 용연, 서귀포로 단 한 번도 놀러가지 않았고, 한 잔 술도 마시지 않고 관기들에게 수청을 들게 하지도 않으면서 도를 닦는 중처럼 매일매일을 보냈다.

때문에 1년 동안 사용한 판공비가 거의 없었으니 남아 있는 판공비를 그의 것으로 만들 수도 있었다. 하지만 그는 그 돈을 한 푼도 쓰지 않고 간직해 두었다가 백성들을 돕는 일에 썼다. 흉년이 들었을 때의 구제 사업이라든가, 도로나 교량의 보수 공사에 동원된 백성들에게 점심을 먹인 비용, 목재와 석재 구입비, 거지들을 구제하는 비용, 난파된 어선의 사망자와 부상자들을 매장하고 치료하는 비용 등으로 사용했다.

하지만 김 목사는 이때 늙은이와 어린이, 불구자와 천치 외의 사람들에게는 함부로 음식을 주지 않았으며, 몸이 건전한 자들은 일을 해서 먹을 것을 별도록 가르쳤다.

옥에 갇혀 있는 죄수들과 소송, 형벌에 대해서 처리하는 김 목사의 자세도 역시 놀랄 만큼 신중했다. 살인 사건이 발생하면 몸소 추운 겨울이든 한더위 때이든 부하 관리에게 시키지 않고 반드시 자기가 직접 가서 법문(法文: 법령의 문장)에 따라 처리했다.

또한 어떤 죄수에게도 처음부터 고문을 하지 않고 타이르면서 달래어 한 개의 형장도 사용하지 않고 사건을 해결했으며, 촌으로 다니는 관아의 종들이 백성들이 농사 지은 곡식과 채소, 화초들을 함부로 범해 상하지 않도록 했다. 대가를 주지 않고는 술 한 잔과 달걀 한 알도 받지 않도록 했다.

이처럼 단속이 엄중했기에 김 사또의 하속들은 못마땅해서 불평을 했지만 백성들은 김 목사의 행정을 구간하고 애모하며 그를 부모처럼 생각하기에 이르렀다.

그리하여 죄수가 없는 옥 안에는 풀이 더부룩하게 자리고 날이 가고 달이 지나도 고문을 하는 소리가 들리지 않게 되었다. 그렇게 된 것은 죄짓는 사람이 없어져서가 아니라 목사가 가두고 때리려고 하지 않았기 때문이었으며, 백성들이 서로 경고하여 '이처럼 착한 목사님에게 죄를 받아 형벌을 당하는 것은 제주 백성의 큰 수치다'라고 생각하게 되었기 때문이다.

그래서 겨울 밤마다 모여서 노름을 하던 자들이 없어지고, 싸움을
한 사람들은 관아로 잡혀 가기 전에 먼저 동리의 어른들 앞으로 끌려
와 엄책(嚴責: 엄하게 꾸짖는 것)을 받았다. 말하자면 백성들 스스로
자치하고 자숙하는 정신이 생기게 된 것이다.

그리고 김 목사는 또 매년 초와 명절 때는 경내에서 거주하는 70세
이상되는 남녀노인들에게 상당한 선물을 보내면서 존문(存問: 안부를
묻는 것)했고, 효자, 절부와 선행자들을 우대하여 잔치를 사려 주는
방법으로 크게 표창하는 길을 열었다.

때문에 관원들은 청직(淸直: 성품이 청렴하고 곧음)해지고, 민속은
근면하고 온순해져 어느 마을에서나 즐거운 웃음소리가 들리게 되었
다. 그래서 백성들이 목사가 갈리게 될 것을 두려워했기에 도목(都目:
매년 음력 유월과 섣달에 벼슬아치의 성적을 조사하여 면직하거나 승
진시키던 일) 때가 되면 제주 백성들이 보낸 원류장(願留狀: 전임되어
가는 관리의 유임을 그 지방 사람들이 상부에 청하는 서류)이 이
조, 병조와 비변사에 셀 수 없을 정도로 많이 날아들었으며, 제주
에 갔던 암행어사는 '김영의 선치와 청렴하고 결백함은 옛날의 기
건(虔)과 이약동(李約東)도 능히 따르기 어렵다'라고 보고했다.

그래서 정조는,

'이 사람의 정치가 이처럼 엄명하고 청백하다니 이보다 더 좋은
일이 있겠는가. 천 석 치부를 하겠다고 억지를 쓴 것은 역시 한때
의 농담이었다.'

라고 생각했다. 그럴 수밖에 없는 것이 청백한 사람이 갑자기 탐익한 사람으로 변할 수는 없는 노릇이었다.

어느 날 새벽 김 목사는 아침 일과를 시작하기 전에 면조패(免租牌)를 내걸어 업무를 정지한다고 밝히고는 이방을 불렀다. 이방이 즉시 대령하자, 김 목사는 말했다.

"너를 가까이 오게 해야 할 것이나 어제부터 재발한 내 병의 전염되는 힘이 매우 강해 문을 닫은 채 얼굴을 대하지 않고 말을 해야 한다. 그러니 오늘부터 한 달 동안 계속해서 너의 얼굴을 볼 수 없으며, 대소 공무를 내가 모두 총찰할 수 없으니 우선 감영에 알려라. 그리고 향소 (鄕所: 지방의 수령을 보좌하던 자문 기관) 사람들과 의논하여 내가 하던 일을 변경하지 말고 그대로 행하라."

이에 크게 놀란 이방이 머리를 조아리며,

"사또께서 갑자기 발병하셨기에 매우 두렵사온데, 도대체 무슨 병이옵니까? 이 고을에도 의약이 있사옵고, 감영이나 서울에서 명약을 청해 올 수도 있사오니 너무 걱정하지 마시옵소서. 소인과 제주의 백성들 중에 사또의 환후를 근심하며 치료에 정성을 다하지 않을 사람이 단 하나라도 있겠습니까. 그러니 병명과 지금의 상태에 대해서 말씀해 주십시오."

하고 말했다. 그러자 김 목사가 한숨을 길게 내쉬더니 목 메인 목소리로 말했다.

"네가 내 병에 대해서 걱정해 주는 것은 매우 고마운 일이다. 처음으로 이 병에 걸린 것은 20여 년 전이었고, 다행히 어떤 명의 덕분에 목숨을 구할 수 있었지만, 그 때문에 수천 석 추수를 하던 우리 집 재산은 결딴이 나고 말았다. 의원이 그때 말하기를 '다시 재발하지 않으려면 제가 사용했던 약을 계속해서 쓰셔야 합니다'라고 했지만 약값이 너무나 비싸고 돈은 없어서 걱정만 하고 있었다. 하지만 그 후에 건강이 매우 좋아졌기에 안심하고 있었는데, 어젯밤에 갑자기 몸이 가려워서 그곳을 긁었더니 부스럼이 단번에 온몸에 퍼지기 시작했다."

"부스럼……?"

이방은 귀를 기울이며 듣고만 있었다.

"이 병은 발병한 지 육칠 년만 지나면 수습할 수가 없어지게 된다. 하지만 약이 귀하고, 그것을 구할 돈도 없으니 어쩔 도리가 있겠느냐. 내가 몸을 움직일 수는 있지만 그렇게 하면 남들에게 전염될 것이니 이대로 앉아서 죽어 제주 땅에 묻힐 수밖에 없다. 정말로 원통한 일이다. 제주에 와서 너희들과 친해져 많은 백성들을 동생처럼, 자식들처럼 사랑하게 되었는데 이제는 모든 것이 다 끝나게 되었다. 귀신이 되어 백성을 사랑할 수는 없지 않으냐?"

"……"

"내가 지금 가지고 있는 돈이 얼마 되지는 않지만 나의 초종을 치르고 매장한 뒤에, 내가 데리고 왔던 사람들이 서울까지 돌아갈 수 있는 노자는 될 것이다. 그러니 그 돈으로 두 가지 일을 처리해 다오. 민간에 폐가 되는 일은 일체 사절한다. 이 말이 너와 내가 영결하는 자리에서의 유언이 될 것이다."

잠시 말을 멈추었던 김 목사가 이윽고 두 눈에서 눈물을 쏟으면서 넋두리를 하는 것처럼,

"아아…… 하느님, 당님, 상감님, 부모님, 부디 굽어 살펴주시옵소서. 후임자에게 복을 내리시어 저 김영처럼 마음에 있어도 뜻처럼 행하지 못하도록 하지 마시고, 건강을 주시어 치적을 쌓을 수 있게 해 주시옵소서. 어허어…… 아이고…… 아이고……"

하고 울부짖자, 이방이 당황하며 급히 물었다.

"사또! 사또! 진정하고 정신을 차리소서. 제주 백성들이 사또의 소식을 듣게 되면 모두들 통곡하며 함께 죽으려고 할 것이외다. 그러니 필요한 약과 병명을 말씀해 주시면 제가 빨리 나가서 유향(儒鄕: 유생과 유향소의 직원들)들과 의논하여 좋은 일이 있도록 하겠습니다."

그러자 김 사또가 손등으로 눈물을 닦으면서,

"내 병은 쉽게 말하자면 단독(丹毒: 피부나 점막의 헌 데나 다친 곳으로, 연쇄상구균이 들어가 생기는 급성 전염병)이나 악성 문둥병 같은 괴상한 것인데, 그것은 물을 갈아먹으면 생기는 토질(土疾: 그 지방의 토질과 수질이 맞지 않아서 생기는 병)이라고 하니 아마도 제주의 기후와 풍토가 맞지 않아서 뒤늦게 재발하게 된 것 같다. 내가 효험을 본 약은 우황(牛黃: 소의 쓸개 속에 병적으로 뭉친 물건)인데, 그것을 반죽한 밀가루에 섞어서 떡으로 만들어 매일 축시(丑時: 오전 1시부터 3시까지의 동안)에 부스럼 위에 싸 발랐다가 저녁때 떼어내서 수십 길 깊이로 파놓은 구덩이에 묻고 그 위에 석회(石灰)를 뿌려야 전염이 되지 않는다고 의원이 말하더라. 그 의원은 지금 고인이 되었지만 그 사

람이 말했던 치료법을 내가 기억하고 있지. 하지만 그 우황을 어디에 가서 구한단 말이냐? 그러니 공연한 걱정은 하지 말아라."

라고 말하자, 갑자기 안색이 밝아진 이방은

"아니옵니다. 제주에 있는 소들 중에 우황이 없는 소는 거의 없습니다. 그래서 타관에서는 구하기가 어렵지만 여기서는 그다지 어렵지 않게 구할 수 있습니다. 아무튼 그것이 약이라면 사또의 환후는 불원간에 평복(平復: 병이 나아 건강해지는 것)해질 것이옵니다."

라고 말하고는 물러갔다.

그러자 김 목사는 즉시 함께 온 세 사람에게 틈이 없는 궤짝과, 밀가루 떡 위에 감을 무명, 구덩이 위에 덮을 석회를 준비하게 했다.

유향소 안으로 들어선 이방은 서둘러 관속들과 좌수, 별감과 존위, 풍헌(風憲: 조선시대 향소직의 하나) 등을 소집하여 그 일에 대해서 의논했는데, 여러 사람의 의견은 일치했으며 다음과 같이 말했다.

"우리의 사또는 고금에 보기 드문 총명 인자하고 청렴결백하여 백성을 자식같이 사랑하시는 선치 명관이시다. 이 분이 아무런 사고도 없이 계시다가 잘 떠났다고 해도 우리는 그분의 생사당(生祀堂: 감사나 수령의 공적을 고맙게 여겨, 백성들이 그 사람이 살아있을 때 받들어 모시던 사당)과 불망비각(不忘碑閣)을 지어 영원히 추모하겠다는 생각을 가지고 있거늘, 그분이 여기서 병을 얻어 세상을 떠난다면 제주도 사람으로서 어찌 제대로 된 인간으로 행세할 수 있겠는가? 그런데 지금 알고보니 우황이 사또께서 필요로 하시는 귀한 약이라고 하는데, 우황은 제주에서 많이 나는 물건이니 말총(말의 갈기나 고리의 털)

과 크게 다를 것이 없다. 그러니 오늘은 일단 성 안에 있는 우황을 모두 모아서 바치고, 내일부터 병이 완치되실 때까지 제주도 전역에 있는 우황을 싼 값으로 구해서 바치도록 하자. 일반적으로 임기가 24개월이지만 사또의 경우 우리가 원해 48개월이나 여기서 근무하셨으니 그대로 돌아가시게 할 수 없지 않은가?"

이방을 통해 그 소식을 들은 김 감사는 크게 감사하는 뜻을 표하면서도 대가 없는 진정은 절대로 허락할 수 없다며 남겨 놓았던 돈(장례비를 제한 돈)을 이방에게 주어 적은 돈이기는 하지만 일일이 돈을 주고 사들이게 했다. 때문에 아전과 백성들은 김 목사가 치료를 비밀스럽게 하는 것도 역시 사또가 남에게 전염될 것을 걱정하는 마음을 가지고 있기 때문이라고 생각했다.

때문에 깊이 판 구덩이 안으로 들어간 것이 우황이 아니라 치자물을 들인 밀떡이라는 사실을 눈치 채지 못하게 했다.

김 목사는 인편이 있을 때마다 밀봉한 우황을 본가에 보내 기회가 있을 때마다 비싸게 팔아 전답을 사게 했다.

때문에 서울로 소환(召還: 일을 끝마치기 전에 불러 돌아오게 하는 것)되어 올라가는 김 사또의 행장 안에는 조사관이 이 잡듯이 뒤져보아도 제주에서 나는 물건이 하나도 없었다.

정조는 김영이 서울로 돌아오자 불러서 물었다.

"너의 치적과 청백함에 대해서는 묻지 않겠다. 원 노릇을 잘 하며 내 백성을 사랑했으니 그 같은 공을 칭찬할 뿐이다. 한데, 네가 다짐했던 천 석 치부는 어떻게 되었는가?"

그러자 김영이 전답 문서들을 내보이면서 대답했다.

"예. 그것도 역시 잘 되어 이처럼 전토를 샀습니다."

"혹시, 그것은 전부터 가지고 있었던 재산이 아니냐?"

"황송하오나 그렇지 않습니다. 조사해 보시면 알겠지만, 모두 재임 중에 마련한 것이옵니다."

김영이 다시 대답하자 정조는 무릎을 치면서,

"너는 과연 청렴과 탐오(貪汚 욕심이 많고 하는 짓이 옳지 못함)를 함께 할 수 있는 수단꾼이었구나. 그래서 죽이지 못하고 한 계급 더 올려 수군통제사를 제수한다. 이번에는 내기를 하는 것이 아니니 치적을 올리기에만 전심전력하도록 하라."

하고 술을 따라 주면서 치하했다.

김영은 그 후 어영대장, 훈련대장을 지냈으며 정2품인 병조 판서 자리에까지 올랐다.

김삿갓 김병연(金炳淵)

조상을 욕되게 만든 천재

김삿갓의 이름은 김병연으로 조선 23대 왕인 순조 7년(1807)에 양주(지금의 의정부)에서 김안근의 차남으로 태어났다. 자는 '성심'이고 호는 '난고'였지만, 평생 동안 김삿갓으로 통했다.

원래 그가 태어날 때는 집안이 유복했지만, 그의 나이 여섯 살 때 그를 일생 동안 허무와 비통 속에서 살게 만든 사건이 발생했다.

순조 11년(1811)에 서북인을 차별하는 것에 대해서 불만을 품고 있던 홍경래가 난을 일으켰는데, 그때 선천 부사로 재직 중이던 김병연의 할아버지 김익순이 반란군들에게 붙잡혔다가 겨우 살아났다.

그런데 그 후 김익순은 반란군의 장수였던 김창시의 목을 돈을 주고 산 다음, 자신이 공을 세운 것처럼 처리하려다가 발각되어 처형되었던 것이다. 처음에는 일가 멸족의 형벌을 받았지만, 나중에 폐족 처분으로 사면되어 가까스로 멸문지화를 면할 수 있었다.

폐족이란 오늘날의 기준으로 보면 공민권을 박탈하는 것으로서 사회적인 사형선고나 마찬가지인 것이다. 때문에 김병연 일가는 결국 더 이상 고향에서 살지 못하고 황해도 곡산 땅으로 피신하여 숨어 살아야 했다. 그곳에서 아버지 김안근이 울화병을 얻어 죽자, 그의 어머니는 자식들을 이끌고 다시 강원도 영월 땅으로 옮겨 가서 살았다.

김병연의 어머니는 혼자 몸으로 어렵게 어린 자식들을 키우며 통한의 세월을 살았다. 자기 자식들에게 가문의 내력을 숨긴 채 죽은 것처럼 살아갈 수밖에 없었다.

그러나 김병연은 스물다섯 살이 되던 해에 그 동안 갈고 닦은 글재주를 시험해 보기 위해 영월 감영에서 개최한 백일장에 참가했다.

여기에서 김병연은 장원을 했는데, 그때 주어진 시제는 '논 정가산 충절사 탄 김익순죄통우천(論鄭嘉山忠節死 嘆 金漢淳罪通于天)'으로, 홍경래의 난 당시 가산 군수 정시의 충절을 기리고, 선천 부사 김익순의 하늘까지 사무치는 죄를 통탄하라는 내용이었다.

가문의 내력에 대해서 전혀 알지 못했던 김병연은 뜨거운 젊은이의 기개로 김익순의 죄상을 낱낱이 밝히는 글을 써서 장원을 했다. 그러나 그런 사실을 알게 된 그의 어머니가 결국은 한 많은 집안 내력을 그에게 알려주었다. 그때부터 김병연은 세상과 자신을 한탄하면서 살아가게 되었다.

자신의 부질없는 글 자랑이 조상을 더욱 욕되게 만들었고, 폐족 가문 출신이어서 세상에 자신의 뜻을 펴는 일이 불가능하다는 것을 알게 되자, 그 동안 익힌 학문은 도리어 고통을 만드는 불씨가 되었다.

상심하면서 반년 가까이 두문불출하던 김병연은, 자신을 얽매고 있는 가정이라는 틀에서 벗어나고 싶다는 충동을 느꼈다. 때문에 백일장이 열렸던 이듬해에 금강산 구경이나 하러 다녀오겠다는 말을 남기고 집을 떠났다.

그때 그는 이미 혼인하여 돌이 지난 아들까지 있는 처지였는데도 김병연은 '조상을 욕되게 만든 자가 하늘 아래에서 얼굴을 들고 다니는 것은 옳지 못하다'는 생각 때문에 커다란 삿갓을 눌러 쓰고 다녔다. 김병연이 김삿갓이 되어버린 이유가 바로 그것이었다.

길을 나선 김병연은 평창을 거쳐 대관령을 넘어 강릉 땅에 도착했다. 이때부터 그는 양반 사회를 조롱하는 시를 짓기 시작했다. 강릉 근처에 있는 어느 대갓집에 남겨 놓은 그의 시에는 교만한 양반에 대한 반감과 울분이 담겨 있다.

갈매기처럼 앞머리가 벗겨진 벼슬길 떠난 늙은이가
우스꽝스럽게도 황소와 바꿀 만한 안경을 쓰고 있다.
그 꼴이 장비의 고리눈처럼 둥글고
촉나라의 범이 웅크리고 있는 것 같으며
눈동자가 두 개라던 항우를 흉내 내고
형주 땅 원숭이가 물에 빠진 형상이로다.
울타리를 탁탁 뚫는 사람으로 갑자기 의심되기도 하지만
물가에서 울어대는 비둘기처럼 글은 잘 읽겠구나.
어려서 쓸데없는 일을 많이 했는지 안경까지 걸치고도
봄날 화창한 대낮에 화려한 말을 거꾸로 타고 있는지도 모른다.

강릉에서 그 해의 겨울을 보낸 김병연은 봄이 오자, 동해 바닷가를 북상하며 방랑을 계속했다. 낙산 관음굴에서 자살하려는 여인을 말리며 지었다는 시에는 그의 천재성이 잘 나타나 있다.

이런 대로 저런 대로 세상 되어가는 대로 살고
바람 불면 부는 대로 물결치면 치는 대로 삽시다.
밥이 있으면 밥을 먹고 죽 나오면 죽을 먹으면서 이대로 살아가고
옳은 것은 옳은 대로 틀린 것은 틀린 대로 그대로 놔 둡시다.
손님 대접도 집안 형편대로 하는 것이고
시장에서 하는 장사도 시세대로 하는 법입니다.
모든 일이 내 맘대로 할 수 없으니
그렇고 그렇고 그런 세상 그런 대로 지냅시다.

此竹彼竹化去竹 風打支竹浪打竹
(차죽피죽화거죽 풍타지죽낭타죽)
飯飯粥粥生此竹） 是是非非付疲竹）
(반반죽죽생차죽 시시비비부피죽)
賓客接待家勢竹 市井賣買歲月竹
(빈객접대가세죽 시정매매세월죽)
萬事不如吾心竹 然然然世過然竹
(만사불여오심죽 연연연세과연죽)

구절 끝마다 대나무 '죽(竹)'자를 나열한 점도 특이하지만, 우리말의 뜻인 '대'로 읽도록 시를 지은 점이 재미있다.

간성까지 올라온 병연은 어느 날 관동팔경의 하나인 '청간정'을 찾았다. 그곳에서는 마침 한 무리의 선비들이 시를 지으며 술을 마시고 있었다. 술이라도 한 잔 얻어먹을 생각에 김병연이 그 자리에 동참하려고 하자, 그들은 먼저 통성명을 요구했다.

김병연에게는 이런 때가 가장 고통스러웠다. 자신의 오욕스러운 내력을 다시 떠올리기 싫었기에, 그는

"시골에서 사는 촌놈이 무슨 변변한 이름이 있겠습니까? 성은 김가고 이름은 입(笠)이라고 합니다."

하고 대답했다.

상대방들도 그에게 뭔가 말 못할 사연이 있는 것으로 여기고 더 이상 캐묻지 않았다. 그의 행색과 이러한 문답을 통해 그는 어느덧 김삿갓이라고 불리게 되었다.

김병연은 그곳에서도 청산유수와 같은 즉흥시를 지어 선비들을 놀라게 한 뒤 술 몇 잔을 얻어마셨다. 한시(漢詩)는 형식이 까다로운데다가 각 구절의 끝마다 반드시 운자(韻字)를 붙이도록 되어 있어서 시를 짓기가 여간 어렵지 않다.

따라서 아무리 한문이나 학문에 대한 소양이 깊더라도 즉석에서 손쉽게 짓기는 쉽지 않다. 바로 이런 점에서 즉흥시를 많이 지어 낸 김삿갓의 천재성이 뚜렷하게 드러난다.

고성에서 온정리를 통해 금강산에 오른 김병연은, 곳곳에서 유

람 나온 사람들과 만나 술을 얻어 마시며 아름다운 경관을 노래하는 시를 많이 지었다.

특히 그는 "금강산에 가 보지 않은 사람이 풍류를 안다고 하는 것은 무식한 소리"라고 꾸짖기도 했다. 외금강 일대를 빠짐없이 돌아본 김병연은 다시 온정리로 돌아와 며칠 동안 쉰 다음 이번에는 옥류동과 동석동 계곡을 유람했다.

어느덧 날이 어두워지자 김병연은 근처에 있는 유점사에서 하룻밤 묵을 생각으로 절을 찾았다. 유점사는 워낙 넓은 절이었기에 이곳저곳 승방을 기웃거리며 유숙하게 해 달라고 청할 사람을 찾아야 했다.

다행히 방에서 노승 한 사람이 젊은 선비와 필담을 나누고 있는 모습이 보였기에 김병연은 그곳으로 달려가 하룻밤 잠자리를 베풀어 달라고 청하였다.

하지만 그들은 한창 재미있게 인사를 나누고 있었는데, 그로 인해 흥이 깨졌다는 투로 시큰둥해 하는 반응을 보였다. 때문에 불쑥 반감이 생긴 김병연은 자신도 시를 조금은 할 줄 아니 대화에 끼게 해 달라고 부탁했다.

두 사람은 행색이 남루한 자가 시를 논한다는 것이 가소롭게 느껴졌지만, 어디 한 번 지어 보라는 식으로 지필묵을 내주었다.

김병연은 두 사람의 얼굴을 힐끗 보고나서 툇마루에 걸터앉아 단숨에 글씨를 써 내려갔다. 그들은 어줍짢게 선비인 것처럼 뭔가 끄적거리는 김병연이 못마땅해 보였는지, 그러지 말고 언문풍월(諺文風月)이나 하자고 제의했다.

이미 두 사람을 잔뜩 비꼬는 내용으로 시를 지은 김병연은 슬며시 한쪽으로 지필묵을 밀쳐놓고는 그러자고 대꾸했다. 노승은 김병연을 골려주겠다고 작정했기에 일부러 어려운 운자를 고르기 위해 한동안 생각에 잠겼다.

김병연이 어서 운자를 부르라고 재촉하자, 노승은 비로소 생각났다는 듯이 '타' 하고 운자를 부르고는 재미있어 하는 표정으로 병연을 쳐다보았다. 하지만 병연은 그가 운자를 부르자마자 경내를 돌아보면서 거침없이 한 구절을 말했다.

"사방 기둥 붉어타."

노승은 '요행으로 첫 구절은 지었겠지' 하는 얼굴로 다음 운자를 불렀다.

"타."

"석양 행객 시장타."

노승은 이번에는 '제법이다'라고 생각하며 또 운자를 불렀다.

"타."

"네 절 인심 고약타."

김병연은 자리를 털고 일어나면서 마지막 구절을 내뱉고는 휘익 돌아섰다.

노승은 아무런 대꾸도 하지 못하고 봉변을 당했다는 듯이 혀만 끌끌 차고 있었다. 함께 있던 선비는 둘의 수작이 재미있다는 표정을 지으며 승방 밖으로 나오다가 조금 전에 김병연이 밀쳐놓은 종이를 펼쳐 들었다,

그때까지 미소를 머금고 있던 젊은 선비는 그 내용을 읽더니 분기탱천하여 길길이 뛰며 어찌할 줄을 몰랐다.

둥글둥글한 중대가리는 땀난 말 불알 같고
뾰족뾰족한 선비의 머리는 앉은 개좆같구나.
목소리는 구리 방울이 구리 솥에 부딪친 것 같고
눈깔은 검은 후추가 흰 죽에 빠진 것 같구나.

僧首團團汗馬閬 儒頭尖尖坐狗腎
승수단단한마랑 유두첨첨좌구신
聲令銅鈴零銅鼎 目若黑椒落白粥
성령동령영동정 목약흑초낙백죽

금강산 유람을 끝낸 김병연은 안변에서 며칠 동안 머물다가 함흥을 둘러보기 위해 다시 길을 나섰다. 시절은 겨울이었기에 고원 땅에 들어섰을 때 눈으로 인해 길이 끊어졌다. 때문에 봄이 될 때까지 그곳에 머물러야 했다.

어느덧 봄이 되어 얼음이 녹자 김병연은 함흥을 향해 다시 발길을 돌렸다. 함흥은 그의 할아버지 김익순이 선천 부사로 부임하기 전에 근무했던 곳이어서 내심 가 보고 싶었던 터였다.

함흥을 향해 길을 나섰을 때는 어느덧 집을 떠난 지 3년이 지난 헌종 1년(1835)이었으며, 그의 나이는 스물여덟 살이 되어 있었다.

함흥을 구경하고 난 뒤에는 한동안 단천에 머물렀는데, 그곳에서 가련이라는 기녀에게 지어 주었다는 시 한 수가 전해지고 있다.

가엾은 몰골에다 초라한 몸이
가련의 집 앞에서 가련을 찾는구나.
애절한 나의 뜻을 가련에게 전해 주면
가련은 이 불쌍한 내 마음을 알아주기나 할까?

可憐行色可憐身　可憐門前訪可憐
가련행색가련신　가련문전방가련
可憐此意傳可憐　可憐能知可憐心
가련차의전가련　가련능지가련심

그의 작품으로는 드물게 구애시(求愛詩) 한 편을 남겨 놓았던 것이다. 기생 가련의 집에서 한동안 머물던 김병연은 다시 단천을 떠나 북행길에 나서, 함경도 북쪽 지방을 모두 유랑하고 부령 땅에서 또 그 해의 겨울을 보냈다.

다시 봄이 찾아오자, 그는 두만강 지역까지 돌아보고 나서 문득 가족 생각이 났는지 서둘러 영월 땅으로 돌아왔다.

김병연이 귀가하고 나서 얼마 후에 어머니가 세상을 떠났다. 다행히 어머니의 임종을 지켜볼 수 있었던 김병연은 맏형 병하가 이미 죽고 없었기에 상주 노릇을 하느라고 3년여 동안 집에 머물게 되었다.

그즈음 그의 젊은 아내는 둘째 아이를 낳았다. 맏아들 학균이도 잘 커서 귀엽기만 했기에 김병연은 마음을 잡고 가족들과 함께 살아보려고 많은 노력을 했다.

하지만, 그럴수록 고통과 회한의 상념만이 물밀듯이 밀려왔다. 4년여 동안의 방랑 생활을 끝내고 집에 돌아왔지만, 뼛속까지 스며드는 허망함은 도저히 떨쳐버릴 수가 없었다. 그래서 김병연은 또다시 방랑길로 나서게 되었다.

아내도 그런 남편의 태도 때문에 여생을 체념하고 있었다. 가족과 함께 있는 시간이 곧 고통이었던 김병연은 쫓겨나는 것 같은 심정으로 다시 길을 떠나게 되었다.

이번에는 원주 쪽으로 방향을 잡았다. 그 근방을 구경하고 한성 방향으로 길을 떠났는데, 도성이 가까워질수록 인심이 사나워졌으며 지평 부근에서는 유숙하기를 청해도 문전박대를 당하기 일쑤였다. 때문에 김병연은 어쩔 수 없이 한뎃잠을 자면서 고단한 나그네의 삶을 비유한 시 한 수를 남겼다.

스무 나무 아래 섫은(서른) 나그네가
망할(마흔) 놈의 집에서 쉰밥밖에 얻어먹지 못했으니
인간으로서 어찌 이런(일흔) 일이 있단 말인가?
차라리 집에 돌아가 설은(서른) 밥을 먹는 것만도 못하구나.

二十樹下三十客　四十家中五十食

이십수하삼십객 사십가중오십식

人間豈有七十事 不如歸家三十食

인간개유칠십사 불여귀가삼십식

숫자를 '서른'이나 '마흔' 등으로 읽고 음이 비슷한 단어들을 연상시켜 만든 점이 재미있다. 지평에서 겨우겨우 하루를 보낸 그는 마침내 망우리 고개를 넘어 한성에 다다르게 되었다.

김병연은 그즈음 우연히 우전 정현덕을 만났다. 정현덕은 김병연이 유일하게 평생 동안 친분을 나눈 사람이며 어려울 때 과거에 합격한 수재로서 훗날 형조참판까지 지냈지만, 대원군과 민 씨 일파의 권력 투쟁에 희생되어 사약을 받은 인물이다. 김병연이 정현덕보다 세 살 위였지만, 그들은 곧 서로를 인정하는 가까운 사이가 되었다.

김병연은 한성에 머무르는 동안 정현덕의 도움으로 편안하게 여기저기 구경하며 지낼 수 있었다. 하지만 아무리 편해도 한 곳에 오래 머물 수 없는 것이 나그네의 숙명인지, 어느 날 정현덕의 친구들과 함께 목멱산(남산의 다른 이름) 계곡에서 한창 풍류를 즐기던 김병연은, 잠시 할 일이 있다면서 자리를 뜨더니 영영 돌아오지 않았다.

김병연은 그 길로 다시 방랑길에 올라 북쪽으로 방향을 잡고 파주로 향했다. 그 후 파주를 떠나 개성에 이르렀을 때 또 다시 문전 박대를 당했는지 개성 인심에 대해서 한탄하는 시가 전해진다.

고을 이름이 개성이면서 어찌하여 문들은 모두 닫아 걸었으며 산 이름은 송악(松嶽)인데, 왜 땔 나무가 없다고 하는가?

어두워서 손님을 쫓아내는 것은 사람의 도리가 아닌데

동방예의지국에서 너희들만 홀로 야만족 진나라 사람이냐?

邑號開城何閉門 山名松嶽豈無薪

읍호개성하폐문 산명송악개무신

黃昏祝客非人事 禮儀東方子獨秦

황혼축객비인사 예의동방자독진

개성을 떠나 평양에 도착한 김병연은 소문을 듣고 그를 흠모하던 소야월이라는 기생을 만나 한동안 함께 지내기도 했다. 하지만 또다시 홀연히 길을 나서 안주 땅에 도착했다.

그곳은 그의 집안의 비극이 시작되었던 땅이었기에 그는 밀려드는 회한으로 인해 몸서리를 쳐야 했다. 김익순이 처형되었던 정주성은 고통 속에서 지나야 했던 김병연은 오로지 걷고 또 걸어서 하루 만에 철산에 이르렀다.

그곳에서는 날이 어두워지자 아예 서당을 찾아가 유숙을 청해 보기로 했다. 김병연의 입장에서는 문자 나부랭이라도 아는 서당 훈장이 상대하기가 더 쉬웠기 때문이지만, 예상과는 달리 그곳 서당 훈장은 김병연의 말을 듣자마자 바로 퇴짜를 놓았다.

그러다가 스스로 생각해도 처사가 심했다고 생각되었는지 자기가 부르는 운자에 맞추어 시를 지어 선비라는 것을 증명하면 재워

주겠다고 했다. 인심 사납지 않게 불청객을 좇아 보내는 방식으로 나름대로 생각한 것이 시 짓기였던 모양이다.

훈장은 까다롭고 어려운 글자를 고르느라고 한참 동안 궁리를 하다가 마침내 운자를 불렀다.

"멱!"

김병연이 물었다.

"무슨 멱자입니까?"

훈장은 그것보라는 듯이 대꾸했다.

"'찾을 멱(覓)' 자도 모르시오?"

김병연은 잠시 뜸을 들이다가 첫 구절을 지었다.

"허다운자하호멱(許多韻字何呼覓: 수많은 문자들 중에 하필이면 멱자를 부르는가)?

훈장은 또다시 운자를 불렀다.

"멱!"

이번에는 시간을 지체하지 않고 곧바로 대답했다.

"피멱유난황차멱(皮覓有難況此覓: 아까 멱 자도 어려웠는데, 이번에도 또 멱자인가)?

훈장은 은근히 약이 올랐는지 운자를 부르는 소리가 갑자기 커졌다.

"멱!"

"일야숙침현어멱(一夜熟寢縣於覓: 하룻밤 묵는 것이 멱 자에 달렸나보구나)?

훈장은 기가 막혔는지 목소리에서 힘이 빠지고 있었다.

"멱!"

"산촌훈장단지멱(山村訓長但知覓: 산골 훈장이 아는 것이라고는 멱 자밖에 없는 모양이다)."

그러자 훈장은 더 이상 계속하지 못하겠다는 표정으로 김병연을 쳐다보았다. 그리고 말투마저 공손해졌다.

"나도 글줄이나 한다고 자신하지만 노형처럼 사멱난운(四覓難韻)을 거뜬히 해결하는 사람은 처음 봅니다."

그리하여 김병연은 시 짓기를 조건으로 유숙을 허락한 훈장 덕택에 하룻밤을 편안하게 잘 수 있었다. 그 동안 김병연은 곳곳을 유람하면서 자연히 서당 신세를 많이 질 수밖에 없었는데, 훈장들에 대한 인식이 별로 좋지 않았는지 훈장을 조롱하는 시들이 꽤 많다.

그 중에서 다음의 시 한 수가 유난히 눈에 띈다.

서당에 일찍이 찾아갔지만
선생은 내다보지도 않는다.
방 안에는 모두 귀한 물건들로 가득하지만
배우는 학생은 채 열 명도 되지 않는구나.

書堂乃早至 先生來不謁
서당내조지 선생래불알
房中皆尊物 生徒諸未十
방중개존물 생도제미십

내용은 평범하지만, 이 시는 지독한 욕설의 나열이다. 각 구절의 끝에 잇는 세 글자들을 음독하면 차마 입에 옮겨 담을 수 없는 지독한 욕설이 되기 때문이다.

김병연은 철산에서 의주까지 갔다가 압록강을 따라 계속 북상하여 초산에 이르렀다. 그곳에서 뜻하지 않은 인연을 만나 한동안 가정을 꾸미고 훈장생활로 2년 정도를 보냈다. 첫 번째 방랑에서도 고원 근방에서 잠시 간질병이 있는 처녀의 서방 노릇을 한 적이 있었는데, 또다시 팔자에 없는 객지 혼인을 경험하게 된 것이다. 방랑 생활을 하는 동안 간혹 여자 경험을 하기는 했지만 살림을 차린 것은 그 경우까지 해서 두 번이었다.

하지만 어느 가을 밤, 김병연은 야반도주하듯이 초산 땅을 벗어나 또다시 유랑 생활을 시작했다. 생각 같아서는 백두산 등반까지 하고 싶었지만, 워낙 길이 험하고 겨울까지 닥쳐오고 있었기에 부득이 남쪽으로 발길을 돌려야 했다. 백두산 대신 겨울의 묘향산을 들러본 김병연은 2년반 만에 다시 평양을 찾았다.

평양에 들어서자마자 예전에 한동안 정을 나누었던 기생 소야월의 집을 찾아갔지만, 소야월은 그 동안에 병이 들어 죽고 없었다. 인생은 한낱 뜬구름처럼 부질없다고 생각했지만 젊디 젊은 그녀가 갑자기 죽었다는 것은 도저히 믿어지지 않았다.

한동안 삶의 무상함에 넋을 잃고 지내던 김병연은 황해도 은율의 구월산으로 가서 심신의 허탈함을 벗어버린 후, 한성으로 다시 돌아왔다.

한성에서 친한 벗인 정현덕과 그의 친구들에게 신세를 지며 한동안 지내고 있었는데, 고관으로 있던 족제(族弟: 아우뻘이 되는 같은 성을 가진 먼 친척)인 김병익으로부터 한성을 떠나 달라는 부탁을 받고, 가족이 있는 영월 땅으로 두 번째 귀향을 하게 되었다.

당시 세상을 주무르고 있었던 안동 김씨 일파였던 김병익의 입장에서도 김병연의 존재는 매우 껄끄러웠던 모양이었다.

영월로 돌아왔을 때 김병연의 나이는 어느덧 42세가 되어 있었다. 20대에 처음으로 집을 떠나 30대가 되어서 한 번 돌아왔었다가, 또다시 길을 떠나 40대가 되어서야 집이라고 찾아든 것이다. 때문에 아내는 완전한 남처럼 무심한 처지가 되어 버렸고, 자식들도 그리 살갑게 느껴지지 않았다. 그것은 가족들의 입장에서도 마찬가지였다. 결국 병연은 다시 방랑길로 나설 수밖에 없었다. 그가 머리를 들고 숨쉴 수 있는 곳은 자기와 무관한 사람들이 살고 있는 객지뿐이라는 것을 새삼스럽게 깨닫게 되었기 때문이다.

그는 전과는 달리 남도 지방을 여행하기로 했다. 집을 나선 지 며칠 지나지 않아서 충주를 거쳐 문경 새재까지 갔는데, 그의 몸은 이미 한창 때와는 달라져 있었다. 쉬지 않고 고갯길을 넘는 것은 몸에 부치는 일이었다. 그래서 김병연은 문경에서 한동안 머물며 지냈다.

그런데 그곳에서 뜻하지 않은 묘지 분쟁 사건에 휩쓸려 옥살이까지 했는데, 현종이 죽고 철종이 등극한 후에야 특사로 겨우 풀려날 수 있었다.

당시에는 풍수지리가 일반 사람들에게 널리 퍼져 있었기에 명당자리를 잡기 위한 분쟁이 꽤 많았다. 그것을 '산송(山訟)'이라고 하는데 심한 경우, 명당이라고 알려지면 남의 땅에 시신을 몰래 묻기까지 했다.

김병연은 어쩌다가 그러한 싸움에 휘말리게 되었으며 공연한 옥살이로 인해 방랑하는 동안 몸만 더 상하게 되었다.

문경에서 겨우 풀려난 김병연은 낙동강을 건너 대구로 들어갔다. 대구에서 며칠을 보낸 후에 운문산을 유람하고 경주, 의성을 거쳐 안동까지 올라갔다. 안동은 그의 시조인 삼태사(三太師) 김선평의 분묘와 이퇴계의 사당이 있는 곳이었기에 김병연은 한동안 그곳에서 훈장 생활을 하면서 지내기도 했다.

자신의 뿌리에 대한 그리움과 성인으로 추앙받는 이황의 향기를 그리기 위해서였는지, 김병연은 그곳에서 매우 오랫동안 머물렀는데 그렇게 한 것은 문경에서의 옥살이 때문에 건강이 좋지 못해 쉽게 먼 길을 떠날 수 없었기 때문이기도 했다.

김병연은 어느 정도 몸이 회복되자 또다시 아무런 미련도 남기지 않고 북쪽으로 길을 떠나서 예천, 영주를 지나 죽령을 넘고자 했다. 그러나 한 번 약해진 몸은 쉽게 회복될 수 없었는지, 풍기쯤에 이르러 그만 길에 정신을 잃고 쓰러지고 말았는데, 마침 지나가던 사람이 그를 발견하고 자기 집에 데려가 간호해 주었기에 객사할 위기를 넘기기도 했다.

그 집에서 꼬박 한 달 이상 누워서 지낸 김병연은 너무나 오래 신세를 지는 것이 미안해서 억지로 길을 나섰지만, 아직 험한 길을 갈 수 있는 상태는 아니었다. 때문에 그는 결국 염치없는 일이기는 했지만 집으로 돌아가기로 했다. 그래도 병든 몸을 의탁할 곳은 가족밖에 없었기 때문이다. 김병연이 병든 몸을 이끌고 세 번째로 집에 돌아왔을 때, 그의 나이는 벌써 50대에 들어서고 있었다.

20대인 젊었을 때 집을 떠나 10년쯤마다 한 번씩 죽지 않고 얼굴을 보여주는 것이 반갑기는 했지만, 그의 가족에게 있어서 그는 타인과도 같은 존재였다. 아내도 이미 늙었고 맏아들 학균은 장가를 들어 김병연에게는 손자까지 생겨 있었다. 첫 번째 귀향 때 얻었던 둘째아들 익균도 어느덧 의젓한 장부가 된 것은 물론이다.

김병연은 그들에게 아무것도 해주지 못한 자신이 죄스럽게 느껴졌다. 더욱이 늙고 병든 몸으로 돌아온 자신이 가증스럽게 느껴지기까지 했다. 자식들 보기도 면목이 없고 낯선 며느리에게는 부끄럽다는 생각이 들었다.

결국 어느 정도 건강을 되찾게 되자, 김병연은 가족들의 만류를 뒤로 한 채 또다시 집을 나섰다. 그 길로 그는 정현덕을 만나기 위해 곧장 한성으로 향했다.

하지만, 그 때 정현덕은 동래부사로 가 있었기에 만나지 못하자, 그를 직접 찾아 나서겠다고 작정하고 충청도 쪽으로 길을 잡아 떠났다. 다시 방랑길에 나선 김병연은 차령고개를 넘어 공주, 부여를 둘러보고 석성에서 전라도 방향으로 길을 잡아 전주까지 들어갔다.

어느 날 전주의 명물인 완산에 올라 만경대 부근에서 경치를 살펴보다가, 한 무리의 풍물패를 만나 동참하게 되었다.

거기서도 술을 얻어먹은 값으로 시 한 수를 남겼는데, 그 내용이 거들먹거리는 양반들을 통렬히 비판하는 것이었다. 풍류객 중 한 사람이 운자를 불렀는데, 술에 취한 데다 김병연의 초라한 행색을 보고 무시하는 심사로 한글 자음을 닥치는 대로 불렀다. 말하자면 그것은 희롱이었다.

"기역!"

"요하패(腰下佩) 기역(허리춤에 'ㄱ'을 꿰어 차고)."

"이응!"

"우비천(牛鼻穿) 이응(소의 코는 'ㅇ'을 뚫었구나)."

"리을!"

"귀가수(歸家修) 리을(집에 돌아가서 'ㄹ'을 닦아야지)."

"디귿!"

"불연점(不然點) 디귿(그렇지 않으면 'ㄷ'에 점을 찍게 되겠구나)."

허리에는 낫을 차고 있다는 것이고 둥그런 코뚜레를 한 소를 그렸으니, 목동의 모습을 노래한 것이다. 그리고 세 번째 구절의 'ㄹ'은 한자의 '己" 자를 대신한 것이었다. 마지막 구절의 'ㄷ'은 점을 찍으면 망할 '망(亡)' 자가 된다.

따라서 별다른 할 일도 없이 대낮부터 술이나 마시면서 놀고 있는 풍류객들을 철모르는 어린 목동에 비유하여, 더 배우고 수양하고 자중하지 않으면 패가망신한다는 경고를 시로 표현한 것이었다.

김병연은 그 길로 전주를 떠나 지리산을 넘어 경상도 땅으로 들어가 드디어 정현덕이 있는 동래에 도착했다. 그곳에서 옛 친구를 만나 한동안 머물다가 해변을 따라 다시 전라도로 들어가 무장 땅에서 잠시 훈장 생활로 겨울을 보내고, 다음 해에는 전라도 전 지역을 돌아다녔다.

그 시절의 그는 몸이 많이 약해져 있었기에 힘들어 하면서도 술만 만나면 정신없이 마시는 등 자신을 학대하는 모습을 보이기도 했다. 늙고 병든 자신의 처지를 한탄한 시도 이 시절에 지은 것인데, 그의 해학적인 기지가 번득이고 있다.

하늘 길어서 잡을 수 없고
꽃은 늙어 나비도 오지 않는다.
국화꽃이 찬 모래에서 피고
가지 그림자는 땅 위에 반쯤 쫓아왔다.
강변 정자 옆을 가난한 선비가 지나가다가
크게 취하여 소나무 아래에 엎어졌다.
달이 옮겨가자 산 그림자마저 바뀌니
부지런한 장사꾼은 벌써 시장을 통하여 이익을 얻으러 오더라.

天長去無執 花老蝶不來
천장거무집 화로접불래
菊樹寒沙發 枝影半從地
국수한사발 지영반종지
江亭貧士過 大醉伏松下
강정빈사과 대취복송하

月移山影改　通市求利來
월이산영개 통시구이래

　이 시의 내용은 자신의 처절한 모습을 그린 것이지만, 우리말 발음대로 읽어보면 '국수 한 사발', '지영(간장) 반 종지', '강정'에 '빈 사과'에다가 '대취(대추)'에 '복송하(복숭아)' 등의 음식들을 늘어놓기도 하면서 '월이산 영개(계)'에다 '통시 구이래(구린내)'까지 해학의 절정을 보여준다.

　전라도에서 또 한 해의 겨울을 맞이한 김병연은 마침내 체력의 한계를 느끼고 길바닥에 쓰러졌다. 다행스럽게도 인근 주민에게 구조되었지만, 다시 일어나지 못하고 운명하고 말았다. 철종 14년(1863) 그의 나이 56세 때의 일이었다.

　그가 죽기 얼마 전에 둘째아들 익균이 찾아와 몇 번이나 귀향하기를 권했지만, 그는 끝내 도망치듯이 사라져버리고 말았다. 그때 김병연은 마치 자신의 운명을 예견하기라도 한 것처럼 시 한 수를 지었다.

　돌아가자니 그것도 어렵고 머물러 있자니 그 또한 어렵다.
　몇 날이고 방황하다가 길가에서 쓰러지게 된다.

　가슴 시려지게 만드는 체념이 가득 담겨져 있는 이 시의 내용처럼, 김삿갓 김병연은 일생을 방랑한 나그네답게 먼 타향 땅의 길거리에서 저세상으로 떠났다.

정수동(鄭壽銅)

술 서 말을 배에다 넣고

정수동은 근세의 김삿갓과 함께 잘 알려진 유명한 시인이었다. 그는 조선시대 철종(哲宗) 때 인물이었는데, 시대로 따지자면 김삿갓과 비슷한 시기에 태어났다.

그의 이름은 지윤(芝潤)이요, 호는 하원(夏園), 또는 수동(壽銅)이라고 하였으며, 동래(東來) 정 씨였다.

수동이라는 호를 가지게 된 것은 손바닥에 수(壽) 자 모양의 무늬가 있었는데 성년이 된 뒤에 한서(漢書)에 지생동지(芝生銅地)라는 문구가 있는 것을 읽고 동(銅) 자를 따서 수동이라고 했던 것이다.

그리하여 그는 나중에 정수동이라는 이름으로 남녀노소, 빈부귀천할 것 없이 많은 사람들에게 널리 알려지게 되었는데, 지윤이나 하원이라고 하면 별로 아는 사람이 없었다.

그는 어려서부터 불우했다. 일찍이 아버지를 여의고 홀어머니 슬하에서 구차하게 자랐다. 원래 천부적으로 사물에 대한 이해가 빠르고 영리하여 서당에 다닐 때 하나를 들으면 열을 알았으며, 언행이 또한 비범했다.

그가 팔구 세 때 서당 선생이 등잔불을 주제로 글을 지으라고 했더니, 그는 선뜻

燈入房中夜退外
등입방중야퇴외

등잔불이 방에 드니
밤이 밖으로 나가도다.

라고 읊어 선생을 놀라게 만들었다고 한다.

떡잎 때부터 달랐던 것인데, 그는 기지 또한 출중했다. 더 어렸을 때, 서당에서 있었던 일이다.

하루는 수동이 끄덕끄덕 졸다가 선생에게 들켜 혼이 났다. 그런데 그로부터 며칠 후, 이번에는 선생이 졸다가 수동에게 들키게 되었다.

"선생님은 왜 졸아요?"

"에이~ 고놈, 내가 왜 졸아?"

"그럼, 뭘 하셨어요?"

"좀 모르는 글귀가 있어서 공자님에게 물어보려고 하늘에 올라갔다가 왔지. 혼만 빠져서 올라갔기에 여기 남아 있는 몸뚱이는 졸고 있는 것같이 보였느니라."

그런 일이 있은 뒤 하루는 선생이 보니 어린 수동이 코를 드르릉

드르릉 골면서 마음 놓고 자고 있었다.

　훈장 선생은

　"요놈?"

하고 머리를 때렸다. 그러자 수동은 깜짝 놀라 잠에서 깨어 일어나 앉
았다.

　"선생님, 왜 때리셔요?"

　"요놈, 왜 자는 거냐?"

　"자지 않았어요."

　"그럼, 뭘 했느냐? 자지 않고……"

　"공자님을 좀 뵈러 갔었어요."

　"요놈이 뭐라구? 공자님을 뵈러 갔다? 그래 공자님을 뵈었느냐?"

　"네. 뵙고 왔어요."

　"그래. 뵈었더니 뭐라고 하시더냐?"

　"일전에 선생님이 오셨느냐고 여쭈어 보았더니, 오신 적이 없다고
하시던데요."

　"음……."

　이처럼 그는 마을 사람들에게서 천재니 신동이니 하는 말을 들으며
자랐다. 열일곱 살 때 김씨 집안에 장가를 들고 열아홉 살 때부터 과거
를 보기 시작했는데, 자기보다 못한 사람도 손쉽게 급제하는 데도 자
기만은 번번이 낙방했다. 때문에 고르지 못한 더러운 세상에서 벼슬할
것을 단념하고 슬프고 기쁜 것을 모두 시(詩)에 붙이고 술을 벗 삼아
살면서 방랑과 농담을 즐기며 평생을 보내게 되었다.

그가 얼마나 세상사에 구애 받지 않는 낭만시인(浪漫詩人)이었던가 하는 것은 다음과 같은 이야기 하나만으로도 능히 알 수 있다.

그는 시를 잘 지었을 뿐만 아니라 술을 무척이나 좋아했다. 그리고 술과 함께 찾아오는 위대한 자연의 경치는 그가 스스로 즐기면서 체험하는 무아경이었다.

어느 해 늦은 봄날이었다. 그의 아내가 산달[産月]이 되었다. 진통이 온 아내를 옆에서 간호했으나, 좀처럼 순산이 되지 않았다. 보다 못한 정수동은 벌떡 일어났다. 의원이 난산(亂山)에 쓰는 불수산(佛手散: 해산 전후에 쓰는 탕약. 궁귀탕)이 제일 좋다고 말했기 때문이었다.

그는 약방으로 헐레벌떡 뛰어갔다. 그런데 얼마쯤 달려가다가 보니 (이때 그는 벌써 아내의 진통에 대한 생각은 까맣게 잊어버렸다) 건너편 길에서 몇 사람이 어깨를 나란히 하고 그쪽으로 걸어오고 있었다. 정수동이 발을 멈추고 가만히 보니, 그들은 모두 시객으로 친면이 있는 문우(文友)들이었다.

"어디들 가나?"

"금강산 구경을 하러 가는 길이네."

정수동은 문득 자기도 금강산으로 떠나고 싶다고 생각했다.

"나도 한 몫 넣어주게나. 함께 가세."

"좋은 시붕(詩朋)이니 오히려 우리가 원하는 바일세. 함께 가세."

그들은 손에 손을 잡고 봄의 금강산 경치를 감상하기 위해 바쁘게 걸음을 옮겼다.

정수동의 부인은 난산이기는 했지만 귀엽게 생긴 사내아이를 낳았다. 그날 금강산으로 불쑥 떠나간 정수동은 몇 달이 지나도록 돌아오지 않았다. 그래서 후에

"정수동은 금강산 유점사에서 중이 되어 있더라."

는 소문까지 들려오게 되었다.

그로부터 어느덧 일 년이 지나갔다. 그제야 금강산에서 돌아온 정수동은 그의 집 부근에 이르자 왁자하게 손님들이 모여 있는 것을 보고 괴이하게 여겼다.

그가 집으로 들어가 보니 그날이 바로 아들의 돌 잔칫날이었다. 그는 돌이 되는 아들의 얼굴을 바라보다가 처갓집 손님들이 많이 모인 자리라 좀 겸연쩍어졌는지 그들을 한 번 웃겨주려고 아내를 물끄러미 바라보다가 불쑥 이렇게 말했다.

"아따 마누라, 성미가 급하기도 하오. 그래 불수산 약 지으러 간 사람이 오기도 전에 아이를 낳고 벌써 돌이란 말이요? 핫핫핫……."

정수동은 시를 잘 지었을 뿐만 아니라, 술을 잘 마셨고, 세상을 조롱하는 짓도 잘 했기에 당시의 제법 큰 인물들과 친하게 지내며 사귈 수 있었다.

그는 중인(中人: 조선시대에 양반과 평민의 중간에 있던 신분 계급)이었기에 벼슬을 할 계제가 되지 못했지만, 그의 시재(詩才)가 천재적이었기에 당시의 시인치고 김삿갓과 정수동을 모르는 사람이 없을 지경이었다.

당시의 정승이었으며, 나는 새도 떨어뜨릴 만한 세도가인 안동 김씨 김흥근(金興根)도 역시 시문을 즐겼다.

김흥근은 추사 김정희(秋史金正喜)의 집에 자주 드나들었다. 그와는 함께 마음을 두고 지내는 사이였다. 추사는 비록 벼슬이 참판에 지나지 않았지만, 김흥근이 그의 고결한 인격과 품격 높은 글씨와 뜻있는 문장에 반했기 때문이다.

그런데 추사는 항상 김흥근 앞에서 정수동을 칭찬하여 마지않았다. 추사는 정수동을 알고, 정수동은 추사를 알아보았다. 정수동은 심심하면 추사 김정희의 집을 찾아가 대취해 있었고 그 후부터는 정승 김흥근의 집 문객이 되어 김정희의 말벗과 시우(詩友) 노릇을 하였다.

어느 날 김 정승 집에서 큰 소동이 일어났다. 정수동이 소리도 없이 어디론가 없어졌는데 그와 동시에 김 정승이 예궐할 때 입는 남포(藍袍: 남색 옷)와 홍띠도 역시 없어졌던 것이다.

나중에 보니 정수동이 남포를 입고, 홍띠를 두르고 그 위에 어디서 났는지 방갓(예전에 상제가 밖에 나갈 때 쓰던 가는 대오리로 만든 삿갓 모양의 큰 갓)까지 쓰고서 술을 억병(한량없이 마시는 술의 양)으로 마시고 있었다. 실로 웬만해서는 보기 힘든 광경이었다. 후일 김 정승이 정수동에게 그렇게 했던 이유를 물었더니

"그거야 별것 있나요. 내 행색이 너무나 초라하기에 한 번 기고만장해 보려고 그랬지요. 벼슬 같은 것은 안중에도 없소이다."
라고 대답했다. 그래서 김 정승은 정수동을 더욱 공경하였다.

어느 해 늦은 겨울이었다. 김 정승은 해마다 세밑이 되면 궁교(窮交: 사귀고 있는 궁한 사람)와 빈족(貧族)들에게 세찬으로 약간의 금품과 술과 음식들을 주고는 했다.

물론 이러한 은덕은 정수동에게도 베풀어지는 것이었기에 김 정승은 특별히 술 서 말에 명태와 꿩 등까지도 곁들여서 주었다. 그런데 그 속에는 옷감까지 들어 있는지라, 정수동은 도저히 그것을 다 가지고 갈 수가 없었다. 때문에 김 정승은 그가 부리는 가복에게 신신당부했다.

"이 물건들을 지고 정 서방을 따라가 댁까지 탈없이 전해 드려라."

김 정승의 가복은 그 짐을 지고 정수동의 집을 향해 걸어가기 시작했다.

때마침 함박눈이 부슬부슬 내리기 시작하더니만, 떡 덩어리 같은 눈송이로 변하며 더욱 멋지게 휘날렸다. 짐을 지고 정수동을 따라가는 김 정승 집 하인은 짐이 무거워서 그런지 비지땀을 흘리며 수표교(水標橋) 근방까지 왔다. 눈은 더욱 퍼붓고, 밤길은 눈에 파묻혀 동쪽과 서쪽을 분별하기가 힘들었다. 그때 정수동이 갑자기

"그만 짐을 내려놓게."

하므로 하인은 그 부근에 정수동의 집이 있는 것으로 생각하고 말했다.

"여기까지 온 김에 댁 문 안까지 져다드리겠습니다. 염려 마십시오."

정수동은 그윽한 눈빛으로 하인을 바라보면서 남의 눈치도 모르는 바보라는 듯이 말했다.

"이 사람아, 그 무거운 것을 다 지고 갈 필요가 없어. 내려놓게, 내

려놔. 이 사람아."

하인은 김 정승의 명령을 거역할 수가 없었기에 그대로 서서 어물어 물하고 있었다. 정수동의 말뜻을 잘 모르는 모양이었다.

"이 미련한 사람아, 이 밤중에 그 무거운 것을 어디까지 지고 갈 텐가? 넣고 가세. 넣고 가."

김 정승의 하인은 의아해 하며 물었다.

"어디다 넣고 가시렵니까?"

"아따, 이 사람아. 뱃속에 넣으면 그만 아닌가."

정수동은 드디어 그 하인으로 하여금 세찬 짐을 벗어놓게 했다. 하인이 다시 물었다.

"서방님, 소인은 이제 집으로 돌아가란 말씀입니까?"

"이 사람아, 그런 것이 아니야. 자네 이 앞집에 들어가서 큼직한 사발이나 한 개 얻어가지고 오게."

하인이 정색을 하고 정수동에게 대들며

"이렇게 큰 눈이 쏟아지는 밤중에 여기서 술을 잡수시겠다는 말씀입니까? 망령이시지. 그럴 수가 있습니까?"

라고 하자, 정수동이 씨익 웃으면서 답했다.

"이 사람아, 어서 사발이나 한 개 얻어 오라니까. 이 기막힌 설경(雪景)을 감상하면서 우리 한 잔 기울여 보세."

하인은 할 수 없다고 생각했던지, 이웃집으로 들어가 큼직한 사발한 개를 얻어왔다.

그들 두 사람은 권커니 잣거니 하면서 술 서 말을 모두 배에다 넣고 집으로 돌아갔다. 흰눈이 무한히 쏟아지는 밤, 십만 장안의 대로상에서 눈을 맞으며 술을 마신 것이었다.

정수동은 시와 술 두 가지에 있어서 모두 유명한 인물이었기에 당시의 고위 정객(高位政客)들은 그와 벗하는 것을 일종의 영광으로 알기도 했다.

"나는 비록 부패한 고급 관료배지만, 그래도 이렇게 높은 선비를 대우할 줄 알지 않느냐."

라고 주장하는 식이었다.

하루는 판서로 있는 남병철(南秉哲)을 찾아갔더니, 그가

"이 사람아, 자네 요즘 재미 붙인 데가 있는 모양일세?"

하고 자주 방문하지 않는 것을 힐책하는 것처럼 말했다.

그러자 정수동은 머리를 숙이며 대답했다.

"대감, 그저 자주 찾아뵙지 못해 황송합니다."

남 판서는 정 수동을 총애 경모하는 사람들 중의 하나였다. 그는 진정으로 반가웠는지 은근한 목소리로 말했다.

"그래, 요즈음도 그렇게 술을 잘 하는가?"

"걱정해 주시는 덕분에 매일 장취하고 있사옵니다."

"그런데 자네가 요즘은 조두순(趙斗淳) 대감 댁에 잘 다닌다더군. 그런가?"

일종의 질투 같은 것이 섞인 물음이었다.

"조 대감께서 자주 부르시기에 몇 번 들른 적은 있습니다."

"자네가 그 댁에서 하룻밤에 오언시(五言詩: 오언으로 지은 한시의 총칭) 백 운(韻)을 지었다는 말이 사실인가?"

수동이 조두순의 집에서 크게 취해 자고 있는데, 조 정승이 갑자기 깨우면서 오언시 백 수를 지으라는 바람에

인생은 백 살도 못 사는 주제에
무엇을 더 바라고 마음을 상하느냐
옛날 철인들도 다 이렇게 말했는데
우리 무리들이 바쁘게 덤비나
……
……

하고 단숨에 내려지었던 일을 말하는 것이었다.

"그런 걸 어떻게 아셨습니까?"

"아, 그야 조 정승에게서 들었지. 자네가 밤샘을 하면서 오언시 백 수를 지었다고 칭찬이 대단하시더군."

남 판서는 정수동을 칭찬하면서 말했다.

"술이나 실컷 먹어볼까? 오랜만이니 우리 파탈(擺脫: 구속이나 예절 등으로부터 벗어나는 것)하고 크게 한 번 취해 보세그려."

"대감, 언젠가처럼 취하여 오줌 싸고, 똥 싸고 하면 어쩌지요?"

"아따 이 사람아, 오줌을 싸도 좋고, 똥을 싸도 좋으니 어디 한 번 실컷 마셔보세."

그래서 정수동은 그날 밤이 새도록 남 판서와 취하고 시를 짓고 하다가 그 집에서 고꾸라져 잠이 들고 말았다. 얼마나 잤는지 날이 훤해졌기에 일어나니 속이 쓰리기가 한이 없었다.

그는 슬그머니 일어나 그집 이웃에 있는 어느 해장집로 기어들었다. 속이 쓰리고 컬컬하던 차에 마시는 해장술의 맛은 실로 술을 애용하는 주광만이 알 수 있는 경지의 별미여서 정수동은 한 잔, 두 잔 계속해서 마셨다. 그러다보니 대낮부터 술을 먹기에 적당한 기분이 되었다.

이윽고 얼큰해진 그가 술집에서 나가려고 하자, 주모가

"술값 내고 가세요."

하면서 그의 옷소매를 잡았다.

"여보, 옷을 붙잡지 않고는 말을 못하오?"

"술값을 내지 않고 그냥 가시니까 붙잡은 거잖아요?"

"여보, 주모, 그런데 미안하지만 지금 가진 돈이 없소."

"돈도 없이 술을 마셨단 말이오?"

"나는 평생 동안 돈 내고 술 마셔 본 적이 없소."

"돈도 없이 술을 먹었단 말이오?"

주모는 점점 얼굴에 노기를 띠면서 대들었다.

"이 양반이 나를 놀리는 건가?"

그때 마침 그집 주인인 듯한 험상궂게 생긴 자까지 뛰쳐나왔다. 정수동은 화가 몸에 미칠 것을 생각하고

"여보시오, 남 판서 대감, 남 판서 대감! 정수동이 지금 술 몇 잔값

때문에 볼모로 잡혔소. 술값 좀 물어주시오."

하고 고함을 질렀다. 주모는 그가 정수동인 줄 알게 되자 단번에 태도가 바뀌어졌다.

"누구신지 몰라서 그랬습니다. 저희 집에 찾아오신 것만도 고마운 일인데 술값이 무슨 술값입니까. 그냥 돌아가시든지 뭣하시면 좀 더 잡숫고 가시지요."

주모는 정수동을 붙잡더니 다시금 술상을 차려 내왔다. 정수동의 이름은 일개 선술집 주모까지 모르는 사람이 없었던 것이다.

시인 묵객들이 모여서 시회(詩會)를 하고 있었다. 물론 그 자리에서 정수동이 주빈 격이었다. 때는 마침 춘삼월, 꽃피고 바람이 훈훈한 계절이었다. 하지만 정수동은 시보다 술에 더 마음이 가 있었다.

그까짓 고리타분한 시는 지어서 뭘 하겠느냐는 것이 그의 생각이었다. 하늘과 땅이 곤두서도록 실컷 술을 마시는 것, 그것만이 정수동이 원하는 생활이었다.

"술은 시회에 따라다니는 법인데, 술 준비는 충분히 했나?"

정수동이 묻자 시회를 준비한 사람이 대답했다.

"걱정 말게. 술은 넉넉하게 준비했으니 좋은 시나 많이 지어보게."

다른 사람들은 모두 시를 짓느라고 끙끙거리고 있었는데, 낙운성시(落韻成詩)가 제대로 되지 않는지 애만 쓰고들 있었다. 정수동은 붓에 먹을 찍더니 일사천리로 세로로 한 수를 써서 읊었다. 모든 사람들이 그의 비상한 재주에 새삼스럽게 경겁할 따름이었다. 정수동은 시를 지었으니 그날의 책임은 완수한 듯 하여 혼잣말처럼 중얼거렸다.

"시를 다 지은 사람은 이제 어떡하란 말인가? 목이 말라서 죽겠는데."

"잠시만 참게. 조금 있으면 끝날 테니 함께 마시자고."

그들은 그 때까지도 시가 잘 되지 않는지 끙끙거리고만 있었다. 영감의 신(神)이 찾아오지 않는 모양이었다. 정수동은 결국 화가 나고 말았다.

"젠장…… 경을 칠 놈들 같으니."

그는 소변을 보러가는 체 하면서 이곳저곳을 수색해 보았다. 그랬더니 깊숙한 뒷방에 술 두 동이가 있는 것이 아닌가.

"에이, 겨우 두 동이야? 간에 기별도 가지 않겠다. 슬그머니 혼자 다 먹어야겠어."

그는 술동이를 들고는 고래가 물을 들이키듯이 그대로 마셔버렸다. 술기운이 전신에 퍼지며 빠르게 취하는 것이 느껴졌다.

"하늘과 땅은 분명히 내가 창조한 것이렷다. 그 아름다운 하늘과 땅 사이에서 나 홀로 소요하리……"

그는 혼자서 중얼거리며 남은 한 동이 술을 다시 들이켰다.

술이 창자 속에 스며들자 정신이 더욱 혼몽해졌다. 그제서야 정수동은 겨우 술을 마신 것 같은 기분이 되었다. 그는 그 집의 뒷골방에서 이내 사지를 죽 뻗고 누워서 코를 골기 시작했다.

다른 사람들은 그날의 주빈 정수동이 없는지라, 많은 안주까지 준비해 놓고서도 그를 기다리느라고 그냥 시들만 읊고 있었다. 그런데 문득 그 중의 한 사람이 옆방에서 나는 소리에 귀를 기울였다. 분명히 코를 고는 소리가 들려오고 있었다.

"여보게들, 정수동이가 벌써 술을 바닥내고 저렇게 코를 고는 것 같아."

그들은 모두 일어나 옆방으로 뛰어갔다. 그랬더니 아니나 다를까, 그는 사지와 오체를 쭉 벋고 천장이 찢어질 정도로 코를 골고 있었다. 그들은 술을 다 마신 것을 보고 화가 나서 그를 깨웠다. 그랬더니 그는 마지못해 일어나면서 이렇게 중얼거리는 것이었다.

"이 사람들아, 시회를 한다면서 술이 겨우 두 동이 뿐이야. 그래서 내가 먹기는 했는데, 그냥 먹은 것이 아닐세. 한 동이는 술로 먹고 남은 한 동이는 안주로 먹었네. 안주 없이 술을 마실 수는 없지 않은가?"

그리고는 다시 쓰러지더니 요란하게 코를 골기 시작했다.

정수동은 평소에 양반들과의 교류가 많았지만 양반들을 무척이나 미워했다. 뿐만 아니라 그들의 토색질과 착취를 웬만큼 정도는 미워하지 않았다.

그는 조 정승 두순의 집에 자주 드나들었는데, 그집 영감이 전에는 그런 일이 없더니 이상한 짓을 했다. 시골에서 어느 부자가 뇌물로 십만 냥을 보내왔는데 전 같으면 도로 돌려보냈을 그가 이번에는 웬일인지 그것을 받아 자기 주머니에 넣어버렸다. 정수동은 그것이 마땅치 않았지만 뭐라고 말할 수도 없는 입장이어서 모르는 체하고 있었다.

그로부터 며칠 후 정수동이 우연히 또 그집에 들렀는데, 행랑어멈의 어린애가 돈 한 푼을 입에 물고 있다가 그만 삼켜버려 모두 야단이나 있었다. 행랑어멈은 정수동을 항상 숭배하고 있었기에 엽전 삼킨 것을 고칠 수 있는 명방(明方)도 당연히 알고 있을 것이라고 생각하고 울상이 되면서 물었다.

"여보세요, 나으리님. 이 애가 엽전을 삼켰는데 죽지 않을까요? 어서 좀 봐 주세요."

그런데 그 말을 한 곳이 공교롭게도 조 정승이 기거하는 방 앞이었기에 정수동은 큰 소리로 말했다.

"그게 뉘 돈인가?"

"제 돈입지요."

"아아, 그래? 그럼 염려 말게. 남의 돈 십만 냥을 삼키고도 뒤탈이 없는데, 제 돈인 엽전 한 푼 삼키고 무슨 탈이 날 것이라고 그 야단인가?"

어느 날 정수동이 조 정승과 마주앉아 술을 마시고 있었다. 정수동을 좋아하는 조 정승은 술이 얼큰해지자 한 마디 물었다.

"여보게 정 서방, 자네는 이 세상에서 제일 무서운 것이 뭐라고 생각하나?"

"그건 강도지요."

"강도보다 더 무서운 것은 무엇인가?"

"다시 이를 말씀입니까? 그건 양반 놈들이지요."

조 정승은 어이가 없어졌다. 하지만 그 넓은 도량으로 다시 한 번 생각했는지 부드러운 목소리로 다시 물었다.

"양반이 왜 강도보다 무서운가?"

"강도야 잘 하면 퇴치할 수도 있겠지만, 세도 있는 양반은 상놈으로서는 도저히 퇴치시키지 못할 뿐 아니라, 상놈의 생명은 그 앞에서 파리 목숨만도 못하니 양반이 강도보다 더 무서운 것이 아니겠습니까?"

조 정승은 옳거니 하면서 머리를 끄덕였다.

정수동은 오십일 세를 일기로 김삿갓보다는 짧은 나이에 이 세상을 하직했다.

어느 해 정수동이 당나귀를 타고 서울을 떠나 이곳저곳을 방랑하다가 고려(高麗)의 고도 개성에 들렀을 때였다. 만월대, 선죽교 등의 고적을 구경하다가 어느덧 해가 저물기 시작했으므로 서울에서 같이 수학하던 한치수(韓致洙)라는 옛 친구를 찾아갔다.

그런데 이 한치수라는 사람은 몇 번이고 과거를 보았는데도 배경이 없어 번번이 낙방만 하는 바람에 세도 부리는 양반들의 꼴이 보기 싫어 과거고 벼슬이고 다 집어치우고 돈이나 벌어 남부럽지 않게 살아 보자고 개성으로 낙향한 사람이었다.

원래 개성 사람들은 왕 씨가 다스리던 나라에서 이 씨가 다스리는 나라로 바뀌는 통에 벼슬하기를 단념하고 오직 돈 벌기에만 열중하게 되었는데, 그들 틈에 낀 한치수도 차차 장사 수완이 늘고 또 결심한 바도 있었는지라, 이를 악물고 알뜰히 돈을 모은 덕택으로 낙향한 지 육, 칠 년 만에 큼직한 집에서 하인, 서사까지 여러 사람을 아래에 두고 지내게 되었던 것이다.

한치수는 찾아온 정수동을 사랑으로 안내했다. 그래 놓고는 그다지 반갑게 인사조차 나누지도 않고 하인과 서사를 상대로 여전히 돈 받을 문서만 뒤적이느라고 여념이 없었다.

정수동이 사랑에 앉아서 바라보니 마당에는 장작이 가득하게 쌓여 있고, 암탉과 수탉이 수십 마리나 뜰 아래 위를 돌아다니고 있었다.

'돈을 꽤 모은 게로군……'

정수동이 그렇게 생각하며 무료히 앉아 있는데도 한치수는 도무지 일을 끝낼 기색을 보이지 않았고, 정수동의 존재까지도 아예 잊은 것 같았다. 정수동은 슬며시 화가 나기 시작했다.

아무리 돈벌이가 바쁘기로서니 오래간만에 만난 죽마고우를 이렇게 푸대접할 수 있는가 싶었다. 그래도 꾹 참고 앉아 있었으나 끝내 돌아보지도 않았다.

정수동은 참다못해 입을 열었다.

"여보게 치수, 자네 굉장히 바쁜 모양일세그려."

그제야 겨우 뒤로 고개를 돌린 한치수는 시큰둥하게 대답했다.

"아니, 그렇지도 않네."

"그럼 우리 오래간만이니 밖으로 나가서 술이나 한 잔 하세."

"아니야. 나가긴 왜 나가나. 여기서 내가 술 한 잔을 내야 할 텐데, 자네가 별안간에 왔으니 적당한 안주도 없고 해서……"

그 말을 들은 정수동은 이놈이 돈맛을 좀 보더니 더럽게도 인색해졌구나 하고 생각하면서 시치미를 뚝 떼고 말했다.

"아, 그런가. 그럼 내가 타고 온 나귀를 잡아서 안주로 하세."

"그럼 자네는 뭣을 타고 돌아가게?"

"저 닭이라도 타고 가면 되겠지."

인색하지만 눈치가 빠른 한치수였기에 그 말의 뜻을 알아챘다.

"아 참, 저 닭 한 마리 잡는 거야 어렵지 않지만, 저것을 삶으려면 나무가 꽤 들텐데 나무가 있어야지……"

"땔 나무가 없다고? 그럼 이 갓을 때서 삶아 먹세."

"아니, 그게 무슨 말인가? 그럼 자네는 뭘 쓰고 가려나?"

"허, 자네 집의 대문짝 하나를 떼어서 쓰고 가면 되지 않겠나."

그날 밤 하는 수없이 잡아주는 닭을 안주로 술과 밥을 먹고 불쾌한 하룻밤을 보낸 정수동은 이튿날, 옛날의 글동무가 인색해진 것을 슬퍼하면서 나귀의 고삐를 잡고 길을 떠났다.

천재 화가 장승업(張承業)

술을 너무나 좋아했던 천재 화가

    조선시대의 모든 화가들 중에서 장승업만큼 술을 즐기고 술의 포로
가 되어 한평생을 취생몽사(醉生夢死: 아무런 생각없이 한평생을 흐리
멍덩하게 살아감) 격으로 지낸 사람은 없을 것이다.

    그는 오십 평생을 거의 매일 술에 파묻혀 지내다가 끝내는 술 속에서
거꾸러져 간 사람이었다.

    한때 고종 황제(高宗皇帝)의 지우(知遇)를 얻었으므로 좋은 그림을
그려 바치기만 하면 영달의 길이 눈 앞에 있었지만, 그는 헌신짝처럼
그것을 포기한 사람이었으니, 예술가에게는 벼슬이 필요하지 않다는
그의 허무주의 인생관 때문이었다.

    그는 조선시대 말엽 고종 때의 사람으로 그의 조상에 대해서 자세히
알 수는 없으나 무반(武班) 출신의 후예였던 것만은 사실인 듯하다.

    그는 어렸을 때 양친을 잃고 천애의 고아가 되어 동으로 서로,
남으로 북으로 유랑하는 신세가 되었다.

    그는 스무 살이 될 때까지 떠돌다가 나이 이십이 되자, 서울에

와서 어디엔가 정착하려고 애쓰고 있었다.

마침 서울 수표교 근방에 이응헌(李應憲)이라는 사람이 살고 있었는데, 그는 동지(同知: 조선시대 총독부의 종2품 벼슬) 라는 직함을 가지고 있었기에 이웃 사람들은 그를 이동지라고 불렀다.

이동지는 실로 우연한 기회에 장승업을 만나게 되었다.

그는 사람을 보는 안목이 있었으므로 처음으로 장승업을 보는 순간 그의 뛰어난 상모(相貌: 얼굴의 생김새)에 반하지 않을 수 없었다. 그는 장승업의 방랑을 중지시킨 사람이었으니 승업이 이동지의 집 식구가 되었기 때문이다.

나이 이십이 되도록 글 한 자도 배우지 못했던 승업은 이동지 집의 이 일 저 일을 보살피면서, 그의 아들이 글 배우는 것을 어깨 너머로 구경하며 글을 깨우치게 되었다. 그리하여 그는 글공부에 더욱 더 열중하게 되었고 글자도 제법 쓸 줄 알게 되었다.

그런데 이때 이동지는 상당히 부유한 집안의 사람으로서 서화 골동(書畵骨董) 수집가였다. 그의 집에는 상당한 양의 고대 중국 서화와 골동품들이 비장되어 있었다. 원(元)과 명(明)나라의 일류 화가의 것도, 국내의 것도 삼원(三圓)의 것이 대개 갖추어져 있었다.

한 번 그 그림들을 보고난 승업은 가슴 속에서 갑자기 치솟는 야릇한 의식을 어찌할 수가 없었다. 그는 붓을 들어 그림을 한 번 그려보기로 했다. 자기도 그만큼은 그릴 수 있을 것 같다는 생각이 들었다.

그 같은 생각은 놀랍게도 틀리지 않았다. 한 번도 잡아보지 않은 화필이었지만, 그것은 스스로 움직이는 것처럼 화선지 위에서 유연히 미끄러졌다.

매란(梅蘭)을 위시하여 산수화 영모(翎毛: 새나 짐승을 그린 그림) 등을 그려보았는데, 그 필치가 대가의 것을 능가할 만했다. 첫 솜씨가 그러하였다.

그는 실로 신운(神韻: 신비롭고 고상한 운치)이 횡일(橫溢: 물이 가로 흘러넘치는 것)하는 천재 화가였던 것이다.

어느 날 주인인 이동지가 장승업이 그린 그림을 발견하고 물었다.

"이것이 네가 그린 그림이냐?"

"그렇습니다."

"언제부터 그림을 배웠느냐?"

"그림을 배운 적은 없습니다만, 한 번 그려보고 싶어서 붓을 놀렸더니 그렇게 되었습니다."

"너는 천재화가다. 이제부터 뜻을 그림에 두고 열심히 공부해라. 지필묵 등 화구는 내가 마련해 주마."

그 때부터 장승업은 매일같이 그림만 그렸다. 워낙 그림에 천재적인 소질을 갖춘 그였으므로 그의 그림 실력은 일취월장(日就月將)했다. 그는 그림을 그리기 시작한 지 불과 몇 해가 지나지 않아 대화가라는 칭호를 받게 되었다.

스승없이 그리기 시작한 그림이었지만, 그의 그림은 천의무봉(天衣無縫: 사물이 완전무결함을 이르는 말)과도 같았다.

그런데 그는 그림을 잘 그리기는 하였으나 술울 너무나 좋아했다. 매일 같이 장취…… 술과 장승업은 어느덧 떼려야 뗄 수 없는 사이가 되고 말았다.

한 잔이 두 잔이 되고, 두 잔이 열 잔이 되고 뒷술이 말술로, 말술이 다시 섬술로 변해 간 것이다. 하루에 삼백 잔의 술을 기울였다는 이태백을 따를 만했다.

그는 그처럼 통음(痛飮: 술을 매우 많이 마시는 것)하기만 했기에, 제법 큰 사이즈의 그림을 완성하려고 하면 몇 해가 걸리는 경우도 있었다. 아니, 몇 해가 걸려도 완성하지 못하는 경우도 있었다.

그는 그림값이 후하게 들어오면 우선 술집에다 그 돈을 맡겼다. 그리고는 무한정 술을 즐겼다. 그리하여 한평생을 주채(酒債: 술값으로 진 빚)에 시달리다가 오십여 세에 세상을 떠나고 말았다.

고종황제는 장승업의 화명(畵名)이 높음을 듣고, 그를 불러 그림 병풍을 얻고자 했다. 수십 첩의 병풍 제작을 그에게 위촉하려고 했다. 그 같은 소문은 삽시간에 서울 장안에 퍼지게 되었다. 때문에 모든 화가들은 부러워할 뿐만 아니라, 시기하기도 했다.

그들은 모두

"이제 장승업은 팔자를 고치게 될 거야."

하고 떠들어댔다. 장승업을 오늘의 대성으로 이끌어온 이동지도 크게 감격하여 장승업을 찾아왔다.

"참으로 반가우이. 모두 다 자네의 재주가 출중하기에 상감께서 특히 자네를 선발하신 것이니, 힘 써서 좋은 그림을 그리도록 하게. 사람의 운수란 일생에 한 번 이렇게 좋은 기회가 올까말까 하는 것이니,

깊이 생각해서 성심껏 그려드리게. 큰돈과 높은 벼슬이 자네에게 오게 될 거야. 한 가지 부탁할 것은 술을 조심하라는 말일세. 궁중에서 그림을 그리는 동안만이라도 제발 술을 좀 덜 마시도록 하게. 그것만 명심하면 자네의 입신양명은 다시 말할 필요도 없을 것일세. 참으로 고맙고 반가운 일이로세."

이동지는 육친과 다름없는 마음으로 장승업을 고무 격려했을 뿐만 아니라 친히 세밀한 주의까지 해주었다.

드디어 장승업은 고종 황제의 소명을 받아 궁중으로 들어갔다. 승업의 주량과 술버릇에 대한 상식을 익히 들어 알고 있었던 궁중에서는 그에게 깨끗한 방 한 칸을 비워주었고, 그림을 그리는데 필요한 모든 조건를 구비해 주었다. 옆에서 한 사람의 무감이 승업을 감시하고 있었는데, 그가 술을 과음하여 궁중을 어지럽힐까 염려한 까닭이었다.

상감은 특별히 수라간에 분부하여 명했다.

"승업에게 매때 술을 석 잔씩만 주도록 하여라. 절대로 그 이상 주어서는 안 된다."

하루 이틀 지나는 동안 장승업은 술을 먹고 싶어서 죽을 지경이 되고 말았다. 사람은 자기 스스로 먹을 자유가 있을 때는 먹으라고 해도 덜 먹는 법이지만, 외부로부터의 압력에 의해 먹지 말라고 강요받게 될 때는 한 술 더 떠서 먹고 싶어지는 것이 인간의 상정이다.

승업은 드디어 더 이상 참을 수가 없게 되었다. 그는 슬그머니 궁중에서 도망치고 싶다는 생각이 치솟았다. 무슨 핑계를 대고서라도 궁금(宮禁)을 뚫고 탈출하고 싶었다.

한 번 잃어버린 행동의 자유는 장승업으로 하여금 번열증(煩熱症: 신열이 몹시 나고 가슴이 답답하며 괴로운 증세)이 나도록 그를 괴롭혔던 셈이다. 한때 석 잔씩 밖에 주지 않았던 적은 술은 감질만 나게 만들 뿐이었다.

'이놈의 술을 받아먹고 있다가는 내가 말라서 죽고말 것이다. 아무리 생각해 봐도 여기서 빠져 나가야 할 텐데 무슨 핑계를 대야 한단 말인가? 옳지! 채색 도구를 가지러 간다고 하면 되겠구나.'

그는 속으로 중얼거렸다.

그날 밤에 그는 감시하는 별감을 살살 꾀어 궁궐 밖으로 도망치고 말았다. 그는 으슥한 곳에 있는 술집에 들어가 며칠 동안 마시지 못했던 술을 마음껏 마셨다. 그리고는 만족스러워하며 중얼거렸다.

"아아…… 이제야 내 세상이다. 나는 이렇게 술을 마셔야 해. 암!"

그의 창자는 술독으로 변했다. 술독이 창자 속인지 창자 속이 술독인지, 승업은 제대로 분간이 되지 않았다. 여러 날을 궁중에서 보내며 술에 굶주리던 생각을 하면 기가 막히기만 했다.

그는 궁중에서 나올 때 자기를 감시하던 무예 별감에게,

"하룻밤만 있다가 들어올 테니 그리 알라."

하고 말했지만 사흘이 지나도 돌아가지 않았다. 때문에 별감뿐이 아니고, 황제의 측근들도 모두 걱정하지 않을 수 없게 되고 말았다. 그러는 중에 상감의 귀에도 장승업이 없어졌다는 보고가 들어가게 되었다. 고종은 깜짝 놀라며 옆에 있는 김시종(金侍從)에게 물었다.

"장승업이 없어졌다는 것이 사실인가?"

"네. 사흘 전에 궁궐에서 나간 후 아직까지 돌아오지 않았다고 하옵니다."

"사흘 전에 나가? 누가 내 명령없이 내보냈단 말이냐? 너도 알고 있었느냐?"

"황송하오나 모르는 일이옵니다."

"그럼, 누가 알지?"

"승업의 방을 지키고 있던 별감은 알고 있을 것이옵니다."

고종은 별감을 불러다가 장승업이 궁중에서 빠져나간 전말에 대해서 들었다.

"그 사람이 그림 그리는데 필요한 채색 도구를 가지러 간다면서 사흘 전에 나갔사온데, 아직까지 돌아오지 않고 있사옵니다."

고종은 노기 띤 음성으로 말했다.

"알겠다. 그놈이 술을 먹고 싶어서 도망친 모양이다. 당장 포청에 연락하여 잡아오도록 해라."

김 시종은 곧 포청에 연락하여 장승업을 잡아 올리도록 했다. 그러나 그는 쉽사리 잡히지 않았다. 잡힐 것을 염려하여 깊숙한 곳에 위치한 주모(酒母)의 집에 숨어 밤낮을 가리지 않고 술을 마시고 있었기 때문이다. 하지만 포교들은 임금의 지엄한 분부를 받았는지라 서울 장안을 샅샅이 뒤져 드디어 그를 포박했는데, 그는 잡힐 때에도 술에 만취되어 동서를 제대로 분별치 못했다.

그는 인치되어 궁중의 처소로 돌아왔는데, 하도 억병으로 취해 있었기에 자기가 지금 어디에 누워 있는지도 모르고 있었다. 차차 술이

깨면서 갈증이 심해진 그는

"이봐 주모, 물 좀 주시오."

하고 고함을 쳤다. 옆방에서 그를 엄중하게 감시하고 있던 별감이 혀를 차면서 말을 걸었다.

"이제 정신이 좀 드시우?"

그러나 장승업은 그 때까지도 그 방이 술집의 방인 줄로만 생각하고 있었다.

"주모, 어서 냉수를 좀 달라니까요. 아이구 목 말라 죽겠네."

별감은 껄껄대며 웃었다.

"여보슈. 여기가 어딘 줄 아시우? 아직도 술이 덜 깬 모양입니다그려. 여기는 대궐이요, 대궐!"

장승업은 그제야 정신이 번쩍 나는 모양으로 사방을 휘이 둘러보았다. 과연 주모의 방이 아니고 그림을 그리던 궁성 안의 방인 것이 분명했다.

"아무 곳이건 물이나 좀 갖다 주시오."

별감은 물 한 사발을 떠다 주면서 말했다.

"여보, 장 서방. 이제는 술 좀 그만 마시고 그림을 그리시오. 상감께서 크게 노하셔서 포청에 가두라는 것을 가까스로 이곳으로 모셨소. 그림만 잘 그리면 모든 것이 해결될 뿐만 아니라 큰돈과 벼슬이 생길 텐데, 도대체 왜 그러슈? 정신 좀 차려요."

장승업이 눈을 멀거니 뜨면서 대답했다.

"나는 술만 있으면 그만이요. 돈도 싫고 벼슬도 싫소. 유주강산(有酒

江山)이면 그만이요, 술 없으면 지옥이요, 술만 있으면 극락입니다."

별감은 더 이상 이승업에게 뭐라고 말할 수가 없었다.

그날부터 승업은 한 때에 석 잔씩 주는 술을 마시며 그림을 그렸으나 생각은 그림에 있는 것이 아니었다. 하루 바삐 다시 탈출하여 그 맛있는 술을 또 마음껏 먹어야겠다는 생각만 하고 있었다.

아무리 생각해도 그는 구중궁궐 밖으로 도망칠 수가 없었다. 생각을 계속하던 그는 결국 도포와 갓을 벗어 버리고 혼곤히 잠자고 있는 별감의 옷을 훔쳐 갈아입었다. 그는 다소 가슴이 떨렸으나 캄캄한 그믐밤이었는지라 별로 큰 지장이 없이 두 번째 탈출에 성공했다. 남들은 모두 부러워하고 선망하는 위치에 있었지만 영달과 부귀를 헌신짝처럼 여기는 그에게 있어서는 그것이 싫기만 했다.

그는 다시 그리운 임의 품속과도 같은 술집으로 들어가서 처박혔다. 술을 다시 마시게 되자 흥겨운 노래가 저절로 흘러나왔다.

고종황제는 승업이 두 번째로 궁성을 탈출했다는 보고를 듣고는 노기를 참을 수 없어 그놈을 즉각 포박하여 투옥하라고 명령했다.

그때 마침 고종황제를 옆에서 모시고 있던 충정공(忠正公) 민영환 (閔泳煥)이 이를 목도하였다. 장승업의 목숨이 경각에 달린 것을 알고, 또 승업이라는 위인에 대해서 잘 알고 있었던 민영환은 곧 고종께 말했다.

"장승업이 무엄하게도 상감마마의 분부를 저버린 죄는 백 번 죽어도 모자랄 것이오나, 그는 본디 사람됨이 천성적으로 호주 방탕하여 그럴 뿐이옵지 일부러 상의를 거스르려고 그런 것은 아니라고 생각하옵니다. 그러하오니 한 번만 용서해 주시고 승업을 소인의 집에 두어 주시면 하명하옵신 그림을 끝내도록 조처 감독하겠사오니 통촉하여 주십시오."

고종도 그의 주벽은 무가내하(無可奈荷: 어찌할 수가 없이 됨)라고 생각하고 있었기에 그렇게 하라고 윤허했다.

그날부터 장승업은 민 충정공의 집에서 유숙하면서 그림을 그리게 되었는데, 민영환은 그가 도망칠 것을 걱정하여 그의 의관을 벗겨서 감추어 두고 그가 좋아하는 술을 무진장으로 제공했다.

이에 장승업은 좋아하면서 매일같이 술만 마셨다. 하지만 그런데도 불구하고 어딘지 모르게 모자라는 것이 있는 것 같은 눈치였다. 억병으로 먹고 쓰러져 자야만 될 것 같았다.

처음에 민영환의 집에 와서 수일 동안은 그림에 잠심(潛心: 어떤 일에 마음을 두어 깊이 생각하는 것)하는 듯 했으나, 또다시 발광에 가까운 술에의 향수를 도저히 참을 길이 없었다. 그는 궁중에서처럼 탈출하고 싶은 생각이 간절해졌다.

어느 날 민충정공은 예궐하여 없고, 감시하던 하인이 마침 졸고 있는 틈을 타서 승업은 이웃 방에 걸려 있는 상복(喪服)과 방갓을 훔쳐 몸에 걸친 다음, 살금살금 그 집에서 빠져 나오고 말았다.

그는 그 길로 술집에 숨어서 술타령을 하였으나 포교의 손에 붙잡혀 도로 민영환의 집으로 들어갔고, 달포 남짓한 동안 전후 세 번이나 탈출했다가 세 번 다 붙잡혀 들어갔다.

민영환은 그를 불러 앉혀놓고 말했다.

"아, 이 사람아. 아무리 사람이 우둔하다고 해도 그러는 법이 어디에 있단 말인가? 상감께서 크게 노하셔서 당장 포박하라고 지엄한 분부가 내렸었는데, 내가 중간에 끼어서 잘 타일러 그림을 그리게 하겠다고 여쭈어 무사하게 만들지 않았나. 그런데도 매일같이 탈출하여 술로만 일월을 보내는 사람이 어디에 있단 말인가?"

장승업은 민영환의 호의를 모르는 바가 아니었다. 그는 머리를 숙이고 말했다.

"대감의 지우를 남달리 받자와 이처럼 죽지 않고 살아 있는 것을 소인도 잘 알고 있습니다. 대감께 미안하다는 생각은 이루 다 형용할 수 없는 정도입니다만 뼛속에 스며오는 술에 대한 매력을 어찌할 수가 없습니다. 그 경을 칠 술을 끊을 수 있는 약은 없겠습니까?"

"매일 장취로 술만 마셔서야 하는 사람을 무엇에 쓴단 말인가? 앞으로 절주를 해서 좋은 그림을 그리도록 하게. 상감님의 뜻에 맞는 그림을 그리기만 하면 돈과 벼슬이 한꺼번에 굴러들텐데. 이 사람아, 정신을 좀 차리시게."

"소인은 돈도 벼슬도, 부귀도 영화도 모두 싫습니다. 그저 한세상 술타령이나 하다가 갔으면 하는 것이 소인의 평생지원입니다."

민영환도 그의 뜻을 더 이상 거스르고 싶지 않았다.

"자네의 뜻은 잘 알았네마는, 장가도 안 가고 그냥 늙을 작정인가?"

"장가는 가서 무엇하겠습니까? 그럭저럭 한세상 살다가 가겠습니다."

"그렇지만 상감께 바칠 그림은 꼭 그려야 하네."

하지만 그는 끝내 고종황제에게 보낼 큰 병풍을 완성시키지 못한 채 중간에서 중동무이(하던 일이나 말을 끝맺지 않고 중간에서 흐지부지하는 것)하고 말았다. 그는 글을 배우지 못했기에 그가 그림을 그리면 화제(畵題)는 안심전(安心田)이 써주곤 했었다.

그는 결국 55세를 일기로 부귀도 영달도 도외시한 하나의 광객(狂客: 미친 사람)으로 짧은 한평생을 마쳤다.

봉이(鳳伊) 김선달(金先達)

봉이 김선달이 된 사연

봉이 김선달은 평양 출신의 성격이 쾌활하고 기품이 있는 든든한 사나이인데, '봉이 김선달(鳳伊金先達)'이라고 불리게 된 데는 재미있는 사연이 있다.

그는 어렸을 때부터 가슴속에 커다란 뜻을 품고 열심히 공부를 했기에 스무 살 정도 되어서는 남 앞에서 떳떳이 얼굴을 들고 만만치 않은 언변으로 기염을 토할 수 있게 되었다. 그리하여 서울로 가서 출세하여 금의환향하고자 했으나 평안도 출신이고 문벌이 혁혁하지 못했기 때문에 든든한 배경이 없는 몸으로 과거를 보았지만, 그 흔해 빠진 진사 자리도 얻지 못했다.

뿐만 아니라 그 동안 고향에 있는 밭날가리를 모두 팔아 서울에 머무는 경비와 교제비로 없앴기에 객지에서 궁색한 생활을 하는 고통을 당하게 되었다. 그래서 그는 이렇게 생각하게 되었다.

'아무래도 고향으로 돌아가야겠다. 하지만 여러 해만에 돌아가면서 감투 하나 쓰지 못하고 돌아갈 수야 있나. 사십이 가까워진 이 나이에

에라, 어떤 놈 하나를 속여서라도 그걸 얻어야겠다.'

그가 그 동안 사귄 친구들 중에 서울에서 내로라 하는 부자 아들이 있었는데, 그의 집에서는 아름답게 꾸민 정원에 꿩 한 마리를 놓아서 키우고 있었다.

하루는 그 집에 가서 놀다가 친구의 아버지에게 간청하여 이삼 일 뒤에 가져오겠다는 약속을 하고 그 꿩을 빌렸다. 그리고는 당시에 나이가 칠십에 이르러 집에서 한양(閑養: 한가로이 몸을 정양하는 것)하고 있는 어떤 노재상을 찾아가 말했다.

"대감, 문안드리옵니다. 그 동안 기체 안녕하시옵니까?"

"오, 김 서방이로군. 그래, 객지에서 몸 성히 잘 지내고 있는가? 그런데 그건 뭔가?"

"예. 소인이 그 동안 심심해서 사냥을 하러 다니다가 꿩 한 마리를 산 채로 잡았기에 대감께서 심심하실 때 소일거리나 하시라고 가져왔습니다."

그 말을 들은 노재상은 매우 좋아했다.

"허어, 그래? 귀한 것을 가지고 왔군. 어디 좀 보세. 이리 가까이 가져와 보게."

"예."

그가 노재상 앞에 꿩을 갖다 놓았더니, 노재상은 미소를 지으면서 한동안 꿩을 들여다보다가 혼잣말을 하는 것처럼 중얼거렸다.

"허어, 이걸 어떻게 산 채로 잡았단 말인가? 재주가 정말 용하군. 어쨌든 고맙네."

"천만의 말씀이옵니다. 황송하게도 여러 해 동안 대감님의 은혜를 입었는데도 불구하고 감사의 뜻을 표하지 못하던 중에 이것이나마 드리려고 찾아왔습니다."

"에이, 이렇게까지 하지 않아도 되는데…… 그래, 그 동안 좋은 일이 좀 있었는가?"

"웬걸입쇼. 하도 만사가 여의치 않아 고향으로 돌아가려고 하옵니다. 하지만 여러 해 동안 한양에 있었으면서 백두(白頭: 탕건을 쓰지 못한 맨머리)로 돌아가기가 창피해서…… 아직까지 주저하고 있사옵니다."

"그래? 그렇다면 여보게. 백두만 면하면 되겠는가?"

"예. 그럼요. 그저 차함(借銜 실제로 근무하지 않으면서 이름만 빌리는 벼슬) 벼슬을 하나 얻어서 쓸 수 있으면 다행한 일이지요."

"오, 그래? 그렇다면 걱정하지 말게. 내가 편지를 써줄 테니 이조 전랑에게 갖다가 주게."

"예. 황송하외다."

그렇게 되어 노재상의 편지를 이조 전랑에게 전하고서 이제나 저제나 하면서 기다렸지만 닷새가 지났을 때까지 아무런 소식이 없었다. 그래서 그 노재상의 집으로 가 보았더니 그곳에도 아무런 소식이 오지 않은 모양이었다. 때문에 그는 못마땅해 하는 얼굴로 노재상에게

"대감, 지난번에 갖다드린 꿩을 도로 주시오. 이조 전랑도 대단하게 여기지 않는 대감께 살아 있는 꿩을 바치는 건 말이 되지 않소. 에이, 공연한 짓을 했어."

하고 화를 내면서 화원에 있는 꿩을 들고 나가 원래의 임자에게 돌려주었다. 그리고 다음날 이조 전랑을 찾아갔더니 그가 '선달' 첩지를 주면서,

"일전에 대감께서 부탁하신 것을 깜박 잊고 여러 날 지체했더니 어제 대감께서 역정이 나셨다고 기별을 보내셨소. 그래서 급히 이걸 써 놓았으니 가져 가시고 대감께 말씀을 잘해 주시오."
라고 말했다.

때문에 그는 입속말로

"옳지! 역시 내가 생각한 대로 되었구나. 그 늙은이는 꿩을 빼앗겨 화가 나자 이조 전랑에게 '전에 부탁한 것은 없었던 일로 하라'고 말했을 거야. 하지만 이조 전랑 이 녀석은 '그 즉시 분부를 이행하지 않았기에 그런 말을 한 것이다.'라고 생각하고 얼른 첩지를 써 준거지. 이제는 됐다. 어쨌든 간에 선달 자리 하나는 얻었으니까."
라고 중얼거렸다.

그리고는 누가 보아도 확실한 김선달이 되어 고향으로 돌아갔다.

평양에 도착한 김선달이 자기의 집이랍시고 찾아가 보니 가족들이 고생하는 모습은 너무나 심했다. 뱃심이 무척이나 좋은 낙천가인 그의 눈으로 보기에도 차마 볼 수 없는 비참한 형편이었다.

때문에 돈을 벌 궁리를 하던 김선달은 어느 날 아침 촌사람처럼 차려 입고서 장바닥으로 나가 어슬렁거리며 돌아다니다가 닭 가게 앞에서 발길을 멈추었다. 그리고는 꼬리가 길고 볏도 긴 큼직한 닭을 가리키

며 주인에게 물었다.

"여보슈, 저건 뭐라는 새유?"

닭 장수는 '이건 어디서 온 촌뜨기지?' 하고 생각하는 것처럼 눈을 크게 뜨며 김선달을 바라보다가 대답했다.

"그거요? 그게 바로 봉(鳳: 예로부터 중국의 전설에 등장하는 상서로운 새)이라는 새요."

"봉이? 봉이는 좋은 새지요?"

"그럼요. 이 세상에 둘도 없는 귀물이지요."

"허어, 그래요? 그럼 값이 비싸겠네요?"

김선달이 하는 짓을 지켜보던 닭 장수는

'이게 웬 떡이냐. 이런 바보가 걸려들다니……오늘 재수가 굉장히 좋구나!'

하고 생각하며 닭 한 마리 값이 너더댓 닢 정도였던 시절이었는데도 불구하고 천연덕스럽게 대답했다.

"그렇소. 굉장히 비싸요. 두 냥이오."

"두 냥? 그럼 비싼 값이 아니구려."

김선달은 그 닭을 사 가지고 영문으로 가서 사령청에 고개를 들이밀며 사령에게 물었다.

"여보시오, 감사님 계시우?"

"감사님이 뭐야? 사또님이라고 해야지. 그런데 왜 그래?"

하고 사령이 대꾸하자, 김선달은 다시 말했다.

"이것 보시우. 사또님께 이 봉을 바치러 왔으니 가지고 가서 바쳐 주시우."

"뭐, 봉을 바치러 왔다고?"

"응? 나도 좀 보자."

그 자리에 있던 사령들이 모두 깜짝 놀라면서 고개를 길게 빼고 바구니에 담겨진 닭을 보았다. 그러더니 그들 중의 하나가 말했다.

"이봐, 이게 닭이지 봉이야? 이거 미친놈이로군!"

그러자 옆에 있던 사령도 한 마디 했다.

"여보게, 그런 소리 할 것이 뭐 있나. '천 마리 닭 중에 봉이 한 마리 있다'는 말을 듣지 못했나? 닭이건 봉이건 바치게 해 달라니 바쳐주면 되지 않는가?"

"하긴……"

그리하여 한 사령이 닭이 든 바구니를 들고 이방청으로 가서 사연을 말하고 감사에게 바치도록 수속을 밟아 놓았다.

감사는 어떤 촌사람이 봉을 바쳤다기에 무척이나 기분이 좋았는데 바구니에 담겨져 있는 닭을 보니 뭔가 이상했다. 때문에 이방에게 물었다.

"여보게, 이것이 분명히 봉인가?"

하지만, 이방은 "그렇습니다."라고 대답할 수가 없었다. 그럴 수밖에 없는 것이 아무리 봐도 닭인 것이 분명한데, 그것을 봉이라고 할 수가 없었고, 이 세상에 봉이라는 새가 있을 수도 없는 일이었기에

"황송하오나, 소인이 보기에는 닭이외다."

라고 대답했다.

감사도 마찬가지였다. 몇 번을 다시 보아도 그것은 닭이었다. 때문에

'그래, 이건 어떤 놈이 닭을 봉이라고 속이는 것이다. 봉이라는 새가 진짜로 있을 수가 있나. 이놈을 단단히 혼내야겠다.'하고 생각하며 이방에게 호령했다.

"이 닭을 바친 놈을 당장 잡아들여라. 그리고 형장을 차려라."

"예."

잠시 후 사령들이 달려들어 김선달의 상투를 잡아끌어다가 형틀에 올려 맸다. 그러자 감사가 대청이 울릴 것 같은 목소리로

"네 이놈, 어느 존전이라고 감히 닭을 가지고 와서 봉이라고 거짓말을 하느냐? 무엄한 그놈을 세게 쳐라."

하고 호령하자, 사령들이 김선달의 볼기를 때리기 시작했다.

김선달은 그 같이 될 것을 각오하고 있었기에 그다지 무섭지는 않았지만,

"에구구, 그 몹쓸 놈이 나를 속여 매를 맞아 죽게 되는구나. 에구구, 용왕님."

하면서 목을 놓아 울었다.

따라서 감사가 그 소리를 들으면서 생각하니 어떤 못된 놈이 순진한 촌사람을 속였기에 그런 일이 벌어지게 된 것이 분명했다. 때문에 헛기침을 한 번 크게 하면서 물었다.

"네 이놈 들거라. 네가 어떤 놈에게 속은 모양이로구나?"

김선달은 드디어 기다리던 기회가 왔기에 더욱 큰 소리로 엉엉 울면

서 닭 장사가 봉이라고 하기에 두 냥을 주고 사서 사또께 바친 것이었다고 매우 청승맞게 말했다.

그러자 모든 관속들이 김선달을 딱하게 여기며 한 마디씩 했다.

"원 세상에, 그렇게 고약한 놈이 있을 수 있나?"

"그놈이 도대체 누구지? 당장 잡아오너라. 죽일 놈 같으니, 닭을 봉이라고 속여 두 냥씩이나 받아먹어?"

이어서 형방이 고개를 들어 감사를 바라보며

"그놈은 그대로 놔두지 못할 놈이올시다."

라고 말하자, 감사는 크게 노한 얼굴이 되며 명했다.

"그렇다. 보아하니 어떤 못된 놈이 저 순진한 백성을 속여먹었구나. 당장 사령들을 보내 그놈을 잡아오게 하라."

분부를 받은 사령들 세 명이 김선달을 앞세우고 장터로 달려갔다. 소매를 걷어 올리고 장판으로 들어선 김선달은 닭 장수의 멱살을 움켜쥐면서

"너 이놈! 어째서 그토록 멀쩡한 거짓말을 했느냐? 너 때문에 볼기가 터지도록 매를 맞았다. 이 나쁜 놈아! 닭을 봉이라고 속여서 팔다니. 이놈 너도 옹두리뼈가 부러지도록 맞아 보아라. 저어, 바로 이놈이외다. 닭을 봉이라고 속여 두 냥이나 받아먹은 놈이 바로 이놈이외다."

하고 소리치면서 사령들을 쳐다보았다.

때문에 김선달의 서슬에 놀란 닭 장수는 정신이 얼떨떨해지며 뭐라고 대꾸할 말을 찾지 못했는데 정신을 차리고 가만히 생각하니 일이 맹랑하게 되어 있었다.

닭을 팔 때는 김선달을 촌에서 사는 멍텅구리라고 생각했었는데, 지금 하는 말이나 행동을 보니 여간내기가 아니요, 또 자기가 한 일이 웬만큼 나쁜 일이 아니었으니 까닥하면 큰 봉변을 당하게 될 것이 뻔했다.

하지만 그는 시장 바닥에서 오랫동안 굴러먹은 사람이었기에 영문의 관속들이나 사령들과 접촉해 본 적이 몇 번 있었다. 따라서 어슬렁거리며 사령들에게 순순히 잡혀 가면 얻어맞기도 단단히 얻어맞을 것이요, 작지 않은 고생을 하고서 돈은 돈대로 쓰게 될 것이니 미리 그들을 구슬러서 몸이 무사해지도록 만들어야겠다고 생각했다. 그래서 우선 사령들을 음식점으로 데리고 가서 배가 불룩해지도록 먹여놓고 김선달은 따로 대접하면서 말했다.

"여보시우 영감, 영감을 속인 것이 아니오. 영감이 하도 어수룩한 체를 하기에 어떻게 하는지 보려고 장난을 한 거지. 내가 영감을 속였을 리가 있겠소?"

그러자, 김선달은

"아니, 이게 지금 누구를 놀리는 게야. 당신이 봉이라고 하기에 내가 봉으로 알고 두 냥이나 주고서 사지 않았나? 하지만 사고나서 생각하니 우리 같은 촌사람이 그런 귀한 것을 갖다가 어디에 쓰겠어. 그래서 감사님께 갖다가 바쳤는데 그만 볼기가 터지도록 매만 맞게 되었으니 이 노릇을 어쩔 거야? 이 죽일 놈아!"

하고 버럭 소리를 지르면서 주먹을 들어 닭 장사를 때리려고 했다. 그러자 닭 장사는 두 손을 싹싹 비비면서 고개를 몇 번이나 숙이며 김선달을 달랬다.

"영감, 제발 고정하사우. 그 돈은 도로 드릴 테니……"

하지만 김선달은 더욱 화를 내며 소리쳤다.

"뭐가 어째? 그 돈을 도로 준다고? 볼기가 터지도록 매를 맞게 해 놓고서, 그리고 그 돈이 어떤 돈인지 알아? 봉사에게서 장변(場邊: 장에서 꾸는 돈의 비싼 이자)으로 꾼 돈이야. 오늘이 지나면 넉 냥을 갚아야 해. 어쨌든 여러 말 할 것 없이 영문 안으로 들어가자. 감사님이 너를 잡아오랬어. 어서 일어나!"

김선달이 세차게 잡아끌자 닭 장사는 그의 손을 잡으면서 애걸했다.

"허어, 영감. 내 말을 끝까지 다 듣고 화를 내든지 말든지 하시오. 내가 언제 받은 돈만 주겠다고 했소이까. 약을 살 돈도 드리고 이잣돈도 드리겠으니 제발 가만히 좀 계시우."

그리고는 사령들에게 가서 김선달과 화해를 할 수 있도록 해 달라고 부탁했다. 그리하여 김선달은 닭 장사에게서 스물두 냥을 받게 되었는데 두 냥은 봉 값이요, 스무 냥은 닭 장사의 잘못을 용서해 주는 대신 받은 돈이었다. 물론 닭 장사는 사령들에게도 어느 정도의 돈을 주었다.

때문에 그들은 감사에게 가서 "닭 장사가 어디론가로 도망쳤다"고 보고했고, 그 사건은 흐지부지되어 버리고 말았다.

또한 김선달이 닭을 봉으로 알고 샀다가 큰 수가 났다고 장바닥에 소문이 나면서부터 김선달은 '봉이 김선달'이라고 불리게 되었다.

금강산 유람 때 생긴 일

김선달이 평양에 머문 것은 한동안에 불과했다. 김선달은 그 해 겨울이 끝나자, 다시 서울로 가서 살았다. 아무래도 서울 친구들과 어울리는 생활이 더 재미있기 때문이었다.

어느덧 늦은 봄이 되자 아름답던 배꽃과 복숭아꽃들은 다 떨어지고 푸른 녹음이 차츰 깊어지기 시작했다.

어느 날 아침, 김선달이 함께 해장을 하려고 이 친구 저 친구를 찾아다녔지만 한 사람도 만나지 못했다. 때문에 이상하게 생각하며 알아보니 그들 오륙 명이 금강산 구경을 하려고 그날 아침 일찍 서울을 떠났다는 것이었다. 그러자 김선달은

"허어, 이놈들 보게. 나만 빼놓고 저희들 끼리만 금강산 구경을 하러 가? 그래, 당장 쫓아가서 이놈들을 만나야 해."

하고 중얼거리면서 황급히 동대문 밖으로 달려가 금강산으로 가는 길로 접어들었다.

아침에 길을 떠난 사람들은 모두 집안에서 글공부나 하면서 얌전하게 지내는 부잣집의 자식들이었다.

어쩌다가 김선달과 알게 되어 친구가 되기는 했지만, 김선달이 하는 짓이 너무나 황당했기에 항상 위험한 인물이라고 생각하며 경계하고 있었다.

그래서 이번에 금강산에 가는 것에 대해 의논했을 때도 "그런 왈패가 하나 있어야 심심치 않을 것이다."라고 말한 사람이 있었지만, "그와 함께 가다가 엉뚱한 짓을 하면 우리도 함께 봉변을 당하게 될 것이니 안 된다."며 반대하는 사람들이 많았기에 아침 일찍 봉이 김선달만 빼놓고 길을 떠나게 된 것이었다.

그날 해가 뉘엿뉘엿 서산에 떨어질 무렵에 연천 근처의 어느 주막거리에 당도한 봉이 김선달은 그들이 묵고 있는 주막집을 알아낸 뒤에 잽싸게 뛰어가 문을 두들겼다.

그들은 그때 난생 처음으로 먼 길을 걸었기에 무척이나 피곤해서 저녁밥을 먹고는 바로 자리에 누워 두런두런 이야기들을 나누고 있는 중이었는데 갑자기 귓가로 날아드는 목소리, 문을 두드리면서 주인을 부르는 귀에 익은 목소리는 바로 봉이 김선달이었기 때문에 모두들 깜짝 놀라며 입속말로 중얼거렸다.

"여보게들, 큰 야단이 났네. 그 엉터리가 여기까지 쫓아왔으니 어떻게 해야 좋을까?"

"그… 글쎄. 자는 척하세."

"그래."

그래서 모두들 코를 골면서 자는 척하고 있으려니까 문짝이 부서질 정도로 대문을 두들기면서 떠들어대는 김선달의 목소리가 다시 들려 왔다.

"이런 젠장! 벌써들 자나? 다들 죽었나? 이봐, 주인장! 문을 좀 열어주시오."

때문에 주인이 나가서 "오늘은 손님들이 많아서 빈 방이 없다."고 말했다. 그러자 봉이 김선달이 버럭 화를 내면서 물었다.

"뭐요? 방이 없다고? 도대체 어디서 그렇게 많은 손들이 왔지요?"

"서울에서요."

"그래? 그럼 잘 됐네. 나도 서울에서 왔으니 한 방에서 하룻밤 드새기로 하지."

"예?"

봉이 김선달은 주인의 대답을 기다리지도 않고 주막 안으로 들어와 방문을 열어젖히며,

"여러분, 나도 서울에서 왔으니 하룻밤만 함께 지냅시다."

하고 말했다. 그리고는 방 안을 스윽 둘러보았기에 자는 척하던 사람들은 모른 체할 수가 없어서 고개를 들며 말했다.

"아니, 이게 누구야? 자네가 여기까지 웬일인가?"

"어떻게 알고 여기까지 찾아왔나? 어서 들어오게."

그러자 김선달은 시치미를 떼면서 대꾸했다.

"아니, 이게 누구야? 자네들이 웬일로 이곳에 있나? 나는 오늘 자네들을 찾아 다니다가 한 사람도 못 만나겠기에 금강산 구경이나 갈까

해서 여기까지 왔는데, 자네들은 어디로 가는 길인가?'

여러 사람들은 김선달의 능청스러운 태도가 너무나 밉살스럽다고 생각했다. 하지만 그만 빼놓고 왔다가 그렇게 된 것이 무안하기도 했기에 그들 중의 하나가 껄껄 웃으면서 말했다.

"여보게, 인연이 깊으면 결국 일이 이렇게 되는 것이야. 실은 오늘 우리가 갑자기 금강산 구경을 하러 가게 되었기에 자네를 무척이나 찾았다네. 하지만 만날 수가 있어야지. 그래서 할 수 없이 우리 끼리만 떠났는데, 자네가 이렇게 왔으니 잘 되었네. 자, 어서 앉게. 그나저나 저녁밥을 자셔야지. 주인을 좀 불러야겠군."

그러자 김선달이 머리를 저으면서 말했다.

"아니야, 이 집 사람들은 벌써들 자는 모양이야. 그러니 먹을 걸 달라고 말할 수 있겠나. 오다가 보니까 저쪽 골목에 술을 파는 데가 있던데. 거기에 가서 술이나 한 잔 마시고 와서 자도록 하지."

"그래? 그렇게 하는 것도 좋겠네. 배를 채울 수 있는 안주도 있을 테니……"

그는 보따리 속에 있는 노자 중에서 돈 몇 닢을 꺼내 주면서

"이걸 가지고 가서 자시고 오게. 갑자기 떠났다니 노자를 제대로 준비했겠나. 어서 다녀오시게."

하고 말했다. 그러자 김선달이 받은 돈을 손에 쥐고 흔들며 짤랑 짤랑 소리를 내더니

"여보게. 술은 혼자서 못 먹는 것이네. 요것 가지고 되겠나? 한 닢만 더 주게."

하면서 손을 내밀었다. 그런데 그들 중에는 술을 좋아하면서 김선달의 아우가 될 만큼 엉터리 짓을 곧잘 하는 사람 하나가 있었다. 그래서 그는 저녁밥은 먹을 때 한 잔 생각이 났지만 억지로 참고 누워 있었는데, 김선달이 엉터리 짓을 하자, 천만다행이라고 생각하며

"암, 그렇고말고, 자네 말이 옳으이. 나도 피곤해서 일찍 자려는 중이었지만, 술친구가 되어주겠네. 함께 가세."

하고 말하면서 앞장을 섰다.

돈을 내준 사람은 은근히 화가 났지만, 그런 자리에서 이러니 저러니 말할 수가 없었기에 돈 한 닢을 더 내주었다.

김선달이 나간 뒤 그들은 한 마디씩 했다.

"여보게들, 저 엉터리가 쫓아와서 첫날부터 돈을 쓰게 만드니 큰일이네. 술 한 잔 마신다며 이렇게 빼앗아가니……"

"맞아! 계속해서 저러면 며칠 지나지 않아 오도가도 못 하고 큰 봉변을 당하게 될 거야."

"그래. 그나저나 그놈이 어떻게 알고 여기까지 쫓아왔을까? 그놈이 시치미를 딱 떼고 하는 수작을 보았지? 정말 능청스러운 녀석이야. 어쨌든 두 엉터리가 함께 모였으니 일은 제대로 벌어졌네."

그들은 다음 날 아침에 다시 길을 떠났는데, 김선달은 금강산을 향해 가는 동안 술집이 보이기만 하면

"하아, 이 술집 그럴듯하다. 아, 물고기 조림도 있구나. 여보게들, 잠깐 쉬면서 한 잔 마시고 가세. 목도 컬컬하니……"

하고 말하면서 앞장서서 안으로 들어가고는 했다.

　그러면 동행들은 그럴 때마다 얼굴을 찡그리고 입맛을 쩍쩍 다시면서도 어쩔 수 없이 따라들어가 술을 마시는 사람은 술을 마시고, 술을 못 마시는 사람은 안주만 몇 점 먹고는 했다.

　또 경치가 좋은 곳에 이르면 앉아서 소리를 하고 춤도 추면서 놀다가 길을 걸었기에 하루에 이십 리나 삼십 리밖에 못 가게 되어 강원도 김성 땅에 들어섰을 때는 노자가 거의 다 떨어지게 되었다. 그래서 길가의 줄버들 밑에 앉아서 쉴 때는 누가 먼저랄 것도 없이 한숨을 쉬고는 핏대를 올리며 떠들어댔다.

　"이거 정말 큰일났군. 갈 길은 아직도 멀었는데 노자가 다 떨어졌으니 여기서 돌아갈 수도 없고 어쩌면 좋지? 당장 오늘 밤에 주막에서 묵을 돈도 모자라니 큰일이 아닌가?"

　"그래. 정말 큰일이야. 밥은 어디 가서 얻어먹는다고 해도, 푼돈 하나도 없이 어떻게 금강산 구경을 하러 간단 말인가? 그래서 '갈 데까지 가기도 전에 돈을 너무 헤프게 쓰면 안 된다.'는 말이 생긴 거야. 술을 마셔도 한정이 있어야지. 눈에 보이는 술집들을 한 집도 거르지 않고 들어가 마셔댔으니 이 지경이 되지 않을 수 있겠나? 이게 무슨 꼴이란 말인가? 오륙 명이나 되는 사람들이 객지에 나왔는데 그 중에 돈을 가진 사람이 하나도 없으니 창피한 일이 아닌가?"

　물론 그것은 김선달을 원망하며 들어보라는 듯이 한 말이었다. 또한 김선달도 감정을 가진 인간인지라 그 소리가 듣기 좋았을 리는 없었다. 하지만 그는 원래 뱃심이 두둑한 인간이었기에

'에라, 이 못난 놈들……'
하고 생각하며 목소리를 높여 크게 웃고는

청산은 절로절로 푸를 대로 푸르렀고
녹수도 절로절로 흐를 데로 흘러간다.
사람이 되어 어찌 먹지 않고 놀지 않고
녹록히 지낼소냐?

하며 시름시조(시조, 창에서 경조의 한 가지) 하나를 큰 소리로 읊고는
또 한 번 껄껄 웃었다. 그랬더니 옆에 있던 사람 하나가 김선달을 노려
보면서 내뱉었다.

"이 사람이 지금 누구를 놀리는 건가? 지금 모두 노자가 떨어져 걱
정을 하고 있는데 혼자서 무엇이 좋아서 소리를 하고 웃기는 또 왜 웃
는 것인가? 실은 자네 때문에 이런 걱정을 하게 된 것이 아닌가. 술은
자네 혼자서 다 먹었잖아. 그리고 돈 한 푼도 없이 나섰으면서 무슨 호
기로 돈을 물 쓰듯 하자는 거야. 정말 별꼴을 다 보는군. 이렇게 될 줄
알았으면 따라 나서지 않았을 텐데."

그러자 김선달은 허공을 바라보며 또 한 번 껄껄 웃고서 헛기침을
크게 하더니 그들을 둘러보면서 말했다.

"이 사람들아, 자네들은 명색이 서울 바닥에서 알아주는 집 자식들
인데 이게 무슨 꼴이야? 에라, 이놈들아! 이 변변치 못한 녀석들아! 사
내 자식들이 오륙 명이나 있는 자리에서 '노자가 없네. 오도가도 못 하

게 되었네' 하면서 우는 소리를 해? 그리고 너희들이 지금 무슨 급한 볼일을 보러가는 길이냐? 천하의 명승지 금강산 구경을 하러 간다는 놈들이 술 한 잔 안 먹고 죽도록 길만 걷는단 말이냐? 이 못난 졸장부 놈들, 조금도 걱정하지 마라. 지금부터 내가 다 책임질 테니……"

바로 그때 그들의 눈앞에 있는 큰길을 빠르게 걸어가는 젊은 사람 하나가 있었다. 그러자 김선달은 무슨 생각을 했는지 빙그레 웃었다. 그리고는 오른손을 들어 그 사람을 향해 손짓을 하면서 말했다.

"거기 가는 젊은 친구, 이리 잠깐 오시오. 보아하니 친환(親患: 부모의 병환) 때문에 급히 약을 구하러 가는 길인 것 같은데, 내가 마침 서울에서 약국을 하는 사람이요."

그러자 그 젊은 사람은 크게 놀라면서 반가워하며 김선달 앞으로 달려왔다.

"그래. 환자가 어떻게 아프신가?"

김선달이 점잖은 말투로 묻자 그 젊은 사람은 한 손에 들고 있던 종이를 옆에 놓고 공손히 절을 한 뒤에 꿇어앉아서 말했다.

"시생은 저 산 너머에서 사는 장 서방이고 가친의 연세는 갓 예순이십니다. 하지만 원체 기력이 튼튼하셔서 아프신 적이 없었는데, 이삼일 전 이웃 동네에서 사시는 박 생원네 집에 가서 제사 음식을 들고 오시더니 '어쩐지 으슬으슬 춥고 콧물이 나온다.'고 하셨습니다. 그리고 어제 저녁에는 '두통과 팔다리가 아픈 증세가 심하다.' 라면서 밤을 꼬박 새우셨습니다. 그래서 저 아랫마을에서 사는 황 생원에게 약방문을 내달라고 부탁하러 가는 길입니다. 그런데 천우신조로 이렇게 선생님을 만나게 되었으니 천만다행이올시다. 부디 저와 함께 가셔서 가친의 병이 낫게 해 주십시오."

"그렇게 하려고 자네를 부른 거야. 그런데 의술이란 약만 써서 사람의 병을 고치는 것이 아니라네. 병이 생긴 원인을 알아내는 것이 급선무일세, 만일 귀신의 침범으로 인해 생긴 병이면 잡귀를 먼저 쫓아내고 약을 써야 효험이 있는 거야."

"예. 듣고보니 과연 그렇겠군요."

"그렇고말고. 자네의 춘부장께서 제사를 지내는 집에 다녀오시고서 병이 나셨다지? 그러니 아무래도 제사 음식을 잡수실 때 귀신이 침범한 것이 분명하니 축귀경을 읽어 귀신을 쫓아내고서 약을 써야 하네."

"그럼 어서 제 집으로 행차하시지요. 옆에 계시는 손님들도 편하게 쉬실 겸 함께 가시지요."

정 서방이라는 사람이 재촉하듯이 말하자 김선달은 천천히 일어나 옷자락을 툭툭 털고 기지개를 쭉 펴면서 일행에게 말했다.

"자아, 다들 일어서시게. 우리가 지금 급한 볼일을 보러 가는 것도 아니니 환자를 낫게 해주고 가야 되지 않겠나? 의술은 원래 인술이니 좋은 일을 해야지."

여러 사람들은 이윽고 김선달과 함께 젊은 사람의 뒤를 따라가며 소곤거렸다.

"저 엉터리가 도대체 어쩌자는 거지? 터무니없는 짓으로 촌놈을 속여먹을 작정인가 본데 어쨌든 잘 되기는 했네. 노자도 떨어지고 다리도 아픈데 편히 쉬고 노자도 얻어 가지고 가게 되었으니 말이야."

"맞아! 그런데 저 엉터리가 용하긴 용하이. 저 젊은 친구가 아버지의 병 때문에 약을 지으러 가는 것을 어떻게 알았을까?"

그들이 큰 고개를 하나 넘어서 얼마쯤 가다가 보니 오륙 호 정도의 초가들이 있는 산밑의 마을이 나타났다.

젊은 사람은 그 중에서 제일 큰 집안으로 들어서더니 일행을 사랑으로 안내하면서 말했다.

"선생님, 어서 들어가시지요. 여러 손님들께서도……"

김선달이 앞서고 다른 사람들이 뒤따라 방 안으로 들어가 앉자 안채로 들어갔던 젊은 사람이 한참 있다가 술상을 들고 들어와

"시장하실 것 같아서 우선 약주를 좀 가지고 왔습니다. 점심상을 곧 차릴 것이니 한 잔씩 드시지요."

하면서 술을 따라 주자 김선달이 술잔을 들어 단숨에 마시고는 말했다.

"여보게, 내가 음식을 먹으러 여기에 온 것이 아니라 자네 춘부장의 병환을 고치러 온 것이니 병세를 먼저 보도록 하세. 안채에 누워 계신가?"

"예. 그렇지 않아도 가친께 방금 선생님 이야기를 했지요. 그랬더니 무척이나 기뻐하시면서 '이런 산골에서 그런 분을 모시게 되었으니 정말로 다행스런 일이다. 천천히 땀이나 식히신 뒤에 들어오시게 해라.' 라고 말씀하시더군요. 그래서 우선 약주 한 잔을 드시게 했는데, 그러면 점심 진지가 될 동안 가친의 병세를 먼저 보시겠습니까?"

"아무렴, 그렇게 해야지. 어서 가세."

젊은 사람의 안내를 받아 안방으로 간 김선달은 누워 있는 노인 옆

에 앉은 뒤 점잖게 헛기침을 한 번 하고는 그의 왼손을 잡고 맥을 보는
척하면서 말했다.

"노인장, 어디가 그리 편치 않소이까? 길을 가다가 우연히 만난 자
제의 정성 때문에 이렇게 병세를 보게 되었습니다."

그랬더니 노인은 너무나 황감해 하며 머리를 들고 일어나 앉으려고
하면서 중얼거렸다.

"뜻밖에도 귀한 손님을 맞게 되었는데 병 때문에 이렇게 누워서 뵈
니 죄송하외다. 선생님이 손을 잡아주시니 몸이 단번에 가벼워지는 것
같소이다."

그러자 김선달이 미소 지으면서 말했다.

"그러지 말고 누워 계십시오. 이렇게 몸이 덥고 눈이 충혈되었으니
대단히 괴로우실 것이외다. 가만히 누워 계시면 약도 쓰고 다른 예방
도 해서 병환이 곧 낫도록 해 드리겠소이다."

"예. 고맙소이다. 이 늙은 것이 죽지는 않겠지요?"

"허허… 죽다니요."

웃으면서 노인을 안심시킨 김선달은 젊은 사람을 데리고 밖으로 나
와서

"여보게, 조금만 지체했어도 큰일 날 뻔했네. 춘부장의 병은 외감내
상(外感內傷: 감기와 배탈이 겹친 증상)이야. 잡귀가 침범하여 외감이
되었는데 제사 음식을 잡수셔서 내상이 겹치게 되었어. 약은 내가 가
지고 온 것이 있으니 조제를 잘 해서 잡숫게 하면 되지만 잡귀를
먼저 내쫓아야 하는데… 대관절 이곳의 장날이 언젠가?"

하고 물었다. 그랬더니 젊은 사람이 눈을 크게 뜨면서 놀란 목소리로
말했다.

"예. 장날은 내일입니다만, 가친의 병세가 그토록 대단합니까?"

"그래. 자칫하면 병세가 더욱 나빠질 테니 우선 약을 조제하여 잡수
시게 해야 해. 그러니 조용한 방을 하나 마련해 주게. 몸을 정하게 하
고 정성을 들여야겠네."

"예. 그렇게 하겠으니 가친의 병이 낫게만 해주십시오."

젊은 사람은 서둘러 아랫방을 치워 김선달이 혼자서 따로 거처하게
해 주고는 점심상을 들여보냈다. 그랬더니 김선달은 사랑으로 가서 동
행들에게

"여보게, 자네들은 이 방에서 쉬고 있게. 나는 딴 방에서 약을 조제
하고 정성도 들여야 하니까. 불편한 일이 있으면 체면 차리지 말고 저
젊은 주인에게 말하시게."
라고 말하고는 자기 방으로 가서 반주 서너 사발을 마시고 밥도 든든
하게 먹고 나서는 소금을 가져오라고 했다. 그리고는 먹다 남은 밥에
술과 소금을 넣어 범벅을 해서 빚어 환(丸)으로 만들어 아랫목에 놓고
말렸다.

그로부터 얼마 후, 아랫방에서 윗방으로, 윗방에서 아랫방으로 들
락거리며 손님 대접을 하던 젊은 사람이 김선달에게 와서

"선생님, 촌음식이어서 변변치 않은데 요기를 좀 하셨습니까? 내일
이 장날이니 사람을 보내 맛있는 찬거리를 사오게 하겠습니다."
라고 말했다. 그러자 김선달이 그를 앉게 하고는 입을 열었다.

"여보게, 찬거리를 사는 것은 둘째야. 첫째는 정성 들일 물건을 사 오는 것이야."

"예. 그렇겠지요. 한데, 그것이 무엇인지 모르니 말씀해 주십시오."

"아무렴, 벼루와 종이와 붓을 가지고 오게."

김선달은 오색 과일과 쇠고기, 돼지고기, 종이, 오색 물감 등 시장에서 사 와야 하는 여러 가지 물건들의 이름을 적어 주고는

"이건 신령님께 정성 들일 때 쓸 물건이니 장 보러가는 사람이 누군지 모르겠지만, 목욕재계하여 몸과 마음을 깨끗하게 하고 사 오도록 하게. 또한 자네도 오늘부터 정성스러운 마음으로 머리를 감고 손발을 씻고 뒷물을 깨끗이 잘 하게. 그리고 이건 대단히 귀한 약인데 따뜻한 소금물과 함께 하루에 세 번씩 드시도록 하게."

라고 말하며 엉터리 환약을 건네주고는 목침을 베고 누워서 늘어지게 한잠을 잤다.

때문에 사랑에 있는 여러 사람은 너무나 어이가 없어서 아무런 말도 못하고 있다가 쑥덕공론을 하기 시작했다.

"여보게들, 아무래도 탈이 나지 않겠나? 저 엉터리가 '약을 쓰네, 무슨 처방을 하네.' 하면서 멋대로 설치는데 저러다가 늙은이가 덜컥 죽기라도 하면 어떻게 되는 거지? 우리도 한 패로 몰려 몽둥이 찜질을 당하게 되는 것이 아닐까?"

한 사람이 말하자, 누군가가 그 말을 받으면서 말을 이었다.

"그러게 말이야. 터무니없는 엉터리를 따라와 멍하니 앉아 있다가 날벼락을 맞으면 어쩌지? 정말로 우습고도 기가 막히는 노릇이로군."

그 사람이 쓴 웃음을 짓자 작은 엉터리라는 별명을 가진 사람이 손을 저으면서 끼어들었다.

"여보게들, 공연한 걱정을 왜 하나? 우리는 그저 '굿을 보면서 떡이나 먹는다.'라는 말처럼 구경만 하면서 갖다주는 술과 밥만 먹고 있으면 되는 거야. 그 사람이 생각하는 것이 있어서 그런 짓을 하겠지, 무조건 그런 짓을 하겠는가 말일세. 또 자네들의 말처럼 늙은이가 죽는다고 해도, 많은 사람들이 앓다가 죽지 않는가. 나라에선 뭐 약이 없고 예방을 안 해서 국상이 나겠나? 늙은이의 병을 고치겠다고 하다가 천행으로 나으면 다행이고, 불행하게도 낫지 않으면 '미안하다'는 인사나 한 마디 하고 가면 그만인 거지. 우리가 그 늙은이를 때려죽인 것은 아니니 공연한 걱정들은 그만하고 잠이나 자세. 대낮부터 술을 서너 사발 먹었더니 잠이 오네."

여러 사람이 그 말을 듣고 생각해 보니 과연 그랬다. 자기들이 공연한 걱정을 한 것 같았다. 하지만 나쁜 짓이라고는 조금도 해 보지 않은 얌전한 선비들이었기에 마음을 턱 놓고 있을 수는 없었다. 그리고 아무리 걱정들을 해 봤자 뾰족한 해결 방안이 나오지도 않는 처지였다.

노자나 넉넉하면 "엉터리로 인해 우리까지 타향에서 봉변을 당하지 않겠다."고 말하고는 길을 떠나면 되겠지만 그럴 수가 없었다.

뿐만 아니라 실은 자기들이 그처럼 욕하는 김선달이 엉터리 짓을 한 덕분에 술과 밥을 잘 얻어먹었고, 다행히 주인 늙은이의 병이 나으면 빈손으로 보내지는 않을 것이라는 생각을 하다가 보니, 김선달을 원망하거나 욕하지 않고 그의 엉터리 짓이 좋은 결과를 얻게 되기만을 기원하게 되었다.

　물론 김선달이 그들을 뒤쫓아 온 것은 그런 엉터리 짓을 하기 위해서가 아니었다.

　그들이 모두 장안 바닥에서 알아주는 부잣집 자식들이며 그처럼 금강산 구경을 나섰을 때는 노자도 넉넉히 준비했을 것이요, 재미있게 놀면서 갈 것이니 자기 같은 난봉패도 하나 끼어야 된다고 생각했던 것이다.

　그런데도 자기에게는 알리지도 않고 떠난 것이 서운했지만 사람들이 너무 꽁해서 그랬을 것이라고 풀린 마음으로 생각하며 벼르고 벼르던 금강산 구경도 하면서 그들을 웃겨 재미있는 여행이 되게 하려고 따라붙은 것이다.

　그런데 그들이 모두 졸장부들이어서 노자를 넉넉히 가지고 나오지 못해 집을 떠난 지 며칠 지나지도 않아

　"노자가 떨어졌네."

　"김선달이 술을 많이 마셔서 그렇게 되었네."

하고 원망하는 것이 미워서

　"에라, 이 못난 놈들아, 너희들끼리 가든지 말든지 해라."

하고 말하고는 혼자서 가려고도 해 보았지만 돌이켜 생각해 보니 그들은 노자가 없으면 오도가도 못 하고 쩔쩔 맬 위인들이었다.

　그래서 차마 혼자 가지 못하고 적당한 기회를 만들려고 이런 궁리 저런 궁리를 하고 있던 중에 종이 쪽지를 손에 쥐고 급히 걸어가는 젊은 사람을 보게 된 것이었다.

그 순간, 달음질하듯이 빠르게 걸어가는 것으로 보아 친환 때문에 약방문을 얻으러 가는 것이 분명하다고 짐작되어 불러서 물어보았더니 틀림없이 맞았다. 그리고 그 사람의 말을 들어보니 육십여 세가 된 그의 아버지가 제사 지내는 집에 가서 밤늦게까지 술을 마시면서 과식을 하여 배탈이 난데다가 아침에 찬바람을 쏘여 감기도 든 것 같았기에 그처럼 장담을 하고 따라갔던 것이다.

그리하여 젊은 사람의 집에 가서 보니 앞뒷마당에 노적가리들이 쌓여 있고, 외양간에는 소가 있고 돼지, 닭, 개 같은 가축들도 많았기에 형세가 제법 넉넉한 집이라는 것을 알게 되었다.

또한 진맥을 하면서 환자인 노인을 살펴보니 자기가 했던 바와 같이 배탈과 감기가 겹친 것이 분명했으며, 그대로 내버려두어도 이삼 일 후면 나을 것 같았다.

하지만 평상시에 건강하게 지내던 노인이 갑자기 몸져 눕게 되자 집안이 발칵 뒤집혀 큰 소동이 났고, 노인은 많은 재산을 놔두고 죽지나 않을까 생각하며 엄살을 피우면서 누워 있다가 선달의 말을 듣고는 어찌나 기쁜지 갑자기 팔에 기운이 생기며 금방이라도 일어날 수 있을 것만 같았다.

하지만 당장이라도 죽을 것처럼 끙끙 앓다가 벌떡 일어나기가 쑥스러워 계속해서 앓는 소리를 내면서 김선달이 만들어 준 환약(?)을 조심스럽게 먹었다.

다음 날, 젊은 사람이 장에 가서 구입한 물건들을 가지고 오자 김선달은 서둘러 축귀경 읽을 준비를 했다. 그리고는 종이를 오려서 오색

물을 들인 뒤에 '동방홍제장군', '남방청제장군', '서방백제장군', '북방흑제장군', '중앙황제장군'이라고 여러 장씩 써서 마당 맨 줄에 걸어놓게 했다.

이어서 고기와 과실 등 여러 가지 음식들을 차려서 벌여 놓게 한 다음 북을 치면서 「중용」과 「서전」, 「주역」 등의 서문들을 계속해서 읽더니 동방의 홍제장군에서부터 시작하여 다섯 방향의 신장들을 모두 부른 뒤에 큰 소리로 말했다.

"어허, 잡귀들을 천 리 만 리 밖으로 쫓아 소멸시키고 복신을 이 집으로 모셔오되, 집주인 노인이 즉시 회춘하게 해 주시옵소서."

그리고는 물이 담긴 바가지에 차려 놓은 음식들을 조금씩 담아 건너편 산으로 가서 버리게 한 다음 사랑에 있는 친구들은 물론이요, 동네 사람들을 모두 불러 음식을 배불리 먹게 했다. 때문에 노인의 집에서는 며칠 동안 잔치 아닌 잔치가 계속해서 벌어지게 되었다.

그로부터 며칠 후 노인은 병이 완전히 나았기에 김선달의 마음은 매우 편해졌다.

우선 여러 사람이 자기를 원망하며 욕설까지 내뱉게 된 상황에서 엉터리 짓까지 했는데, 그 일이 순조롭게 되어 그 집의 아들과 집안 사람들, 그리고 마을 사람들까지 모두 자기를 훌륭한 선생으로 대접하게 되어서 천만다행이라고 생각했다.

또한 자기가 시골 사람들을 속인 것은 양심상 부끄러운 일이었지만, 그 집의 주인 노인이 넉넉하게 사는 사람이니 오도 가도 못하게 된 사람들을 좀 대접하게 만든 것은 크게 잘못된 일은 아니라고 생각하면서 위안으로 삼았다.

멱살을 쥐고 위협을 해서 음식을 빼앗아 먹은 것이 아니고 환자의 마음을 편하게 만들어 병이 낫게 해 주었으니 터무니없는 도둑질을 한 것도 아니고, 밥을 소금과 술로 반죽해서 먹인 것 역시 소금은 체했을 때 먹는 약이며, 술은 음식을 삭게 만드는 성질을 가진 성분이어서 사람이 먹어도 해가 될 것이 아니니, 크게 잘못된 일은 아니었다.

또한 축귀경을 읽은 것도 「중용」의 서문과 같은 것은 천지의 중요한 진리에 대해서 말한 정중한 글이요, 「서전」 서문과 「주역」 서문은 하늘이 아는 경전이라 그 글을 읽으면 잡귀들이 소멸될 것이라고 믿고 목이 터지도록 읽어 노인의 집안이 태평하고 병도 낫도록 기원해 주었으니, 그것도 나쁜 짓을 한 것은 아니라고 생각되었다.

아울러 자기를 사람처럼 여기지도 않던 여러 동료들이 찍 소리도 못하고 음식을 얻어먹게 된 것이 매우 상쾌하게 느껴졌다.

김선달은 그날 낮에 안방으로 가서 노인에게

"우리들 여러 사람이 여러 날 동안 신세를 많이 져서 미안하외다. 내일 아침 일찍 떠날 작정이요."

라고 말했다. 그랬더니 노인이 깜짝 놀라는 얼굴이 되면서 대꾸했다.

"그게 도대체 무슨 말씀이십니까? 중병에 걸려 죽게 된 늙은 것을 살려주신 은혜가 백골난망이지만, 이곳이 산골이어서 대접도 제대로 못해 크게 송구스러워하고 있는 중이올시다. 그래서 '내일은 저 언덕 너머에 있는 냇가에 가서서 천렵이라도 하실 수 있도록 준비하라'고 자식놈에게 일러놓았소이다. 그러니 내일 하루 동안 시원한 바람

이라도 쏘이시지요.'

그러자 김선달은 못이기는 체 그렇게 하겠다고 대답했다.

한편 사랑에서 머무는 여러 사람들은 편안히 쉬면서 잘 먹고 지내는 동안 김선달에 대한 말은 한 마디도 하지 않았는데 안팎에 그집 식구들이 없어 조용할 때 한 사람이 입을 열어 말했다.

"여보게들, 생각해 보면 정말 놀라운 일이야. 그 사람이 그렇게 유식할 줄을 누가 알았겠나. 입만 벌리면 실없는 소리를 내뱉어서 글을 배우지도 못한 미친놈일 것이라고 생각하지 않았었나. 그런데 이번에 중용 서문과 서전 서문을 한 자도 틀리지 않고 내리 외우지 않던가? 정말로 놀랐네."

그러자 좌중의 사람들은 모두 동감의 뜻을 표하면서 고개를 끄덕였다.

그들은 이튿날 냇가에 가서 천렵을 하며 재미있게 놀았을 뿐만 아니라, 다음날은 장날이었기에 젊은 주인을 따라 장에 가서 많은 구경을 하며 신나게 놀았다.

그들은 다음 날 아침에 다시 길을 떠나게 되었는데, 노인이 돈 백 냥과 함께 길을 가다가 먹으라면서 술과 안주까지 챙겨 주었다. 그래서 돈은 일행 여섯 명이 나누어서 허리에 차고, 술과 안주는 마을에서 이십 리 정도 떨어진 잔디밭에 앉아서 배불리 먹어치우고는 금강산을 향해 걸어갔다.

그런데 그 때부터는 '작은 엉터리'라는 별명을 가진 사람이 신바람이 나서 앞장서서 걸어가다가 그럴 듯한 주막집이 보이면 터억 멈춰서

서 김선달을 돌아보며

"저 집이 어떤가? 한 잔 하면서 쉬었다가 가야지?"

하고 물었고, 그 때마다 김선달은

"좋지."

하고 대답하며 그 집안으로 들어갔고, 다른 사람들은 지남철에 끌려가는 쇳조각들처럼 따라갈 뿐 한 마디도 불평을 하지 못했다. 김선달이 하지는 대로 하게 된 것이었다.

그들 일행은 여러 날 만에 드디어 금강산 어귀에 당도하게 되었다. 때는 마침 해가 서쪽으로 떨어지는 석양 무렵이었는데 그곳에는 깨끗한 주막집도 하나 있었다.

"하아, 과연 기기묘묘한 경치로구나!"

김선달은 눈앞에 보이는 금강산의 전경을 바라보며 감탄하더니 일행을 돌아보면서 말했다.

"오늘 저 안으로 들어가면 좋겠지만, 이십 리 정도는 더 걸어가야 되니 여기서 쉬고 내일 천천히 들어가세."

그 말이 채 끝나기도 전에 작은 엉터리가 썩 나서면서 한마디 거들었다.

"그래. 일단 저 안으로 들어가면 술도 못 마실 테니 여기서 한 잔 단단히 마시고 들어가야 해."

그러자 김선달이 빙그레 웃으며 다시 말했다.

"자아, 다들 주막으로 가세, 오늘은 여기서 실컷 속인 노릇을 하다가 내일부터 신선놀이를 하세. '금강산 구경도 식후에 한다.'는 말이 있지 않은가?”

그날 저녁 때 주막에서 술을 마시면서 놀다가 한잠씩 자고난 일행은 다음 날 일찍 출발하여 금강산에 발을 들여 놓았다. 그리고는 금강산 일만 이천봉의 아름다운 경치에 홀려 세월이 가는 줄도 모르고 유점사로, 장안사로, 비로봉으로, 구룡연으로 몰려 다녔다.

그들이 그처럼 정신없이 여기저기 골고루 구경하면서 다니다 보니 놀랍게도 세월이 어느덧 봄, 여름, 가을이 다 지나고 겨울이 되어 있었다. 뿐만 아니라 하룻밤 사이에 건너편 상상봉에 하얗게 눈이 내려 쌓인 것을 보고서야 김선달 일행은 비로소 정신을 차리고 서로의 얼굴을 보며 중얼거렸다.

“어젯밤은 매우 춥더니 저렇게 눈이 내렸네그려.”

“오늘이 벌써 시월 열흘이야. 신선놀음에 도끼 자루 썩는 줄 모른다더니, 우리가 바로 그렇게 되었어.”

“오늘 당장 돌아가도록 하세. 집안 식구들도 모두 걱정하고 있을 테니……”

그들이 하는 말을 듣고 있자니 김선달도 역시 새삼스럽게 고향 생각이 간절해졌다. 오랫동안 서울에 나와 있었기에 객고도 심했거니와 나이도 어느덧 사십이 넘어 노경에 이르고 있었다. 더욱이 고향에 있는 농토마저 다 팔아서 없앴기에 처자식들이 어떻게 살아가고 있는지 궁금하기 짝이 없었다. 때문에 목소리에 힘을 주어서 말했다.

“그럼 오늘 당장 떠나도록 하세. 하루 이틀 지체하다가 진짜 겨울 추위를 만나면 그야말로 꼼짝도 못하고 이 산중에서 겨울을 보내야 하네. 어쨌든 올해는 그럭저럭 잘 지냈네."

그리하여 그들 일행은 그날 아침밥을 유점사에서 먹고 길을 떠나 서울로 돌아오게 되었다.

그들이 떠날 때는 차츰 더워지는 봄이어서 여기저기 피어 있는 산꽃들도 아름다웠고 산길마다 새파란 잔디밭들도 많아서 앉아서 놀며 쉬기도 했었지만, 돌아가는 그 때는 시월 중순이었기에 산과 들은 모두 황금빛을 띠고 있었고, 아침과 저녁은 날씨가 매우 차가웠기에 그들의 걸음은 자연히 빨라졌다.

하지만 낮에는 따뜻했기에 그럴듯한 주막이 보이면 전처럼 작은 엉터리가 먼저 걸음을 멈추며

"다리가 팽팽하고 목도 컬컬하니 한 잔씩 하고 가지."
라고 말하고는 했다.

때문에 그들이 멀리 삼각산이 보이는 철원 부근에 이르렀을 때는 다시 노자가 떨어지게 되었다. 그러자 옹졸한 졸장부들은 전처럼 서로 얼굴을 보면서 걱정을 하다가 김선달의 눈치를 보면서 수군거렸다.

"이거 정말 큰일 났어. 저 사람이 전처럼 재주를 부려 주었으면 좋겠는데…자네가 한 번 물어보게. 좋은 수가 있는지……"

"자네가 물어보지 그러나? 아니, 저 작은 엉터리를 시켜서 물어보도록 하세."

하지만 작은 엉터리도 김선달에게 선뜻 물어보지 못했는데, 그러는 동안 어느덧 짧은 겨울해가 서산 뒤로 넘어가려는 저녁때가 되었고, 그들은 결국 철원읍으로 들어가는 어귀에서 그날 밤을 지내게 되었다.

지붕 위에 올라간 송아지

김선달은 근처에 있는 마을로 들어서더니 이집 저집의 대문 안을 기웃거리기 시작했다. 그러다보니 어느 주막집의 외양간 안에서 엉덩이 살이 두둑한 암소가 낳은 지 며칠 안 되어보이는 송아지를 품고 젖을 빨리우고 있는 광경이 보였다.

"어흠!"

헛기침을 한 김선달은 그 주막집 안으로 들어서면서 떠들어댔다.

"주인 있소? 우리 일행이 여섯 명이니 큼직한 방 하나 치워주시오. 그리고 반찬을 좀 잘 해줘야겠소. 오랫동안 산골로만 돌아다녀 고기맛을 못 보았더니 속이 헛헛해져서 못 견디겠오."

그랬더니 주인이 나와 굽실거리며 물었다.

"어서 들어오시지요. 그런데 무슨 일을 하시느라고 산골로 그렇게 다니셨나요?"

"의원인 죄로 별 고생을 다 했소이다. 환자를 좀 봐주러 나섰다가 이리저리 불려다니게 되었는데, 강원도 산골로만 다니게 되어 구경은 잘 했지만, 난생 처음으로 큰 고생을 했소. 어디 그뿐인가. 무당, 판수 노릇까지 하느라고 애를 먹었다오. 잡귀가 침노한 병은 약만 써 가지고는 고칠 수 없으니까. 어쨌든 오늘 밤에는 오랜만에 편하게 쉬어야겠으니 방이 뜨끈뜨끈하게 불도 좀 많이 지펴주오."

"예, 그럽지요. 한데 그런 재주를 가지고 계시면 어디에 가시거나 대접을 잘 받으셨을 텐데, 어째서 그렇게 고생을 하셨지요?"

"대접을 잘 받지 못했다는 것이 아니라, 우리가 서울 사람이어서 고생을 했다는 이야기요. 서울의 평지에선 말이나 나귀를 타고 다니지만 산골에서는 그렇게 할 수가 없습디다. 그리고 음식도 입맛에 맞지 않아 제대로 먹지를 못 하면서 귀신을 쫓느라고 밤늦게까지 축귀경을 읽으면서 바쁘게 지내기도 했지요. 뿐만 아니라 '서울에서 명의가 왔다'는 소문을 들은 사람들이 여기저기서 와 달라고 청하니 가 주지 않을 수가 없어서 고생을 더했습니다."

"듣고 보니 과연 그러셨겠군요. 어서 들어가 편히 쉬시지요. 방은 곧 더워질 것입니다."

주인은 서둘러 아궁이 앞으로 가서 불을 지폈다. 그러자 김선달은 다시 그를 불러 술상 하나를 잘 차려오게 하여 대여섯 잔을 거푸 마시더니 아랫목으로 가서 목침을 베고 누웠다. 그리고는 코를 고는 소리를 내며 이내 잠이 들었다. 동시에 함께 있던 사람들이 김선달 쪽으로 눈길을 던지며 수군거리기 시작했다.

"저 사람을 좀 보게. 돈도 없이 술이랑 안주랑 잔뜩 가지고 오게 해서 먹고 코까지 골면서 자고 있으니…어쨌든 배짱 하나는 좋은 작자야."

"그나저나 서울까지 거의 다 와서 창피를 당할 일을 생각하니 기가 막히는군. 내일 아침이면 큰 난리가 날 텐데……"

그러는 동안에 저녁상이 들어왔는데, 김선달이 너스레를 떨어 놓아서였는지 반찬 종류가 많고 푸짐했다. 때문에 사람들은 심적인 부담감이 더욱 커지는 것을 느끼며 중얼거렸다.

"이거 정말 큰일났군!"

"어쨌든 저 사람을 깨우게. 같이 먹어야지."

"맞아!"

그들 중의 한 사람이 김선달의 몸을 흔들어 깨우려고 했다. 하지만 김선달은 입맛만 쩝쩝 다시면서 돌아누웠다. 더욱 심하게 코를 골면서 자는 모양으로 보아 쉽사리 일어날 것 같지 않았다. 그래서 그들은 할 수 없이 자기들 끼리만 밥을 먹고 이야기를 잠시 하다가 한 사람 두 사람 이불 속에 눕더니 그대로 잠이 들고 말았다.

그런데 주인이 있는 방의 불도 꺼지고 사방이 조용해졌을 때 김선달이 어둠 속에서 소리없이 몸을 일으켰다. 그리고는 사방을 휘이 둘러보더니 창문을 열고 밖으로 나가 외양간으로 가서 색색거리면서 자고 있는 송아지를 번쩍 들어 지붕 위에 올려놓았다.

그로부터 얼마 후 송아지가 "음매에~" 하고 크게 우는 소리 때문에 잠이 깬 주인이 머리를 갸우뚱하며 중얼거렸다.

"이 밤중에 왜 저렇게 우는 거지?"

주인이 의아해 하며 벗어놓았던 옷을 주섬주섬 입고 밖으로 나가서 보았더니 놀랍게도 송아지가 지붕 위에서 울며 왔다 갔다 하고 있었다.

"아니, 저게 무슨 괴변인가?"

주인은 더럭 겁이 나서 송아지를 끌어내릴 엄두를 내지 못하고 바라보기만 하다가 김선달 일행이 묵고 있는 방 앞으로 갔다. 김선달이 축귀경을 읽어 귀신을 쫓았다고 말했던 것이 생각났기 때문이다.

주인이 방문을 열고 안을 보면서

"여보시오. 손님! 여보시오. 손님!"

하고 다급하게 부르자, 김선달은 깜짝 놀라 깬 것처럼 벌떡 일어나 손으로 눈을 썩썩 비비면서 중얼거렸다.

"어, 빈 속에 많이 마셨더니 단번에 취해 잠이 들었어. 저녁밥을 먹으라고 부르는 거요? 우선 냉수부터 한 그릇 떠다 주시오."

그리고는 입맛을 쩝쩝 다시자 주인이 두 눈을 크게 뜨면서 말했다.

"여보시오. 손님, 저걸 좀 봐 주시오. 송아지가 지붕 위에 올라가 있으니 웬일일까?"

"뭐라고요? 송아지가 지붕 위로 올라가?"

후다닥 밖으로 나온 김선달은 지붕 위에 있는 송아지를 올려다보면서 중얼거렸다.

"아니, 저 송아지가 지붕 위로 어떻게 올라갔을까? 이건 아무래도 귀신의 장난인 것이 분명해. 어쨌든 저 송아지부터 끌어내려야지. 자칫하면 어린 송아지가 떨어져 죽겠어."

김선달은 사다리를 갖다가 놓고 올라가 지붕위의 송아지를 안고 내려와 외양간의 어미 소 옆에 놓아 주었다. 그리고는 겁을 잔뜩 먹은 얼굴로 떨고 있는 주인을 바라보며 말했다

"여보시오. 그렇게 우두커니 서 있을 때가 아니오. 당장 축귀경을 읽어야 하는데 술은 집에 있을 테니 닭이나 서너 마리 잡아서 삶으시오. 허어, 그나저나 여기서도 경을 읽으며 밤을 새우게 생겼군."

주인은 당장 자고 있는 아내를 깨워 술을 거르게 하고 닭을 잡아서 상을 차렸고, 김선달은 그날 밤이 새기 전까지 서전 서문과 주역 서문을 몇 번씩이나 읽었다. 그리고는

"잡귀는 천 리 만 리 밖으로 갓…… 소멸! 소멸! 여울명사바하!"
라고 큰 소리로 여러 번 부르짖은 뒤에 바가지에 물을 떠오라고 하여 술과 닭고기를 조금씩 담아서 갖다 버리게 했다.

방 안에서 자고 있던 사람들은 밖에서 들려 오는 김선달의 커다란 목소리 때문에 새벽잠에서 깨어났다.

"이게 무슨 소리지?"

"분명히 그 친구의 목소리인데……?"

"글쎄 말이야."

불안해 하던 여러 사람들 중의 하나가 궁금증을 이기지 못해 방문을 열고 밖을 내다보았는데 이내 웃는 얼굴이 되면서 속삭이듯이 말했다.

"여보게들, 이젠 걱정하지 않아도 되네. 저 엉터리가 또 주역 서문을 외우고 있네."

"그래? 자고 있는 줄 알았는데 언제 밖으로 나가 저런 엉터리 짓을 또 벌인 거지? 어쨌든 서울까지 무사히 갈 수 있게는 되었네."

그들이 안도의 한숨을 쉬며 한 마디씩 지껄이고 있는데, 잠시 후 독경을 끝낸 김선달이 들어오더니 빙그레 웃으며 말했다.

"어, 다들 잘 잤나? 그런데 세상엔 별일이 다 있군. 이 집의 송아지가 지붕 위로 올라갔다네. 아무리 생각해 봐도 귀신의 장난인 것이 분명해. 그렇지?"

그러자 작은 엉터리가 김선달처럼 웃으며 맞장구를 쳐주었다.

"그렇고말고. 송아지가 혼자 힘으로 어떻게 지붕 위로 올라가? 말이 되지가 않지. 그래서 자네가 또 수고를 하게 되었구먼."

그렇게들 주거니 받거니 농담을 하고 있을 때 주인이 술과 닭고기를 가지고 들어와서 김선달에게 말했다.

"수고 많이 하셨습니다. 약주나 한 잔 드십시오. 여러분도 일어나셨으면 이리들 다가앉으시지요."

술을 몇 잔씩 마시는 동안 서서히 동창이 환하게 밝았는데 주인이 술상을 다 치우고 나서 김선달에게 불쑥 물었다.

"손님은 전에도 송아지가 지붕 위로 올라간 것을 보신 적이 있습니까? 나는 지금 나이가 사십이지만, 아직까지 이런 일이 있었다는 이야기도 들어본 적이 없소."

김선달은 "어흠!"하고 큰 기침을 한 번 하고나서 진지한 목소리로 대답했다.

"당연히 보았지요. 나는 여러 사람의 병을 보러 다녔던 까닭에 그야말로 별일을 다 보았소. 병이라는 것은 원래 귀신의 침범으로 인해 생기는 경우가 많으니까. 내가 3년 전인가 황해도 봉산 땅엘 갔었는데 그

때 내가 묵고 있던 집의 송아지가 어느 날 지붕 위로 올라가는 이상한 일이 생겨 그 동네가 온통 시끄러워졌었지. 그래서 내가 그집 주인에게 '이건 귀신의 장난이니 우선 축귀경을 읽어 귀신들을 쫓아내고, 안택경을 읽어 집안이 태평해지도록 해야 한다. 그렇게 하지 않으면 당신이 큰 해를 입게 될 것이다.'라고 일러주었소. 하지만 그집 주인이 대단히 인색하여 내 말을 듣지 않고 그냥저냥 지냈는데, 결국은 그 해가 다 가기 전에 자식이 둘이나 죽었고 장사도 실패하여 갑자기 폭삭 망하고 말았소. 사람이 남의 말을 너무 안 듣고 인색하기만 했기에 그런 무서운 일이 생겼던 거요."

그 말을 들은 주인은 겁이 덜컥 났다.

그는 철원 바닥에서는 제법 큰소리를 치면서 사는 알부자였다. 하지만 본처에게서 얻은 자식이 하나도 없었기에 작은 집을 여럿 갈아들여 아들 딸 두서넛을 낳기는 했지만 모두 잃어버렸다. 그래서 새로 얻은 작은집과 함께 주막집 영업을 시작했지만, 어쩐지 마음이 항상 편하지 않았는데, 그런 중에 김선달의 이야기를 듣게 되자 어떻게 해야 그런 변을 당하지 않고 태평하게 살 수 있는 지 물어보게 되었다.

김선달은 천연덕스럽게 말했다.

"허어, 방금 내가 얘기해 주었잖소. 어젯밤에는 급한 대로 축귀경을 읽어 귀신들을 내쫓았지만, 안택경도 읽어서 집안이 다 평안하고 모든 소원이 뜻대로 이루어지도록 해놔야 하오. 엄벙덤벙 지내다가 뜻하지 않은 재앙을 당하게 되면 그야말로 불행한 일이지 않겠소?"

"그래서 말씀드린 겁니다. 손님께서 기왕에 수고하고 계시니 끝까지 수고하시어 부디 이놈을 살려주시오. 그렇지 않아도 나이 사십에 자식이 하나도 없어 기가 막힙니다."

김선달은 시치미를 뚝떼고 일행을 돌아보며 말했다.

"여보게, 자네들은 오늘 먼저 떠나게. 아무래도 나는 끝까지 일을 봐주고 떠나야겠네."

그랬더니 작은 엉터리가 고개를 끄덕이며

"그래, 자네 말이 맞아. 아무리 급한 일이 있어도 딱한 사람의 일은 끝까지 봐주는 것이 도리지. 하지만 여기까지 동행했는데, 우리만 먼저 가는 것도 역시 도리가 아니지. 그러니 우리도 함께 하루 더 묵고 내일 떠나기로 하겠네."

라고 말했고, 주인은 대단히 기뻐하며

"아, 고맙습니다. 불편하시겠지만 모두들 하루 더 묵으시지요."

라면서 일행의 발목을 잡았다.

그렇게 되어 일행은 모두 주막집에서 그날을 보내게 되었고, 김선달은 주인으로 하여금 안택경 읽을 준비를 한 뒤에 성대한 잔치를 치르게 했다.

여러 사람은 김선달 덕분에 다시 한 번 술과 고기를 배가 터지도록 잘 먹고는 그 다음 날 길을 떠나게 되었다. 물론 주막집 주인은 김선달이 떠날 때 사례금으로 50냥을 주었으며 가다가 쉴 때 먹으라고 술과 안주도 주었다.

노자 걱정이 없어져 별일없이 서울에 도착한 일행은 각각 자기 집으로 가기 위해 헤어졌다.

김선달도 역시 묵고 있는 집으로 돌아왔다.

그런데 이삼 일 동안 쉬면서 곰곰이 생각해 보니 때는 어느덧 동짓
달 초순이어서 이따금 눈이 내리고 삼각산에서 내리치는 찬바람은 귀
를 떼어갈 정도로 매서웠다.

그러나 오랜만에 서울보다 더 추운 평양으로 돌아가 봤자, 특별히
재미있는 일이 기다리고 있지도 않을 것이고 주머니에 남은 돈 40냥
정도가 있었으므로 서울에 머물기로 했다.

따라서 방 안에서 빈둥거리며 시간을 보내다가 심심해지면 이 친구
저 친구를 찾아가 술잔이나 빼앗아서 마시는 생활을 계속하게 되었다.

못된 놈들을 응징하다

　세월이 흘러 다시 봄이 되자 무섭게 춥던 엄동설한에 고개를 푹 파묻고 기를 펴지 못하던 사람들이 산으로 들로 쏟아져 나오게 되었다.

　그래서 하루는 김선달과 함께 금강산 구경을 하고 온 사람들 몇 명이 모여서 꽃놀이를 하는 것에 대해서 의논했다. 그러다가 김선달 얘기가 나오게 되자 작은 엉터리가 새삼스럽게 감회가 어린 얼굴이 되며 말했다.

　"솔직히 말하자면 그 자는 엉터리가 아닌 대단한 사람이야. 우리가 김성인가 어딘가 하는 곳에서 꼼짝도 못하게 되었을 때, 그 사람이 없었다면 어쩔 뻔했나?. 사람이 좀 허황돼 보여서 그렇지, 능소능대한 수단꾼이야. 그러니 엉터리니 터무니없는 인간이니 하면서 악평만 할 것이 아닐세."

　그러자 바로 옆에 있던 사람도 동감의 뜻을 표하며 말했다.

　"그래. 옳은 말이야. 철원에서는 송아지를 지붕 위에 올려놓고 재주를 피웠지. 그때 그 사람이 능청스럽게 일을 꾸몄기에 무사히 서울까지 오지 않았나? 함부로 대할 사람이 아니네."

한데 듣고 있던 사람들 중의 하나가 갑자기 얼굴에 핏대를 올리면서 반론을 제기했다.

"아니, 이 사람들이 그 엉터리와 무슨 일가붙이라도 되나? 그런 미친놈에 대해서 이러니저러니 하면서 말할 것이 뭐 있나? 그때 그 사람들이 아무것도 모르는 시골의 무지렁이들이어서 속았지 똑똑한 놈이 하나라도 있었다면, 우리는 모두 다리 뼈다귀가 부러져서 돌아오게 되었을 거야. 그놈이 그때 시전 서문인가 주역 서문인가를 읽으며 무당과 판수 흉내까지 내면서 돈을 빼앗아 먹었으니 그게 어디 배운 놈이 할 짓인가? 그놈은 용서할 수 없는 난봉꾼이야. 그런 놈과 어울리는 것을 남들이 알면 창피하니 점잖은 좌석에서는 그놈에 대한 이야기를 아예 꺼내지도 말게."

이어서 또 한 사람이 매우 점잖은 말투로 그의 의견에 동조했다.

"그래. 그렇게 해야 해. 결과적으로 우리가 그에게 신세를 지기는 했지만 경계해야 할 인간이야. 그러니 그런 놈의 이야기를 하지 않을 뿐만 아니라, 아예 상종을 하지 말아야 할 것이네."

두 사람이 그처럼 강하게 말하자 작은 엉터리 곁에 있던 사람이 '딴은 그렇다'는 듯이 고개를 주억거렸다. 결국은 그도 역시 가장 점잖은 체하는 사람들 중의 하나였던 것이다.

그래서 김선달 얘기는 빼고 꽃놀이를 하는 것에 대해 다시 의논하게 되었는데, 김선달에 대한 이야기가 어쩔 수 없이 한 번 더 나오게 되었다. "그놈은 앞으로 우리들 사이에서 영영 빼어버리자."는 말을 하기 위해서였다.

　정말로 딱한 사람들이었다. 그들은 김선달이 없는 자리에서는 항상 '그놈은 엉터리야!', '그놈은 천하의 잡놈이야!' 하면서 별의 별 욕을 다 하다가도 막상 정면으로 대하게 되면 꼼짝도 하지 못했다.

　더욱이 금강산에서 무사히 돌아오게 해준 김선달에게 고맙다는 뜻을 표하지는 못할지언정 그를 천하의 못된 놈이라고 매도하는 것은 자신의 양심을 속이는 일이었다.

　어쨌든 그들은 김선달이 염치없이 들러붙으면 귀찮다고 생각되었기 때문에 남산 기슭에 큼직하게 움을 파고 그 안에다 음식과 악기들을 준비해 놓은 뒤에, 낮에는 도화동의 꽃들을 내려다보면서 놀고, 밤에는 움 속에 들어가 남들이 모르게 풍악을 울리면서 놀기도 했다.

　그런데 그들이 그처럼 이상한 놀이판을 마련하게 된 이유는 한 가지가 더 있었다.

　그 때는 마침 임금님의 몸이 편안치 않아서 사람들이 "오늘이나 내일 중에 국상이 날 것이다."라고 수군거리고 있었기 때문이다. 그런 때에 풍땅거리는 소리를 내면서 노는 것은 크게 욕을 먹을 짓이었기에 그처럼 은밀한 장소를 마련하게 되었던 것이다.

　김선달은 그런 사실을 전혀 모르고 있었기에 '봄이 되었으니 이 사람들이 전처럼 꽃놀이를 할 텐데 웬일일까?' 하며 그들이 꽃놀이에 대해서 이야기하기만을 기다렸다. 이 사람 저 사람과 술추렴을 하고 지내면서.

　그런데 하루는 어디에 가도 그들을 만날 수가 없었다. 때문에 김선

달은

"맞아! 이놈들이 모두 꽃놀이를 하러 간 게로구나!"

하고 중얼거리며 그들을 찾으러 나섰다.

김선달은 그들 중의 한 사람이 사는 집의 하인을 술집으로 데리고 가서 술을 잔뜩 먹여 놓은 뒤에 여러 사람의 행방에 대해 물었다. 그랬더니 그 하인이 처음에는 모른다고 딱 잡아뗐지만 술값은 해야겠기에 그들의 행방에 대해서 실토하고 말았다.

김선달은 즉시 남산으로 올라가 그들을 찾아 다니다가 솔밭 속에서 음식을 먹으며 놀고 있는 그들의 모습을 발견했다. 동시에 참을 수 없는 분노가 가슴 속에서 치미는 것을 느끼며 웅얼거렸다.

"에이, 못된 놈들. 네놈들이 그래도 반지빠른(얄밉고 부드럽다) 마음을 고치지 않고 끝까지 나를 따돌려? 아무래도 단단히 한 번 혼을 내주어야겠다."

입술을 질근 깨물고 한동안 그들을 노려보던 김선달은 빠르게 산에서 내려와 자기가 묵고 있는 집으로 가서, 기르고 있는 개를 끌고 나왔다. 그리고는 푸줏간에서 값이 싼 고기 한 근을 사 가지고 한 덩어리를 뚝 떼어 먹이면서 사람에게 하듯이

"누렁아, 이걸 먹고 기운을 내서 너만도 못한 놈들을 물어뜯어라."

하고 말했다.

사자라는 별명을 가지고 있는 그 개는 매우 사나웠다. 대갱이(대가리)가 동이만 하고 두 눈은 등잔불처럼 빛을 발했으며, 몸집이 크고 털 색깔이 누르스름해서 보기만 해도 무서웠다. 하지만 김선달과는 오랫

동안 잘 사귀어 주인 대하듯이 따르고 있었는데, 이 날은 고기까지 사서 먹였으니 김선달의 명령이라면 물불 가리지 않고 따를 것이 뻔했다.

김선달은 남산 밑에 있는 술집에서 술을 마시면서 해가 떨어지기를 기다리다가 날이 어스레해지자 개를 앞세우고 남산을 올랐다.

그즈음 솔밭 속에서 놀던 여러 사람은 움 속으로 들어가 저녁 놀이를 시작하려고 차려놓은 술상 주위에 둘러앉아 산해진미를 먹으며 풍악 소리를 즐기고 있었다.

움 속에서 울려 퍼지는 풍악 소리는 메아리와 합쳐졌기에 매우 은은하게 들렸고 기생들의 노래 소리도 더욱 낭랑했다. 취흥이 도도해진 움 안의 분위기는 빠르게 질탕해졌다. 김선달은 그때 남쪽에 낸 창구멍을 통해 움 속을 들여다보고 있었다.

김선달은 드디어 개의 궁둥이를 발로 힘껏 차 움 속으로 들어가게 하면서 소리쳤다.

"가라! 몇 놈을 단단히 물어라!"

움 안은 한순간에 수라장으로 뒤바뀌고 말았다. 사람들은 모두 술이 취해 숟가락으로 술상을 두드리거나 어깨춤을 추면서 즐거움이 절정에 이르러 있었는데 느닷없이 큰직한 짐승이 포효하며 뛰어들었기에 큰 소동이 일어났다. 남자와 기생들은 너무나 놀라 뒤로 나자빠졌고 장구와 북, 해금 등을 연주하던 악사들은 "에구, 호랑이다!" 하고 비명을 지르며 움 안 구석에 머리들을 처박았다.

누렁이가 이리 뛰고 저리 뛰는 바람에 커다란 교자상 위에 차려놓은 음식 그릇들이 엎어지고 떨어지며 난장판이 되었는데 악사들 중에 담

대한 자가 하나 있었다. 그가 멍멍 짖는 소리를 듣고 괴물이 개라는 것을 뒤늦게 알고 해금통을 들어 누렁이의 머리를 친다는 것이 목덜미를 때렸다. 그러자 김선달 때문에 얼떨결에 움 안으로 뛰어들었던 누렁이는 자기를 해치려는 적들이로구나 하고 확신하며 늑대처럼 입을 벌리면서 달려들어 해금을 든 악사의 손을 물어서 흔들어 자빠뜨리고 이리저리 날뛰면서 다른 사람들을 물었다.

김선달은 빙그레 웃으면서 그같은 광경을 지켜보다가

"누렁아! 누렁아!"

하면서 개를 불렀다. 그리고는 곁으로 온 개의 목덜미를 툭툭 치면서 움 안을 향해 큰소리로 말했다.

"이놈들아! 내 말을 들어보아라. 지금이 어느 때인지 아느냐? 상감님의 병환이 위중하셔서 금명간 국상이 반포될지 모르는 때이다. 물론 일 년에 한 번 지나가는 봄이니 너희처럼 걱정 없는 부잣집 자식들은 당연히 꽃놀이를 하며 놀고 싶을 것이다. 하지만 꽃놀이를 하려면 정정당당하게 대명천지에서 간소하게 할 것이지, 음흉하게 움을 파고 그 안에서 풍악을 갖추고 놀아? 에이, 못된 놈들. 그리고 너희들은 의리가 너무도 없는 놈들이야. 나로 말하자면 수십 년 동안 가깝게 지낸 사람이요, 또 내가 객지에서 옹색하게 지내고 있기는 하지만 너희들이 내 덕을 보았으면 보았지 내가 너희들의 덕을 본 적은 없지 않으냐? 지난번 금강산에 갔다가 올 때만 해도 그렇다. 너희들이 말하는 것처럼 내가 못할 짓을 하기는 했지만, 그랬기 때문에 모두들 잘 먹고 잘 놀다가 탈 없이 돌아오지 않았느냐. 그런데도 반지빠르게 나를 따돌려? 처음부터 나와 의논했으면 이렇게 흉물스러운 놀이는 못 하게 했을 것이고, 이런 일도 일어나지 않았을 거야. 그러니 내가 혼내준 것이지만 하늘이 내린 천벌로 알고 다음부터는 조심들 해라."

한참 동안 기염을 토한 김선달은 이윽고 누렁이를 앞세우고 산 아래로 유유히 멀어져 갔다. 그러자 봉변을 당한 여러 사람이 누가 먼저랄 것도 없이 떠들어 댔다.

"아, 세상에 저런 죽일 놈이 있나?"

"그냥 둘 수가 없어. 당장 포도청에 알려서 물고를 내야 해."

"그래. 단단히 복수를 해야 해."

하지만 그렇게 할 수가 없었다. 그렇게 하면 결국 자기들의 잘못이 드러나고 망신은 망신대로 당하게 될 것이 뻔했다.

그래서 일단 개에게 물린 상처나 치료한 뒤에 다시 상의하기로 하고 각각 집으로 돌아가 분함을 참으며 끙끙 앓고 있었는데, 그 다음 날 아침에 나라에서 국상이 발표되었다.

때문에 조선 천지가 움직일 것처럼 사방에서 터져 나오는 곡성이 요란했고, 인산(因山: 국장) 치를 준비를 하느라고 서울 장안이 발칵 뒤집혔다. 김선달에게 분풀이를 할 방법을 생각할 수 있는 여유가 없었다. 따라서 그 사건에 대한 결말은 결국 흐지부지되고 말았다. 국상이 치러지는 동안 김선달도 서울에서 사라졌기 때문이다.

김선달은 국상이 반포된 다음 날,

'에라, 고향으로 내려가 얼마동안 쉬어야겠다. 이젠 그놈들과 만나도 재미가 없을 것 같고, 그놈들은 자기들 잘못은 생각하지 않고 나를

더욱 미워할 테니……'

하고 생각하며 평양으로 떠났다.

그 후에 김선달이 서울 자하골의 욕심 많은 늙은이 김 판서에게 연백 지방의 보(洑: 논에 물을 대기 위해 둑을 쌓고 물을 끌어들이는 곳)를 논이라고 속여 팔아먹은 이야기와 대동강 강물을 서울 상인들에게 팔 아먹은 이야기, 그리고 딱한 입장에 처한 평양의 거부 안 장자를 위해 토색질 잘 하기로 유명한 서울 남산골의 양반 김 샌님을 혼내준 이야기 는 너무나 많이 알려졌기에 이 책에서는 어 이상 소개하지 않는다.

– 끝–